A Raven's Shadow Novel

BLOOD SONG

A Raven's Shadow Novel

BLOOD SONG

奇幻基地出版

血歌首部曲
黯影之子・下冊

A Raven's Shadow Novel: Blood Song

安東尼・雷恩 著
李鐳 譯

Anthony
Ryan

BEST嚴選

緣起

在繁花似錦的奇幻文學花園裡，你或許還在門外徘徊，不知該如何抉擇進入的途徑；也或許你已經置身其中，卻因種類繁多，或曾經讀過不合口味的作品，而卻步、遲疑。

BEST嚴選，正如其名，我們期許能透過奇幻基地對奇幻文學的瞭解，以及對讀者的理解，站在出版者與讀者的雙重角度，為您精選好作家與好作品。

他們是名家，您不可不讀：幻想文學裡的巨擘，領域裡的耀眼新星。

它們最暢銷，您怎可錯過：銷售量驚人的大作，排行榜上的常勝軍。

這些是經典，您務必一讀：百聞不如一見的作品，極具代表的佳作。

奇幻嚴選，嚴選奇幻。請相信我們的眼光，跟隨我們的腳步，文學的盛宴、幻想世界的冒險，就要展開。

excellent bestseller classic

第九章

利劍測試的那天早晨，天空開始落下大雨，地面變得一片泥濘，這種天氣當然不可能激勵學員們的士氣。測試場地是維林堡北區的一片決鬥場，這是一座古老的建築，完全由雕工細緻的花崗岩砌成，上面已經留下了許多風雨磨蝕的痕跡，現在的人們都管它叫「環形廣場」。瓦林遇到的每一個人都無法告訴他這座建築建成於何時，爲什麼而建，但當瓦林此時看到它時，卻發現它與那座位於城市地下的七軍團聖殿有許多相似的地方，支撐起階梯狀看臺的圓柱以拱形結構相互交聯，其典雅優美的風格與地下聖殿別無二致。整座建築上能看到許多石雕裝飾，雖然花紋已多有消磨，但還是能夠與聖殿中保存相對完好的雕刻圖案相互印證。當索利斯導師率領他們走進那些圓柱下的陰影中時，瓦林拽了拽坎尼斯，示意他細看這座特別的建築，但坎尼斯只是心不在焉地哼了一聲。今天，就連坎尼斯也心事重重，失去了關注周圍的好奇心。

瓦林能夠看到兄弟臉上的恐懼和猶疑，但他自己卻完全沒有這種心態。登圖斯已經吐出了他的早餐，諾塔面色慘白，一直緊閉著雙唇——這一點可能連他自己都不知道。瓦林完全找不到害怕的感覺，也不明白爲什麼要害怕。今天，他將面對三個武裝起來的歹徒，殺死他們，或者被他們殺死。死亡的可能本應該讓他的心中泛起陣陣寒意，但也許正是這種簡單明確的局勢，反倒讓他不再畏懼。今天不會有種種懷疑，不會有不可解的神祕，不會有得不到答案的祕密。他或者生，或者死。是的，他不必害怕這樣的測試。但在他的意識邊緣，依舊有一個微弱卻未曾消散的聲音說著他無比反感的一句話：也許你不害怕，是因爲你在盼望著這一刻。

他不情願地回憶起知識測試，還有守護者強迫他認識到的那個可怕的事實。我能殺人，我能毫不猶豫地殺人。我天生就是一名戰士。那些被他殺死的人全數回到了他的腦海中：森林中的那名弓箭手，第五軍團總部那些不知名的刺客，獨眼人的手下。的確，他在殺死他們的時候沒有任何猶豫，但他眞的喜歡這種事嗎？

「在這裡等。」索利斯導師率領他們走進遠離決鬥場正門的一個房間。這個房間的牆壁很厚實，但他們還是能聽到環形廣場中人們的吼叫聲。利劍測試在城中是一個極受歡迎的慶典活動，但只有能夠買得起門票的人才能參與其中，也就是說，只有王國中的有錢人能夠來觀賞這個爲期三天的盛典。而且在測試進行期間，場外經常會有金額巨大的博奕活動。通過利劍測試獲得的收入會被捐贈給第五軍團，以作爲照料病患的資金。想到這其中的諷刺意味，瓦林禁不住莞爾一笑。

「什麼事這麼有趣？」諾塔問道。

瓦林搖搖頭，坐到一個石雕長椅上等待。今天瓦林的隊伍裡有二十位兄弟。之前的兩天裡，已經有另外五十位兄弟接受了這場測試。當他們十歲或十一歲，剛進入第六軍團總部時，一共有三百人。到現在爲止，已經有十個人在利劍測試中被殺，還有八個重傷致殘，無法再爲組織服務，更多的人需要數個星期的治療才能讓傷口完全癒合。過去兩天中身負重傷和滿臉驚駭的兄弟們不斷回到總部，無形中也讓這些還沒有接受測試的人感到更加沉重。在他們之中，只有瓦林和巴庫斯似乎完全對此無動於衷。

「要蜜糖草嗎？」巴庫斯問瓦林。他站到了瓦林的身邊。

「謝謝，兄弟。」蜜糖草還沒有全熟，甜味中微微帶有一點酸澀。不過，能有些東西讓瓦林不去注意其他人的糟糕心情總是一件好事。

過了一會兒，巴庫斯又說道：「我想知道誰會是第一個。不知道他們會怎樣選擇。」

「我們已經抽籤決定了。」索利斯導師在門口處對他們說：「尼薩，你是第一個，我們走。」

坎尼斯緩緩地點點頭，面無表情地站起身，用幾乎聽不見的聲音說：「兄弟們……」他彷彿窒息了一下，「我……」他還是沒能把話說下去。瓦林握住了他的手臂。

「我們知道，坎尼斯，我們很快就會再見。我們全都會的。」

他們五個站在一起，握住彼此的手。登圖斯、巴庫斯、諾塔、瓦林和坎尼斯。瓦林還記得他們還是孩子的時候，巴庫斯壯實笨重的樣子，坎尼斯削瘦而且滿心畏懼，大嗓門的登圖斯最喜歡講他的故事，而諾塔表情沉悶，滿腹怨恨。現在，瓦林的面前只有四個面容堅毅的年輕人。他們都很強，他們是殺手，是第六軍團鍛造的利劍。*這是一個結束，瓦林明白了，生，或者死，一切都將永遠改變。*

「這是一段很長的路。」巴庫斯說，「從未想過我能走到這麼遠。這全都是因爲你們。」

「你自己一樣能走到現在。」登圖斯說，「每一天，我都在感謝信仰將我帶進組織。」

諾塔臉上的肌肉緊繃著，雙眉之間出現了一道深深的溝壑——他還在努力控制自己的恐懼。瓦林以爲他不會開口，但過了一會兒，他說道：「我……希望你們全都能通過。」

「一定會的。」瓦林依次拍著他們的肩頭。「我們一直都是贏家。好好戰鬥，兄弟們。」

「尼薩。」索利斯導師在門口說道，語氣顯得有些不耐煩。不過，其實瓦林很驚訝他竟然會讓他們耽擱這麼久。「我們走。」

瓦林發現，和朋友們的生死未卜相比，蕎芙根簡直就像是一杯檸檬茶。一個接一個，他的兄弟們被索利斯導師叫出去。然後用不了多少時間，人群中就會爆發出一陣陣歡呼，呼喊聲隨著戰鬥的局勢變化時高時低。沒過多久，他就發現自己能憑藉觀眾的喊聲推測戰鬥局面，只是依然無法判斷誰是勝利者。有一些人的戰鬥結束得非常快，甚至還不到一分鐘，比如坎尼斯，但瓦林說不出這是好事還是壞事。另一些人的戰鬥則會拖得更長一些，像巴庫斯和諾塔都持續數分鐘之久。

登圖斯是在瓦林之前最後一個被叫到名字的。他勉強露出一個微笑，用力握緊劍柄，跟隨索利斯導師走出房間，沒有再回頭看上一眼。從人群中的喧囂聲判斷，登圖斯的戰鬥相當平穩。先是一陣響亮的歡呼聲，然後一切陷入了沉寂，接著又是一陣掌聲。這個過程重複了若干次。當最後一波喧囂聲衝進瓦林所在的房間時，瓦林發現自己完全無法判斷登圖斯是不是還活著。

*好運，兄弟，*現在房間裡只剩下了瓦林一個人。*也許我們很快就能見面了。*他的手緊握著劍柄，一直握到指節變成青白色、握到手指傳來陣陣痛楚。*我是在恐懼嗎？或者只是怯場？*

「蘇納。」索利斯導師出現在門口。他用刻板的雙眼與瓦林對視。瓦林卻在那雙眼睛裡看到了一種他從未見過的強烈光芒。「該你了。」

通向決鬥場的隧道走廊顯得格外漫長——遠比瓦林所想像的更長。當他走過這條隧道的時候，時間彷彿也在戲耍他。他不知道是過了一分鐘，還是一個小時。當他發覺自己的雙腳已經踏在決鬥場的沙土地面上時，雷鳴般的呼吼聲立刻撲面而來。

人群站在階梯看臺上，從四面八方向他喊叫。至少有一萬人聚集在這裡。在這麼多人注視下，瓦林分辨不出任何一張面孔。他們是一片沸騰狂嘯的海洋，沒有人在意持續不斷的大雨和急驟的狂風。沙子上到處都是血跡，雖然爲了防止血液匯集，每次戰鬥之後都有人將細沙重新翻鬆，且雨水也洗去了不少血液，但赤紅的血痕在黃綠色的沙子上依然醒目得刺眼。這裡有三個人正在等著他，每一個人都握著一把艾瑟雷爾風格的長劍。

「兩個殺人犯和一個強姦犯。」索利斯導師說。瓦林相信，是因爲人群的吼叫聲，才讓索利斯的聲線聽起來摻雜了一些顫音。「他們都死有餘辜，不要有任何憐憫。小心那個高個子，他似乎懂得如何握住一把劍。」

瓦林盯住了三個人之中最高的那一個。那是一個身材健壯的男人，大約三十幾歲，頭髮被剪得很短。他低垂劍鋒，一舉一動中有一種自然而然的平衡感，雙腳與肩膀的動作顯得非常協調。*經過訓練。*「一名士兵。」

「無論士兵還是醫師，他都是個殺人犯。」略作停頓後，索利斯又說：「祝你好運，兄弟。」

「謝謝，導師。」

瓦林抽出長劍，把劍鞘遞給索利斯導師，大步走進決鬥場。人群的喊聲成倍地變大，瓦林偶爾能分辨出幾個詞：「蘇納！……黑鷹剋星！……殺了他們，男孩！……」

他停在距離那三個男人大約十步遠的地方，依序看著他們，人群的喧嘩變成了充滿期待的竊竊私語。*兩個殺人犯和一個強姦犯*，他們看上去並不像罪犯。左邊的那個人留著滿臉的鬍渣，握住劍的手在不停發抖。大雨凶狠地抽打他，上萬個人在期待他的死亡。*是那個強姦犯。*瓦林做出判斷。右邊的那個人身材更加壯實，也不那麼顯得害怕，正不停地在兩腳之間轉換重心，死死盯著瓦林，目露凶光，右手不停地轉動著他的劍。一道道雨水從劍刃上被甩下來，他說了些什麼，但只能看見雨水從他的雙唇之間噴出來，那可能是咒罵，可能是挑釁，但他說出的每一個字都被強風吹走了；殺人犯。那名士兵沒有表現出任何畏懼的神色，也不曾甩動長劍或出言恐嚇。他只是等待著，眼神始終沒有絲毫動搖，擺出瓦林所熟悉的劍士身姿。肯定是一個殺手，但他也是殺人犯嗎？

就像瓦林預料中的那樣，右側的敵人首先發動了進攻。他猛衝過來，向瓦林刺出長劍，但這種攻擊很容易被擋開。撥開敵人的劍刃之後，瓦林順勢一掃，劍鋒向對方的脖子劃去。但那個壯漢的速度很快，他的要害躲開了劍鋒，只是面頰上被劃開了一道傷口。左側的那個人抓準時機，尖叫著撲了過來，將長劍高舉過頭頂，砍向瓦林的肩膀。瓦林一轉身，強姦犯的長劍從距離瓦林只有一寸左右的地方掠過，落進沙子裡。瓦林的劍則從他的下頜處刺了進去，穿過他的舌頭和顱骨，直透腦髓。瓦林隨即抽劍撤步，他知道，那名士兵要進攻了。

士兵的突刺迅疾而且位置精準，劍鋒直刺瓦林的胸膛。瓦林及時回劍擋住了這一次攻擊，並將士兵的劍向上擋開，迫使他暴露出胸膛。瓦林的反擊很快，快得不亞於他任何一個兄弟，但這名士兵沒有費多大力氣就擋開了攻擊，稍稍弓起身，長劍貼近地面，一雙眼睛始終沒有離開瓦林。

那個矮壯的殺人犯一隻手按著臉上的傷口，瘋狂地揮著劍，用滿是鮮血的嘴唇噴吐著不成辭句的咒罵，踉踉蹌蹌地又向瓦林衝過來。

瓦林佯裝要攻擊高個子士兵，揮劍掃向士兵，逼迫他後退，然後以迅雷不及掩耳的速度撲向毫無防備的壯漢。壯漢急忙揮劍防禦，但瓦林已經從他的劍下滾過，轉到身後，一劍刺穿他的後背。劍鋒透過心臟，從壯漢胸前冒出來。瓦林一腳踏在他的背上，把瀕死的壯漢踹了出去，並及時躲過了高個子士兵的下次劈砍。瓦林覺得自己看到了一滴雨珠被掠過眼前的劍刃劈成兩半。

最後對陣的兩個人各自後退半步，同時繞向對方側翼，長劍平舉，目光鎖緊。壯漢就倒在他們中間浸透雨水的沙土中，無力地掙扎著。伴隨著最後一句髒話，他全身癱軟下去，一動也不動地俯臥在大雨中。

突然之間，瓦林的心中產生出那種令他極為不安的情緒，就像在那片森林裡、在第五軍團總部宿舍中，亨娜姐妹的面前、在等待芬提斯從荒野測試中回來的時刻。他最後的這個對手，這個人目光和身軀中的某種力量、他的整個存在都在告訴瓦林一個可怕的事實：這個人不是罪犯。他不是殺人犯！瓦林不清楚自己是怎樣知道的，但這是他有生以來最強烈的一次警覺，對於這個想法，他毫不懷疑。

瓦林停下腳步，長劍指地，挺直腰身，臉上繃緊的棱線全部鬆弛下來。他第一次感覺到雨水，感覺到從皮膚泛起的深深寒意。看到瓦林放棄作戰姿態，高個子男人困惑地皺緊了眉頭。瓦林則將長劍收到腰側，高舉起左手，手指張開，做出和平的手勢。雨水將他劍上的血跡沖刷了下去。

「你是……」

高個子男人化成一道幻影，發動了進攻。他的劍如同離弦的羽箭，向瓦林的心臟直射過來。即使是索利斯導師，也從未在瓦林面前有過這麼快的動作。這一擊本來足以殺死瓦林，但瓦林還是在最後一瞬轉動身體。劍鋒切穿他的衣衫，在胸前留下了一道血痕。

高個子男人的頭顱正擦過瓦林的肩膀，臉上全無血色，嘴唇掀起，露出牙齒，而那種剛狠的決心已經從他的眼睛裡消褪了。

「你是誰？」瓦林悄聲問他。

高個子男人踉蹌著後退，瓦林的劍從他胸口上被抽出，帶起一陣令人作嘔的皮肉撕裂聲。他緩緩跪倒下去，用自己的劍撐住身體，將下巴抵在劍柄末端。瓦林看到他的嘴唇掀動，便跪在他身邊，傾聽他最後的遺言。

「我的……妻子……」那名高個子說。聽起來，他像是在解釋什麼。他再一次與瓦林的目光交會，片刻之間，瓦林依稀從他的眼睛裡看到了什麼，歉意？悔恨？

瓦林扶住他，感覺到生命隨著一陣顫抖離開了他的身體。瓦抱著這個死去的人，雨水打在他們的身上。在他們周圍，瘋狂的觀眾正發出一陣陣令人血液沸騰的呼吼聲。

瓦林從未喝醉過。他發現這種感覺很不愉快，很像是他在訓練時腦袋被狠狠撞了一下，而且這種難受的感覺持續時間還很長。麥酒在嘴裡顯得格外苦澀。喝下第一口時，瓦林整張臉都扭曲了。

「你會習慣的。」巴庫斯向他保證。

這家酒館靠近西側的城牆。來這裡喝酒的主要是不當班的衛兵和商人，他們大多會避開這五位兄弟，不過也有幾個人向瓦林表示了祝賀。

「這是我贏得最痛快的一次。」一個滿面放光的老頭說道。他舉起酒杯向瓦林致敬。「我今天把錢全都押在你身上了，兄弟。而且我贏的賠率是十比一，那時候，你看上去就要被砍——」

「閉嘴！」諾塔冷冷地對那名老者說道。他的左臂被掛在胸前，纏了厚厚的繃帶。但凶狠的表情已經足以讓那個老頭面色一白，坐回椅子上。

他們找到了一張空桌子，巴庫斯買來了酒。他因爲小腿被砍了一劍，所以走路一瘸一拐，把杯子裡的酒灑出去不少。

「笨狗熊。」登圖斯嘟囔著，「下次我去拿酒。」他是他們之中唯一毫髮無傷通過測試的，不過他格外明亮的目光裡流露出了驚恐的神情。坐在酒館裡，他很少眨眼，彷彿害怕閉上眼睛時會看到的東西。

坎尼斯啜了一口酒，困惑地皺起眉頭。「看別人這麼喜歡這種東西，我還以爲它的味道會很不錯。」他的下巴縫了八針。來自第五軍團的兄弟向他保證，這道傷疤一輩子都不會褪去了。

「至少，」諾塔舉起酒杯，「我們全都在這裡。」

「是的。」登圖斯也舉起酒杯，和諾塔的杯子碰了一下，「我們都……在這裡。」

他們一起仰頭把酒灌進喉嚨。瓦林強迫自己一直倒空杯子裡的酒。

「放輕鬆，兄弟。」巴庫斯警告他。

瓦林盯著酒杯底的渣滓，同時感覺到桌子周圍的兄弟們在交換著不安的眼神。不久之前，他們在環形廣場剛剛經歷過極爲尷尬的一幕。那時瓦林一再要求知道和自己對陣的高個子士兵的身分，卻只得到索利斯導師一個簡單的回答：「一名殺人犯。」

「他不是殺人犯。」瓦林堅持。在胸中迅速累積的怒意驅散了他已經習慣的順從，高個男人漸漸死去的面孔依然清晰地印在他的腦海裡。「導師，那到底是什麼人？爲什麼必須讓我殺了他？」

「每一年，城市衛兵都會提供一批已被定罪的人給我們。」索利斯回答道，他的耐心也已經接近底線，「我們選擇其中最強壯、最有技巧的人。我們不關心他們是誰，這同樣不是你需要關心的事情，蘇納。」

「但今天不同！」瓦林向索利斯逼近一步，怒火已經完全控制了他。

「瓦林。」坎尼斯按住他的手臂，提醒他。

「今天我殺死了一個無辜的人。」瓦林甩脫坎尼斯的手，繼續向索利斯逼近，同時氣急敗壞地說道，「為了什麼？為了向你顯示我能殺人？這個你早就知道了。你選擇了他，對不對？你知道他是所有人裡技藝最強的，知道我會是他的對手。」

「如果測試太容易，那就不是測試，兄弟。」

「容易？」一團紅霧遮住了瓦林的視野。他的手已經按在了劍柄上。

「瓦林！」登圖斯和諾塔站到他們中間。巴庫斯把他向後拉。坎尼斯緊緊抓住他握劍的手。

「把他從這裡拖出去！」索利斯命令道。眾人簇擁著他向門口跑去。索利斯憤怒得有些語無倫次，「晚上看著他，讓你們的兄弟冷靜下來。」

瓦林不知道喝酒算不算最好的冷靜方法。他的怒火絲毫沒有減弱，現在他只覺得這個會自己轉動的房間非常惹他生氣。

「我的德維叔叔酒量比任何人都好。」登圖斯在喝過第四杯酒以後，頭靠在椅背上說道：「他們每個夏季嘉年華時都會比賽。人們從四面八方趕來向他挑戰，但沒有一個人能贏。他是連續五年的麥酒大賽冠軍，如果他不是在那年冬天把自己喝死了，一定能拿到第六個冠軍。」登圖斯停了一下，打了個長長的響嗝。「愚蠢的老傢伙。」

「難道我們不應該盡情享受這個時刻嗎？」坎尼斯用兩隻手抓住桌子，彷彿害怕自己會一頭栽倒在地。

「我很高興。」巴庫斯愉快地笑開了嘴。他的襯衫上全是啤酒，每次他大口喝酒的時候，下巴都會淌下一道小溪。

「兩個兄弟……」說話的是諾塔，他在這一個多小時中一直在喃喃自語地回憶他的測試。從他的隻言片語中，瓦林知道被他殺死的兩個人是親兄弟，兩個被定罪的匪徒。「我覺得……是雙胞胎。看上去完全一樣，甚至死掉的時候聲音也一樣……」

瓦林的肚子突然感到一陣難受，他意識到，自己要吐了。「我出去一下。」他喃喃地說著，站起身，邁著兩條彷彿不會再走直線的腿向門口移動。

室外的空氣給他的肺中帶來一陣涼意，讓噁心的感覺稍稍消褪了一些，但他還是用了幾分鐘的時間，把肚子裡的東西全都倒進排水溝。然後，他背靠酒館的牆壁，緩緩地坐到鵝卵石路面上，呼吸在寒冷的空氣中變成一道道白煙。*我的妻子*，這是那個高個子最後的話。也許他是想呼喚他的妻子，或者在即將進入來世的時候，讓自己在最後的回憶中看到她的臉。

「一個樹敵眾多的人不應該如此疏於防範。」

站在他身邊的這個人身高中等，體格卻非常健壯，有一張布滿深深皺紋的削瘦面孔和一雙目光犀利的眼睛。

「厄爾林，」瓦林放開了匕首。「你看上去沒有半點變化。」他用模糊的目光向空曠的街道上掃了幾下。「我在做夢嗎？你眞的在這裡？」

「我在這裡。」厄爾林向他伸出手，「我想，你今晚喝得夠多了。」

瓦林抓住那隻手，有些艱難地站了起來。讓他感到驚訝的是，他發現自己至少比厄爾林高出了半尺。上次他們相遇的時候，他還不到厄爾林的肩膀。

「我早就知道，你會是個高個子。」厄爾林說。

「希拉呢？」瓦林問。

「上次我見到希拉的時候，她很好。我知道，她一定也希望我感謝你爲我們所做的一切。」

我會戰鬥，但我不會謀殺——瓦林回憶起兒時下定的決心。他在荒野中拯救他們之後，向自己

許下了這個承諾。我會在戰場上殺死正面撲來的敵人，但我不會對無辜者使用我的劍。現在，這個承諾顯得如此空洞、如此天眞。當馬克瑞兄弟向他講述殺戮絕罰者的故事時，他曾經對那個人充滿厭惡。而現在，他不知道自己和馬克瑞之間有什麼區別。

「我還帶著她的手帕。」瓦林強迫自己去想一些好事。「你能幫我還給她嗎？」他笨拙地把手伸進襯衫，去取那條手帕。

「我想，我大概也找不到她了。而且，我認爲她會希望你帶著這條手絹。」厄爾林托住瓦林的手肘，引領他離開酒館。「和我一起走走，這應該能讓你清醒一些。而且我有許多事要告訴你。」

他們走過西城區空曠的街道，經過一幢幢工匠坊——正是這些建築讓這裡成爲了工匠街區。當他們到達河邊的時候，頭殼裡漸趨強烈的疼痛和逐步穩定下來的雙腿讓瓦林知道，他的酒醒了。他們停步於能俯視河道的小路上，看著在月光下不斷翻滾、如墨水一樣漆黑的河水。

「我第一次來到這裡的時候，」厄爾林說，「這條河的臭氣讓人根本無法靠近。在修建下水道前，這座城市的一切汙水都會被排進這裡。現在，它變得這麼乾淨，你甚至可以用它來解渴。」

「我後來見過你。」瓦林說，「在夏季嘉年華上，四年前。你那時正在看一場傀儡戲。」

「是的，我當時去那裡辦事。」從聲音中很容易聽出來，厄爾林不打算說出他那時有什麼事。

「你來到這裡一定冒了很大的風險。馬克瑞兄弟很可能還在追捕你們，他不是一個會放棄獵物的人。」

「確實，他在去年冬天抓住了我。」

「那麼……」

「那是一個非常長的故事。簡而言之，他把我逼進了倫菲爾的一處山麓中，我們打了一架。我輸了，他放走了我。」

「他放走了你？」

「是的，我自己也很驚訝。」

「他有說過爲什麼嗎？」

「他幾乎什麼都沒說，只是在那天夜裡把我捆好後，就坐在篝火旁，一直喝到酩酊大醉。沒過多久，我就因爲他的痛毆而昏了過去。當我早晨醒來時，我身上的繩子已經被鬆開，他也不見了。」

瓦林回憶起在馬克瑞的眼睛裡閃動的淚水。*也許他並不是我想像的那種壞人。*

「我今天看了你的戰鬥。」厄爾林又對他說。

瓦林感覺到自己腦髓裡面疼得越來越厲害了。「要買到入場券，你一定是個富翁。」

「並非如此。只不過有一條罕有人知的密道能一直通往環形廣場，那條通路就在圍牆下面，能夠清楚地看到決鬥場。」

兩個人陷入了沉默。瓦林並不希望討論自己的測試，而且他懷疑自己又要嘔吐了。「你說，你有事要告訴我。」他希望通過談話來緩解越來越強烈的噁心感。

「被你殺死的人裡面，有一個是有妻子的。」

「我知道，他告訴我了。」瓦林瞥了厄爾林一眼，注意到他正在仔細審視自己。「你認識他？」

「我和他不熟，但我認識他的妻子。那位女士過去曾經幫助過我，應該算是我的朋友。」

「她是絕罰者？」

「你可以這麼說。她自稱爲探求者。」

「她的丈夫也……相信這種東西？」

「哦，不。她的丈夫名叫烏爾連．袞拉。他曾經被稱爲烏爾連兄弟。就像你一樣，他是第六軍團的兄弟，但他放棄了組織，選擇和妻子伊莉雅在一起。」

怪不得他那麼通曉戰鬥。「我以爲他是一名士兵。」

「他在離開組織以後做起了造船生意。在社會上，他是一位受人尊敬的紳士。有人說，他建造駁船的造船廠是這條河上最好的。」

瓦林難過地搖搖頭。爲了侍奉信仰，我殺死了一名無辜的造船師。「那他爲什麼要走進決鬥場？我知道他不是殺人犯。」

「那還要從暴動說起。有些本地人聽聞了伊莉雅信奉異教的風聲，我不清楚他們是如何知道的，也許是她兒子在玩遊戲的時候說出去的，小孩子總是很容易信任其他人。總之，他們去找她。十個人，帶著繩子。烏爾連殺死兩個，打傷了三個，其他人逃走了。但他們帶著城市衛兵回來，烏爾連寡不敵眾，被帶到了黑堡。他的妻子也一樣。」

「他們的兒子呢？」

「他聽從父親的吩咐，在打鬥時躲了起來。現在他已經安全了。有我的朋友在照顧他。」

「如果烏爾連是爲了保護妻子，那就不是謀殺。法官肯定能認定這一點。」

「當然。但法官有一些富有的朋友，他們在尋求一個機會。你知道你能夠在測試中生還的賠率有多低嗎？那根本不值得一賭，而另一個結果的賠率就很高了。但只要烏爾連參加測試，那就值得拿出一些黃金，爲高賠率冒一下險。他們提出了一個方案——烏爾連認罪，成爲利劍測試的候選人。這種事很容易安排，而你的導師們肯定也會立刻看中他的能力。只要他殺了你，他和妻子就會被釋放。」

瓦林完全清醒，噁心的感覺已經被冰冷的、不可動搖的決斷趕得無影無蹤。「他的妻子還在黑堡？」

「是的。現在她應該已經得知了丈夫的命運。我很害怕她會因爲過度哀傷而做出什麼事。」

「那個法官和他有錢的朋友們，你知道他們的名字嗎？」

「如果我把名字給你，你會幹什麼？」

瓦林用冰冷的眼睛盯著他。「殺光他們。這正是你想要的結果，對不對？給我安排好復仇之路。好吧，你成功了。把名字給我。」

「你誤解我了，瓦林，我並不希望復仇。不管怎樣，你不可能把他們全部殺死。出身貴族家庭的財勢者有許多保鏢和衛兵。你也許能殺死一個，但不可能取走他們所有人的性命。而一旦你倒下，伊莉雅還是要在黑堡中等待她的末日。」

「那麼，爲什麼要告訴我這些？我又沒有別的辦法能改變她的命運。」

「你可以爲她陳情。你的話將非常有分量，如果你面見你的守護者，向他解釋——」

「她是一名絕罰者。他們不會救她，除非她宣誓放棄異端邪念。」

「她不會那樣做的。她的靈魂已經和她所相信的東西緊緊綁縛在一起，這種聯繫甚至遠遠超過你的想像。我懷疑，哪怕她希望能拋棄這種信念，也無法眞正做到。我知道你的守護者是一個仁慈的人，瓦林，他會爲她說話的。」

「即使他眞會像你說的那樣做，自從上一次守護者會議之後，黑堡已經不由第六軍團監守了。現在它落進了第四軍團的手中。我和守護者滕德思打過交道，他絕不會救助一名頑固不化的絕罰者。」瓦林轉頭看著河水，心中充滿了沮喪和憤怒。在他的腦海中，烏爾連蒼白的面孔正一遍又一遍爲妻子哀求著。

「那麼，你什麼事都做不了嗎？」厄爾林問。聽起來，他已經放棄了。瓦林知道他實在是別無選擇，才會來找自己，這肯定要冒極大的風險。

「你因爲信任我，才會來找我。」瓦林說，「謝謝你。」

「我活了很久，懂得如何判斷人心。」厄爾林從河岸邊後退了一步，向瓦林伸出手，「很抱歉給你添了這樣一副沉重的擔子，我不會再來打擾你了。」

「這些年的時間讓我知道，事實絕不會是負擔，它是一種禮物。」瓦林握住了厄爾林的手。

「把那些人的名字告訴我。」

「我不會讓你踏上赴死之路。」

「你不會的。相信我，我已經想到了一件我能做的事。」

第十章

他選擇了王宮東門，這裡應該是最冷清的一座王宮大門。雖然時間已經很晚了，但王宮的主門還是會有許多守衛。那樣就會有太多張嘴將瓦林．奧．蘇納前來要求覲見國王的訊息傳出去。

「滾開，男孩。」守門的軍士對瓦林喊道。他甚至懶得從警衛室中走出來。「快去睡覺。」

瓦林知道，現在自己的身上一定全是酒臭。「我是第六軍團的瓦林．奧．蘇納兄弟。」他努力讓自己的聲音顯得更加威嚴，彷彿他完全有資格出現在這個地方。「我要求覲見賈努斯國王。」

「信仰在上！」軍士忿忿地歎了口氣，走出警衛室，用凶狠的目光盯著瓦林。「你知道，如果有人敢在王室衛隊的軍官面前謊報姓名，可是會吃鞭子的？」

一名年輕衛兵出現在軍士身後，用有些驚慌失措的敬畏表情看著瓦林，「呃，長官——」

「但現在已經很晚了，而且我的心情還不錯。」那名軍士緊握雙拳，向瓦林走過去。他青白色的臉上每一根肌肉都繃緊了，表明他即將對面前的人動用暴力。「所以，你只需要吃我一頓拳頭，就能滾蛋。」

「長官！」那名年輕的衛兵著急地喊著，抱住了軍士的胳膊。「真的是他。」

軍士的目光轉向他的部下，又立刻轉回到瓦林身上，不停地上下打量瓦林。「你確定？」

「我今天早晨不是在環形廣場執勤嗎？真的是他。」

軍士鬆開了拳頭，但他依舊絲毫沒有高興的樣子。「你找國王有什麼事？」

「只能和他說。如果他知道我在這裡，一定會見我。我相信，如果他聽說我被趕走，一定不會高興。」一個很有技巧的謊言，瓦林向自己祝賀了一下。實際上，他根本不知道國王是否會見他。

軍士仔細考慮了一下。他臉上的疤痕說明了他為王國服役的艱苦人生。瓦林知道，現在他一定會非常痛恨任何影響他獲得退休津貼和安逸歸宿的可能。「替我向隊長問好，並向他致歉。」老士官對年輕的衛兵說，「叫醒他，向他通報來訪者的姓名。」

衛兵立刻跑去執行命令。他匆忙打開巨型橡木門上的一道小門，轉眼便消失在其中。瓦林和軍士則保持沉默，警惕地相互對視著。

「聽說你在守護者死亡夜幹掉了五名絕罰者刺客。」那名軍士終於咕噥了一句。

「是五十個。」

彷彿過了一個世紀之久，小門重新打開，年輕的衛兵走出來，身後還跟著一名衣著髮型一絲不苟的年輕人，身上的國王騎兵衛隊隊長制服看不到一絲皺紋。他用帶著評估意味的眼神看了瓦林一眼才伸出手。「瓦林兄弟，」他的聲音中帶有輕微的倫菲爾腔調，「隊長尼卡·斯莫倫為您效勞。」

「抱歉在這個時候叫醒你，隊長。」瓦林說道。這個年輕人整潔光鮮的儀容讓他感到有些困擾，從光亮潔淨的靴子到修剪精緻的鬍鬚，這個人全身上下每一個地方都顯示出對細節的注重，他肯定不是剛剛從床上被叫起來。

「沒關係。」斯莫倫隊長向打開的小門指了一下。「我們進去嗎？」

王宮的輝煌與富有一直存留在瓦林的兒時記憶中，但當他走進王宮東翼時，立刻發現自己的一切回憶與這裡的現實相比都顯得蒼白黯淡。走過一個小庭院後，瓦林又被領進了一連串曲折複雜的走廊中，這裡堆滿了各種覆滿塵埃的箱子和被布包裹的繪畫。

「這區大部分被當成儲藏室。」斯莫倫隊長向面露困惑的瓦林解釋，「國王會收到許多禮物。」

瓦林跟隨隊長走過一系列走廊和房間，最後走進了一個鋪著方格地板，牆壁上掛著幾幅大型繪畫的大房間。他的注意力立刻被那些繪畫所吸引，這些畫每幅至少有七尺寬，描繪的都是戰爭場面。而在所有各不相同的戰爭中，都有同一個人站在畫面的正中央。那是一個紅髮男人，騎在雪白的戰馬上，手中高舉長劍。賈努斯國王。瓦林對於這位國王的記憶已經很模糊了，他不記得國王的下巴有這麼方，肩膀似乎也沒有這麼寬。

「六場統一王國的戰役。」斯莫倫隊長說道，「由本瑞爾·蘭尼奧大師繪製，這耗費了他三年的時間。」

瓦林還記得第三軍團的本瑞爾導師留贈給守護者愛蕾菈的那些人體結構圖，那些纖毫畢現的精緻細節，一根根血管彷彿正在紙上脈動，輸送著血液。但在這座廳室中的畫作沒有那種栩栩如生的感覺，它們的色彩明亮鮮豔，卻缺乏動感。正在作戰的士兵們得到了精細的刻畫，只是顯得非常呆板，彷彿根本沒有在戰鬥，只不過以固定的姿勢站在原地。

「這不是他最好的作品，對不對？」斯莫倫隊長發表了評價，「他是被命令完成這些作品的，我懷疑他一點都不喜歡它們。你見過他為了紀念血紅之手的犧牲者在大圖書館繪製的壁畫嗎？那實在是令人驚歎。」

「我從未去過大圖書館。」瓦林覺得斯莫倫隊長或許能和坎尼斯找到許多共同話題。

「你應該去那裡看看，那裡是王國最著名的建築之一。我需要你繳出武器。」

瓦林解下帶著四把飛刀的斗篷、長劍和腰間的獵刀，又從左側靴子裡拔出窄刃匕首。

「很好。」斯莫倫隊長以欣賞的目光看著那把匕首，「奧普倫匕首？」

「我不知道，我是從一個死人身上得到它的。」

「它們會被放在這裡。」斯莫倫將瓦林的武器放在身邊的一張桌子上，「沒有人會碰它們。」

隨後，他走到一片空白的牆壁前，伸手一按，另一段牆壁向內轉開，露出一個黑暗的樓梯井。「沿著階梯直到頂端。」

「他在那裡？」瓦林問道。他本以爲自己會被領進王座廳或者覲見室。

「是的，最好不要讓他等太久。」

瓦林點頭向他致謝，然後走進樓梯井。牆壁上的油燈在臺階上灑下一片昏黃的光亮，當斯莫倫將他身後的門關上時，這道樓梯便顯得更加陰暗。他按照斯莫倫的話，一直向上走去，靴子落在石階上的聲音在這個狹小的空間裡顯得格外響亮。樓梯井頂部的門虛掩，能看到燈光從門縫裡傾洩出來。瓦林將門推開，門軸發出響亮的吱嘎聲，但房間裡那個坐在書桌後面的人並沒有抬頭。他正在書寫著一份文件，隨著鵝毛筆的移動，羊皮紙上留下了一串串纖細精緻的文子。這個人差不多有六十多歲了，但肩膀依舊非常寬闊，垂在面頰旁邊的長髮曾經是紅色的，現在已經變成略帶一點黃銅色澤的灰色。他穿著一件樸素的白色亞麻襯衫，袖子上沾有墨水，身上唯一的裝飾品是右手無名指上的一枚黃金璽戒——戒指的璽章是一匹揚起前蹄的戰馬。

「陛下……」瓦林單膝跪下。

國王抬起左手，示意他起身，然後向身邊的椅子指了指，他手中的鵝毛筆一直沒有停下來。瓦林走到那張椅子前面，發現椅子上堆著很多書籍和卷宗。他猶豫了一下，然後小心地將這些書卷整理到一起，放在面前的地板上，然後坐了下去。

他開始等待。

房間裡只剩下了鵝毛筆擦過紙面的聲音。瓦林不知道自己是不是該先開口，但某種感覺告訴他，最好保持沉默，於是開始審視這個房間。他本以爲守護者愛蕾菈的房間是這個世界上藏書最多的房間，但和國王的房間相比，那裡立刻相形見絀。沿牆壁排列的大書架幾乎一直頂到天花板，疊在一起的書本之間還有不少裝滿卷軸的盒子，一些卷軸已經因爲年代久遠而褪色裂開。房間裡能算作裝飾品的只有壁爐上方一張巨大的王國地圖，地圖的表面有相當大的一部分都覆蓋著蜘蛛腿一樣細小的文字注釋。奇怪的是，一些注釋是用紅墨水寫成，另一些則是黑色的墨水。地圖的邊緣列著一張名單，清單中的每一項都用紅線劃過。這是一張很長的名單。

「你有著父親的面孔，但觀察事物的方式卻屬於母親。」

瓦林的目光猛地轉向國王，他已經放下鵝毛筆，靠在椅子裡，一雙綠色的眼睛在皺紋堆疊的臉上顯得格外明亮敏銳。瓦林發現自己又不由自主地注意到國王脖子上的紅色疤痕。那是血紅之手在他童年時期留給他的痕跡。

「陛……下？」瓦林有些口吃地應道。

「你的父親在戰場上聰明過人，但對於其他的事情，我只能說他蠢得像塊石頭。你的母親則有著無所不在的聰慧。當你看我的地圖時，我發現你有著和她一樣的眼神。」

「我相信，如果母親聽到您對她有如此高的評價，她一定會非常高興，陛下。」

國王揚起一道眼眉。「不要奉承我，男孩。我有足夠的僕人做這件事，而且你並不善於此道，至少在這方面，你就像你父親。」

瓦林感覺到臉上一紅，用力壓抑道歉的衝動。*他是對的，我不是他的宮廷內臣*。「請原諒我的打擾，陛下。我是來尋求您的幫助。」

「來到我面前的人，大多都有此目的。不過，他們通常會準備好極其貴重的禮物，至少也會連續幾個小時向我跪拜哀求。你是來哀求我的嗎，年輕的兄弟？」國王的嘴角稍稍翹起，露出了一個似乎頗覺有趣的微笑。

「不。」瓦林發現自己心中的驚懼立刻就消失了，取而代之的是一直衝上面孔的冰冷憤怒，「不，陛下，我不會這樣做。」

「但你的確是在這個不合禮數的時刻跑來求取我的恩惠。」

「我不求任何東西。」

「但你有你的目的，我想知道那是什麼。金錢？我想應該不是，金錢對於你的父母毫無意義。我猜，你對它也沒有特別的好感。也許是和婚姻有關？你看上了一個姑娘，他的父親卻不想讓一個一文不名的組織男孩成爲他的女婿？」國王側過頭，仔細審視瓦林，「哦，不，應該也不是。那麼，你的目的是什麼？」

「正義，」瓦林說，「對於一個被謀殺者的正義，對於他的家人的正義。」

「被謀殺者？殺人的又是誰？」

「是我，陛下。今天，我在利劍測試中殺死了一個人。他是無辜的，是官員的虛假定罪讓他不得不在測試中與我作戰。」

國王臉上愉悅的神色消失了，他恢復了嚴肅，表情變得難以解讀。「說下去。」

瓦林講述了事件的全部經過。烏爾連被捕、他被囚禁在黑堡的妻子，以及該爲此負責的那些人——金提爾·奧·希爾薩，那名爲烏爾連定罪的法官；曼崔爾·奧·安薩和哈里斯·埃斯迪安，兩個希望藉由別人的鮮血增加自己財富的有錢人。

聽完瓦林的陳述之後，國王問道：「你是怎麼知道這些事的？」

「今晚有一個人找到了我，一個我信任的人。」瓦林頓了一下。但他知道，他必須冒這個險，「他對於絕罰者在王國中遭受的困擾，瞭解甚多。」

「看起來，作爲組織的成員，你選擇了一些很不同於尋常的朋友。」

「信仰教導我們，一個人應當認眞對待事實，無論事實出現在什麼地方。」

「看樣子，你也繼承了母親的說話方式。」國王又將一張空白的羊皮紙放到面前，在黑墨水瓶中蘸了蘸鵝毛筆，寫下簡短的一段文字。然後，他又用襯衫袖子擦了擦筆尖，將鵝毛筆蘸進一瓶紅色的墨水裡，在那一行黑色的標題下面寫了一張名單。在文件末尾處，他留下了精緻的花體簽名，然後用蠟燭燒融一塊蠟漆，滴在羊皮紙的底緣位置。將熔蠟稍稍吹涼以後，印上了自己的璽戒。

「每次在這樣的文件上簽名的時候，」國王一邊說話，一邊將鵝毛筆放到一旁，「都不得不修正我的地圖。」瓦林轉頭望向牆上的地圖，又仔細看了看地圖上的名單，那些被紅線劃過的黑色字跡。*那些是人名，被他殺死的人的名字。諾塔的父親一定也在其中。*

「我會處死你所說的這些人。」國王說道，「他們不會受到審判，因爲國王的旨意高於一切法律。他們的家族會痛恨我，但既然我將沒收他們的一切財產，讓他們身無分文，他們的恨意也就不足爲慮了。」

瓦林看著國王的眼睛，竭力想判斷國王這樣說是不是在嚇唬他。但國王的表情中沒有任何欺騙的成分。「一個家庭不應該爲其中一人所犯的罪行而受到懲罰。」

「對待貴族必須如此。若將財富留給他們的家族，那些人遲早會用他們的財富來對抗我。而且，我瞭解這些人和他們的家族。他們是惡棍，心裡大多只有貪婪。貧民窟的生活很適合他們。」

「您太過相信我的話了，陛下。我也可能是在說謊——」

「你沒有。三十年的國王生涯足以教會一個人如何辨別謊言。」

一位王者的正義實在嚴苛。瓦林明白了這一點。那麼，他能夠接受這種判決嗎？看著國王不容置疑的表情，瓦林知道，自己別無選擇。當他張開嘴的時候，一切就已經無可挽回了。「那個人的妻子呢？」

「這的確是個問題，她是一名頑固不化的絕罰者。毫無疑問，守護者滕德思會將她掛在城牆上的籠子裡——如果她在經過審訊之後還能活下來的話。」

「陛下，您是王國之主，是信仰的支持者。您一定能施加您的影響力——」

「一定？」國王似乎對瓦林的話同時感到憤怒和有趣，「今晚，我已經做了我必須做的。」他向自己剛剛寫下的死刑宣告指了指。「國王有責任在力所能及的範疇之內維護正義，我會殺死那些人，因爲他們違犯了王國的法律，理應一死。至於說他們犧牲品的妻子……那個女人的罪行不在我的管轄範圍之內，所以，關於她，我不必考慮一定要做什麼，只需要考慮可以做些什麼——但如果要這樣做，就必須符合我的目標。那麼，瓦林．奧．蘇納，告訴我，拯救這名女子的生命又怎麼會符合我的目標。你依靠你的名字來到這裡，現在沒有別的話要說了嗎？」

母親，請原諒我。「我知道，在父親將我送入組織之前，陛下對於我是另有計劃的。如果這能讓您高興，只要您確保烏爾連的妻子得到釋放，我就會服從您的計畫。」

國王伸手抓住桌子上的一隻水晶瓶，往一隻玻璃杯裡倒了不少紅酒。「康布雷爾出產的十年佳釀。作爲國王的好處之一就是能擁有一個好酒窖。」他將酒瓶遞向瓦林，「想要來一點嗎？」

瓦林的頭依舊在因爲酒館中的狂飲而疼痛不已。「不，謝謝，陛下。」

「你父親也不和我喝酒。」國王緩緩地吮了一口酒，「但從不和我討價還價，我發出命令，他便會執行。」

「忠誠是我們的力量。」

「是的，這個座右銘很不錯，它也是我最看重的箴言之一。我爲他選擇了這句話，甚至選擇了鷹作爲你們的家徽。這其實是一個玩笑，你的父親痛恨架鷹狩獵，畢竟這是一種貴族運動。」他又吮了一口酒，用帶著墨水漬的袖子抹去嘴唇上的紅色。「你知道他爲什麼要離開我嗎？」

「我聽說，您在他的婚姻和我妹妹的合法身分問題上，與他發生了爭執。」

「你也知道那個女孩？知道她的存在時，你一定很震驚吧？確實，我拒絕了你父親的再婚請求，他對此非常氣惱。但實際上，我相信，當我不得不殺死首席大臣時，他就已經決意離開我了。這麼多年之中，他們一直恨不得要掐斷對方的喉嚨，但是當奧．山達爾的偷竊行爲浮出水面時，所有人都對他唯恐避之不及，唯獨你的父親爲他求情。當然，他必須死，儘管這是一個嚴重的損失，沒有人能夠像亞提斯．奧．山達爾那樣精通財政管理。」

「陛下，我和他的兒子從小就在組織中一同接受訓練，他不相信父親會偷竊您的金庫。」

「哦，他所偷竊的不是金錢，而是權力。權力是一種極具誘惑力的東西，瓦林。但要想用好它，你就必須像愛它那樣恨它。亞提斯領主從來都不明白這一點，他的行動完全由野心驅使，甚至危及到王國的和平，所以我殺死他。」

「並奪走了他的家族財富？」

「當然。不過我已經確保他的妻子和女兒得到照顧，這是我欠他的。高塔領主奧．邁爾納仁慈地收留了她們，給了那個女人北境的一塊土地。當然，那個女人換了個名字，我不能讓貴族們認爲我心腸軟弱。」

「如果我能把這件事告訴我的兄弟，一定能讓他感到巨大的安慰。」

「這一點我相信。但你不能告訴他。」

國王放下酒杯，站起身，揉搓著僵硬的雙腿，呻吟了一聲，然後才向壁爐上方的地圖走去。

「統一的王國。四個封地曾經因爲戰爭而分裂，而彼此憎恨。現在，它們統一在我的麾下，共同向我效忠。當然，它們其實並不忠誠於我。尼賽爾願意將自己出賣給我，是因爲那裡的人厭倦了每隔一、兩年都會被軍隊擄掠一次；倫菲爾在戰鬥中失去了半數騎士，而塞洛斯領主知道，如果我繼續和他作戰，他很快就會失去另外半數騎士；康布雷爾對我又恨又怕，但他們更害怕信仰。所以，我只要確保信仰不會闖進他們的家門，他們就會保持對我的忠誠。這就是我潑灑海洋一般的鮮血建立起來的王國。藉由你，我將阻止它在我死亡時重新四分五裂。

「你是對的，我對你有許多計畫：戰爭領主和前任第五軍團仕子的兒子，而且父母都是平民出身。你是我將平民與王室血脈捆綁在一起的繩索，不僅是艾瑟雷爾，而是全部封地的平民。只要我得到了平民之心，哪怕貴族再次發動戰爭，也不會有人回應。我對你的確是有計劃的，雛鷹。」國王掃視著地圖，滿懷憾恨地歎了口氣，「但你的母親有她的計畫。當她說服守護者亞利恩將你收入第六軍團的時候，她便讓你成爲一名兄弟，成爲信仰的人，而不是我的。」

「陛下，如果您希望我離開組織……」

「已經太晚了。那樣的話，所有人都會知道，你是因爲我的命令而拋棄了信仰，剝奪組織最著名的兒子絕不會得到民眾愛戴。不，我對你的計畫早已灰飛煙滅。」

瓦林想要說些什麼，想要繼續爭取國王對那個女人施以援手。他不能丟下烏爾連的妻子，任由她遭受拷打，被鎖在籠子裡，在極度的痛苦中緩緩死去。他的心中感到一陣慌亂，各種瘋狂的念頭從他的腦海中閃過——可以溜進黑堡，救出那個女人，他的兄弟們會幫助他，對此他確信無疑，但這很有可能意謂著他們全部會死去……

「你知道嗎？我並不是第一個。」國王輕聲說道。瓦林發現他正在端詳寫在地圖頂上的一個很短的名單。「在我之前還有五個。」國王用手指點向那個名單中的五個名字，「自從維林率領我們來到這個地方，將賽奧達人趕進森林、將羅納人趕進群山後，王國一共有過五位國王。但在五百年的時間裡，沒有任何家族能夠統治王國超過一代。」

「瑪律修斯王子是一個好人，陛下。」

「我的屠夫也是一個好人，男孩！」國王忽然變得怒不可遏。「我的馬廄總管和我的掏糞工也是好人。我的兒子的確是個好人，但好人並不是成為國王唯一的條件。當他坐到王位上的時候，你要站在他身邊，去做他不能做的事。現在，我能做到的只是讓王國變得足夠強大，讓那些意欲摧毀它的人不敢輕舉妄動，因為他們會害怕被倒塌下來的王國壓成粉塵。」

他回到了他的椅子裡，僵硬地坐了下去。「所以，我將制定一個新的計畫。而你，瓦林．奧．蘇納兄弟，將再一次爲我的目標服務。」國王開始在書桌上的一個紙堆中翻找，拿出了一摞印著黑色蠟漆印章的文件。「忠誠的守護者滕德思一直謙卑有禮，同時又孜孜不倦地催促我採用新的手段與悖逆者的災難作戰。看，」國王拿出那一疊檔案中最上面的一份。「……他建議王國衛軍要鞭打每一個不能依照命令背誦信仰教義要理的人。」

「守護者滕德思在他的理念範疇內極爲狂熱，陛下。」

「守護者滕德思是一個看不清現實的狂信者。但即使是狂信者，一樣也有討價還價的餘地。」

國王拿起另一份文件，開始讀：「請允許我以最謙卑的聲音提醒陛下，根據常規報告，數量前所未有的悖逆者正聚集在馬蒂舍森林。我已經從最可靠的來源得到訊息，他們是康布雷爾的神祇信徒，是最激進的異端，裝備有精良的武器。而且，訊息來源已向我確認，他們會以最暴力的方式，反抗任何試圖驅逐的行動。我以最誠摯的敬意懇請陛下，留意我的籲求，以果決手段處理此一問題。」

國王將那份文件扔到一旁。「你覺得如何？」

「守護者希望您派遣王國衛軍前往馬蒂舍，剷除那些絕罰者。」

「難道我的士兵要連續幾個月在那片森林裡奔竄，被躲在樹後的康布雷爾長弓手當做目標嗎？不，王國衛軍向馬蒂舍森林深入絕不可以超過三十里。但你可以。」

「我？陛下？」

「是的，我會說服守護者亞利恩，派遣有你在內的一小隊兄弟進入馬蒂舍。就像那個名叫林登．奧．海斯帝安的年輕人一樣。你知道這個姓嗎？」

「奧．海斯帝安。」瓦林回想起那個在夏季嘉年華中，諾塔父親的刑場旁上滿面怒火衝過人群的人。「我曾經遇到過一位同姓的兵團長。」

「拉克希爾．奧．海斯帝安，我的第二十七騎兵團兵團長。一位能幹的軍官，也是我畿內一名特別富有的貴族。就像我的上一位首席大臣一樣，是一個極具野心的人，尤其是在關係到他的長子林登的事情上。」

瓦林感覺到自己的胃裡彷彿墜了一塊石頭。「陛下，他的兒子？」

「是一個優秀的年輕人，具備許多令人欣賞的特質。可惜的是，謙遜和聰慧並不在這些特質之中。那個傢伙有一個廣泛的社交圈。當然，那只是一群逢迎拍馬之徒，沒有任何東西比財富和傲慢更容易吸引到朋友了。他是眼下我的宮廷寵兒，贏取錦標、和貴婦們上床、進行決鬥。恐怕這是一個相當熟悉而且乏味的故事，一個年輕人很早就贏得了巨大的名譽和成功，開始相信自己就是個傳奇。更何況，還有一個野心勃勃的父親對他肆意放縱。他是宮廷裡最受歡迎的年輕人，比我的兒子還要受歡迎，畢竟瑪律修斯在騙術詭計方面簡直毫無天賦。每一天，都有許多人懇求我給年輕的奧．海斯帝安一個職位，讓他能夠證明自己的價值，讓他能踏上贏取光榮之路。我會答應那些人，他將成為王國之劍，受命組建屬於他的兵團。然後他將帶著這個兵團進入馬蒂舍，去將盤踞在那裡的絕罰者剷除乾淨。不過，我預期這將是一場漫長而艱險的戰役。可能在大約……」國王停下來，想了想。「……六個月以後，他會悲劇性地在一場絕罰者的伏擊中為國犧牲。」

國王和瓦林的目光對在了一起。憤怒和失望的情緒在他的心中激蕩。我是個傻瓜，他對自己說，一隻想要和貓頭鷹談條件的老鼠。他咬著牙說道：「那，烏爾連的妻子呢，陛下？」

「哦，我相信，當守護者滕德思從我口中得知，我已派遣信仰的鬥士前去剿滅悖逆者的時候，一定會更加願意聽從我的建議，而你參與這次行動會讓他更加欣喜。要知道，他很喜歡你。那時我會為那個女人擔保，告訴滕德思，我將說服她接受拯救。如果她不說什麼不該說的話，到明天晚上應該就能得到釋放了。」

「我需要她和她的兒子得到安全保障。」瓦林強迫自己緊盯著國王的眼睛。「如果我要參與您的信仰之戰的話。」

「我相信，高塔領主奧．邁爾納會再收留一、兩個流亡者。信仰之人和絕罰者在北境並沒有多少區別。」國王的視線轉回到書桌，拿起鵝毛筆，再一次將一張空白的羊皮紙在面前撫平，「你將在隨後的一、兩天之內得到命令。」然後，他手中的鵝毛筆尖又開始在紙面上劃動。

又過了片刻，瓦林才意識到他和國王的談話結束了，他站起身，稍稍感到暈眩——不知道是因爲憤怒，還是哀傷。「感謝您挪用時間見我，陛下。」他強迫自己說出這句話，便向門口走去。

「記住，雛鷹。」國王並沒有從自己的文件上抬起頭來。「這不是我對你的全部計畫。一切才剛剛開始。我命令，你服從。這是你在今晚和我訂立的契約。」他抬起頭，再次望向瓦林的眼睛，「你明白？」

「完全明白，陛下。」

國王的目光在瓦林的身上停留了一會兒，然後，低下頭繼續書寫。直到瓦林離開，他都沒有再說一句話。

當瓦林走出樓梯井的時候，斯莫倫隊長正在等他。「覲見結束了，兄弟？」

瓦林點點頭，從桌子上收拾起武器，迅速重新裝備在身上。他急切地渴望著離開這個地方，需要時間獨自思考。和國王訂立的契約沉重地壓在他的神經上，讓頭腦陷入混亂。他跟隨斯莫倫重新走進那些堆滿了被遺忘的禮物的走廊，國王最後的那幾句話不斷在他的腦海中重複。這不是我對你的全部計畫。一切才剛剛開始。

「請原諒，我只能送你到這裡了。」斯莫倫在一個走廊拐角處說道。瓦林認得，再朝前走就是通向王宮東門的走廊了。「我還有緊急事務要去辦理。」

瓦林向走廊遠端的陰影中望了一眼，然後向斯莫倫轉回頭，他在這名隊長的眼睛裡看到一絲微弱的不安。「緊急事務？」

掉。

「是的。」斯莫倫咳嗽了一聲，「非常緊急。」他後退一步，莊重地點頭，便轉過身，大步走

瓦林又看了一眼面前的走廊，一種微弱的不祥之感讓他的心跳變快。前方有伏擊。這是他做出的判斷，國王有一些不忠的臣下。他想要追上那名隊長，強迫隊長在他前面走進那道陰影。但他已經沒心情去做這種事，這個夜晚太過漫長，以後遲早能再找到那個隊長。他從斗篷的口袋中掏出一把飛刀，凝神向走廊裡望了過去。

他推測敵人應該會從靠近走廊末端、最黑暗的地方襲來，但什麼都沒有發生。沒有揮舞曲刃劍的黑衣人跳出來向他發起挑戰，只是空氣中飄來一陣淡淡的香氣，像是炎熱天氣裡的花香……

「我聽說你很英俊。」

瓦林猛轉過身，飛刀已經有半段鋒刃衝出手掌。一個女孩半隱在影子裡。瓦林在最後一刻用力甩手，將飛刀打偏，刀刃戳進距離女孩頭頂只有一寸的牆上。女孩向飛刀瞥了一眼，邁步走進燈光裡。瓦林見過美麗的女子，以前，他一直以爲守護者愛蕾菈是他在這個世界上見過最美麗的女性，但這個女孩和所有其她女性都完全不同。她身上的一切，從白瓷般光潔無瑕的皮膚，到曲線柔美的面龐，光彩耀人的金紅色長髮，無一不展示出女性最完美動人的一面。

「你一點也不英俊。」她上前一步，側過頭，用一雙明亮的綠眼睛仔細打量瓦林，「但你的臉很有趣。」然後她伸出手，彷彿是要用指尖輕撫瓦林的面頰。

瓦林後退了一步，沒有讓女孩的手碰到自己。他單膝跪下，低下頭，「殿下。」

「請起身，」黎恩娜·奧·尼爾倫公主說，「要是你把臉朝向地面，我們就沒辦法好好說話。」

瓦林站起身，等待著，竭力不讓自己的視線被面前這個女孩吸引。

「如果嚇到了你，我很抱歉。」公主向瓦林致歉，「斯莫倫隊長人很好。你一來，他就告訴我了。我想，我們應該說說話。」

瓦林什麼都沒有說。那種不安的感覺並沒有消失，這次會面中蘊含著某種危險。瓦林知道，自己應該找一個理由馬上離開，但他發現自己根本說不出這樣的話。他希望她和自己說話、想要靠近她。這是一種令他不能自已的衝動，卻突然而猛烈地激起了他內心深處的一股怒氣。

「我今天去看了你的戰鬥。」公主繼續說著，「當然，我的父親不會讓我去。但別人都告訴我，那種戰鬥非常激動人心。」

公主的微笑令人目眩，但其中那種刻意僞裝的眞誠足以讓諾塔的微笑相形見絀。她以爲我會討好她，瓦林心中很清楚。「您希望我做些什麼嗎，殿下？像斯莫倫隊長一樣，我也還有緊急事務需要辦理。」

「哦，不要生隊長的氣，他平時都是很盡忠職守的，只是，我恐怕把他帶壞了。」她轉過身，走到牆邊，吃力地拔下牆上的飛刀。「我喜歡小東西。」她一邊說，一邊端詳這把匕首，用纖纖玉指撫過金屬刀刃。「小夥子們會送我各種各樣的小東西，但還沒有人給過我武器。」

「留著它吧。」瓦林對她說，「請原諒，我要離開了，殿下。」他一鞠躬，轉身就走。

「我可不會原諒你。」公主用不容置疑的聲音說道：「我們還沒有說完話呢。過來。」她離開牆邊，同時擺動著瓦林的小刀，招瓦林到身邊來，「我們要在星星下談天，你和我，我們就像是在一首歌中。」

我可以邁步就走，她不能阻止我……她可以嗎？短暫地考慮了一下被一群突然殺出的衛兵包圍的可能性之後，瓦林便跟隨公主再次進入了走廊。公主引領他來到一扇不那麼惹人注目的門前，將門推開，招手示意他進去。門外是一座小花園，即使是在月光中，美麗的花朵依然令人驚歎。瓦林覺得這裡彷彿有無數種姿態各異的花卉，甚至比守護者愛蕾菈的花園還要豔麗多彩。

「你眞應該在白天的時候來這裡看看。」黎恩娜公主關上門，走過瓦林身邊，在一叢玫瑰前駐足觀賞。「現在的時節有些晚了，許多我最愛的花朵都已經在寒冷中枯萎。」

她走到花園中心一隻低矮的石椅前，身上的長裙優雅地擺動著。瓦林依稀在花圃中發現了一點熟悉的影子。他細看過去，驚訝地發現了一株小楓樹下那些黃色的蓓蕾。「冬日花。」

「你認識花？」公主似乎吃了一驚，「我聽說第六軍團的兄弟對戰爭以外的事都一無所知。」

「我們要學習很多東西。」

公主坐到長椅上，向周圍的花朵展開雙手。「你喜歡我的花園嗎？」

「這裡非常美，殿下。」

「當我還很小的時候，父親問我希望得到一件什麼樣的冬幕節禮物。因爲生活在宮廷中，所以我從不是孤身一個人。總會有衛兵、侍女和導師緊跟著我，於是我說想要一個能獨處的地方。他把我帶到了這裡。那時，這裡只是一個空空的舊庭院。我把它變成了一個花園，其他人都不許走進這裡，我也從未帶任何人來過這個地方，直到現在。」她專注地審視著瓦林，等待著他的反應。

「我很……榮幸，陛下。」

「很高興你這麼說。那麼，既然我這麼信任你，讓你感到榮幸，也許你應該還我一份人情。你找我的父親有什麼事？」

瓦林想要說什麼事都沒有，但他知道，自己不能對公主如此無禮。各種謊言飛快地閃過他的腦海，只是他有一種感覺，這位公主已經繼承了父親那雙明辨眞僞的耳朵。過了一會，瓦林才說道：

「我認爲賈努斯國王不會希望我討論這種事。」

「眞的？那麼，我就只能猜一猜了。如果我猜對了，請告訴我。你發現你在今天殺死的一個人是被迫參加戰鬥，你來此是爲了請求國王實現正義。我猜的對嗎？」

「您知道很多事情，殿下。」

「是的。但可悲的是，我發現知道的永遠不夠。我的父親答應你了嗎？」

「偉大的國王維護了正義。」

「哦。」公主的聲音中流露出一點憐惜。「可憐的奧．安薩領主。他總是能在守護之夜的舞會上逗我發笑，但在舞池裡總是笨手笨腳的。」

「我相信，當他被掛在絞刑架上時，您對他的那些有趣回憶一定讓他感到安慰，殿下。」

公主臉上的笑容消失了。「你認爲我很冷酷？也許我是很冷酷。這些年裡，我認識了許多領主，他們都是面帶微笑、友善和藹的人，會給我糖果和禮物，告訴我，我是多麼漂亮。他們全都想要贏得我父親的寵信。這些領主之中有一些被我父親趕走，有一些仍然被允許留在他身邊，還有一些被他殺了。」

瓦林意識到，自己的父親一定也是公主曾經遇到過的眾多領主之一。他不由得感到好奇，公主是否也會像他一樣，感到他的父親是一個神祕未知的人。「我的父親曾經送您禮物嗎？」

「你的父親只是狠狠地瞪過我一眼，但還不像你的母親那樣凶惡。我想，父親爲我們制定的計畫讓他們對我充滿戒心。」

「我們？殿下？」

公主挑起一道眉弓。「我們本來是要結婚的。你不知道？」

結婚？這太荒謬了，實在是可笑至極。娶一位公主，和她結婚。瓦林回憶起幼小的自己來王宮拜訪時遇到的那個粗魯的小女孩。我可不會嫁給你，你真髒。國王真的打算將他和王室血脈綁縛在一起？

「當然，我曾經不喜歡這個主意。」黎恩娜公主顯然是從瓦林的臉上看到了他的心思，「但現在，我能欣賞這種安排的精妙之處，我父親的謀劃經常會在多年之後才能顯示出其中的意圖。在這個計畫中，他打算將你置於我的兄長身邊，並強化我的地位。我們將一同指引我的兄長，實現對王國的統治。」

「也許您的兄長並不需要指引。」

公主仰起美豔絕倫的面龐，望向天空。她在端詳那些無比壯麗的浩瀚星辰。「時間自會告訴我們。我眞應該常在夜晚來這裡看看，這種景色眞是太可愛了。」她轉向瓦林，表情變得嚴肅，「奪走一個生命是什麼樣的感覺？」

她的語氣中只有單純的好奇。也許公主不知道這個問題是一種冒犯，或者她只是不在乎。奇怪的是，瓦林發現自己絲毫不覺得受到冒犯。沒有人曾經這樣問過他，儘管他非常清楚這個答案。

「那種感覺就像是自己的靈魂被玷汙了。」瓦林答道。

「但你還是在做這種事。」

「在今天以前，我這樣做都是……必須的。」

「所以你來到我父親面前，想要以此洗刷你的罪惡感。我很想知道，他從你身上榨取了怎樣的代價？相信他一定會要你為他效忠，一個打入第六軍團的間諜對他非常有用。」

一名間諜？可能並不僅僅是這樣。「難道您帶我到這裡，只是為了得到一些您已經知曉的答案嗎，殿下？」

讓瓦林感到驚訝的是，公主笑了。她的笑聲動聽而又眞實。「你眞是個爽快的人。你不奉承我，不爲我唱歌，也不朗誦詩篇。既不用魅力打動我，也沒有任何精心的籌算。」她低下頭，看著手中的飛刀。「你是唯一眞正讓我感到害怕的人。父親的遠見一直讓我感到驚愕。」她直直地凝視著瓦林，讓瓦林感到很不舒服，只能強迫自己與她對視，同時保持沉默。

「我必須對你說的話非常簡單，」黎恩娜對瓦林說道：「離開組織，效忠我的父親，在宮廷和戰場上爲他效力。假以時日，你將成爲王國之劍，我們就能完成他爲我們布置的計畫。」

瓦林想要在她的臉上找到一點嘲諷或欺騙的痕跡，卻只看到嚴肅的決心。「您希望我們結合嗎，殿下？」

「我希望爲父親添加榮耀。」

「您的父親認爲，他曾經爲我設計的方案已經破滅了，現在離開組織對他毫無價值。如果我服從您的命令，我將再一次違抗他的意願。」

「我會和他談談這件事，他在大多數事情上都會聽取我的建議，他會明白我的道理。」瓦林看到了公主眼中閃爍的光芒。他以前看到過這種光芒，那是在亨娜姐妹的眼裡——當亨娜想要殺死他的時候。嚴格來說，這種眼神裡並沒有怨恨或凶惡，只是一種混合著欲望的計算。亨娜姐妹的欲望是瓦林的死亡，而公主想要的更多。瓦林非常懷疑，在公主的心中，成爲他的妻子是否包含任何幸福的成分。

「您讓我受寵若驚，殿下。」瓦林以最莊重的聲音說道，「但我相信，您會明白，我已經將生命獻給信仰。我是第六軍團的兄弟，我們這樣的交談是不適當的。如果您能允許我離開，我將不勝感激。」

公主低著頭，唇邊浮現出一絲狡猾的笑容。「當然，兄弟。請原諒無禮的我對你的耽擱。」

瓦林一鞠躬，再次轉身離去。但他剛要伸手拉開花園門，公主的聲音又喚住了他。

「我有很多事要做，瓦林。」她的聲音中全無幽默和虛飾的成分，只有嚴肅和真誠。這是她真正的聲音——瓦林想道。

瓦林在門口停下腳步，卻沒有轉過身。他等待著。

「如果你能在我身邊，我會輕鬆許多，但不管怎樣，該做的事情還是會做。而且，絕不會容忍任何人的阻礙。當我說，我不願我們成爲敵人的時候，請相信我。」

瓦林回頭向她瞥了一眼。「謝謝您帶我觀賞您的花園，殿下。」

公主仰起頭，將目光轉回到天空，他們的談話已經結束了。瓦林所見過的最美麗的女人沐浴在月光之中，這實在是一幅令人神魂顛倒的畫面。

但瓦林卻衷心地期盼自己再也不會見到這番景色。

第三部

請允許我滿懷欣喜地報告奧．海斯帝安所指揮的部隊在數月以來成就的豐功偉績，許多絕罰者因爲他們的異端邪念而付出了應有的代價；還有一些絕罰者爲了保存性命而逃進了森林，士兵們士氣高漲。我極少見到如此景況。

——亞林．何提斯兄弟，第四軍團致守護者滕德思．奧．佛恩的信

馬蒂舍森林之戰。第四軍團檔案

Ω維尼爾斯的紀錄

當我的鵝毛筆繼續飛快地掠過羊皮紙面時，他一直保持沉默。關於他的故事，我已經寫滿了十張紙。外頭的夜幕籠罩了大海，唯一的光源只有一盞在我們頭頂橫樑上搖晃的油燈。因爲連續幾個小時奮筆疾書，我的手腕已經疼痛難忍，後背更是因爲趴在這只被我當成書桌的木桶上而僵硬痠痛。但對於這些，我全不在意。

「還有嗎？」我催促。

在昏暗的燈光中，他的面容顯得格外陰沉疏遠。我不得不又問了一聲，才將他驚醒。

「我渴了。」他伸手去拿長頸水瓶，那裡面盛著船長允許他從水桶中取來的水。「過去五年裡，我一天也說不了幾個字，現在我的喉嚨說到都痛了。」

我放下鵝毛筆，將痛苦難耐的脊椎靠在艙壁上。「你後來再見過她嗎？那位公主？」

「沒有，當我拒絕了她的計畫後，我對她就已經沒用了。」他將水瓶舉到口邊，痛飲了一口。「但她的名望與日俱增，美麗和仁慈已經成爲傳說，在一切有人居住的地方廣爲傳頌。人們經常會見到她出現在城市的窮困街區，或者是王國的偏僻鄉野，將捐贈品送給貧苦的人們，爲新的學校和第五軍團的診療所籌集資金。許多貴族爭相向她示好，她卻拒絕了所有追求者。有傳聞說，國王很生氣她沒能挑選一個強大的貴族作爲夫婿，但她依舊違逆國王的意志，儘管這樣也給她帶來了巨大的痛苦。」

「你認爲她還在等你嗎？」這個充滿悲劇色彩的結尾攪動著我作家的靈魂，「她在用善行修補她破碎的心。她知道，只有這樣才能贏得你的認同。儘管對她而言，你在五年前就已經死了。」

讓我感到難以置信的是，他閃爍的目光似乎表明他覺得我說的話非常有趣。過了一會兒，他笑了起來，笑聲深沉且渾厚。但這種響亮的笑聲在這個時刻顯得有些惹人氣惱。

「閣下，」笑聲漸漸止歇之後，他才說道，「如果您的眾神詛咒了您，您才會遇到黎恩娜公主。屆時，請記住我的建議，一定要以最快的速度朝遠方逃走。我相信，要捏碎您的心對她來說太容易了。」

他將水瓶丟給我，我立刻喝了一口，希望這樣能掩飾我的憤怒。從他對那位公主的描述，我只能看到一位聰慧絕倫、肩負重任的女士，一位絕不願辜負自己的父親與民眾的女士。我相信，我和這樣的一位女士必定有許多話題可以談。

「她一直沒有結婚，是因爲丈夫會成爲她的鐐銬。」瓦林．奧．蘇納對我說，「她行善是爲了獲取平民的愛戴。贏得平民的心，她就贏得了權力。如果她有一顆心的話，充滿其中的也只有權力，而不是奉獻精神。」

我暗中下定決心，要親自對黎恩娜公主的生平進行研究。這個北方人對我講得越多，我就越感到有必要親身去一趟他的故鄉。當他描述北方文明時，並沒有對其中所蘊含的豐富多彩藝術和學識顯示出多少自豪與熱愛之心，但我卻已經被那個文明深深地吸引了。我想要閱覽大圖書館中的書籍，觀賞本瑞爾．蘭尼奧大師描繪的血紅之手壁畫。我想要親眼看看環形廣場的古老石雕，瓦林．奧．蘇納曾經讓三個人的熱血在那裡流淌。我們曾經以爲統一王國的人們無非是一些目不識丁的野蠻人。確實，許多北方人的戰士都是如此。但現在，我知道他們的故事遠不只單純的野性和對戰爭的狂熱。只是短短幾個小時的時間，我對於他的王國的瞭解已經超過了多年來對於戰爭歷史的研究。他激發了我心中的熱情，讓我渴望再書寫一部歷史，一部比我之前全部著作更加宏大、更加豐富的史書。一部關於他的王國的歷史。

「國王是否信守承諾？」我問，「他有沒有處決那些罪人，並拯救黑堡中的那名女子？」

「被我告發的那些人在第二天就被處決了，而那個女人和她的兒子在隨後的一個星期中被送往北境。」他頓了一下，臉上現出深深的哀傷，「在她離開之前，我去看了她。那次會面是厄爾林安排的。我乞求她的原諒，但她向我吐口水，說我是殺人凶手。」

我拿起鵝毛筆，寫下了他的話，並故意將「向我吐口水」換成「以她絕罰者諸神的全部力量詛咒了我」——我喜歡在被允許的範圍內增加一點文學色彩。

「那麼，契約中關於你的那一部分呢？」我繼續問道，「你是否執行了國王的命令？有沒有殺掉林登．奧．海斯帝安？」

他低下頭，看著自己的放在膝蓋上的一雙手，活動著手指，血管和筋腱在許多疤痕之間清晰可見。殺手的手，我知道，它們能夠在幾秒鐘之內就把我的生命從我的喉嚨中奪走。

「是的，」他說：「我殺了他。」

第一章

一個康布雷爾長弓在沒有掛弦的時候有五尺長，用紫衫樹的心材所做成。它能將一枝箭射到兩百步以外，如果是訓練有素的雙手，更是能用它將羽箭射出三百步遠。在近距離內，它是極高效能的穿甲武器。瓦林手中的這個康布雷爾長弓比普通康布雷爾弓更加粗重，光滑的弓背表明它已經拉開了很多次。這張弓過去的主人有一雙銳利的眼睛，他的鋼鏃箭射穿了馬提爾·奧·傑耐克的胸甲。那是一位和藹可親的年輕貴族，非常喜歡詩歌，只是總會不厭其煩地談起他的未婚妻。在他的口中，那是全艾瑟雷爾，或者說是全世界最美麗、最溫柔的少女。可惜他再也看不見未婚妻了。他圓睜的雙眼中已經沒有了半分生命的神采，嘴裡滿是鮮血和嘔吐物，這意謂著他的死一定十分痛苦。康布雷爾弓箭手習慣於在箭鏃塗上蕎芙根和蝰蛇毒液的混合物。這張弓的主人就躺在幾碼以外的地方，手臂上插著瓦林的箭。他因爲從藏身的樹上跌下來而摔斷了脖子。

「沒動靜了。」巴庫斯踏過積雪走來。他的身邊跟隨著坎尼斯和登圖斯。「看樣子，他是唯一一個。」他踢了那名死去弓箭手的頭一腳，失去頸椎固定的頭顱順勢翻轉到另一邊。然後，他跪下去，開始搜檢這具屍體上一切有用的東西。

「士兵都跑到哪裡去了？」登圖斯問。

「軍官一死，他們就逃散了。」瓦林說，「也許，我們回到營地後，會發現他們大都已經在營地裡了。」

「該死的烏合之眾。」登圖斯低頭看了馬提爾．奧．傑耐克一眼，「他們不是很喜歡他嗎？我也覺得他算是個好人，這種人在貴族裡太少了。」

「這些所謂的士兵不過是維林堡監獄裡的一些人渣，兄弟。」坎尼斯說道，「他們只對自己盡忠。」

「你們找到他的馬了嗎？」瓦林問。他可不想把這個貴族的屍體背回營地裡。

「諾塔把牠帶回來了。」搜檢完弓箭手的巴庫斯直起身，在手中掂著找到的幾枚銅幣，又將康布雷爾人的箭袋拋給瓦林。箭囊中裝著黑色的梣木箭，這些箭的尾羽也是用烏鴉的黑色羽毛做成的。他們的敵人喜愛彰顯自己的戰績。「你要留下這個？」巴庫斯向那個弓點點頭，「我們回到城裡之後，可以賣十枚銀幣。」

瓦林緊握住這件武器。「我想試試看，能不能掌握它。」

「祝你好運。我聽說，這些混球為了能用這種弓，會練上一輩子。他們的封地領主讓他們每天練習。」他低下頭，看著手裡可憐的幾個銅幣。「不過他們的領主似乎並沒有給多少軍餉。」

「這些人是在為他們的神戰鬥，而不是領主。」坎尼斯說，「他們對錢並沒有多少興趣。」他們剝下奧．傑耐克的盔甲，將他放到諾塔牽來的馬背上。諾塔拍開巴庫斯按在死者錢包上的手。

「他不需要這個了，不是嗎？」

「七個月以前，我們為信仰離開總部！」諾塔喝道，「你不需要再偷什麼東西了。」

巴庫斯聳聳肩。「只是習慣而已。」

七個月了，瓦林在返回營地的路上想著。七個月以來，他們一直在馬蒂舍森林中獵殺康布雷爾絕罰者。名義上，他們在輔助林登．奧．海斯帝安和他新組建的步兵團執行任務。依照國王的命令，林登．奧．海斯帝安已經多活了一個月。現在每過一天，瓦林都感覺到那個契約在他的肩頭又增加了幾分重量。

所處的環境也絲毫無法讓他的心情輕鬆一點。馬蒂舍森林和烏立實不同，這裡更陰森，樹木更密集。有些地方，簇擁在一起的大樹甚至讓人根本無法通過，崎嶇不平的地面上滿是便於伏兵的坑洞和溝壑。他們在這裡不得不放棄了坐騎，手握弓箭，步行前往所有地方。部隊中只有貴族還堅持騎在馬上，這使得他們成爲了康布雷爾弓箭手最好的目標，這些弓箭手在這片叢林中神出鬼沒。跟隨林登．奧．海斯帝安一同前來的十五名年輕貴族之中，現在已經有四個人丟了性命，另外三個人受了重傷，不得不被送出戰場。士兵們的死傷更加慘重，有六百個人主動或被迫應徵加入這支兵團，現在有三分之一的人消失了——或者被殺，或者迷失在密林之中。毫無疑問，有些人是趁機逃走了。他們經常會找到失蹤了幾個星期的人凍僵在雪地裡，或被捆在樹幹上，折磨至死。他們的敵人不會留任何俘虜。

儘管損失巨大，組織派出的小隊還是贏得了幾場勝利。一個月以前，坎尼斯帶領他們找到了一支超過二十人的康布雷爾隊伍，這支隊伍正走在一條小溪上面——這是一個聰明的行軍策略。但遇到坎尼斯的追蹤，這樣做毫無價值。他們跟蹤了幾個小時，直到敵人停下來休息。這夥人全都面容凶狠，穿著鹿皮和貂皮外衣，背著長弓，但完全沒有想到自己會遭受襲擊。一陣箭雨過後，半數的康布雷爾人被射倒。其餘敵人立刻沿著小溪回頭逃走。兄弟們拔出長劍，將他們逐一砍倒。沒有人能逃，但也沒有人求饒。坎尼斯是對的，敵人是在爲神而戰，爲了神，絕對不惜一死。

走了幾里路後，營地出現在他們眼前。這座營地相當簡陋，唯一的防護措施只有一圈柵欄。當他們剛到這裡時，還曾經派遣哨兵在營地周圍巡邏，但這只是爲敵人的弓箭手提供了夜間練箭的機會。林登．奧．海斯帝安不得不命令士兵們砍倒林中的樹木，做成一端削尖的木樁，在馬蒂舍森林中罕見的一片空地周圍豎起柵欄。組織的一小隊人馬都不喜歡這個潮濕壓抑的地方，他們的大部分時間都是在森林中度過的。兄弟們結成小組四處巡邏，每天在不同的地方紮營留宿，與康布雷爾人玩著一場致命的遊戲。但奧．海斯帝安的士兵們顯然更喜歡躲在他們豎起來的木柵後面，不幸的馬提爾．奧．傑耐克是幾個星期以來第一個帶兵出擊的人，他以鞭刑作爲威脅，才從營地裡帶出一支隊伍。而康布雷爾人只需要一枝箭，就能將這支隊伍驅散。

一名身材壯碩的兄弟正等在木柵營門旁，濃密的眉毛上掛著一層白霜，圓睜的雙眼射出咄咄逼人的光芒。他的身邊有一頭非常高大的灰斑雜種狗，那隻狗的目光幾乎和牠主人一樣凶暴。

「馬克瑞兄弟。」瓦林向他點頭問好。馬克瑞不是個拘於禮節的人，但作爲同隊的戰友，瓦林需要對他表示敬意，尤其是在奧．海斯帝安的士兵們面前——現在正有一些這樣的傢伙在營門前晃蕩。當他們看到奧．傑耐克的屍體時，一雙雙充滿恐懼的眼睛立刻轉向幽暗的密林，彷彿康布雷爾人的利箭隨時都會呼嘯著從樹影中向他們射過來。

瓦林記得守護者將他召喚到房間時，看到了等在那裡的馬克瑞。他努力掩飾自己的驚訝，而馬克瑞只是盯著手中一塊菱形的紅布，駑鈍的臉上滿是困惑。

「相信你們兩個已經認識了。」守護者說道。

「我們在荒野測試中見過面，守護者。」

「馬克瑞兄弟已經被任命爲我們這次遠征馬蒂舍森林的指揮官。」守護者對瓦林說：「你要毫不遲疑地執行他的命令。」

對於第六軍團總部的人們，馬克瑞似乎和馬蒂舍森林一樣陌生，只有胡崔爾導師似乎和馬克瑞有些交情，但因為還要忙於總部事務，胡崔爾導師不可能參加這次行動。這支遠征小隊只有三十名兄弟，其中大部分是從北方邊境調來的有經驗老兵，他們也都和瓦林一樣，對馬克瑞保持警惕。不過，馬克瑞很快就證明了自己是一名頗有素養的戰術家，只是在指揮風格上還有些生硬。

「只有該死的一個小時，」他怒氣衝衝地說道，「你們應該向南掃蕩兩天。」

「奧．傑耐克領主的人逃散了。」諾塔說：「我們繼續在外面滯留已經沒有意義了。」

「我問你了嗎？流鼻涕的男孩！」馬克瑞在第一次見到他們的時候，就充分顯示出對這些毛頭小子的厭惡，而他似乎對諾塔特別深惡痛絕。他身邊的那頭名叫「大嘴」的雜種狗也立刻發出低吼，彷彿附和主人的叱罵。瓦林不知道馬克瑞是從哪裡找到了這隻狗，但很顯然，經歷過抓抓的事情後，他放棄馴養獵奴犬，轉而養起了最大、最暴躁的獵犬，而且對於狗的血統完全不在意。營地中已經有不止一名士兵被大嘴咬傷，這隻狗不喜歡被愛撫，甚至不喜歡別人看牠。

諾塔同樣用充滿嫌惡的目光看著馬克瑞。瓦林一直都很擔心，如果這兩個人單獨在一起會發生什麼事。

「我們認為當務之急還是把他的屍體送回來，兄弟。」瓦林說道，「今晚，我們自己巡邏。」

馬克瑞將凶狠的目光轉向瓦林。「已經有些士兵逃回來了。他們說，那裡至少有五十個渣滓。」馬克瑞總是把康布雷爾人說成是渣滓。「你們幹掉了多少？」

瓦林舉起手中的長弓。「一個。」

馬克瑞的兩道濃眉擰在了一起。「五十個人中的一個？」

「就一個，兄弟。」

馬克瑞重重地歎了口氣。「我們最好把這件事通知他們的領主。他又要寫一封信了。」

林登・奧・海斯帝安領主的個子很高，相貌英俊，臉上總是帶著一點純眞的微笑和一種活潑愉悅的氣息。他在戰鬥中表現得很有勇氣，也懂得如何使用劍和長矛。與國王的描述正好相反，他的腦子動得非常快，如果說他有些傲慢，那也是因爲年輕人的銳氣，因爲他在太短的人生中獲得了太多，讓他不知道該如何隱藏自己的得意。讓瓦林感到懊惱的是，他發現自己竟然喜歡這個年輕的貴族。但他不得不承認，這個年輕人的確是一位糟糕至極的統帥。他的天性中缺乏指揮官所必備的冷血無情，雖然曾經多次威脅要鞭打手下那些士兵，但對於這些怯懦膽小、嗜酒如命，極度缺乏軍人素養的兵痞，他直到現在都沒有採取任何眞正的懲罰措施。

「兄弟們！」看到向他的帳篷走過來的一行人，林登微笑著向他們問好。當他看到馬背上的那具屍體時，笑容立刻消失了。很顯然，逃回來的士兵根本沒有把主將犧牲的訊息告訴他。

「向您致以我的哀悼，領主閣下。」瓦林說道。他知道，林登和馬提爾從小就是好朋友。

林登・奧・海斯帝安走到屍體前，輕撫故友的頭髮，臉上顯露出深深的傷痛。片刻之後，他才問：「他是在戰鬥中犧牲的？」他的聲音中充滿了感情。

諾塔張口想要說話。對於奧・海斯帝安領主，諾塔顯得非常殘酷，總是幾乎不加掩飾地侮辱和批評這位貴族軍官。所以瓦林急忙搶先答道：「他很勇敢，閣下。」

馬提爾・奧・傑耐克被箭射穿胸甲的時候，哭得像一個孩子。在生命最後的時刻，他雙手緊緊抓住瓦林，在絕望中痙攣，嘴裡吐出液體，生命之光漸漸從眼眸中消褪。瓦林確信，他想要說些什麼，但從充滿膽汁的嘴裡只發出了一些雜亂的聲音。也許是一些給愛人的遺言，對此，他們永遠也不知道。

「勇敢。」奧・海斯帝安重複，嘴角露出慘然的微笑。「是的，他一直都是那樣。」

「他的人逃走了。」諾塔說：「一枝箭，他們就都跑了。你的兵團無非是一群既無勇氣，更無廉恥的罪犯。」

「夠了！」馬克瑞兄弟吼道。

柯瑞尼克軍士走了過來，向奧・海斯帝安敬了一個軍禮。他是一個身材矮壯的男人，將近五十歲，臉上有一道寬大的傷疤，對士兵永遠都是一副氣勢洶洶的樣子。他是奧・海斯帝安步兵團中少數幾個有實戰經驗的老兵之一。從十六歲時起，他就在王國衛軍中服役。奧・海斯帝安明智地任命他為士官長，負責維持士兵的紀律。儘管他已為此付出了巨大的努力，但諾塔的評價是正確的——這個兵團依舊是一群烏合之眾。

「我會命令士兵建起火葬臺，長官。」柯瑞尼克軍士說，「我們應該在今晚進行火葬。」

奧・海斯帝安點點頭，從屍體前退開。「是的。謝謝你，軍士。還有你們，兄弟，感謝你們帶他回來。」他轉身向自己的帳篷走去，「馬克瑞兄弟，瓦林兄弟，能借用你們一會兒時間嗎？」

奧・海斯帝安的帳篷中並沒有其他貴族居所常見的奢華擺設，有限的空間裡擺放著他的武器和盔甲——這些都是由他親自清潔和保養的。大部分貴族在參加戰鬥的時候也會帶上一、兩名僕人，但奧・海斯帝安顯然能照顧好自己。

「請，兄弟們。」他招手請兩個人坐下，然後走到他處理兵團日常事務的行軍書桌前。「這裡有一份皇室公文。」他一邊說，一邊從書桌上拿起一個打開的信封。看到上面的國王璽印，瓦林的心跳加快了一點。

「致林登・奧・海斯帝安領主，第三十五步兵團指揮官。來自：賈努斯・奧・尼爾倫國王陛下，」奧．海斯帝安開始朗讀信中的內容，「『領主閣下，請接受我的祝賀，你讓一個兵團如此長久地滯留在蠻荒的叢林之中。毫無疑問，如果是能力不足的指揮官，一定會以更加平庸的手段，儘快了結王國在馬蒂舍森林中的麻煩，而你顯然制定了更加精妙的戰略，精妙得讓遠在後方的我完全無法看透它的本質。你應該還記得，守護者亞利恩慷慨地爲你配屬了第六軍團的一支戰鬥部隊，現在那位守護者正在期盼他們返回總部，好執行別的任務。我聽說，我前任戰爭領主的兒子也在那支部隊裡，我相信他一定繼承了父親的優秀品格，也在急切地盼望能執行國王的命令。也許你應該和第六軍團的兄弟們討論一下你的計畫，他們肯定能慷慨地爲你提供一些建議』。」

瓦林驚駭地發現自己的雙手正在不住地顫抖。他將雙手藏在斗篷裡，希望其他人只會以爲他是覺得寒冷。

「那麼，兄弟們。」奧．海斯帝安用誠懇而急切的表情看著他們。「看來，我必須尋求你們的諫言了。」

「我已經和你說過好幾次了，大人。」馬克瑞說道：「找出些人來，抽他們一頓鞭子，把最懶和最懦弱的傢伙們轟出營門，不許他們攜帶任何武器，允許柯瑞尼克軍士放手整肅軍紀。」

奧．海斯帝安揉搓著自己的額頭，眉宇間流露出疲憊神態。「這種手段無法贏得人心，兄弟。」

「那幫混球根本沒什麼心，極少有軍隊指揮官能贏得手下人愛戴的，在軍隊裡通行的指揮法則是畏懼。讓他們害怕你，他們就會尊敬你，然後才有可能去宰掉一些康布雷爾人。」

「從陛下信中的語氣判斷，我們可能至多只有一、兩個星期的時間來解決這裡的麻煩了。儘管國王做出了那樣的假設，但不得不承認，我並沒有任何策略能消滅黑箭和他的部隊。即使採用了你建議的手段，我們也需要更長的時間才能在這片蠻荒的叢林中贏得勝利。」

黑箭。這是他們從七個月以來唯一抓住的俘虜口中得到的一個名字。那是一個被諾塔射倒的弓箭手，臨死前，他只是惡狠狠地辱罵他們，並祈求他的神接受他的靈魂，原諒他的失敗。對於他們的審問，只以充滿仇恨的笑聲回應。對於一個將死之人，任何威脅都變得沒有意義了。最後，瓦林遣走了其他人，坐下去，把自己的水瓶遞給那個人。

「要喝嗎？」

那個人瞪著一雙明亮的眼睛，眸子裡跳動著挑釁的光芒。但因爲過度失血導致的乾渴肯定快把他逼瘋了，所以他忍住了拒絕的叱罵。「我什麼都不會告訴你。」

「我知道。」瓦林將水準遞到那個人的唇邊，讓他能喝到裡面的水。「你認爲祂會原諒你嗎？我是說，你的神。」

「世界之父有著無比偉大的仁慈之心。」瀕死的敵人竭盡全力說出這句話，「祂會知曉我的軟弱和我的力量，並同時關愛這兩種不同的我。」

瓦林看著他攥住肋側的箭杆，雙唇間響起一聲低微的啜泣。

「爲什麼你恨我們？」瓦林又問道，「爲什麼要殺死我們？」

那個人痛苦的啜泣變成充滿苦澀感的沙啞笑聲。「那爲什麼你們要來殺我們，兄弟？」

「你們來到這裡，就是破壞和約。你們的領主承諾，不會將你們的神意帶往其他封地——」

「神的意旨不會受到疆界的約束，也不會受到僞信之僕的阻撓。黑箭帶我們來到這裡，是爲了保護世界之父的子民，阻止你們這些異端將他們殺害。他知道，我們之間的和平是對世界之父的背叛，是對神明的褻瀆……」他被嗆到了，開始不受控制地咳嗽。瓦林還想從他的嘴裡再套出一些情報來，但那個人隨後只是繼續含混地唸叨著他的神。他的話語越來越缺乏連貫性，生命正迅速從體內流散。很快，他就陷入了昏迷，幾分鐘之內，他的呼吸停止了。不知爲什麼，瓦林發現自己很希望他能問一下自己的名字。

「你呢，瓦林兄弟？」奧·海斯帝安的詢問將瓦林帶回到了現實世界。「我們的國王似乎很相信你的判斷。你能想出什麼辦法，結束這場戰役嗎？」

還不如立刻結束這場該死的鬧劇，回家去。瓦林並沒有把這個想法說出口。奧·海斯帝安只有在贏得勝利之後才能離開這片森林，或者至少要有一些可以被稱之爲勝利的戰果。國王根本就不希望他離開這裡。瓦林暗中提醒自己，你還要完成和國王訂立的契約。誰又知道，陛下是否會收回他的恩惠？

「你的人只要離開營地，就會成爲黑箭部下弓箭手的獵物。」瓦林開口了，「但我的兄弟們和我不會。我們是這片森林中的獵人，康布雷爾人害怕我們。你的人也必須成爲獵人，他們之中至少有一部分還是可以通過訓練而掌握戰鬥技巧的。」

馬克瑞哼了一聲。「這幫混球甚至連尿出一條直線都學不會，更不要說狩獵了。」

「一定有些人是能夠被訓練的。信仰教導我們，即使是最卑劣的人也有其存在的價值。我建議，可以挑選一些人出來，比如三十幾人。我們會訓練他們，而他們要服從我們的命令。我們會組織一次突襲，找到黑箭的一處宿營地並將其搗毀。一旦他們第一次打敗了康布雷爾人，其他人也一定會受到鼓舞。」瓦林停了一下，凝聚起力量，說出不得不說的話：「如果你親自率領這支奇襲隊，他們一定會受到更大的鼓舞，閣下。士兵們會尊敬願意與他們並肩作戰的統帥。」在一場混亂的奇襲中，會有很多事發生，比如一枝流箭……

奧·海斯帝安揉搓著下巴上幾根稀疏的短鬚。「馬克瑞兄弟，你同意這個行動方案嗎？」

馬克瑞側目瞥了瓦林一眼，擰起的濃眉中流露出懷疑的神色。他知道這其中有問題，他能嗅出陰謀的味道，就像一頭獵犬捕捉到自己不熟悉的氣味。

又過了一會兒，馬克瑞才說道：「這值得一試，但要找到他們的宿營地還得花些工夫，那些渣滓很懂得掩飾自己的足跡。」

「第六軍團的兄弟是王國之中最好的森林遊俠。」奧．海斯帝安說：「我相信，如果有誰能找到那座營地，那一定就是你們。」他用力拍了一下膝蓋，想到自己的困境終有有了解除的辦法，他立刻又興奮起來。「謝謝你們，兄弟。這個計畫非常好。」他站起身，從椅背上拿起一條狼皮披風，披到肩膀上。「我們立刻著手進行吧。要做的事情還有很多！」

所有的士兵似乎都沒有姓，而且名字往往也都是進行非法買賣時得到的外號，像巧指、紅刀、快手諸如此類。他們用一個簡單的辦法挑出了三十個需要訓練的人——讓整個兵團圍繞木柵欄跑圈，選出落在最後面的人。這些人十人一排站了三排，全都用充滿恨意的目光盯著馬克瑞，馬克瑞則毫不在意地向他們宣布從今往後要遵守的各項規矩。

「任何人如果未經許可喝醉，被發現就要抽鞭子，只要兩次就會被趕出兵團。如果你們的豬腦以爲這樣就能輕鬆回家，那給我記住：被趕出兵團的人只能徒步走出馬蒂舍森林，而且不能攜帶武器。」馬克瑞停了一會兒，讓這幫人有時間理解他話中的意思。簡而言之，孤身一人，不帶武器進入馬蒂舍森林，意謂著會被綁在一棵樹上，肚子被完全劃開。

「給我聽清楚，你們這群賊胚子。」馬克瑞繼續咆哮著，「奧．海斯帝安領主已經授權第六軍團全權訓練和管理你們。現在，你們已經完全屬於我們了。」

「我們從軍可不是爲了這個。」第一排中一個面色灰黃的人陰沉著臉嘟囔道，「我們效忠的可是國王——」

馬克瑞一拳搗在那個人的下巴，把他打倒在地。「巴庫斯兄弟！」他一邊高聲喊喝，一邊抬腳踏在這個膽敢出言反對的士兵身上，「抽這個人十鞭子。一個星期不許碰朗姆酒。」他瞪著剩餘的受訓士兵，「還有人想要辯論參軍條件的問題嗎？」

坎尼斯和登圖斯在第二天就進入了森林，他們受命要找到康布雷爾人的營地，其他兄弟則全部參與到訓練士兵的工作中。鞭刑和死亡的共同威脅造成了良好的刺激效果，這些士兵全都變得紀律嚴明、幹勁十足。他們嚴格遵守兄弟們的每一個命令，在雪地中連續奔跑十幾里，在劍術課程和徒手搏擊課程上完全不害怕受傷。在馬克瑞教導基本的叢林生存技巧時，他們全都一言不發地仔細傾聽。如果說有什麼問題，那就是他們變得太過恭敬，似乎都被嚇怕了。而瓦林知道，心懷恐懼的人只能成爲糟糕的士兵。

「不必煩惱。」馬克瑞對他說，「只要他們更害怕我們，而不是那些渣滓，就能把事做好。」

瓦林負責這些人的劍術訓練。巴庫斯全無章法，但凶悍異常的徒手格鬥術很快就讓他成爲了這些人畏懼的對象。諾塔則迅速放棄教導這些人使用弓箭，他們沒有足以拉開弓弦的肌肉，更沒有準確射擊的技巧。諾塔將十字弩作爲自己的訓練方向，就算是最蠢的傢伙，也只要幾天時間就能掌握這種武器。等到第一個星期結束時，他們的小分隊已經能夠毫無怨言地奔跑十五里，也不再畏懼睡到木柵外了，而且大多數人都能用十字弩一箭射中二十步以外的標靶。他們的劍術和基本格鬥術還很不足，但瓦林相信，學到的這些東西至少能讓他們在與黑箭部下的初次遭遇中生存。

像往常一樣，瓦林的的傳奇早已傳遍了整座營地。士兵們都用混合崇敬與恐懼的目光看著他。他們偶爾會與諾塔和巴庫斯說上一、兩句話，但在瓦林面前，永遠都保持絕對的肅靜，彷彿只要說錯一個字，就會立刻小命不保。瓦林陰暗的情緒只讓他們更噤若寒蟬，現在的瓦林脾氣變得格外暴躁，在劍術練習中，他的木棍總是會在士兵們的身上留下一些異常疼痛的傷口。有時候，他發現自己說話的口氣就像索利斯導師一樣。這當然不會改善他的情緒。

奧．海斯帝安和他的士兵一起接受兄弟們的訓練，和他們一起穿長袍，一同在格鬥練習中挨打。實際上，他早已是一名頗具素養的劍士，身高和肌肉至少能與巴庫斯匹敵。整個訓練的過程中，他一直努力鼓舞士兵們，在長跑中拉起累倒在地上的人，爲他們在劍術課上每一點微小的進步而喝彩。瓦林注意到士兵們對這名年輕貴族態度的轉變。以前，他們總是在背後稱他爲「流鼻涕的笨蛋」，而現在，他成爲他們口中的「大人」。士兵們的情緒依舊很低落，對瓦林和其餘的兄弟沒有半點好感，但奧．海斯帝安成爲將他們團結起來的核心。看著他認眞地和部下進行格鬥練習，瓦林的心中只是覺得越發沮喪。*殺人犯*。

從訓練開始的那一天起，那個聲音就一直在折磨瓦林。那是他腦海深處一點輕微的耳語，不斷提醒著瓦林這個可怕的事實——*刺客，你和那些殺害米凱爾的渣滓沒有任何區別。國王已經把你變成了他的怪物……*

「你覺得如何，兄弟？」奧．海斯帝安正踏過積雪，大步向他走來。他的面孔因爲用力過度而充血，但同時也閃耀著興奮的光彩，「他們合格了嗎？」

「至少還要再過十天，閣下。」瓦林答道，「還有許多東西要學。」

「但他們已經進步了許多，不是嗎？至少現在我們可以稱他們為士兵了。」更像是陰謀的飼料，騙局的掩飾，你的陷阱的誘餌。「確實，閣下。」

「真可惜，亞林兄弟沒能活著看到今天。」亞林兄弟是第四軍團派出參加這次遠征的代表。原則上，他的任務是向守護者滕德思報告戰事進展。在最初的幾個星期裡，他一直都沒有走出木柵營地。據他所說，自己擔負著教導士兵們奉獻要理的重要使命。但不幸的是，他很快就罹患了嚴重的痢疾，不久之後便去世了。不過，公允地講，營地中並沒有多少人非常想念他。

「守護者滕德思一直沒有派人來頂替亞林兄弟，這一點實在很奇怪。」瓦林說。

奧．海斯帝安聳聳肩。「也許他也認爲這趟征途太危險了。」

「也許。或者他可能還不知道亞林兄弟已經過世了；也許，我們可以懷疑是有人在冒亞林兄弟的名，定期向守護者滕德思遞送報告。」

「這種事是不可想像的，兄弟。」奧．海斯帝安笑著繼續去鼓勵那些正在演練徒手格鬥的部下。爲什麼你不能變成一個可恨的人？瓦林思忖，爲什麼不能讓我的任務更輕鬆一些？那個無法逃避的聲音立刻回應：什麼樣的謀殺會是輕鬆的？

第二章

「全部差不多有七十人。」登圖斯一邊嚼著滿嘴的鹽漬牛肉一邊說：「在西邊，距離這裡有三十里。位置選得非常好，東邊有一條溝，南邊是一片山岩，北邊和西邊都是陡坡，很難偷襲。」

他們是在訓練開始後的第十四天返回的，坎尼斯將康布雷爾人的營地布局繪製成一張草圖。現在他們正與奧海斯帝安和馬克瑞圍坐在篝火旁，擬定進攻計畫。

「這些新兵要對付七十人，兄弟。」巴庫斯對馬克瑞說道，「即使加上我們兄弟，敵人依舊在人數上占優勢。」

「每個兄弟至少能對付三個那樣的敵人。」馬克瑞答道，「而且，遭受突襲的人往往等不到拔出劍，就已經被除掉了。」他仔細端詳坎尼斯的地圖，用一根粗硬的手指劃過營地東緣的那條溝壑。「他們在這裡的守備如何？」

「白天有三個人，」坎尼斯回答，「晚上五個。看樣子，黑箭是一個小心的人，他知道我們喜歡夜襲。這裡有一條能殺進去的路線，」他指著覆蓋住地圖南部邊緣的一堆石頭說：「那時我甚至已經能聞到他們菸斗的氣味。但這條路只容一個人通過，再多就會被發現。」

「五個人守衛著最佳的攻擊路線，但只有一個人能去把門打開。」馬克瑞喃喃地說道，「那個人必須神不知鬼不覺地穿過營地。」

「我們保留著他們的一些衣服和武器。」瓦林說，「在黑夜裡，他們也許會把我當做同伴。」

「你指的是我，兄弟。」坎尼斯說。

「同時解決五個人……」

「就像馬克瑞兄弟說的那樣，沒有準備的人是很容易被殺死的。而且我是唯一知道路的人。」

「他是對的。」馬克瑞說，「我會帶領我們的兄弟穿過這道溝，領主……」他向奧．海斯帝安瞥了一眼，「……我建議你率領你的士兵潛伏在營地南邊，聽到我們發起攻擊後立刻衝進去。我們會吸引他們的大部分注意，你們可以從背後偷襲。」

奧．海斯帝安點點頭。「這個計畫不錯，兄弟。」

「我應該和奧．海斯帝安領主在一起。」瓦林說，「如果我們之中有一個人在盯著那些士兵，他們衝鋒時也許就不會考慮留在後面。」

從馬克瑞眯起的眼睛裡，瓦林知道他的懷疑並沒有消失。*他知道*，那個耳語聲又在瓦林的腦海中響起，*其他人也許全然不會懷疑，但他知道。他已經聞到了你身上的血腥味。*

「讓山達爾和結舒亞待在領主身邊吧。」馬克瑞眯起的眼睛依舊盯著瓦林，「當我們攻入營地時，會非常需要你的劍。」

「在我們幾個人中，他們最害怕瓦林。」巴庫斯說，「如果瓦林跟著，他們很可能不會逃。」

「而我將有幸與瓦林兄弟並肩戰鬥！」奧．海斯帝安興沖沖地說，「我認爲這是好主意。」

馬克瑞緩緩地將目光轉回到地圖上。「那就聽你的，大人。」他又指住營地北邊的山坡，「如果一切順利，他們會從這裡逃往河邊，那裡是圍捕的完美地點。如果往生者眷顧我們，應該能把這夥人一網打盡。」他抬起頭，表情突然變得非常嚴厲。「即便如此，這依舊會是一場艱苦而血腥的戰鬥。那些渣滓不會求饒，也不會有半分屈服。要叮囑士兵，儘量逼近敵人，充分利用手中的長劍，不要讓敵人有機會拉開長弓。要讓你的人清楚，他們的失敗就意謂著我們全都死在那裡。這個地方是不可能撤退的，必須把他們全部殺掉，否則就是他們把我們全部殺掉。」

他將地圖捲起，站起身。「睡五個小時，然後出發，得要在黑暗中行軍，這樣他們的斥候才看不到我們。三十里雪地行軍需要花不少時間，所以我們必須加緊趕路。所有不經允許就說話的人、掉隊的人都會被割斷喉嚨。在戰鬥結束前，任何人都不許喝一口朗姆酒。」他將地圖丟給坎尼斯。

「兄弟，你來領路。」

這次行軍非常艱苦，幾乎把每一個人的體力都逼到極限，但馬克瑞的死亡命令讓每一個人都不曾有過一步遲緩。組織的兄弟走在隊伍的最前面，都將箭扣在弓弦上，雙眼不停地向黑暗中搜索康布雷爾人的斥候。黑箭的部下有時候也會趁黑夜來騷擾奧‧海斯帝安的營地，隔著木柵將火箭射入營中，但這種騷擾在坎尼斯和馬克瑞開始進行夜間狩獵之後便迅速減少。他們最多曾經一夜拿回四張長弓。現在，康布雷爾人已經極少在晚上來偷襲，他們的行軍也沒有受到任何阻礙。

經過八個小時的全力行軍，他們終於來到了一片空曠地的邊緣。前面是一片小山坡，坡頂的一堆山岩後面就是康布雷爾人的營地。在他們的右側，隱約能看到那道深溝的影子。馬克瑞將率領組織的小隊從那裡殺進敵營。不需要再多說些什麼，馬克瑞比了個祝好運的手勢，然後就率領十八名兄弟，排成鬆散隊形，向空地的另一邊跑去。

還有什麼需要的？瓦林用手語問坎尼斯。

他的兄弟搖搖頭，拉緊了身上的黑貂皮短上衣，穿著俘虜的衣服，另外，坎尼斯還將自己的硬弓換成了長弓，腰帶上別了一把短柄斧，現在他已經完全像是一個康布雷爾人了，但依舊將自己的佩劍捆在背後。他們的敵人從奧．海斯帝安的士兵手中繳獲了不少艾瑟雷爾長劍，所以帶上這件武器並不會顯得太過突兀。

也祝你好運，兄弟，瓦林比著手語，又拍了拍他的肩膀。坎尼斯笑了一下，以最快的速度衝到那堆山岩後面。他不會有事的。瓦林安慰著自己。他們在馬蒂舍森林度過的時光讓瓦林對坎尼斯的技藝有了一層新的認識，坎尼斯曾經是一個身體羸弱的男孩，被格雷林導師虛構出來的巨型老鼠嚇得瑟縮發抖。而現在，他已經是一名身輕如燕卻令人生畏的戰士。他無所畏懼，即使是在殺人的時候也絕不會有半分遲疑。

一陣踏雪的聲音傳來。奧．海斯帝安伏身到瓦林旁邊，悄聲問：「你覺得需要多久，兄弟？」看到這名年輕貴族眞誠的臉，瓦林努力壓抑心中的罪惡感。你希望他不會知道，要殺死他的正是你。那個無法逃避的聲音對瓦林說道，你希望他在進入來世時依然相信你的謊言，把你當做朋友……

「差不多一個小時，閣下。」瓦林悄聲答道，「也許更短些。」

「至少士兵們能有機會休息一下。」奧．海斯帝安走去查看他的士兵，不停地低聲安慰他們、鼓勵他們。瓦林竭力不去聽他說了些什麼，只是將注意力集中在那堆岩石黑暗的輪廓上。天空依舊昏暗，但一點藍色的光暈正宣告白晝即將到來。馬克瑞打算在黎明時發起進攻，那正是守在溝口處的哨兵們換班前最疲憊的時候。

瓦林穩住自己的呼吸，心中一秒一秒地數著時間，計算著動手的時刻，同時驅趕著心中一切可能影響到行動的胡思亂想。他的手渴望把弓背握緊。當他確信，至少已經過去了半個小時之後，他移動到奧．海斯帝安身邊，俯下身，在這位年輕領主耳邊悄聲說道：「那堆岩石裡肯定有哨兵。我的兄弟會繞過他們，以免他們發出警報。雖然不可能阻擋我們的進攻，但敵人的弓箭肯定會對我們造成傷害。」他舉了一下手中的弓箭，「我走到前面去。當攻擊開始的時候，我會確保他們不對我們造成麻煩。」

奧．海斯帝安支起身子，「我和你一起去。」

瓦林用力按住他的前臂。「你必須率領這些士兵，閣下。」

奧．海斯帝安瞥了一眼周圍那些緊張的面孔，不情願地點點頭：「當然。」

瓦林強迫自己露出一個微笑。「我們將在黑箭的帳篷裡共進早餐。」騙子！

「好運和你同在，兄弟。」

瓦林無法看奧．海斯帝安的眼睛。他點點頭，向那堆石頭跑去，過了心跳幾下的時間，他已經跑過那道山坡。有幾塊岩石如同巨獸一般俯臥在雪地上，成爲瓦林的絕佳掩護。他迅速向周圍掃了一眼，尋找可能存在的哨兵，但他什麼都沒有看見。營地那裡傳來了木柴燃燒的微弱氣味，但沒有任何值得警惕的聲音響起，坎尼斯應該還在向溝邊的衛兵靠近。瓦林將手伸進箭囊中，抽出一枝用布包裹的箭。打開布包，裡面露出的是黑色的梣木箭杆和鴉黑色的箭羽。這枝康布雷爾箭本屬於射死可憐的奧．傑耐克領主的那名弓箭手。這就是瓦林施行謀殺的工具。當英勇無畏的奧．海斯帝安率領他的部隊衝向敵營時，只要一枝箭就足以取走他的性命。一個不錯的結局，那個聲音說道，他的父親將爲他感到驕傲，還記得你的話嗎？記得你的誓言嗎？我會戰鬥，但我不會謀殺……

別煩我！瓦林惡狠狠地想。我只是做必須做的事。我別無選擇，不能打破與國王的契約。

他的雙手顫抖著，將箭扣在弦上。他的心臟如同在胸腔中擊打鼓點。夠了！他活動了一下雙手，強行壓下心中的戰慄。我只是在做必須做的事。我以前就殺過人。多殺一個又有何妨？

他的身後傳來一陣微弱的金屬敲擊聲，緊接著是弓弦的震響和報告警訊的驟然喧嘩，戰鬥的聲音很快就在空曠地各處播散開來。瓦林看到奧・海斯帝安的士兵們從樹林中跑出來，開始衝鋒。那名年輕的貴族非常顯眼，他領先自己的士兵幾步，手中高舉長劍，斗篷在身後飄擺。瓦林能夠聽到他向部下發出呼喊，催促他們前進。奇怪的是，看到所有士兵都在跟隨著奧・海斯帝安，瓦林心中竟生出一份滿足感。他本以為許多士兵會轉身逃走的。

瓦林深吸一口氣，冰冷的空氣燒灼著他的肺葉。他舉起弓，拉開弓弦，烏鴉箭羽拂過他的面頰。箭鏃指向奧・海斯帝安迅速靠近的身軀。謀殺很容易，當弓弦在他的手指上滑動的時候，他明白了這一點，就像捏熄一枝蠟燭。

有什麼東西在黑暗中發出咆哮。那東西正貼著雪地移動，瓦林頸後的毛髮一下子豎了起來。那種熟悉的不安感如同烈火般在瓦林的心中竄起。他的雙手再次開始顫抖，不得不放下弓箭，轉過身。

那頭狼露出了鋒利的獠牙，牠的眼睛在黑暗中閃著光，炸開的鬃毛如同銀色長釘。當他們目光相遇的時候，狼的吼聲停止了，也不再保持攻擊性的俯臥姿勢，而是立起身子，沉默而專注地看著瓦林。瓦林清楚地記得，多年前的奔跑測試中，牠就曾用這樣的目光注視過自己。

時間彷彿無限延長。瓦林被這頭野獸的目光俘獲，無法動彈。一個念頭在他的腦海中大聲吼叫：我在幹什麼？我不是殺人犯！

狼眨了眨眼，轉過身，跑過雪地，化成一道銀霜似的幻影，眨眼間就消失了。

越來越近的喊聲告訴瓦林，奧・海斯帝安已經率領士兵衝過來了。瓦林恢復了清醒，他轉過身，看到他們已經快要到達這堆岩石了。不到二十步遠的地方，有一個穿黑貂皮衣服的人站了起來拉開長弓，瞄準了奧．海斯帝安的胸口。瓦林的箭射穿了那名弓箭手的肚子。幾秒鐘之後，瓦林已經衝到敵人的面前，用長刃匕首解決了弓箭手。

「謝謝，兄弟！」奧．海斯帝安高喊著，繼續向敵營衝去。瓦林緊跟在他身後，拋下硬弓，抽出了長劍。

營地中已經陷入一團混亂，到處都是死亡和火焰。康布雷爾人的羽箭像兄弟們的一樣精準致命，但在近身搏殺中，他們毫無希望地處在下風。雪地上，到處都是燃燒的帳篷和凌亂的屍體。一個受傷的康布雷爾人踉蹌著從煙霧中走出來，一隻鮮血淋漓的手臂垂掛在他的身側，另一隻手還高舉著一把短柄斧，拚命向奧．海斯帝安砍去。那名貴族輕盈地向旁邊一閃，一劍砍倒了那個人。另一個康布雷爾人衝向瓦林，將一柄長刃獵野豬矛刺向瓦林胸口，睜大的眼睛裡卻滿是慌亂和恐懼。瓦林俯身躲過長矛，伸手抓住矛桿，將敵人拽到了自己的劍刃上。一名海斯帝安的士兵衝過來，舉劍刺進了這個康布雷爾人的胸膛。然後，那名士兵發出憤怒卻又充滿狂喜的吼聲，和他的同伴們跟隨著奧．海斯帝安一直向前衝去，殺死他們能找到的每一個人。

瓦林一直跟在奧．海斯帝安身後，和那名年輕貴族一起衝進煙霧之中，看著他連續砍倒兩個人。第三個人跳到了奧．海斯帝安的背上，用雙腿盤住他的胸膛，高舉起匕首。瓦林的飛刀射中了那個康布雷爾人的後背，奧．海斯帝安把還在痛苦中抽搐的敵人甩下肩頭，揮起長劍，砍開他的胸口。然後，他將長劍舉起，以無聲的手勢向瓦林致謝，又繼續向前衝去。

血腥的戰鬥變成瘋狂的殺戮。全部士兵都衝進營地，發瘋地劈砍著仍然能進行抵抗的幾個康布雷爾人，或者用匕首猛戳那些躺倒在地的傷者。奔跑中的瓦林眼前掠過了一連串噩夢中才會有的景象：一名士兵舉起被砍下來的康布雷爾人頭顱，將鮮血潑灑在自己的臉上。幾個人在朝一個康布雷爾人大笑，而那個康布雷爾人正竭力想要將流出來的腸子塞回到肚子上的窟窿裡。瓦林見過人們痛飲烈酒，卻還沒有見過人們痛飲血漿。奧．海斯帝安的士兵們已經被未知和恐懼折磨了兩個多月，現在，他們要將這一切都報復給敵人。

瓦林再次追上了奧．海斯帝安。他發現這名貴族正站在一名跪倒在地的康布雷爾少年面前，顯得十分猶豫。這個男孩肯定還不到十五歲，已經閉起了眼睛，嘴唇掀動，低聲念誦著禱辭。他的武器散落在身邊，雙手卻緊握在胸前。

瓦林停下腳步，調節呼吸，揩去劍刃上的鮮血。他能聽到河邊傳來的呼吼聲和武器撞擊聲，兄弟們正在剿滅黑箭最後的人馬。晨光很快就灑落在戰場上，照亮了這座恐怖的營地廢墟。到處都是屍體，有些人還在抽搐，或在最後的痛苦中掙扎。帳篷的灰燼之間，骯髒的雪地上熱血橫流。奧．海斯帝安的部下在這片廢墟中來回走動，剝取屍體身上的財物，除掉受傷的敵人。

「我們該拿他怎麼辦？」奧．海斯帝安問道。他的臉上布滿了煙灰和一道道汗漬，表情異常嚴肅。士兵們那種嗜血的熱情並沒有感染到他，他不喜歡殺戮。瓦林很高興自己違反了與國王簽訂的契約。

他會大發雷霆的。腦海中的那個聲音提醒他。

我會去見國王。瓦林回答，如果他願意，可以取走我的命。至少我不會作為一個殺人犯死去。

瓦林向那個男孩瞥了一眼。他似乎已經完全感受不到周遭的喧囂和死亡，只是在專心進行著祈禱。瓦林聽不懂他的語言，只覺得那禱告聲如同歌聲一般柔美。他是在請求神接受他的靈魂嗎？還是求神能讓他從即將到來的死亡中解脫？

「看樣子，我們有了第一個俘虜，閣下。」他用靴子踢了男孩一腳，「站起來！不要再嘟囔。」

那個男孩沒有理他，只是面不改色地繼續祈禱。

「我說了，站起來！」瓦林俯下身，抓住男孩的腰帶。一股冷風掃過他的脖頸，隨之便是箭簇擊中血肉的聲音。瓦林抬起頭，看到奧．海斯帝安盯著沒入肩頭的黑色箭杆，眼眉豎起，顯露出稍有些驚訝的表情。

「信仰在上。」他喘了口氣，就重重癱倒在雪地，四肢開始抽搐，劇毒顯然已經滲入他的血液。

瓦林猛轉過身，看到附近的樹叢中正有一團雪粉灑落，怒火頓時充滿胸膛。他一躍而起，向射出冷箭的弓箭手追去。紅色的薄霧在他的視野中彌漫。「你們！」他向附近的一隊士兵吼道，「去照顧領主。他受傷了！」

他全速衝進了樹林，整座森林在他的心中成爲一首鮮活的樂章，搜尋、狩獵，左側的雪地上傳來一點微不可聞的吱嘎聲，他立刻疾奔過去，鼻翼捕捉到因恐懼而產生的汗液氣味。森林之歌在他眼前從未如此清晰透徹，他的心中從不曾如此充滿殺意。口水從他的嘴角飛濺而出，他的思想已是一片空白，只有對鮮血的渴望。他不知道這場狩獵持續了多久，這是一個充滿了樹影和獵物氣息的夢。他如箭一般向森林深處飆飛，他不知疲倦，感覺不到身體的痛楚，能想到的只有那個獵物。

當他進入一片小空地的時候，森林之歌驟然改變了。這裡沒有鳥雀用歌聲歡迎朝陽，空氣中充斥著一股深深的敵意。他停下腳步，努力控制住劇烈起伏的胸膛，用全部知覺尋找敵人的蹤影，不放過任何一點最微弱的痕跡。這塊空地已經被朝陽照亮，而在陽光中格外顯眼的，是空地中心一塊形狀怪異的石頭。這塊石頭吸引了瓦林的注意力，削弱了他對森林之歌的感知。它大約有四尺高，下部窄長，頂部卻寬闊平坦，有些像是一株蘑菇。石塊的表面已經有一部分被藤蔓覆蓋。瓦林仔細端詳，發現那根本不是天然形成的石塊，而是用馬蒂舍森林中常見的花崗岩雕鑿出來的。

如果他的感覺沒有那麼靈敏，一定會錯過那一聲弓弦的彈響。他猛一俯身，利箭如同一道黑色的閃電掠過頭頂。那名弓箭手從灌木叢裡跳出來，手中高舉短柄斧，口中發出淒厲狂野的戰吼。瓦林一劍砍斷了他的手腕，短柄斧旋轉著，和握住它的手一同飛了出去。瓦林回身斬出的第二劍割開他的喉嚨，他在驚駭中踉蹌後退，只過了幾秒鐘，就因爲失血過多而死去。

瓦林終於從狩獵中清醒，覺得再也沒有力氣支撐自己的身體，在戰鬥和追逐中被過度耗竭的四肢開始承受痠痛與疲累的啃噬，脈搏一下下撞擊著他的耳膜。他拚盡全力呼吸，搖搖晃晃地靠在空地中心那塊石頭上，一點點滑倒在地，只想大睡一覺。他的目光落在那名弓箭手的屍體上，那張鬆弛變形的臉上布滿了皺紋，說明他的年齡遠遠超過這裡其他的康布雷爾人。*是黑箭嗎？*瓦林很想知道這個問題的答案。但他現在太累了，甚至沒有力氣搜檢這具屍體，判定這個人的身分。

當瓦林躺在地上的時候，森林之歌又回來了。他的頭垂在胸口，耳朵裡聽到了越來越響亮的鳥叫聲，四肢突然傳來的暖意喚醒了他。他抬起頭，發現整片空地已經沐浴在明亮的陽光中。不知不覺間，太陽已經高懸在頭頂。他意識到，自己一定是眞的睡著了。*蠢貨！*他站起身，撣去斗篷上的雪……但斗篷上什麼都沒有落下，斗篷和靴子上看不到一片雪花，地面和樹梢上也沒有一星半點的白色。生機勃勃的綠草覆蓋著他腳下的地面，樹枝上掛滿了葉片，這裡的空氣中沒有冬天那種刺骨的寒意。樹冠上方的天空呈現出湛藍的色彩。*夏天……這裡是夏天！*

瓦林狂亂地向四周張望。黑箭的屍體──如果那個人眞的是黑箭的話──不見了。剛才吸引住他目光的那座石雕上已經沒有了藤蔓纏繞，露出一根雕工精細的灰色花崗岩基柱，基柱的頂端是一個絕對的平面，只在中心處有一圈環形痕跡。瓦林再次靠近，伸出手指，想要撫摸一下那根柱子。

「你不應該碰觸它。」

瓦林轉過身，向聲音傳來的方向舉起佩劍。那名女子身材中等，穿著一件用不算細密的織物縫綴而成的簡單長袍，這種長袍的樣式是瓦林從未見過的。黑色的長髮從她的肩頭一直垂下，映襯著一張棱角分明、膚色白皙的面孔。但讓瓦林愣在原地的是她的那雙眼睛，實際上，那也許不是一雙眼睛。它們呈現出帶粉紅底蘊的乳白色，眼球中央沒有瞳孔。當她走近的時候，瓦林才看清，那雙眼球上面覆蓋著一層細密的血管網路，讓它們如同兩顆紅色的大理石珠，鑲嵌在微微帶點笑容的臉上，看著他。盲人？但瓦林能清楚地感覺到，這個女人在看他，而且肯定看到了瓦林向那根石柱伸出手。這個女人容貌中的一些特點讓瓦林想起了幾年以前那個神色嚴峻，面孔如鷹一般的男人，哀傷地搖著頭，用瓦林聽不懂的語言對他說話。

「賽奧達。」瓦林說道，「你是賽奧達希爾。」

女子臉上的笑紋更深了一些。「是的。你是馬利姆希爾的伯勞．沙．烏爾。」她舉起雙臂，指向這片空地，「這就是我們相逢的地點與時間。」

「我的……名字是瓦林．奧．蘇納。」瓦林說道。這裡的神祕氣氛讓他變得有些口吃。「我是第六軍團的兄弟。」

「真的？那是什麼？」

瓦林看著這個女人。賽奧達因爲他們與世隔絕的神祕狀態而聞名於世，但這個女人怎麼可能懂得他的語言，卻又不知道組織？

「我是一名侍奉信仰的戰士。」瓦林解釋道。

「哦，你還是這樣。」女人向他靠近。她側過頭，雙眉緊蹙，大理石般的眼睛審視著他，完全不眨一下，「啊，你還是這麼年輕。我一直以爲，當我們相逢的時候，你會更老一些。你還有許多事要做，伯勞・沙・烏爾。我很希望能告訴你，這會是一條輕鬆的道路。」

「妳的話裡滿是謎題，女士。」他向周圍這片不可思議的夏日叢林瞥了一眼，「這一定是一個夢，只是我腦海中的一個幻影。」

「這個地方不是夢。」女人從他身邊走過，伸出手掌，懸空停在那根石柱頂端中心處的環形印痕上。「這裡只有時間和回憶。一切都被束縛在這塊石頭裡，直到歲月將它們變成灰燼。」

「妳是誰？」瓦林問道，「妳想從我這裡得到什麼？是妳將我帶到這裡的嗎？」

「是你帶領自己來了這裡。」女人抽回手，又轉向瓦林。「至於我是誰，我的名字是奈蘇絲・希爾・寧；我想要的東西有很多，但你都無法給我。」

瓦林察覺到自己仍然將長劍握在手中，便收劍入鞘。他覺得自己有一點愚蠢。「我殺死的那個人去哪裡了？」

「你在這裡殺死了一個人？」女人閉起眼睛，聲音中流露出明顯的哀傷。「我們已經變得如此軟弱？我本希望我錯了，是視野欺騙了我。但如果連這裡也被潑灑鮮血，那麼所有的事情就全部都會發生。」她再一次睜開眼睛，「我的族人已經四散流離，對不對？他們躲藏在森林中，而你們正在獵殺他們，要讓他們徹底滅亡？」

「妳並不瞭解同胞的狀況？」

「請說給我聽。」

「賽奧達希爾隱居在北方林海之中，我們的人不會去那裡，我們並不殺戮賽奧達。據傳說，他們非常可怕，甚至比羅納人更可怕。」

「羅納？這就是說，你們的到來也沒有讓他們徹底毀滅。我早應該想到，聖女一定會找到辦法存續他們的血脈。」她再一次將沒有瞳孔的眼睛轉向瓦林，那種鉅細靡遺的審視讓瓦林感受到沉重的壓迫。心中的不安如火焰般躍起，但這並不是他已經開始熟悉的那種不安，它不是在警告瓦林有危險逼近，反而更像一種迷失方向的感覺，彷彿瓦林正在攀登一道懸崖，卻因為看了一眼腳下遙遠的地面而感到頭暈目眩，手足痠軟。

「看起來，」奈蘇絲．希爾，寧側過頭。「你能聽到你的血中之歌。」

「我的血？」

「就是你剛剛體驗到的那種感覺。你以前也有過這種感覺，對嗎？」

「有幾次。大多數是在面對危險的時候。它……曾經救過我。」

「能夠得到這樣的天賦，你是幸運的。」

「天賦？」瓦林不喜歡這個女人說出這個詞的口氣，她的聲音中有一種讓瓦林很不舒服的沉重，「這只是一種生存的直覺。我相信，每一個人都擁有這種直覺。」

「每一個人都擁有，但並非每一個人都能像你一樣清晰地聽到它。血歌有著更加豐富的韻律，絕不僅僅是警告你危險即將到來。隨著你的閱歷增長，你會對它的韻律有更多瞭解。」

血歌？「妳的意思是，我沾染了黯影？」

女人嘴角微翹，彷彿覺得瓦林的問題很有趣。「黯影？啊，是的，你的族人將他們所畏懼，又拒絕理解的事物稱為黯影。伯勞．沙．烏爾，血歌可能是黑暗的，但也能煥發出異常明亮的光。」

伯勞．沙．烏爾……「為什麼妳這樣稱呼我？我有我的名字。」

「像你這樣的男人會像收集戰利品一樣得到許多名字。其中有一些肯定不會是佳名。」

「這是什麼意思？」

「我的族人相信，渡鴉是預報變化的使者。當渡鴉之影掃過你心的時候，你的生命就會發生變化，可能是好，可能是壞，沒有人能知道。我們稱渡鴉爲『伯勞』，稱影子爲『沙』。而你，瓦林．奧．蘇納，侍奉信仰的戰士，你就是渡鴉之影。」

那種被這個女人稱之爲「血歌」的感覺依舊在瓦林的心中激蕩，而且變得越發強烈。這種感覺並沒有讓瓦林感到不快，只是讓他格外警惕。「妳的名字呢？」

「我是風之歌。」

「我的族人相信，風能從來世送來往生者的聲音。」

「那麼你的族人所知道的比我料想的更多。」

「這……」瓦林指了指周圍的空地。「……這是在過去，對嗎？」

「從某種角度講，是的。這是我關於此地的回憶。我將這段回憶束縛在這塊石頭裡，因爲我知道，終有一日，你會前來觸摸這塊石頭，屆時我們就能相見。」

「這是多久以前？」

「你的時代之前的許多、許多個夏天。這時，這片土地還屬於賽奧達希爾和羅納。很快，你的族人——馬利姆希爾，海洋之子就會登上我們的海岸，從我們手中奪走這裡的一切，我們將回到森林中，我已經看見了這一切。就像你擁有的天賦是血歌，我的天賦則是能穿越時間的目光。只有當我使用這個天賦時，眼睛才能看見。這就是我所付出的代價。」

「妳在使用妳的天賦？我……」瓦林努力搜索著正確用辭，「只是妳看到的一個影子？」

「可以這樣說。我們的相逢是必須的，現在，我們終於見面。」她轉過身，向樹林中走去。

「等等！」瓦林向她伸出手，卻抓了個空。他的手穿過她的長袍，如同穿過一重迷霧。而他只能大惑不解地看著眼前這一切。

「這是我的回憶，不是你的。」奈蘇絲．希爾．甯從容地對他說，「你在這裡沒有力量。」

「爲什麼我們的相逢是必須的？」血歌變得更加高亢，強迫瓦林問出這個問題。「妳將我召喚到這裡的目的是什麼？」

她走到空地的邊緣，轉過身，表情肅然，但並非冷酷無情。「你需要知道自己的名字。」

「瓦林！」

瓦林眨眨眼，一切都消失了。太陽、靴子下青蔥的草地、奈蘇絲．希爾．寧和她瘋狂的謎題。一切都無影無蹤。感受過無數歲月之前的那個夏日後，撲面而來的嚴寒格外令人打起冷顫，灼目的積雪反光逼得他不得不伸手遮住自己的眼睛。

「瓦林？」說話的是諾塔。這名同伴的臉上充滿了困惑和憂慮。「你受傷了嗎？」

瓦林依舊靠在那根石柱上，只是石柱表面又出現了纏繞的藤蔓。「我……需要休息。」他握住諾塔伸過來的手，站起身。不遠處，巴庫斯正在翻檢那具被瓦林殺死的老弓箭手的屍體。

「你們一直追到了這裡？」他問諾塔。

「沒有坎尼斯，要找到你還眞不容易。你沒有留下多少足跡。」

「坎尼斯受傷了？」

「他在對付那些哨兵時，手臂上被砍了一劍。情況不是很糟，但得在床上躺一段時間了。」

「戰況如何？」

「結束了。我們找到了六十五具康布雷爾人的屍體。桑銳兄弟失去了一隻眼睛，五名奧．海斯帝安的士兵加入往生者中。」諾塔的眼睛裡出現了一層幽影，當他在援救芬提斯的行動中第一次殺人的時候，就是這樣的眼神。和坎尼斯他們不同，諾塔至今都沒能習慣殺戮。他陰鬱地笑了一聲，「我們贏了，兄弟。」

瓦林回憶起那枝從自己耳邊掠過，射中林登．奧．海斯帝安的箭。一場勝利……倒不如說是一場慘敗。「他堅持了多久？」

諾塔皺起眉，「誰？」

「奧．海斯帝安領主。他受了多久的苦？」

「他還在受苦。可憐的雜種，那枝箭沒有殺死他，馬克瑞兄弟不知道他能不能活下來。他一直想要見你。」

瓦林拚命壓下幾乎把自己打倒的罪惡感，現在他不想去談這件事。他走到正忙著在屍體上翻找戰利品的巴庫斯身旁。「有什麼東西能表明他的身分嗎？」

「不多。」巴庫斯飛快地將幾枚銀幣收進口袋，從掛在那個人肩頭上的一隻小皮夾裡拿出一卷紙，「我發現了一些信，也許它們能告訴你什麼。」

諾塔接過那些紙，他剛看到第一行字，眉毛就蹙了起來。

「什麼事？」瓦林問。

諾塔小心地將信紙疊好。「這些應該由守護者來看。但我相信，我們這場小戰爭也許並不只局限在這片森林之中。」

林登．奧．海斯帝安躺在鋪著狼皮褥的床上，吃力地將空氣吸進肺裡，發出緩慢而沙啞的喘息聲。他的皮膚變成灰色，上面凝結了一層汗水。馬克瑞兄弟已經拿下他肩頭的箭，在傷口上塗了草藥膏劑，希望能吸出體內的毒液。但這樣只能讓他的精神更輕鬆一些，並不能拯救他的生命。人們已經不顧他的反對，強行餵了紅花，緩解了他最強烈的痛苦，但滲入他血管的毒液依舊給他帶來一陣陣劇痛。士兵們為他搭起一頂帳篷，帳篷中的臭氣勾起了瓦林關於喬芙根的痛苦回憶。

「閣下？」瓦林一邊問，一邊坐到他身邊。

「兄弟。」這位年輕貴族的唇邊露出一絲幾乎無法察覺的微笑，「他們對我說，你去追黑箭了。抓住他了嗎？」

「他……已經去見他的神了。」瓦林回答道。儘管實際上，他還無法確定那個人到底是誰。

「那我們就能回家了？我相信，國王一定會滿意的，你說呢？」

瓦林看著奧．海斯帝安的眼睛，看到了其中的痛苦與恐懼。奧．海斯帝安知道自己回不了家了，他很快就會離開這個世界。「他會滿意的。」

奧．海斯帝安重新躺倒在狼皮上。「你知道嗎？他們殺死了那個男孩。我命令他們放他走，但他們把他砍成了碎塊。他甚至沒有哭。」

「那些人很憤怒。他們非常尊敬你，我也是。」

「我的父親竟然會警告我要小心你。」

「閣下？」

「我的父親和我有許多不同、許多分歧。說實話，我承認我不喜歡他，不管他是不是我的父親。有時候，我覺得他也恨我，因爲我沒有他那樣的野心，所以無法配合他。有野心的人會覺得到處都是敵人，尤其是在宮廷裡，那裡眞是陰謀的滋生之地。在我出發的時候，他警告我，傳聞說有人正圖謀要害我，但他並沒有告訴我那個人是誰。他只是說，我應該格外注意你。」

傳聞，有人圖謀……看樣子，公主的確很忙。

「我根本無法想像，你爲什麼要害我。」奧．海斯帝安繼續痛苦地喘息著，「你會把我的事告訴他，對嗎？你會告訴他，我們是朋友。」

「你要親口對他說。」

奧．海斯帝安發出無力的笑聲。「不要逗我笑了。回營地後，你會在我的帳篷裡找到一封信，我在出發前寫好了它。如果你能把它幫我送出去，我會非常感謝你。它的收信人是……我熟識的一位女士。」

「一位女士，閣下？」

「是的，黎恩娜公主。」他悲戚地歎息一聲，「我到這裡來，就是爲了能贏得國王的好感，讓我們的結合能夠得到他的祝福。」

瓦林咬緊牙關，總算沒有開口咒罵自己是多麼愚蠢。他從最初遇到奧．海斯帝安的時候，就知道了國王對這個年輕人的評價是多麼有失公允。但他一直沒有意識到自己被委派祕密任務的眞實原因——國王要爲公主除掉一名不合適的配偶。

「公主如果知道你這樣親身赴險，一定會非常難過。」瓦林說道。

「她是一位有著偉大勇氣的女士。她說過，爲了愛必須賭上一切，否則愛就會死亡。」

我有很多事要做，我絕不會容忍任何人的阻礙……瓦林感到一陣對自己深深的嫌惡。公主，我們合力殺死了一個非常好的人。

「我有一個弟弟。他叫艾魯修斯。」奧．海斯帝安又說道，「我希望他能得到我的劍。告訴他……告訴他對待劍最好的方式就是將它留在鞘中。我發現，其實我並不喜歡戰爭……」他停了一下。突然襲來的疼痛讓他繃緊了面孔。「黎恩娜……不要告訴她，這裡竟然是這種樣子……」他在劇痛中顫抖，吐出的鮮血染紅了下巴。瓦林向他伸出手，卻只能無可奈何地看著他在狼皮上翻滾。再也受不了眼前這一幕的瓦林逃出帳篷，發現馬克瑞兄弟就坐在篝火旁，手中拿著酒瓶，一口一口灌著兄弟的朋友。

「沒有希望了嗎？」瓦林用乞求的語氣說道，「你什麼都做不了嗎？」

馬克瑞甚至沒有瞥他一眼。「我們已經把能找到的紅花都給他了。如果我們移動他，他馬上就會死。第五軍團的治療師也許能讓他的死亡少一些痛苦。但即使是他們也救不了他。」

瓦林打了個哆嗦。一陣痛苦的嘶喊聲從他身後的帳篷中傳出來。

「來，」馬克瑞遞過手中的酒瓶。「這能讓你的聽覺遲鈍一些。」

「我們不能讓他再這樣受苦。」

馬克瑞抬起頭，看著瓦林的眼睛。他對瓦林的懷疑並沒有消失，憑直覺就能看到瓦林的內疚。過了一會兒，他將目光別開，站起了身。「我來結束這一切吧。」

「不，」瓦林回頭向帳篷走去，「不……這是我的責任。」

「頸靜脈，這是最快的辦法。但我懷疑無論你怎麼切割，他都感覺不到了。」

瓦林點點頭，邁開麻木的雙腿，再次向帳篷走去。國王終究還是讓我變成了一個殺人犯……

奧·海斯帝安的眼睛已經失去了焦距，彷彿兩顆沒有神采的玻璃珠。瓦林跪倒在他身邊，當他看到瓦林手中匕首閃光的時候，瞳孔才重新現出一點神智。一開始，他彷彿有些恐懼，然後他歎息一聲。瓦林永遠都沒能知道那是因爲哀傷還是放鬆。他看著瓦林的眼睛，微笑著點點頭。瓦林抱住他，讓他的頭枕在自己的臂彎裡，將刀刃放在他的脖子上。

奧·海斯帝安張開雙唇，在一陣剛剛襲來的劇痛中，他用盡全力說道：「我……很高興是你……兄弟。」

第三章

「這些信是在黑箭的屍體上找到的？」

守護者坐在瓦林和馬克瑞面前，雙手按在那些信紙上，如同兩隻蒼白的蜘蛛。他的眼睛盯著這兩名兄弟，一張長臉上滿是關切的神情。瓦林知道，剛剛在荒野中跋涉了十二天，回到總部的他們現在的樣子一定很可怕，全身上下都骯髒和破爛得難以形容。但守護者顯然對他們的外表沒有興趣，在聽過報告之後，守護者要去那些信，迅速地將它們瀏覽了一遍。

「我們相信，那個人應該就是黑箭，守護者。」瓦林回答，「但沒有辦法確認這一點。」

「是的，也許下一次，你不應該那麼快就下殺手，兄弟。」

「這是我的疏忽，向您道歉，守護者。」

守護者以幾乎無法察覺的動作搖頭，示意他不必為此道歉。「你們明白這些信的重要性嗎？」

「山達爾給我們讀過信裡的內容。」馬克瑞說。

「組織以外有人聽到他讀信嗎？」

「那一晚，我們給奧·海斯帝安的士兵雙倍配給量的朗姆酒，他們什麼都不會聽到。」

「很好。把話帶給你們的兄弟們：不能與任何人談論這些信，他們彼此之間也不行。」守護者將信紙整理到一起，把它們放到書桌上一個牢固的木箱裡，關緊箱蓋，又用一把大鎖把箱子鎖住。

「你們一定很累了，兄弟。我代表組織感謝你們在馬蒂舍的奮勇效力。馬克瑞兄弟，你已被正式任命為兄弟指揮官。從現在開始，你也將在這裡居住。索利斯導師剛剛接受任命，將前去負責指揮南部海岸的一支連隊。那裡反抗國王稅務官的暴亂已經發展到了相當嚴重的程度。你將接替他成為劍術導師，我相信，你肯定還記得夠多的劍術，能教給學員們。」

「當然，守護者。」

「瓦林兄弟，明天早晨八點去馬廄報到，你將陪同我前往王宮。」

「祝賀你，兄弟。」當他們向訓練場走去的時候，瓦林說道。現在奧．海斯帝安的兵團正駐紮在那裡。他們還沒有兵營，所以守護者許可他們暫時留在第六軍團總部。瓦林懷疑，維林堡中根本沒有任何接待這些人的準備，因為國王本就沒有想過他們會回來。

馬克瑞的腳步停了一下。他無聲地審視著瓦林。

「你成為指揮官，又成為導師。」對方的沉默讓瓦林感到很不舒服，他只好繼續說道，「這是一項了不起的成績。」

馬克瑞向瓦林逼近一步，他的鼻翼震動著，將一股股空氣抽吸進去。瓦林心中生出一股握住獵刀的衝動，但只得竭力把這種衝動壓下去。

「你的氣味和原先不一樣了。」馬克瑞說，「你身上有些很不尋常的東西，有一股因為罪惡感而產生的臭氣。為什麼？」不等瓦林回答，他已經轉過身，大步走開，變成幽暗光線中一個矮壯的背影。他吹了一聲短促而尖銳的口哨，獵犬從影子裡竄出來，跟隨在身邊，向城堡主樓走去。

多年以來，瓦林和同伴們合住的那個塔頂閣樓已經住進一群新學員，他們被命令先與第三十五步兵團住在一起。瓦林發現，兄弟們正圍坐在篝火旁，向芬提斯講述他們在馬蒂舍森林中的故事。

「……直接射穿兩個人。」登圖斯正在說話，「我發誓，只有一枝箭。我從未見過那種情形。」

瓦林坐到了芬提斯身邊。抓抓本來一直蜷臥在芬提斯的腳邊，看到瓦林，牠立刻跑過來，用鼻子蹭著瓦林的手心，尋求愛撫。瓦林抓了抓牠的耳朵，發現雖然自己非常思念這頭獵奴犬，卻不後悔把牠留在總部。抓抓在馬蒂舍森林中會大有用武之地，但瓦林覺得自己已經嚐夠了人血的味道。

「守護者向我們致謝，」瓦林一邊向篝火伸出手，一邊對兄弟們說道，「從現在開始，不能再談起我們找到的那些信。」

「什麼信？」芬提斯問道。巴庫斯朝他扔去一根吃了一半的雞腿。

「他有沒有說我們下一步去哪裡？」登圖斯一邊問著，遞給瓦林一杯葡萄酒。

瓦林搖頭。「我明天要陪他去一趟王宮。」

諾塔哼了一聲，灌了滿口葡萄酒。「不需要黯影的力量，我們就能看到未來是什麼樣子。」他的聲音很大，但很含糊，下巴上滿是紅色的酒漬，「攻打康布雷爾人！」他站起身，向空中舉起酒杯。「先是馬蒂舍森林，然後是封地。我們會把信仰帶給他們，帶給那些絕罰者雜種，不管他們是不是喜歡！」

「諾塔……」坎尼斯伸手拉他重新坐下，但諾塔甩開了他的手。

「我們殺的康布雷爾人還遠遠不夠，不是嗎？我在那片該死的森林裡只殺死了十個人。你呢，兄弟？」他轉向坎尼斯，「我打賭，你一定超過了我，嗯？至少超過我一倍。」他又轉向芬提斯，「你也應該去那裡，男孩。我們在那裡澆在身上的血，比你那個獨眼朋友還多。」

芬提斯的臉陰沉了下來。瓦林按住他的肩膀，感覺到他繃緊的肌肉。他抬頭對諾塔說：「再喝一杯吧，兄弟。這能幫助你睡個好覺。」

「睡個好覺？」諾塔重新坐倒在地上，「我有好久沒做過這種事了。」他向坎尼斯遞過杯子，要坎尼斯再替自己把酒斟滿。一雙眼睛只是陰鬱地盯著篝火。

他們又默默地坐了一會兒，所有人都覺得很不舒服。幸好旁邊一堆篝火旁的一名士兵打破了這種尷尬的氣氛，才讓瓦林鬆了一口氣。這個士兵不知道從什麼地方找到了一把曼陀林琴——也許是從森林中康布雷爾人的屍體上找來的。不過這名士兵的彈奏技巧相當高超，曼陀林琴中飄揚出哀婉動人的旋律，整座營地都安靜了下來。很快，演奏者周圍聚集起越來越多的人。他們開始唱起一首名叫〈戰士輓歌〉的歌曲：

戰士的歌聲是孤獨的，
歌聲消逝，如同流火，
戰士歌唱倒下的朋友
敗陣沙場，血流成河……

曼陀林琴聲止息的時候，人們齊聲喝彩，並要求琴手再奏一曲。瓦林走進那一小群人之中，那名琴手面孔窄長，約二十歲上下。瓦林認得他是那三十個被選出來參加最終決戰的人之一，在他的前額上有一道縫起來的傷口，證明了當時戰鬥的激烈。瓦林努力想要記起他的名字，卻慚愧地發覺，自己根本沒有注意這些受過他訓練的人叫什麼。也許像國王一樣，他根本沒有想過這些人還能活下來。「你彈得非常好。」瓦林說道。

那個人露出一個緊張的微笑。這些士兵直到現在都無法消除對瓦林的畏懼，他們之中幾乎沒有人敢和瓦林說話。大多數人甚至會小心地避開瓦林的眼睛。

「我曾經是一個很受歡迎的歌手，兄弟。」那個人說道。他說話的時候和他的同袍很不一樣，他咬字發音非常準確，語氣也顯得很有教養。

「那爲什麼你會成爲士兵？」

那個人聳聳肩。「我的主人有一位女兒。」聚集在周圍的人們發出一陣會心的微笑。

「不管怎樣，我認爲他對你的教育很成功。」瓦林說，「你的名字叫什麼？」

「簡瑞爾，兄弟，簡瑞爾．諾靈。」

瓦林在人群中看到了柯瑞尼克軍士。「軍士，給大家一些葡萄酒，芬提斯兄弟會帶你去倉庫見格雷林導師。告訴他，酒是我要的，要他把好酒拿出來。」

士兵們紛紛低聲表示感謝。瓦林從口袋裡掏出幾枚銀幣，放進簡瑞爾的手裡。「再彈幾曲，簡瑞爾．諾靈。彈些快活的，適合慶祝的曲子。」

簡瑞爾皺起眉頭，「我們要慶祝什麼，兄弟？」

瓦林拍了拍他肩頭。「慶祝我們活著！」他舉起酒杯，轉向眾人，「我們爲活著痛飲！」

國王召集了他的諸位內閣大臣。舉行內閣會議的大廳，有著大理石地板和裝飾著黃金樹葉與精美石膏雕塑的華麗天花板，牆壁上懸掛著精美的繪畫和壁毯。盔甲晶亮的王室衛隊士兵筆直地站立在內閣成員落座的長桌周圍，賈努斯國王本人坐在桌子的正中央，看上去只是一名滿身墨水汙漬的老者，與整座大廳的整潔氛圍顯得格格不入。瓦林正是與這個老人簽訂了契約。他的肩頭披著白貂皮襯裡的斗篷，頭戴一頂樣式簡單的金冠，大臣們坐在他的兩旁——一共十個人，按不同等級穿著各色華服，全都凝神注視著報告戰況的瓦林，而守護者亞利恩坐在瓦林身邊。附近的一張小桌旁有兩名書記員，記下瓦林所說的每一個字。國王堅持要精確記錄每一次會議，內閣成員們在入座之前都會被要求說出自己的姓名，以及擔任的職位。

「那個隨身攜帶這些信件的人，」國王說道，「他的身分依然沒有查明？」

「我們沒有能指認他的俘虜，陛下。」瓦林回答道，「黑箭的部下絕不投降。」

「奧・莫納爾領主。」國王將那些信遞給左手邊一個大腹便便的人，他在會議開始前自稱為拉特克・奧・莫納爾，財政大臣，「你認得封地領主穆斯托的筆跡，這上面的筆跡與其相似嗎？」

奧・莫納爾領主對這些信仔細端詳了一會兒。「很遺憾，陛下，這與封地領主的筆跡實在太相似了，我甚至找不出它們的區別。不僅如此，只是看這些文辭句式的風格，就算沒有簽名，我也知道，這是穆斯托領主所寫。」

「但這是為什麼？」艦隊領主奧・瓊里爾問道。他是一個留鬍鬚的大漢，坐在國王的右側，「信仰明鑒，我對康布雷爾的封地領主沒什麼好感，但那個人不是傻瓜。為什麼他要在這樣的信上署名？除非他發瘋，想要讓王國再次分裂。」

「瓦林兄弟，」奧・莫納爾領主說道，「你與這些異教徒進行過數個月的戰鬥，你覺得他們吃得好嗎？」

「他們似乎沒有因為飢餓而變得軟弱，領主閣下。」

「他們的武器，你認為那些武器品質很好嗎？」

「他們使用做工精良的長弓和經過充分鍛打的鋼製武器，儘管他們也會使用從我方死亡士兵身上擄取的武器。」

「那麼，他們的裝備精良、食物充裕，而且是在獵物稀少的冬季馬蒂舍森林。陛下，我認爲一定有人在大力支持這個黑箭。」

「現在，我們知道了他的支持來自何處。」王室內務大臣科爾登・奧・特耐爾說道。在會議桌旁，他是除了國王以外衣著最華麗的一個。「封地領主穆斯托已經暴露了自己的罪行。我早就提出警告，他之所以會僞裝和平的樣子，只是爲了實現他更加深遠的陰謀。我們不能忘記，康布雷爾是在承受了流血的失敗之後，才被迫加入王國的。他們一直都恨著我們，還有我們所珍愛的信仰。現在，往生者已經指引勇敢的瓦林兄弟揭破敵人的陰謀。陛下，我懇求您立即採取行動……」

國王抬起手，止住了那名大臣的發言。「奧・根里爾領主。」國王轉向坐在他右手邊一名留灰色鬍鬚的大臣。「你是我的司法部門領主和首席法官，也許是內閣中最有智慧的人。這些字紙是否能夠成爲切實的證據，或者仍需要進行調查？」

司法領主若有所思地捋著銀色的鬍鬚。「陛下，如果只是將此事作爲法律案件考量，我只能說，關於這些信件，還需要對當事人進行訊問。任何指控都將視詢問的結果而定。如果一個人只憑這樣的證據就被指控犯有謀逆罪，我是不會把他送上絞架的。」

奧・特耐爾剛想要開口，國王又揮手示意他安靜，「那麼，你打算訊問怎樣的問題？」

奧・根里爾領主拿過那些信，將信中的內容大略看了一遍。「我注意到，這些信允許信件的持有者自由通過康布雷爾邊境，並要求康布雷爾的任何士兵和官員向信件持有者提供他們所需的一切幫助。如果信件的簽名和印章是眞實的，那他們的確出自封地領主之手，但信中並沒有說明收信人是誰。實際上，我們甚至不知道至死都帶著這些信的人是誰。即使它們眞的是封地領主所寫，封地領主是否打算把這些信提供給黑箭使用？或者它們只是被偷了，被用於不同的目的？」

「那麼，」奧．莫納爾說，「你要對封地領主進行審問嗎？」

首席法官停頓了幾秒。瓦林能從他緊繃的面孔上看出，他明白自己隨後這句話的重要性。「我相信，審問是有必要的，是的。」

大廳的門突然被打開，斯莫倫隊長走了進來，在國王面前立正，敬了個禮。

「找到他了，是嗎？」國王問。

「是的，陛下。」

「在妓院裡還是紅花館裡？」

斯莫倫隊長眨了兩次眼睛，顯示出他心中的不安。「前者，陛下。」

「他現在能說話嗎？」

「他已經努力讓自己清醒了，陛下。」

國王歎息一聲，疲憊地揉搓了一下額頭。「很好，帶他進來。」

斯莫倫隊長又敬了個禮，大步走出了房間。幾秒鐘之後，他帶著另一個人回來。那個人身上的衣著相當華貴，但很骯髒。他的腳步很可能隨時都會把自己絆倒，布滿紅絲的眼睛、灰黃色的面容和下巴上的鬍渣都說明了他在很長一段時間裡過著放蕩糜爛的生活。他看上去大約有四十多歲，但瓦林猜測他實際上應該更年輕。總之，他已經因爲縱欲而未老先衰了。他站到守護者亞利恩身邊，向守護者略點點頭以示問候。然後，他以誇張的動作，搖搖晃晃地向國王鞠了一躬。「陛下。您的召喚一直都令我感到榮幸。」瓦林注意到那個人的口音：康布雷爾人。

國王轉向他的書記員。「寫下來，尊貴的森特斯．穆斯托領主，康布雷爾封地繼承人，駐賈努斯王庭的康布雷爾代表前來出席會議。」然後，他轉回頭，盯著這個康布雷爾人。「穆斯托領主，今天早晨過得如何？」

奧．特耐爾領主微微嗤笑了一聲。

「很好，陛下。」穆斯托領主回答道：「您的城市對我一直都非常友好。」

「對此我很高興。當然，守護者亞利恩你已經認識了。這個年輕人是瓦林．奧．蘇納，剛剛從馬蒂舍森林回來。」

穆斯托領主的眼睛轉向瓦林，目光中充滿了戒備的神色。他以莊重的姿態向瓦林點頭示意，聲音雖然愉快依舊，卻流露出勉強的意味。「啊，你就是那個在利劍測試中為我贏得了十枚金幣的人。很高興見到你，年輕的閣下。」

瓦林點頭對他還禮，但什麼都沒有說。每次有人向他提起利劍測試，都會讓他心情陰鬱。

「瓦林兄弟給我們帶來了一些檔案。」國王從奧．根里爾領主的手中拿過那些信。「正是這些文件引發了我們的疑問。我相信，你對它們的評價一定會非常有助於鑒明它們的用途。」瓦林注意到，穆斯托領主在邁步向前接過國王手中的信紙時，猶豫了片刻。

「這些是自由通行憑證。」簡單看過信中的內容以後，他說道。

「它們是由你的父親簽署的，對嗎？」國王問道。

「這……看來的確是如此，陛下。」

「那麼，也許你可以解釋一下，瓦林兄弟怎麼會在馬蒂舍森林中一名康布雷爾異教徒的身上找到這些信。」

穆斯托領主的目光向瓦林掃了一下，一雙發紅的眼睛裡突然充滿恐懼。然後，他又轉回頭看著國王。「陛下，我的父親絕對不會將如此重要的文件交予一名叛逆者。我只能想像，它們遭到了偷竊，或者是僞造的……」

「也許你的父親能夠提供更加明確的解釋。」

「我……我當然相信他可以，陛下。如果您願意寫信給他……」

「我不會的。他要親自到這裡來。」

穆斯托領主下意識地後退了一步，臉上流露出明確無疑的恐懼。瓦林知道，現在的情勢對這名康布雷爾封地的繼承人非常不利。他在剛才的對話中受到了測試，卻沒給國王一個滿意的答案。

「陛下……」穆斯托領主結結巴巴地說道，「我的父親……這樣是不對的……」

國王氣惱地長歎一口氣：「穆斯托領主，我和你的祖父之間爆發過兩場戰爭，他是一位具有相當勇氣與頭腦的敵人。我一直不喜歡他，但非常尊敬他。現在，我覺得他應該慶幸自己不會在這裡看到，正當自己的封地瀕臨戰爭邊緣時，孫子卻還在胡言亂語，像個十足的酒色之徒。」

國王向斯莫倫隊長招了招手。「除非另有告知，否則穆斯托領主將一直在王宮中作客。請護送他到合適的寓所中去，確保他不會受到不明訪客的打擾。」

「您知道，我的父親是不會來的。」穆斯托用乾澀的嗓音說道，「他不會接受審問。如果有必要，就把我囚禁在這裡吧，但這不會讓局勢發生任何變化……一個男人不會將他喜愛的兒子放進敵人的手中。」

國王瞇起眼睛，看著這名康布雷爾領主。他讓你感到驚訝了，瓦林心中思忖，你沒想到他有膽量說出這種話。

「我們要看看你的父親會怎麼做。」國王說道。他向斯莫倫隊長點點頭，接著穆斯托領主被帶離了這座大廳，兩名衛兵緊緊跟隨在他身後。

國王轉向一名書記員。「寫一封給康布雷爾封地領主的信，命令他在三個星期之內到達這裡。」他推開椅子，站起身。「會議結束了。守護者亞利恩，瓦林兄弟，請到我的房間來。」

國王寓所中的每一件東西，從大理石磚地板上的地毯角度，到大橡木書桌上的文件，無不給人井然有序、有條不紊的感覺，和八個月以前瓦林見到的那個堆滿書籍和文卷，雜亂無章的密室完全不同。瓦林心中很清楚，那裡是他工作的地方，但他想讓人們以為他在這裡工作。

「請坐，兄弟們。」國王朝兩把椅子指了一下，自己坐到書桌後面。「如果你們願意，我可以派人送食物和飲料來。」

「無需如此，陛下。」守護者亞利恩以淡漠的語氣答道。他依然站立著，所以瓦林也只是站在他的身後。

國王的目光在守護者身上停留片刻才轉向瓦林，他鬍鬚下面的嘴角翹起，露出一絲笑意。「我注意到你的聲音，男孩。不卑不亢，你被教得很好，我覺得你的守護者在生我的氣，但我不知道是為什麼。」

瓦林看著守護者，他依舊面無表情地站在原地，並沒有打算回答的意思。

「哦？」國王繼續問道，「告訴我，兄弟，是什麼招致了你的守護者的怒意？」

「我不能代替我的守護者發言，陛下。只能是守護者代我說話。」

國王響亮地笑了一聲，將手掌拍在桌面上。「聽到了嗎，亞利恩？正是他母親的聲音，清亮得如同鈴聲。難道你從不曾因此而心生寒意？」

守護者亞利恩的音調沒有任何變化，「沒有，陛下。」

「沒有。」國王搖了搖頭，輕聲笑著，伸手去拿書桌上的一只酒壺。「當然，我相信你是不會的。」他給自己倒了一杯葡萄酒，坐進椅子裡，對瓦林說道：「你的守護者生氣，是因爲他相信我正在將王國送上戰爭之路。他相信，康布雷爾封地領主寧可看著我砍掉他醉鬼兒子的腦袋，也不會踏足到他的疆界以外。對此，我也贊同守護者的看法，但我在這樣做之後，就必須派遣王國衛軍進入他的封地，將他除掉。這會導致戰爭和流血，大小市鎮將付之一炬。儘管你的守護者是一名職業戰士，天職就是剝奪人們的生命，但他依舊認爲這是一件極爲遺憾的事情，只是他不會這樣對我說。他一直都是這樣。」

沉默在兩個人的對視中悄然而至。瓦林忽然明白了：他們彼此憎恨。國王和第六軍團守護者只要看到對方就會心生恨意。

「告訴我，兄弟。」國王一邊盯著守護者，一邊對瓦林說道，「你認爲，當封地領主聽說我囚禁了他的兒子，命令他來到我面前，他會怎樣做？」

「我對那個人並不瞭解，陛下——」

「他並不是多複雜的人，瓦林。仔細思考一下。我敢說，你一定從母親那裡繼承了足夠智慧。」

瓦林發現自己很不喜歡國王不斷談論自己的母親，但還是強迫自己回答道：「他會……很生氣，會將您的行動視作對他的威脅。他會提高警惕，召集軍隊，防守自己的邊境。」

「很好。他還會做些什麼？」

「看樣子，他只有兩個選擇，服從您的命令；或者徹底抗命，迎接戰爭的到來。」

「錯，他還有第三個選擇，他能攻擊，用他的全部力量發動攻擊。你認爲他會這樣做嗎？」

「我懷疑康布雷爾並沒有足夠的力量能夠與王國衛軍正面對抗，陛下。」

「你是正確的，康布雷爾只有效忠封地領主的幾百名衛兵，但他還擁有成千上萬善用弓箭的農民，如有需要，他們立刻會回應徵召、組成軍隊。據我所知，這是一支強大的部隊，我親眼見過他們發動的利箭風暴。當然，他們沒有騎兵、沒有重步兵，所以他們不可能進攻艾瑟雷爾，或者與王國衛軍在開闊戰場上一決雌雄。康布雷爾封地領主絕非一個值得敬佩的人物，但他的確繼承了其父的頭腦，能夠看清自己的弱點。」國王再次露出微笑，轉過頭，不再看守護者，而是帶著安撫的意味擺擺手。「哦，不必擔心，亞利恩。再過兩個星期，封地領主就會派遣信使，辭情懇切地爲了無法親身前來而向我致歉，並用一套看似合理，只是並不一定會有說服力的理由對那些信做出解釋，也許還會有滿滿一箱黃金。而我則會聽從我自己睿智並且熱愛和平的兒子的勸說收回命令，釋放那個醉鬼。然後，我相信那位封地領主應該不會再將通行憑證輕易發放給那些絕罰者中的狂信之徒了。更重要的是，他將記住自己在王國中的位置。」

「如您所說，陛下。」守護者說道，「您的確相信這些信是封地領主寫的？」

「相信？不，但這種可能性依然很大。那個人也許不像瓦林兄弟在馬蒂舍森林中消滅的蠢貨們那樣癡迷於他們的宗教，但他的神的確是他的軟肋。畢竟他已經過了五十歲，也許正在爲自己進入永恆聖地後能得到一個怎樣的位置而頭痛。不管怎樣，這些信是不是他寫的並沒有差別，它們的存在才是問題的關鍵。一旦暴露在光天化日之下，我別無選擇，只能採取行動。至少，這種安排能讓封地領主覺得欠了我兒子一個人情。等到瑪律修斯繼位時，這多多少少會對他有一點好處。」

國王一口氣喝光了杯中的殘酒，從書桌邊站起身。「關於管理國家的問題，我們討論的已經夠多了。我還有其他事情要找你們兄弟商量，來吧。」他招手引領他們走進了旁邊一個小一些的房間，這個房間的裝飾之華麗絲毫不亞於剛才的那間書房。不過被用在這裡裝飾牆壁的不是繪畫和掛毯，而是各式刀劍，上百件光芒奪目的武器。其中有幾件屬於艾瑟雷爾風格，但還有很多是瓦林從未見過的：幾乎有六尺長的大型雙手巨劍、幾乎彎曲到半環形的馬刀，像長針一樣，沒有側刃，帶著碗狀護手的細劍；還有劍身上鑲了金銀的長劍——儘管金銀都過於柔軟，不可能用於製造能進行實戰的武器。

「它們都很漂亮，對不對？」國王說道，「多年以來，我一直在收集各種武器。其中一些是禮物，另一些是戰利品，有一些是我買來的，只因為我很喜歡它們的樣式。我經常會把它們……」他轉頭看著瓦林，再次露出微笑。「贈送給像你這樣的年輕人，兄弟。」

瓦林的心突然被第一次與國王見面時那種不安的感覺緊緊抓住。他知道，自己從屬於一個巨大的、無形的計畫。而奈蘇絲．希爾．寧所說的「血歌」——那種令人忐忑的心情——又在他的意識深處開始顫動。如果他給我一把劍……

「我是第六軍團的兄弟，陛下。」瓦林竭力模仿守護者那種波瀾不驚的語氣，「王室的榮譽不應賜予像我這樣的人。」

「王室榮譽正應該給予像你這樣的人，雛鷹。」國王說道，「實際上，讓我感到不幸的是，我經常不得不將它們送給不配獲得這份榮譽的人。而今天的贈予將是與眾不同的，也是令我感到愉快的。」他指了指周圍的武器，「選一樣吧。」

瓦林轉向守護者，尋求守護者的指引。

守護者亞利恩微微瞇起了眼睛，除此之外，表情沒有任何改變。他沉默了片刻，但當他開口說話的時候，聲音也像方才一樣，兼具順從與挑釁的意味。「這是國王賜予你的榮耀，兄弟。他這樣做也是在彰顯組織的榮光，你應該接受。」

「但這樣是可以的嗎，守護者？一個人能夠既作為兄弟，又作為王國之劍？」

「許多年以前的確發生過這樣的事情。」守護者的目光從國王轉向瓦林，神色變得柔和了一些，但語氣中並沒有任何可以反駁的餘地。「你將接受國王的榮耀，瓦林兄弟。」

*我不想要這個！*這個想法在瓦林心中激烈地翻騰著。*這是報酬，殺人的報酬。這個詭計多端的老傢伙想要把我更緊密地和他綁在一起。*

但瓦林看不到逃避的方法，守護者已經向他下達命令，國王將榮譽賜給他。必須接受這把劍。暗自嚥下一聲沮喪的歎息，瓦林開始在牆壁上搜索。他的視線逐一掃過那些劍刃，帶著打趣的念頭思考自己是否應該選一把黃金劍，這樣他就能把劍賣掉，賺上一筆。不過他知道，一把有實用價值的武器才是明智的選擇。他並不打算選擇艾瑟雷爾劍，那不會比他的星銀劍更好，而那些樣式怪異的武器在他眼中並沒有多少實用價值。最後，他的目光落在一把寬刃短劍上，這把劍有著簡單樸素的青銅護手和木質劍柄。他從牆上取下這把劍，試著揮動了幾下，發現它的平衡性極佳，重量也稱手，劍刃鋒利，明亮的鍛鋼劍身上沒有一道刮痕。

「沃拉瑞劍。」國王說道，「不算漂亮，但是一件堅固的武器，在無法自由揮動手臂的貼身戰鬥中格外有用。是個好選擇。」他伸出手，瓦林將這把劍呈遞過去，「通常，我們要為此舉行一個儀式，念許多誓言，還有許多跪拜。但我想，我們可以省掉這些麻煩。瓦林・奧・蘇納，我任命你為王國之劍。你是否會以你的劍為統一王國效忠？」

「是的，陛下。」

「那麼，就好好使用它。」國王將這把劍又遞給瓦林。「現在，作爲王國之劍，我必須給你一個職位，我任命你爲第三十五步兵團指揮官。既然守護者以寬容雅量允許我的兵團屯駐在組織總部，我認爲只有讓組織來指揮它才是正確的。你將訓練這些士兵，率領他們參加戰鬥——如果戰爭爆發的話。」

瓦林看著守護者，想要得到一些指點，但依舊只能看到那種冰冷如同山岩的表情。

「請原諒我，陛下，但如果兵團由組織來控制，馬克瑞兄弟肯定會是更好的指揮官人選……」

「那位著名的絕罰者獵人？哦，我可不這樣認爲。我該怎樣授予他王國的利劍？只有受到王權的認可、成爲貴族的人才能指揮王國衛軍的兵團。你認爲你的士兵們需要多長時間做好準備？」

「我們在馬蒂舍森林遭受了慘重的傷亡，陛下。現在士兵們都很疲倦，而且有幾個星期沒得到薪餉了。」

「眞的？」國王看著守護者，揚了揚眉毛。

「組織將負擔相關費用。」守護者說道，「如果由我們來指揮兵團，就應該這樣做。」

「非常慷慨，亞利恩。至於兵員的損失，你們可以從監獄挑選，或者吸收能夠從街市上徵募的人。我敢說，一定有不少男孩想要加入由著名的瓦林兄弟指揮的兵團。」說到這裡，他發出一陣感傷的笑聲，「對於那些沒有見過戰爭的人來說，戰爭永遠都是一場精彩的冒險。」

第四章

「不要強姦犯，不要殺人犯，不要紅花成癮者，」柯瑞尼克軍士將國王的命令交給典獄長，同時以最微小的動作鞠了一躬，「也不要身體孱弱的人。我要從這些人裡選拔出合格的士兵。」

「監獄裡可不是保養身體的好地方。」典獄長一邊回答，一邊檢查國王詔令的印章，並大致看了一下詔令內容。「但我們一直都會爲陛下竭盡所能，更何況這次受命服務的對象更是全王國最著名的戰士。」他向瓦林露出微笑，那笑容像是奉承，又像是在諷刺——這兩種表情在那張凶狠的面孔上很難區分。一開始，瓦林甚至將這名衣著粗陋，滿臉汙泥的典獄長當做一名犯人，也許只有他的大肚子和掛在腰帶上的大串鑰匙才能夠表明他的身分。

王國監獄實際上是港口附近的一系列相互連通的古老堡壘，隨著兩個世紀以前城牆的建成，這些堡壘本來應該被棄置不用，但歷代君主們發現這些人工砌築的巨型岩洞，是丟棄維林堡罪惡元素的理想地點。這裡到底關押了多少囚犯，顯然沒有人知道。「在這裡，死亡經常發生，你不可能總把他們點數清楚。」典獄長向瓦林解釋道，「活得最久的都是那些最強壯、最凶惡的傢伙。要知道，他們在搶奪食物的時候很有優勢。」

瓦林透過牢固的鐵柵，向黑暗的拱頂囚室中望進去。幾乎能令人窒息的臭氣讓他很想用斗篷遮住自己的臉。「你們會向王國衛軍提供很多兵員嗎？」

「這要看時機如何。在梅登尼恩戰爭的時候，這裡幾乎都空了。」典獄長抄起鑰匙，走上去打開鐵柵門，同時揮手示意四名身材粗壯的衛兵跟在身後。「來吧，我們看看今天會有哪些收穫。」

被選出來的人差不多有一百個。他們全都表現出不同程度的營養不良，身上的衣服破爛不堪，皮膚上滿是鮮血和汙泥。這些人站在城堡的主廣場上，陽光讓他們不停地眨著眼，警惕地瞥著廣場周圍城牆上的衛兵。那些衛兵全都端著十字弩，瞄準這一小群人。

「你能找到的只有這些？」柯瑞尼克軍士帶著懷疑的語氣問典獄長。

「昨天是絞刑日。」典獄長聳聳肩。「我不可能永遠養著他們。」

柯瑞尼克軍士帶著隱忍不發的厭惡態度搖了搖頭，開始用鞭子抽打這些人，讓他們排成佇列。「要懂得遵守紀律，渣滓們！如果你們站都站不直，王國衛軍是不會要你們的。」他不停地用力抽打，直到他們排成了兩列不算整齊的縱隊。然後，軍士轉向瓦林，用力敬了一個禮。「請您檢閱兵員，領主大人。」

領主。這個頭銜在瓦林的耳朵中顯得非常陌生。他完全不覺得自己像是一名領主，在他的心目中，自己完全是第六軍團的兄弟。他沒有土地、沒有僕人、沒有財富，但國王已經宣布他是一位領主。他覺得這就像一個謊言——許多謊言中的一個。

他向柯瑞尼克軍士點點頭，沿著這支佇列向前走去，許多雙充滿恐懼的眼睛跟隨著他的腳步，他發現自己很難與這些眼睛對視。有一些人站得比其他人更直，有些人乾淨一點，有些人消瘦和虛弱得令人吃驚——瓦林覺得他們能保持站姿就是一件相當了不起的事情了。他們全都散發著臭氣，瓦林很熟悉這種濃烈油膩的臭味，從這些人身上散發出來的是死亡的臭氣。

瓦林忽然停下腳步——他發現有一雙眼睛只是死死地盯著地面。他向那個人走過去，那個人比大部分囚犯都更高大魁梧，曾經發達的肌肉因爲長期飢餓的消磨，已經鬆垂在胸前，滿是髒汙的前臂上，能看見一道癒合得很糟糕的疤痕。

「還在爬牆嗎？」瓦林問他。

加力斯抬起頭，不情願地看著瓦林的眼睛。「偶爾，兄弟。」

「這一次是怎麼回事？又是一袋香料？」

加力斯皮肉鬆弛的臉上露出一絲打趣的神情。「是銀幣，從一幢大房子裡偷出來的。如果替我把風的那個傢伙能有些腦子，我們就成功了。」

「你在這裡多久了？」

「一個月，兩個月，在那種黑牢房裡是不可能有什麼時間概念的。我本應該在昨天被吊死，但那時大車恰好滿了。」

瓦林朝他帶著傷疤的手臂點點頭。「這個會讓你有麻煩嗎？」

「冬天那幾個月會有一點疼，但我爬牆的速度還是比所有人都要快。你不必擔心。」

「很好。我一定能用得到會爬牆的人。」瓦林又向他靠近一步，緊盯著加力斯的眼睛，「但你應該知道，你對夏琳姐妹所做的事情依然讓我感到非常不快，所以，如果你逃走的話……」

「我絕不會有這種念頭，兄弟。我也許是一個賊，但說出口的話可像鐵一樣硬。」加力斯努力想要顯示出一點軍人作風，他猛吸一口氣，挺起胸膛，收攏雙肩，「非常榮幸，能夠與……」

「好了。」瓦林揮手示意他閉嘴，然後提高聲音，讓所有人都能聽見，「我的名字是瓦林．奧．蘇納，第六軍團兄弟，國王親口任命的第三十五步兵團指揮官。仁慈的賈努斯國王准許你們以在王國衛軍服役來替代徒刑；作爲回報，你們將在今後十年時間裡尊奉他的旨意，爲他而戰。你們將衣食無憂，得到薪餉。你們要毫不遲疑地服從我的命令，任何違反紀律或醉酒誤事的人都會挨鞭子。逃兵則會被立即處決。」

他審視這些人的面孔，希望能看到他們的反應，但呈現在他眼前的只有麻木和鬆懈。不管怎樣，就算是嚴酷的軍旅生活也要比繼續待在地牢裡要好多了。「柯瑞尼克軍士。」

「大人！」

「帶他們回總部去。我還要去城裡辦點事。」

奧・海斯帝安家的宅邸位於城市北區，這是全城最高級的區域，這幢紅色砂岩砌成的大宅占地廣闊，有許多窗戶。環繞它的圍牆格外牢固，上面豎著鋒利的鐵製矛尖。衣著無可挑剔的僕人在大門口傾聽了瓦林的講述，訓練有素的臉上沒有顯露出任何表情。隨後，他請瓦林在門外等待，自己轉身前去通報。只過了幾分鐘，他就回來了。

「年輕的奧・海斯帝安主人正在房後的花園裡，領主閣下。他吩咐我要竭誠歡迎您，並請您現在就去見他。」

「兵團長呢？」

「奧・海斯帝安領主今天早晨被喚入宮中了，也許要到傍晚才會回來。」

瓦林暗自鬆一口氣。如果不得不同時面對林登的父親和弟弟，要承受的折磨肯定會更加沉重。走過大門，他發現一隊王室衛士正在草坪上悠閒地走動，其中一個人牽著一匹英俊的白色母馬。瓦林想到這些人出現在此地的原因，放鬆的心情立刻消失得無影無蹤。當他經過的時候，那些衛士們紛紛莊重地向他鞠躬。看樣子，他受到國王任命的訊息已經不脛而走了。他也鞠躬向他們還禮，然後便快步向前走去，渴望能夠結束這裡的事情，回到總部。在那裡，他會忙於訓練兵團，無暇顧及其他事情。我的兵團。這個事實至今都讓他感到怪異。他剛滿十九歲，國王已經給了他一個兵團。儘管坎尼斯立刻就說出一連串早年即成爲統帥的著名軍人的名字，但瓦林還是覺得這實在是太荒謬了。在結束覲見，返回總部的路上，他就一直想從守護者那裡尋得一個解釋，但對於他的問題，守護者只是簡單地吩咐他要服從命令，但守護者緊鎖的眉頭告訴瓦林，第六軍團的主帥正在認眞考慮國王的決定。

這座花園位於一片面積巨大的樹籬迷宮與灌木叢之間，一片片花床正在初春的陽光中爭相盛開，瓦林在一棵楓樹的樹蔭裡找到了他們。長椅上的公主還是像以往一樣可愛，臉上帶著令人神魂顚倒的微笑，甩動著她金紅色的頭髮，傾聽著坐在她身邊的年輕人滿面誠摯地高聲朗讀著一本小書。在艾魯修斯·奧·海斯帝安的身上，瓦林只看到了一點點與其兄的相似之處。他是一個大約十五歲的細瘦男孩，青春洋溢的面容極爲精緻，幾乎有些女性化。一頭黑色捲髮蓋住他的雙肩，他穿著黑色衣服，以表示對親人的哀悼。瓦林緊緊握住手中的長劍劍鞘，深吸一口氣，聚集起能找到的全部信心，大步向前走去。隨著距離逐漸靠近，瓦林聽到那個男孩抑揚頓挫的辭句：「我懇求妳，不要再哭泣，我的愛人，不要因爲我的死亡而落淚，向天空揚起妳的面龐，讓陽光拂去妳的淚水……」

當瓦林的影子落在他身上的時候，少年停止了念誦。

「奧·蘇納閣下！」艾魯修斯站起身，向瓦林問好，同時向瓦林伸出手，全然不在意那些令瓦林感到厭惡的貴族禮儀。「能見到你眞是榮幸，我的哥哥在信中對你做出了很高的評價。」

瓦林的信心枯萎了，隨風飄得無影無蹤。「你的哥哥有時候會過分讚揚一個人，閣下。」他握了握少年的手，然後向黎恩娜微鞠一躬，「殿下。」

公主略點頭。「很高興能夠再見到你，兄弟。或者，你現在更喜歡別人稱你爲『領主閣下』？」

瓦林和公主對視，胸中的怒火讓他險些做出不明智的回答。「全憑您喜歡，殿下。」

公主輕撫下頷，露出沉思的神情。她的指甲塗成淺藍色，鑲嵌在上面的寶石在太陽下閃閃發光。「我想，我會一直稱你爲『兄弟』。感覺上，這樣才……更合適。」

她的聲音中流露出一種幾乎無法察覺的棱角。瓦林不知道她是不是在發怒，依然在惱恨他的拒絕，或者只是在嘲笑一個傻瓜放棄與她分享權力的機會

「是一首好詩，閣下。」只想避開公主的瓦林轉向艾魯修斯，「是一首經典之作嗎？」

「算不上。」少年似乎有一些困窘。他飛快地放下那本小書，「一首小詩而已。」

「哦，不要這麼謙虛，艾魯修斯。」公主用責備的口吻說：「瓦林兄弟，你今天有幸聽到王國最有才華的一位詩人朗誦詩作。我相信，數年之後，這將成爲你足以炫耀的談話。」

艾魯修斯羞赧地縮了縮肩膀。「黎恩娜把我說得太好了。」他的目光落在瓦林手中的長劍上，哀傷的烏雲立刻遮住了他的面孔。「這是要給我的嗎？」

「你的哥哥希望由你來保管它。」瓦林將長劍遞向少年，「他希望你將這把劍留在鞘中。」

少年猶豫片刻，才接過長劍。他緊緊握住劍鞘，表情突然變得異常堅決。「他總是比我更懂得寬恕。但我發誓，那些殺害他的人必將得到報應。」

孩子話，瓦林這樣想著的同時，也感覺到了自己的蒼老，一定是故事裡或者詩歌裡的辭句。

「殺害你哥哥的人已經死了，閣下。不需要報仇了。」

「康布雷爾人派遣他們的戰士進入馬蒂舍森林，對不對？直到現在，他們依然密謀對抗我們。

我的父親已經得到訊息，那些殺害林登的異教徒正是康布雷爾封地領主派遣的。」

宮裡的訊息傳得眞快啊。「國王已經控制住了局勢。我相信，他將掌握王國的舵柄，讓王國行駛在正確的道路上。」

「我前進的道路只有戰爭之路。」男孩眞誠的面容顯得格外激動，淚水在他的眼睛裡閃著光。

「艾魯修斯。」黎恩娜公主溫柔地按住他的肩膀，聲音中充滿了安慰之情，「我知道，林登絕對不希望你的心壓上憎恨的重擔。聽瓦林兄弟的話吧，已經不需要再復仇了。珍惜林登的回憶，將他的劍留在鞘中，就像他希望的那樣。」

公主的關心聽起來是如此眞摯，瓦林幾乎忘記了自己的怒火。但在他的匕首下，林登那張像大理石一樣蒼白的臉打碎了瓦林眼前的一切幻象。不過，公主的話語的確讓這名少年平靜了下來，雖然淚水還在，怒容卻已經從他的臉上褪去。

「我懇求你的原諒，閣下。」他語帶哽咽地說道，「現在我必須一個人獨處一會兒。我會……我會想要再見到你，聽你說說我的哥哥和你們共處的時光。」

艾魯修斯點點頭，又轉過身，輕吻了一下公主的面頰，就向宅邸中走去，但淚水還是不斷地湧出他的眼眶。

「可憐的艾魯修斯。」公主歎息一聲，「他就是這麼多愁善感，從我們還是孩子的時候就已經是這樣了。你知道嗎，他正打算在你的兵團中求取一個職位。」

瓦林轉向她，發現她臉上的笑容已經不見了，那張無可挑剔的面孔變得嚴肅而且專注。瓦林只好回答道：「不知道。」

「到處都有關於戰爭的謠言。他正期待著追隨你殺進康布雷爾的首都，一起對封地領主施加正義的懲罰。如果你能拒絕，我會非常高興。他還只是個孩子，就算他長大成人，我也不確定他是否能成爲一名戰場上的軍人，還是只會變成一具漂亮的屍體。」

「我不會讓他變成屍體。如果他提出這樣的要求，我會拒絕他。」

公主的面容變得柔和，玫瑰花蕾般的嘴唇彎曲成一個溫婉的微笑。「謝謝你。」

「就算我想要也做不到。我的守護者已經決定，兵團中的全部軍官都將是組織的兄弟。」

「我明白。」公主的笑容變得有些懊惱，她明白，瓦林拒絕參與她的權力遊戲。「你認爲眞的會爆發戰爭嗎？和康布雷爾人開戰？」

「國王不這樣想。」

「那你怎麼想呢，兄弟？」

「我認爲我們應該相信國王的判斷。」瓦林僵硬地鞠了一躬，轉身準備離開。

「最近，我有幸見到你的一位朋友，」公主的話讓瓦林停住了腳步，「夏琳姐妹，對不對？她在沃恩斯雷夫負責主持第五軍團的一間治療室，我替那裡帶去父親提供的一筆贈款。她眞是個甜美的女孩，只是太過於敬業。我向她提起我和你已經成爲了朋友，她希望你還記得她，不過她似乎認爲你也許已經把她忘記了。」

什麼都不要說，瓦林告誡自己，什麼都不要告訴她，情報就是她的武器。

「你不希望對她說些什麼嗎？」公主又問道，「我可以作爲國王的信使，把你的訊息帶給她。我非常不希望一段友誼就這樣無聲無息地結束。」

現在，公主的微笑變得亮麗動人。瓦林還記得，他們在她的私人花園中交談時，她的臉上就帶著這樣的微笑，這種笑容中所蘊含的，是遠遠超越她的年齡、無懈可擊的信心與聰慧。公主在用微笑告訴瓦林，她有自信能洞察瓦林的心思。

「很高興命運再一次讓我們相遇。」她對沉默不語的瓦林說道，「我最近一直在思考一個問題。也許你會對此有些興趣。」

瓦林依舊只是在沉默中注視著她，拒絕參與她所希望的一切遊戲。

「解謎是我的一個嗜好，」公主說：「我曾經解決過一個困擾第三軍團超過一世紀的數學問題。當然，這件事我沒有告訴過任何人。一位公主的智慧不應該超越男人。」她的聲音又改變了。這一次，瓦林聽到了一絲苦澀。

「您的睿智讓您與眾不同，殿下。」

公主側過頭，並沒有理會瓦林這句空洞的恭維。「但最近讓我深感困惑的是一個你也曾經密切參與的事件——守護者屠殺夜。不過，既然只有兩位守護者去世，它爲什麼還會有這樣一個稱謂？我實在是無法想像。」

「爲什麼您會關注這樣一起令人不快的事件，殿下？」

「當然是因爲它的神祕，它的不可思議。爲什麼刺客會在那樣一個夜晚攻擊守護者？那時，另外三個軍團的總部都有第六軍團的學員兄弟，這實在是一個異常愚蠢的戰略。」

無論如何，瓦林的興趣還是被勾起來了。她有事情要告訴我。爲什麼？她又能從中得到什麼好處？「您得出了怎樣的結論，殿下？」

「在奧普倫有一種被稱爲『科斯柴特』（注）的遊戲，翻譯成我們的語言就是『狡詐』。它非

注 遊戲方式請參考本書附錄。

常複雜，二十五枚不同的棋子被放在一個有一百個方格的棋盤上。奧普倫人對於策略籌畫有著巨大的愛好──無論是在貿易方面，還是在戰爭方面。眞希望我的父親在未來的日子中能夠牢記這一點。」

「殿下？」

公主擺擺手。「沒什麼，一局科斯柴特有可能會持續數日之久，許多睿智的人都會耗盡一生的時間來精進此中玄妙。」

「我相信，您已經實現這一目標了，殿下。」

公主聳聳肩。「它其實並沒有那麼難，重點在於開局。總體而言，它只有大約兩百種開局變體，其中最成功的是謊言者的攻擊。那是一系列看似純防禦性的步法，但如果布局成功，就會演變成十步即可取勝的連續攻擊。能夠成功發動攻擊的前提，是利用棋盤另一區域的佯動吸引對手的注意力，進攻時的關鍵則在於焦點集中的隱祕突擊。這種突襲只有一個目標──除掉學者。它不是棋盤上最強的棋子，但在防禦中將起至關重要的作用。這時，你需要讓對手相信，他正在漫長的前線上遭受來自多個方向的進攻。」

「攻擊全部守護者只是爲了引開我們的視線。」瓦林思忖道，「眞正要殺死的人只有一個。」

「也許一個，也許兩個。實際上，如果你以更寬廣的視角看待這個問題，你可能才是主要目標，而守護者只是次要目標。」

「這就是您的結論？」

公主搖搖頭。「全部理論都需要假設。對於這一事件，我可以認爲發動這次攻擊的勢力意圖破壞組織和信仰。簡單地殺死守護者當然能夠實現這一企圖，但新的守護者將得到任命、取代舊人，比如守護者滕德思．奧．佛恩。不過，這位守護者的晉升也可以被認為是在組織各軍團之間釘進了一隻釘子。無論如何，傷害已經造成了。」

「你是在說，這場攻擊的目標就是把奧．佛恩推上第四軍團的守護者之位？」

公主向天空仰起臉，閉上眼睛，讓陽光溫暖自己的皮膚。「是的。」

「您所說的是非常危險的事情，殿下。」

公主微微一笑，並沒有睜開眼睛。「所以我只對你說。並且，我希望你能叫我黎恩娜。」

光是權利的允諾還不足夠，瓦林想，*她現在又在用資訊誘惑我*。「林登又是怎樣稱呼您的？」

公主全身極難察覺地微微僵了一下。她轉過頭，看著瓦林的眼睛。「他叫我黎恩娜，當我們單獨相處的時候。我們從孩提時代起就是朋友。他在馬蒂舍森林時，寫給我許多信，所以我知道他有多欣賞你。我非常痛心地聽到──」

「為了愛必須賭上一切，否則愛就會死亡。」瓦林知道，自己的聲音正因為憤怒而變得嚴厲。他的眼睛裡射出凶惡的光芒。他也知道，公主已經不再微笑，「這不是妳對他說的嗎？」

雖然只是短短一瞬間，但瓦林相信，自己看到某種彷彿是悔恨的神情掠過公主面龐，她聲音裡第一次出現了不確定的語氣。「他受苦了嗎？」

「血液中的毒素讓他痛苦地吼叫，鮮血從他的毛孔中滲出。他說，他愛妳。他會去馬蒂舍森林，只是為了贏得妳父親的認可，讓他能夠娶妳。在我割開他的喉嚨之前，他要我給妳一封信。當我們為他舉行火葬的時候，我把那封信燒了。」

公主閉上眼睛。在那短短的一瞬間，出現在瓦林眼前的是一張美麗而哀戚的面孔。但是當她再次睜開眼睛的時候，一切都消失了，她的聲音中沒有任何情感。「我在所有事情上都服從父親的意願，兄弟。就像你一樣。」

公主說出的事實如同鞭子一般狠狠抽在瓦林身上。他們早已狼狽為奸，一個無辜的生命將他們牢牢地困在了一起。瓦林也許不曾鬆開那殺人的弓弦，但是他讓林登走向了那枝致命的毒箭，就如同公主讓林登踏上前往馬蒂舍森林之路。瓦林想到，也許這同樣是國王計畫的一部分——用一場骯髒的謀殺將他們變成同罪之人。

現在，瓦林明白了，他對於公主的敵意只是一種對自己的欺騙、對自身罪行的逃避。但即使如此，他也不會放棄這種敵意。她冷酷，精於謀算，不值得信任。但更讓瓦林感到痛恨的是公主直到現在都不肯放過他；雖然毫無效果，卻還是堅持不懈地要引起他的興趣。

公主眼眸深處的一點閃光讓瓦林意識到自己的注視對她產生了怎樣的影響。是恐懼，瓦林作出判斷，我是唯一能讓她害怕的男人。

他又鞠了躬，塞滿胸膛的罪惡感中還混雜著一絲滿足。「請允許我離開，殿下。」

姬爾瑪姐妹身材豐滿，面容和善，臉上總是帶著微笑，一雙明亮的藍眼睛總是閃動著歡樂的光彩。第一次見到瓦林的時候，她就一邊說：「以信仰之名，高興起來，兄弟！」一邊開玩笑地一拳頂在瓦林下巴。「看見你的人都會以為你肩負著維繫王國安危的重任，他們都稱你為『黑臉兄弟』。」

雖然之前諾塔就問過瓦林，但他又問。「你確定真的要在這個兵團裡配屬一名治療師？」

而此時姬爾瑪姐妹又笑著用她那一口尼賽爾土腔對諾塔說道：「我知道，我一定會喜歡上你的！」接著便一拳打在諾塔的手臂上，這一拳的力量可要比剛才打瓦林的那一拳大多了。

看到守護者愛蕾菈沒有爲他派來夏琳姐妹，瓦林心中暗自感到一陣失落。不過他對此絲毫不覺得驚訝。「我們會提供妳要求的一切物品，姐妹。」

「這樣不錯。」姬爾瑪笑著說道。

在她來到這裡的第一個月之後，瓦林就注意到，她有時候會假裝嚴肅，操起一本正經的腔調教訓別人，緊接著便又大笑起來。她非常喜歡這種無傷大雅卻很能唬人的玩笑。

「今天又有兩個斷了胳膊的。」當瓦林走進充當治療室的大帳篷時，她一邊苦笑，一邊搖著頭。病床上一共有四個裹了繃帶的人在睡覺，另外還有兩個人在接受醫療助手的照料。讓瓦林感到驚訝的是，姬爾瑪選擇了兩名監獄裡出來的犯人作爲她的助手。這兩個人都思維敏捷、手腳靈活，但單薄的身體讓他們永遠也不可能成爲好士兵。

「把這些人逼得這麼狠，再過一個月，你就沒人能打仗了。」她的微笑還是那麼明亮，一雙藍眼睛閃動著點點光彩。

「戰爭是殘酷的，姐妹。鬆懈的訓練只能產生鬆懈的士兵，最後把他們變成一具具屍體。」

姬爾瑪的微笑消褪了一點。「那麼，的確是要爆發戰爭了？」

戰爭。這個問題已經掛到了每一個人的嘴上。自從國王向康布雷爾封地領主發出覲見詔令到現在，已經過了四個星期，康布雷爾卻始終沒有半點音訊傳來。王國衛軍已經在軍營中集結，禁止隨意外出。各種謠言正以驚人的速度四處傳播——像是邊境上出現了大規模聚集的康布雷爾人、烏立實森林中發現了康布雷爾弓箭手的蹤跡，或隱匿的絕罰者教派正在陰謀策劃各種充滿黯影色彩的邪惡行徑。空氣中彌漫著猜疑和不安的氣氛，而瓦林則變本加厲地訓練著他的士兵。如果風暴襲來，他們必須做好準備。

但瓦林只是答道：「我所知道的並不比妳多，姐妹。」然後他又問：「還有人發痘疹嗎？」

「自從我去過那些女士的營地後就沒有了。」

最近第三十五步兵團中突然爆發了一場痘疹，這場疫病的源頭是不久前在樹林中建起的一座妓女營地，那座營地離第六軍團總部只有五、六里遠。瓦林擔心守護者如果得知在如此靠近組織總部的地方出現妓女戶會感到不悅，便命令柯瑞尼克軍士召集一隊值得信任的士兵，將那些女人趕回城市裡。但讓瓦林感到驚訝的是，這名老兵在聽到這個命令之後，卻猶豫了起來。「你確定要這樣嗎，領主大人？」

「我已經有二十個人被痘疹拖垮身體，無法再訓練了，軍士。這支兵團受到組織的指揮，組織不允許士兵溜出去……以這樣的方式放縱他們的欲望。」

頭髮花白的軍士眨眨眼，帶著傷疤的臉上毫無表情，但瓦林能感覺到，他在壓抑著笑意。有時候，與這名軍士交談的瓦林覺得自己就像是一個向祖父發號施令的孩子。「嗯，大人，我對你絕無不敬的意思，但就算兵團是屬於組織的，這些人也不是。他們不是兄弟，而是士兵。士兵是需要不時去找找女人的。取消他們……放縱的地方可能會造成麻煩。我不是說那些人不尊敬你，大人，我還從未見過像他們一樣害怕指揮官的士兵，但這些傢伙並不是王國的精英分子，而且我們已經把他們逼得很緊了，如果他們眞的再也受不了這裡，不管有沒有絞刑架，他們都會拔腿逃走。」

「那痘疹怎麼辦？」

「第五軍團能夠對付那東西，姬爾瑪姐妹能把病源解決，只要讓她去看看那些女人，馬上就可以把得病的人找出來。」

於是，他們去找姬爾瑪姐妹。瓦林結結巴巴地提出這個要求，姬爾瑪只是面容冰冷地盯著他。

「你想讓我進入一個滿是妓女的營地，治好她們的痘疹？」這位姐妹冷冷地說道。

「當然，會有人護衛。」

姬爾瑪轉開頭，閉起眼睛。瓦林則努力控制自己不要逃走。

「我在總部接受了五年訓練，」姬爾瑪輕聲說道，「又在北境與四處侵掠的野蠻人和寒冰風暴周旋了四年。我得到了什麼獎勵？生活在王國的渣滓之中，治療他們的情婦。」她搖搖頭，「我一定是受到了往生者的詛咒。」

「姐妹，我無意冒犯！」

「哦，好啊！」姬爾瑪的臉上忽然又煥發出光彩，「我去拿我的袋子。不需要衛兵保護，不過要有人替我帶路。」她向瓦林挑起一道眉弓，「你不知道路嗎，兄弟？」

瓦林回想起那時的自己是如何結結巴巴地否認了姬爾瑪的問題，不由得面露苦澀。柯瑞尼克軍士是對的，痘疹的蔓延趨勢從那以後便被迅速遏止了，而士兵們依舊能對眼前的生活感到滿意。至少在兄弟們連續幾個星期的嚴厲督導之餘，他們還能找到一點生活的樂趣。瓦林有意忘記向守護者通報這個事件，而兄弟們之間也心照不宣地對這件事保持著沉默。

「妳還有什麼需要嗎？」瓦林問姬爾瑪，「我可以派輛大車去妳的總部運來各項物資。」

「我的儲備暫時還足夠，斯門提爾導師的草藥園對我有很大的幫助，他眞是個好人，還會教我手語，看。」她用圓潤卻又極爲靈巧的雙手比劃出一連串的手語，大致的意思是：我是一頭令人厭煩的母豬。「這個的意思是，『我的名字是姬爾瑪』。」

瓦林面無表情地點點頭。「斯門提爾導師是一位很有技巧的導師。」

他離開繼續照顧傷患的姬爾瑪，走出帳篷。周圍到處都是正在訓練的士兵，一支支連隊正圍繞在兄弟們身邊，這些兄弟門正竭盡全力，要在幾個月內將自己需要用一生時間學習精研的各項技能傳授給他們。這種努力曾經給兄弟們帶來了強烈的挫敗感，士兵都是那麼蠢笨遲緩，甚至連最基本的格鬥原則都一無所知。而當瓦林禁止兄弟們對這些人使用藤條時，又招來了兄弟們的齊聲抱怨。登圖斯直白地對瓦林說：「如果你不抽一隻狗，就不可能把牠訓練好。」

「他們不是狗，」瓦林回答道，「而且他們絕大多數也不是男孩了。可以用額外的訓練或者勞役工作懲罰他們，如果認爲有必要，就停止他們的朗姆酒供應，但不能鞭打。」

現在，這個兵團已經具備了相當的力量，人數也因爲監獄犯人和應募平民而不斷壯大。就像國王所預料的那樣，瓦林的傳奇吸引了許多普通人投身行列之中。其中甚至有一些人是走了很長的路，專程前來投效。

「更多的人當兵只是爲了填飽肚子。」柯瑞尼克軍士說道，「但這些人似乎是眞的想要追隨雛鷹，贏取榮耀。」

隨著一個又一個星期過去，訓練開始步入正軌，再加上充足的飲食，士兵們明顯變得強壯了，有許多士兵在這裡吃到的美食甚至是他們以前從未見過的。在操練中，他們站得更直，動作也更快，使用武器更具技巧，不過還有很多東西要學。壁虎加力斯的肌肉很快就恢復了不少，精神也因爲妓女們的撫慰而振作了起來。他成爲了兵團中的一個人物，常常會用各種冷嘲熱諷引來同伴們的笑聲，不過他相當聰明，懂得在訓練中管住自己的舌頭。兄弟們也許不能用藤條抽打，但懂得上千種在摔角競技中狠狠修理一個人的方法。而最讓瓦林感到滿意的還是這些人的紀律，他們很少會發生內鬥，從不質疑上級的命令，更沒有人想偷懶。瓦林直到現在都還不曾下達過執行鞭刑或絞刑的命令。實際上，他非常害怕終有一日，別無選擇只能採取這樣的手段。戰爭將會是一場測試，他回憶起馬蒂舍森林中那段悲慘的時光——有許多人寧可冒險逃過到處都有康布雷爾人的森林，也不願在那道木柵圍牆中再待一天。

瓦林看到諾塔正在教導一隊身材粗壯的士兵練習弓箭。所有新應徵的士兵都會接受弓箭測試，而大多數人都沒有這方面的天分。目光銳利的士兵會被分配到一支十字弩連隊中，但只有爲數不多的幾個人能顯示出足夠的技巧和力量，接受進一步的弓箭訓練。現在這些人大約只有三十幾個。不管怎樣，即使是一小隊技藝嫺熟的弓箭手，也將是兵團的珍貴戰力。諾塔再一次證明自己是一位能力過人的導師，現在他的全部學員都能從四十步以外一箭射中靶子的正中心，還有一、兩個人能夠快速地連續射中靶心，這可是只有組織兄弟才擁有的技藝。

「不要親吻弓弦。」諾塔對一名學員說道。瓦林記得這個肌肉發達的漢子是從監獄中出來的，名字叫德拉克或者德拉克斯，他曾經是一個著名的盜獵者，國王的護林官在烏立實森林中抓住他時，他正在切割一頭被射倒的鹿。「把弓弦拉到耳後再放箭。」

德拉克或者德拉克斯從肌肉中壓榨出更多的力量，拉開強弓，射出羽箭。箭頭射中了靶心以上一、兩寸的地方。「不錯。」諾塔說道，「但你在箭離弦後，仍然習慣讓弓弦繼續來回彈動。記住，這是一張戰弓，你不是在用它獵捕野獸。你要以最快的速度讓弓弦固定。」他注意到瓦林走過來，便拍拍手，示意士兵們打起精神，「現在，將箭靶再向後移動十步，第一個射中靶心的人今晚能多得到一些朗姆酒。」

當士兵們移動箭靶的時候，他轉過身，誇張地向瓦林鞠躬，「向您問好，領主大人。」

「不要這樣。」瓦林向那些士兵瞥了一眼，那些士兵正一邊射箭，一邊相互開著玩笑，「他們的情緒很不錯。」

「當然。食物充足，每天都能得到朗姆酒，往森林裡走上一小段路就有便宜的妓女。他們之中大多數人都想要過上這樣的日子。」

瓦林仔細看了一眼他的兄弟。自從馬蒂舍森林之後，那種魂不守舍的眼神就一直留在他的雙眼之中。在沒有任務的時候，諾塔總是顯得疲憊而冷漠，對於士兵們用朗姆酒調製的各種飲料格外有興趣。瓦林已經不是第一次想要將諾塔家人的命運告訴他了，但國王的命令依舊鉗制著他的舌頭。他顯得這麼蒼老，瓦林想，還不到二十歲，卻已經有一雙歷盡滄桑的眼睛。

「巴庫斯在哪裡？」瓦林問他，「他應該教導士兵演練長柄斧的。」

「他又去鑄造場了。這些日子裡，他幾乎從不離開那個地方。」

自從他們從馬蒂舍回來之後，巴庫斯就再也不對鍛造鋼鐵反感了。他主動去找了傑斯汀導師，在鑄造場中耗費許多時間打造兵團所需的新武器。格雷林導師的軍械庫存量豐富，但即使是那些在他的倉庫中連綿不斷的兵器架，也無法在滿足組織需要的同時，向一支軍隊供給充足的軍備。瓦林並不反對巴庫斯再一次拿起鐵匠錘，特別是這樣會讓他感到快樂。但是當巴庫斯因此無法履行他在兵團中的職責時，瓦林也會感到氣惱。瓦林決定，必須和巴庫斯談一談，就像他現在必須要和諾塔談談。

「你昨晚喝了多少？」

諾塔聳聳肩，「喝第六杯後就沒數過了。不過我睡得很好。」

「這個我相信。」瓦林歎了口氣，因為他非常痛恨自己將要說出口的話，「我並非不願讓你喝酒，兄弟，但你是這支部隊的軍官。如果一定要喝醉，請不要讓士兵們看到。」

「但這些人喜歡我。」諾塔裝出一副真誠的樣子，「他們會對我說：『來和我們喝一杯，兄弟。你和雛鷹不一樣。我們一點也不害怕你，絕不』。他們甚至請我和他們一起去找妓女，我都有些心動了。」看到瓦林滿臉驚駭，他大笑了起來，「別擔心，我沒有陷得那麼深。而且，我聽說去那座營地的男人很可能會讓自己褲襠燒起來。」

瓦林決定，最好不要讓諾塔知道痘疹的傳播已經受到控制。他向弓箭手們點點頭，「他們還有多久能做好準備？」

「大約再過七年，他們就能像我們一樣優秀了。你覺得康布雷爾人能給我們那麼長時間嗎？」

「我當然希望能這樣。我的意思是，他們能上戰場嗎？能夠殺敵嗎？」

諾塔看著他的士兵，目光彷彿又飄到了遙遠的地方。毫無疑問，他是在想像他們在戰場上被敵人砍殺、鮮血淋漓的樣子。他用淡漠的口氣說：「他們會戰鬥。可憐的雜種，他們會戰鬥的。」

第五章

當芬提斯來喚醒他的時候，他正夢到馬蒂舍，回到那片林中空地上，在聆聽奈蘇絲・希爾・寧的瘋狂謎題。但這一次，奈蘇絲紅色大理石一般的眼睛變成純黑色，就像那個獨眼男人塞在空眼窩中的那顆石頭一樣。他面前也不再是沐浴在溫暖夏日陽光中的空地，而是厚厚的積雪，如同利刀般割裂皮膚的冷風。女子的話依舊神祕，卻更顯得淒冷殘酷。

「你將一次又一次進行殺戮，伯勞・沙・烏爾。」她對瓦林露出一個令人膽寒的微笑。黑色寶石般的雙眼中閃動著點點星光。「你將在血紅的太陽下見證死亡的收穫。將爲了你的信仰而殺人，爲你的過往和崛起的火焰女王殺人。你的傳奇將在世界各處傳播，它將成爲一首鮮血之歌。」

瓦林跪倒在雪中，雙手緊緊握住匕首柄，匕首的鋒刃因爲鮮血而變得黏膩，在月亮下閃耀著黑光。他的身後有一具屍體，他能感覺到屍體的熱量正一點點滲進周圍的雪地。他認識那具屍體的臉孔，知道那是他愛的人，也知道是自己殺死他。「這不是我所求取的，我從來都不想這樣。」

「期望毫無意義，命運才是全部。你只是命運的一件玩物，伯勞・沙・烏爾。」

「我將選擇我的命運。」瓦林說道。但他的話是如此空虛無力，如同孩童向冷漠的父母挑釁。

女子嘲諷的笑聲顯得格外刺耳。「選擇只是一個謊言。最大的謊言。」

女子充滿恨意的面容消失了，一隻手按在瓦林的肩膀上。「兄弟！」瓦林猛然驚醒過來，芬提斯充滿憂慮的蒼白面孔在他迷濛的雙眼前面逐漸變得清晰。「有信使到來，是從王宮中來的。守護者要你過去。」

瓦林立刻穿戴整齊，從腦海中趕走那個噩夢最後的一點痕跡，疾步向城堡主樓奔去。進入守護者的房間時，他看到守護者亞利恩正在閱讀一份蓋上國王印章的文件。「康布雷爾封地領主死了。」守護者直接說道，「看樣子，他的次子殺害了他，自封爲封地領主，並號召了忠誠的康布雷爾人，他們神明的忠僕集結在他周圍，打算推翻令人痛恨的壓迫者和異端領袖，也就是賈努斯國王。他命令全部追隨信仰的人立刻離開封地，否則就要接受正義的裁決——死刑。據報告，已經有一些人被燒死了。」他頓了一下，緊盯住瓦林的臉，「你知道這意謂著什麼，瓦林？」

結論明顯得令人戰慄。「戰爭到來。」

「沒錯。戰爭和流血，城市將燃起大火。」守護者的聲音異常苦澀，他將國王的信扔到桌上，「陛下已經向王國衛軍下達了集結令。明日正午，我們的兵團就要在北門整隊出發。」

「必定完成任務，守護者。」

「他們做好準備了嗎？」

瓦林回想起諾塔的話，以及他自己對部隊紀律所做的評估。「他們能作戰，守護者。如果我們有更多時間，他們在戰場上的表現肯定更好。但他們現在可以。」

「很好。馬克瑞兄弟將指揮一支由三十名兄弟組成的斥候隊伍與兵團協同作戰，完成偵查任務。我很想派遣一支規模更大的部隊，但我們分散在王國各處，現在已經沒有時間集結足夠的人員。」

守護者來到瓦林面前。瓦林從未見過他如此嚴肅的表情。「記住，最重要的一點——兵團會服從國王的旨意，但它是組織的一部分，而這個組織乃是信仰之劍，信仰之劍不能被無辜者的血沾汙。在康布雷爾，你會看到許多事，許多可怕的事。他們是否認信仰之人，沉溺於虛妄的神明崇拜之中，但他們依舊是王國的臣民。肆意發洩你的怒火，放任士兵蹂躪那裡的人，對你而言將是一個巨大的誘惑，但必須抵抗這種誘惑。強姦和盜竊，以及任何欺侮平民的行爲都要受到鞭打和絞刑。你要向康布雷爾平民顯示出無所不至的仁慈。你要讓他們明白，信仰並非復仇。」

「我會的，守護者。」

守護者回到書桌後面，重重地坐了下去，細長的手指緊扣在大腿上，長臉上顯露出疲憊的神色，眼神裡盡是哀傷。他以平靜的語氣說道：「我曾經希望，此生不會見到王國再次被戰爭撕裂。你明白嗎？正因爲如此，我們才會爲他而戰。我們願意推動信仰與王權結合，只是爲了和平和……」他的薄嘴唇上露出一點微笑，「統一。」

「我……懷疑國王並不希望這場危機最終會導致戰爭，守護者。」瓦林說道。

守護者猛然向他轉過頭，臉上哀傷的神情一掃而空，取而代之的是瓦林從小就已熟悉的那種無可動搖的堅定。「國王的願望不是我們能夠知曉的。不要忘記我的話，瓦林。堅守信仰，願往生者指引你的手。」

兵團在鉛灰色的天空下行進，暮夏的太陽被一片憤怒翻滾的烏雲遮蔽，陰沉的天色很像士兵們現在的心情。將這些士兵召集在一起、整隊出發所耗費的時間要比瓦林預料的更久。而且在他們向城市行軍的路上，瓦林胸中的怒火更是越燒越旺。

「把武器撿起來！」瓦林向一名失手弄掉長柄斧的倒楣士兵吼道，「它比你更値錢。軍士，今晚不許這個人碰朗姆酒。」

「是，大人！」柯瑞尼克軍士一直跟隨在瓦林身邊，用警惕而尊敬的眼神看著他。瓦林懷疑這名軍士並非總會一絲不苟地執行他的懲戒命令，對於一些命令，他會自動選擇無視。但今天，柯瑞尼克顯然不打算有這種越權的寬容之舉。

他們在正午前一個小時到達了維林堡的北門。士兵們站到了大道旁邊，有些人抱怨著行軍途中缺乏休息，但聲音都不是很大。

「他們都在哪裡？」巴庫斯看著空曠的平原問道，「全部王國衛軍不都應該在這裡集合嗎？」

「也許他們遲到了。」登圖斯猜測著。「我們的行軍速度更快，贏過了他們。」

「馬克瑞兄弟也許能給我們答案。」坎尼斯向城門點點頭。馬克瑞正從那裡走出來。他的斥候小隊全部揚鞭策馬，跟隨在他的身後。

「王國衛軍正在西方大道上集結。」兄弟指揮官一邊高喊著，一邊在瓦林面前勒住轠繩，揚起一片塵沙，「戰爭領主命令我們在這裡等候。」

「戰爭領主？」瓦林問道。自從瓦林的父親退役之後，王國就沒有新的戰爭領主了。

「奧・海斯帝安兵團長被國王授予了這一榮耀的職銜，將率領王國衛軍前往康布雷爾，全權負責奪取封地首都的任務。」

奧・海斯帝安……國王將王國衛軍放到了林登父親的手中。現在瓦林眞希望當他將林登的劍交給艾魯修斯的時候，那位兵團長也能在場。現在，他迫切地盼望能夠有機會探察一下那個人的脾性，好知道這位新任的戰爭領主是否正渴望著爲兒子復仇。如果是這樣，守護者對康布雷爾無辜民眾的擔心就絕非無的放矢了。

他轉向柯瑞尼克軍士。「讓士兵省著喝水。不許生火。我們不知道會在這裡等多久。」

「是，大人。」

他們一直在充斥天空的陰雲下面等待。人們聚在一起，玩著骰子或飛刀。第六軍團的遊戲在兵團士兵中也廣受歡迎，就像在第六軍團中一樣，飛刀成了兵團內部的流通貨幣和士兵身分的象徵。不過瓦林還是聰明地隱瞞了第六軍團的另一些傳統，比如盜竊和頻繁的飯桌打鬥，沒有讓它們也傳播到兵團之中。

「信仰在上，巴庫斯！那是什麼？」

登圖斯緊緊盯住了巴庫斯剛從鞍囊裡拿出來的一樣東西，那東西有一根遍布螺線的鐵握柄和雙側鋒刃。在昏暗的陽光下，它卻閃耀著非同尋常的光芒。

「戰斧。」巴庫斯回答道，「是傑斯汀導師幫我打造的。」

看著這件武器，瓦林聽見血歌發出一陣充滿不安的呢喃。他知道巴庫斯與金屬和黯影的關係，這給他帶來了強烈的不安。

人們紛紛聚集過來鑒賞這件武器。諾塔問道：「斧刃是用星銀打成的？」

「當然，不過只有最邊緣用的是星銀。斧柄是中空的，這讓它實際上比看起來輕。」他將斧子扔到空中，然後任由它轉動著落回到手掌，「看到嗎？它能砍下一隻飛在半空中的麻雀。試試看。」

巴庫斯將雙刃斧遞給諾塔，諾塔試著揮動了幾下，隨著斧刃如同行雲流水般切開空氣，諾塔不由得揚起了雙眉，「它好像是在唱歌，聽。」他又揮了一下斧頭，空氣中果然響起一陣極微弱的，就像是美妙樂韻般的聲音。瓦林在那個聲音深處感覺到了血歌的音符，開始不由自主地向旁邊挪步，一種模糊的噁心感覺逐漸在他的腸胃中積聚。

「想要試一試嗎，兄弟？」諾塔遞出那把斧頭。

瓦林的目光被斧刃所吸引，隨後，他才發現，在那兩道光華璀璨的星銀利刃中間，寬闊的斧頭上雕刻著一段銘文。「你給它起了名字？」他並沒有接過戰斧，只是這樣問巴庫斯。

「貝恩妲，是我的……我曾經認識的一個女人。」

諾塔仔細端詳斧刃。「我不認識這些字。它們是什麼文字？」

「傑斯汀導師說這是古代沃拉瑞語。將這種文字作爲武器銘文是鐵匠傳統，不知道爲什麼。」

「沃拉瑞鐵匠是這個世界上最好的鐵匠。」坎尼斯說，「據說，沃拉瑞人是第一個熔煉鋼鐵的種族，鐵匠手藝的大部分祕密都是從他們那裡流傳出來的。」

「玩夠了，兄弟們。」瓦林現在只想離這件武器遠一些，「去查看一下你們的連隊，確保他們沒有在行軍中丟棄任何重型裝備。」

又過了一個小時，才有一支部隊從城門中走出來，是二十個騎馬的王室衛士，領頭的是一個身材高大的紅髮年輕人。他的胯下是一匹威勢迫人的黑色種馬，瓦林認出策馬隨行在他身邊的正是衣著外表一絲不苟的斯莫倫隊長。

「整隊！」瓦林向柯瑞尼克軍士喊道：「讓士兵們把隊伍排整齊，有王室客人來見我們了。」他邁開大步，去迎接王子。第三十五步兵團迅速排成長方形陣列，士兵腳下揚起一片濃厚的煙塵。王子的隊伍勒韁停步，瓦林單膝跪下，低垂下頭。「殿下。」

「起身，兄弟。」瑪律修斯王子說道，「我們沒有時間顧及繁文縟節了。來。」他丟給瓦林一份帶有國王印章的文件。「這是你的命令，這支兵團現在由我統率，直到新的旨意下達。」他回頭瞥了一眼。瓦林順著王子的目光望去，看到衛士佇列前面一個蜷縮在馬背上的人。那個人面色灰黃，眼裡布滿紅絲，一雙垂下來的眉毛更清楚地顯示出他的長期縱欲過度。「我相信，你已經見過穆斯托領主了。」瑪律修斯王子說道。

「是的。我要向令尊的過世表示哀悼，領主閣下。」瓦林不知道康布雷爾的繼承人是否有注意到自己的慰問，他只是在馬鞍上動動身子，打了個哈欠，似乎顯得很不舒服。

「穆斯托領主將與我們一同進行這場遠征。」王子對瓦林說道。他向整齊劃一的步兵團佇列看了一眼。「他們做好行軍準備了嗎？」

「只要您一聲吩咐，殿下。」

「那麼就不要再耽擱了。我們將沿北方大道前進，要在天黑之前趕到鹽灘河橋。」

瓦林粗略地計算了一下距離。將近六十里，而且走的是北方大道，和王國衛軍的路線並不相同。他將一連串問題推到腦海深處，莊重地一點頭：「好的，殿下。」

「我會走在前面，安排營地。」王子向瓦林微微一笑，「今晚我們再談。相信你肯定想要得到一個解釋。」王子一抖馬韁，跑了起來，王室衛士們緊隨在他身後。當他們跑過時，瓦林在騎士中間發現了另一個熟悉的面孔，那是一張清秀的少年面孔，在那張面孔的側邊垂著黑色捲髮。那名少年和瓦林短暫地對視了一眼，瓦林看到了一種渴望認同與贊許的誠摯表情。艾魯修斯·奧·海斯帝安，他終於還是上戰場了。瓦林轉過身，開始呼喝命令。

兵團在夜幕降臨時，到達了跨越寬闊鹽灘河的木橋。瓦林命令士兵們建起營地，安排崗哨。「在一切工作做好之前，不許供應朗姆酒。」他一邊對柯瑞尼克軍士喊話，一邊跳下噴沫，揉搓著痠痛的腰背，「隨後幾天的行軍也會一樣辛苦，我不希望士兵的腳步被酒精拖慢。讓任何對此抱怨的人直接來見我。」

「不會有人抱怨的，大人。」柯瑞尼克向瓦林做出保證，然後就催馬向部隊跑去，用礫石般沙啞的聲音向士兵喊出一連串命令。

瓦林將噴沫交給馬克瑞部隊的一名兄弟，自己則向橋頭處一株柳樹旁的王子營地走去。

「瓦林閣下，」斯莫倫隊長莊重地問好，同時以標準的動作敬了一個禮，「很高興再見到你。」

「隊長。」瓦林自從被這名隊長丟在黎恩娜公主面前之後，直到現在還對他保持警惕。不過，對他心懷反感是不合情理的，瓦林很清楚，男人是多麼容易被那位公主操縱。

「我要說，我很高興能有機會再次成爲一名軍人。」斯莫倫隊長向附近的營火點點頭，那裡有幾名披著斗篷的士兵圍坐在一起，盯著火堆，偶爾會喝一口瓶中的葡萄酒。「我替這位新封地領主當保姆的時間已經夠久了。」

「他總是提出各種無理要求嗎？」

「幾乎沒有。我的責任主要是確保他有足夠的葡萄酒，並拒絕他對妓女的需求。當他不提及這兩件事的時候，幾乎一句話都不說。」隊長指了指不遠處的一頂帳篷。「殿下吩咐過，你一到就讓你去見他。」

瓦林看到王子正俯身在桌前，雙眼緊盯著在桌面上攤開的地圖。艾魯修斯・奧・海斯帝安坐在帳篷的一角，從他正落筆書寫的文件上抬起了頭。

「兄弟。」王子熱情地向瓦林問好，走過來握住了瓦林的手，「你的士兵行動非常迅速，我本以爲你們還要再過一、兩個小時才能趕到。」

「兵團行軍很順利，殿下。」

「很高興聽到你這樣說。在任務結束前，他們還要走很長的一段路。」他回到桌邊，向艾魯修斯瞥了一眼，「給瓦林兄弟倒一杯葡萄酒，艾魯修斯。」

「謝謝，殿下，但我更喜歡喝水。」

「就依你。」

年輕的詩人從長頸瓶中倒出一杯清水，遞給瓦林；他正努力控制著自己的表情，但對新訊息的渴望依舊清晰地顯示在臉上。他將盛水的高腳杯遞給瓦林時，說：「很高興再見到你，閣下。」

「我也是，閣下。」瓦林的聲音很平靜。但看到艾魯修斯退後時的樣子，瓦林知道自己的表情一定洩露了心中的想法。

「願意去查看一下馬匹嗎，艾魯修斯？」王子問道。「遊俠如果得不到良好的照料，總是會變得非常煩躁。」

「我會的，殿下。」艾魯修斯鞠躬之後便離開了。當帳篷簾在他的身後落下時，他又小心翼翼地朝瓦林看了一眼。

「是他懇求我帶上他的。」瑪律修斯王子說道，「他說，就算命令他留在家裡，他也還是會想辦法跟著。我讓他做我的侍從，除此以外，還有什麼辦法？」

「侍從，殿下？」

「這是一個倫菲爾習俗，年輕貴族跟隨經驗豐富的騎士學習他們的技藝和傳統。」他注意到瓦林的表情，聲音頓了一下，「我知道，你也和我妹妹一樣，不贊成這個決定。」

「他的兄長不希望他也走上這條路，這是林登最後的遺願。」

「對此我很抱歉，但一個人必須為自己的人生選擇道路。」

「是的，成年人必須如此。但他還是個孩子，對於戰爭的瞭解全都來自書本。」

「我隨同艦隊前往梅登尼恩列島的時候才十四歲，那時我以爲戰爭就是一場盛大的冒險，一個能爲所欲爲的地方。很快我就明白，我錯了。艾魯修斯也會明白這一點，如果要從男孩變成男人，就必須學習這一課。」

「難道他不需要先接受必要的訓練嗎？」

「他的父親曾經試著教導他用劍，但他在這方面顯然是個不合格的學生。我已經要求斯莫倫隊長對他進行指導了。」

「斯莫倫隊長是一位優秀的軍官，殿下。但我認爲，如果我能被允許訓練這個男孩，效果一定會更好。」

瑪律修斯王子考慮了一會兒。「也就是說，你與兄長的友誼讓你無法對弟弟坐視不理？」

「更像是責任。」

「責任，對此我還算知道一點。好吧，如果你願意，就訓練這個男孩好了。只是我想像不出，你能從哪裡找到時間。看這裡，」他的視線轉回地圖。「我們的任務應該相當沉重。」

地圖上詳細地繪製出了康布雷爾和艾瑟雷爾的邊界，從南部海岸直到與尼賽爾接壤的北部邊境群山。「我們的營地在這裡。」王子指著鹽灘河西側支流上的一個交叉點說道，「戰爭領主奧．海斯帝安正率領王國衛軍，沿西方大道向馬蒂舍森林北部的淺灘進軍。在那裡，他會直接攻向康布雷爾的都城。毫無疑問，他一路上會四處播撒烈火和恐懼。很可能在二十天內，他就能到達那座都城。如果康布雷爾人聚集起足夠的力量與他一戰，可能會拖到二十五天。毫無疑問，當他到達奧托爾的時候，那裡一定會變成一片火海，許多無辜的靈魂註定要葬身其中。」瑪律修斯王子看著瓦林的眼睛，目光無比專注，眼皮絲毫不眨動一下。「兄弟，當那麼多絕罰者被投入烈火，再也不會給我們製造麻煩的時候，信仰軍團會爲此歡欣鼓舞，還是潸然淚下？」

「眞正的信仰永遠不會因爲無辜者流血而高興，殿下。無論他們是不是絕罰者。」

「這就意謂著你也認同，我們應該不放過任何能在這場屠殺開始前就先行阻止的機會？」

「當然。」

「好！」王子一拳砸在桌面上，然後轉身走到帳篷口。「封地領主穆斯托！請來一下。」

又過了片刻，康布雷爾的封地領主才回應了王子的召喚。他沒有刮鬍子的臉比瓦林記憶中更加憔悴頹廢，很顯然，即使在軍營中，這個傢伙還是在酗酒。但他平穩的聲音讓瓦林吃了一驚。

「瓦林兄弟，我知道，應該對你表示祝賀。」

「祝賀，閣下？」

「你現在是王國之劍，不是嗎？看樣子，你和我同時得到晉升。」他的笑聲中充滿諷刺。

「瓦林兄弟已經加入我們，穆斯托領主。」瑪律修斯王子鄭重地對他說，「他贊同我們的目標。」

「我很高興。我可不打算繼承一個只剩下灰燼和屍體的封地。」

「沒錯。」王子一邊喃喃地說著，一邊走回到地圖旁，「感謝穆斯托領主對他的篡逆兄弟進行了睿智的評估，儘管戰爭領主堅信會在康布雷爾首都與他相遇，但穆斯托領主認爲我們會在這裡找到他。」王子的手指點中了康布雷爾北部灰色群山中的一個狹小隘口。這道山脈形成了康布雷爾和艾瑟雷爾天然邊界的一部分。

瓦林仔細查看地圖。「這裡什麼都沒有，殿下。」

封地領主穆斯托笑著哼了一聲。「兄弟，你在任何地圖上都不可能找到那裡有的東西，那是我的父親和他所有父輩先人的功勞，被稱爲高岩堡。我可以向你保證，它是存在的，而且它是全康布雷爾最難以攻破的堡壘，甚至可能在整個王國中也是獨一無二的。它的花崗岩城壁足足有一百尺高。周圍大片地區都在它的視野範圍之內，從未有人能夠攻破。我那迷失的可憐弟弟一定會去那裡，由幾百個忠心的狂熱者團團包圍，也許還會用最高亢的聲音去唸誦十經，然後彼此抽鞭子，以抹除他們心中各種不虔誠的雜念。」他停了一下，滿懷希望地向帳篷中環顧了一圈。「您有什麼可以喝的嗎，瑪律修斯王子？我實在是渴得厲害。」

瓦林看到王子壓抑下氣惱和反駁的衝動，指了指一張小桌子上的酒瓶。封地領主急忙跑了過去：「啊，您可眞是個大好人。」

「請原諒，閣下。」瓦林說，「但如果這座堡壘如此易守難攻，我們該如何捉拿那個篡位者？」

「借助我的家族最珍視的祕密，兄弟。」封地領主穆斯托猛喝了一口葡萄酒，舔舔嘴唇，「啊，這可是維力舍山谷的上好紅酒，我眞要恭喜您有這麼好的酒窖，殿下。」他又喝了更大一口。

「祕密，殿下？」瓦林問道。

封地領主皺起眉毛，陷入了片刻的迷惑。「哦，是那座城堡。是的，家族的祕密，只有長子才能知曉——那座城堡唯一的弱點。許多年以前，那座城堡還是我們家族的主要基地時，一位祖先忽然開始害怕自己的臣民，並且相信家族扈兵已經和陰謀者沆瀣一氣，打算把他除掉。爲了在發生危機時能及時逃生，他鑿穿山壁，挖出一條隧道，並用毒藥殺死所有參與開鑿隧道的礦工，然後只將這條隧道的位置告訴他的長子。諷刺的是，他對於臣民叛亂的恐懼也許只是黑色痘瘡的前兆，這種疾病能影響一個人的心智和記憶。幾個月後，他就死了。」封地領主喝光了杯中的紅酒，「這葡萄一定是在絕佳的年分裡採收的。」

「所以，」瑪律修斯王子說道，「封地領主會領我們進入隧道，你的部下將從那裡攻入城堡，逮捕叛逆者，讓他接受國王的審判。」

「情況不一定會這樣樂觀，殿下。」穆斯托領主又伸手拿酒瓶，「我相信，我弟弟一定會竭盡全力爲世界之父殉難。不過我還是可以斷言，瓦林兄弟和他的突襲小隊足以完成這次任務。」

「我很困惑，穆斯托領主。」瓦林說道，「你的兄弟爲了奪取封地，殺死父親，但卻在王國衛軍步步逼近首都的時候，躲進一座地處偏僻的小城堡裡。」

「我的兄弟赫特司是一個宗教的狂熱者。」穆斯托領主聳聳肩，「當他看清我的父親打算向賈努斯國王彎下膝蓋的時候，就以密談爲名接近父親，一劍刺穿了父親的心臟——他這樣做只是爲了向世界之父盡忠。毫無疑問，最激進的牧師和教徒們會贊同他的行爲，但康布雷爾不是一個能夠容忍弒父者成爲封地領主的地方。無論平民們會有怎樣的想法，追隨我父親的封臣不會效忠於赫特司。他們會與你們的軍隊作戰，畢竟，他們別無選擇，只能保衛封地。但我的弟弟只有可能在那座堡壘裡，除此之外，他無處可去。」

「一旦篡位者遭到……驅逐呢？」瓦林問瑪律修斯王子。

「這場戰爭的原因就消失了。但一切全都要看時間。」

王子將注意力轉回到地圖上。他的手指從鹽灘河橋一直移動到那道隘口處的高岩堡，「這道隘口距離我們至少有六百里。如果我們要達成目標，就必須盡早趕到那裡，讓訊息能及時傳達到戰爭領主的耳中。」他伸手從桌上拿起一份蓋有印章的文件，「國王已經下達令旨，當我們取得勝利之時，王國衛軍即刻返回艾瑟雷爾。」

瓦林立刻估算隘口到康布雷爾首都的距離。將近三百里，快馬需要兩天才能趕到。諾塔能做到，或許登圖斯也可以。要及時趕到那座城堡，這才是最困難的。兵團每天至少要行進六十里。

「能做到嗎，兄弟？」王子問道。

瓦林的目光轉向地圖上用精準的細線描畫出的康布雷爾村莊。他不知道沿西方大道分布的這些小村鎮中，有多少人知道風暴很快就要降臨了。當這場戰爭結束時，也許繪圖師們就能製作新的地圖了。在康布雷爾，你會看到許多事，許多可怕的事。「可以，殿下。」他用冰冷而篤定的語氣說道。如果有必要，我會用鞭子一直把他們抽到那裡。

他們的行軍開始了。四小時一段，每天行進十二個小時。他們一步步邁過鹽灘河以北的草原，進入丘陵谷地，然後是標示著邊境地區的山麓地帶。在行軍中掉隊的人都會被踢起來，重新趕進隊伍裡。那些倒地不起的人可以在馬車上躺半天，然後就要回到路上。瓦林已經宣布，脫離隊伍的人都將被視作打算去見往生者。他知道，他們對於他的恐懼將催促他們一刻不停地向前邁步。到現在爲止，恐懼都是他得心應手的一件工具。士兵們全都悶悶不樂，武器和輜重壓彎了他們的腰。瓦林取消了朗姆酒供應，這讓他們的情緒更加低落。但他們依舊害怕瓦林，不斷拚命想要走快一些。

每天晚上，瓦林都會對艾魯修斯·奧·海斯帝安進行兩個小時的訓練。一開始，這個男孩對於瓦林的關照歡欣鼓舞。「這是我的榮幸，閣下。」他嚴肅地說，將長劍舉到胸前，彷彿舉著一支拖把。瓦林一抖手腕，就把他的劍打飛了。

「你不需要榮幸，需要提高注意力。把劍撿起來。」

一個小時以後，瓦林已經看得很清楚，艾魯修斯只是一位天生的詩人。「起來。」瓦林一劍拍在他的腿上，讓他栽倒在地。他重複這一招已經有四次了，但這個男孩還是完全看不清他的動作。

「我，唔，需要多一些練習……」艾魯修斯面色通紅，眼睛裡閃動著羞愧的淚水。

「閣下，你在這方面並沒有天賦。」瓦林說道，「你的速度很慢、動作笨拙，更沒有戰鬥的欲望。我請求你，讓瑪律修斯王子解除你的職務，回家去吧。」

「是她讓你這樣做的。」艾魯修斯的聲音中第一次出現了敵意，「黎恩娜。她想要保護我，但我不需要受保護，閣下。我的哥哥需要血債血償，而要爲他報仇的人就是我，哪怕我要爲此一步步走到那個篡逆者的城堡去。」

孩子話。但不管怎樣，他的這番話裡蘊含著某種力量，某種決心。「閣下，你的確勇氣可嘉。但莽撞行事只會送掉你的性命——」

「那就教我戰鬥。」

「我已經努力過了……」

「你沒有！你只是努力想讓我離開。認眞教我，就不會有問題了。」

這個男孩說得沒錯，瓦林本以爲一、兩個小時的羞辱足以讓他轉身回家。在隨後這段時間裡，他眞的能將艾魯修斯訓練好嗎？瓦林看著這個男孩持劍的樣子，他爲了支撐長劍的重量，不得不讓劍靠近身體。「是你哥哥的劍。」瓦林認出了劍柄末端的青金石。

「是的，我認爲，如果我帶著這把劍上戰場，一定能爲他贏得榮譽。」

「他比你高，力量也更強。」瓦林思索片刻，回到自己的帳篷，取出了賈努斯國王贈予他的那把沃拉瑞短劍。「接著，」他將短劍拋給艾魯修斯，「這是一件王室武器，看看它是不是更順手。」

艾魯修斯依然很笨拙，也很容易受到愚弄，但至少動作快了一些，擋住了瓦林的幾次突刺，甚至還進行了一、兩次反擊。

「今天就到這裡。」瓦林注意到他眉頭的汗水和劇烈起伏的胸膛。「你最好從現在開始，把哥哥的劍從馬鞍上取下來。早晨的時候早點起床，練習我教你的劍式一個小時。我們明晚繼續訓練。」

他們又訓練了九個晚上，經過一整天吃力的行軍之後，瓦林又努力將一位詩人變成劍士。

「不能擋這把劍，要轉變它的方向。」他對艾魯修斯說道。現在他惱怒的語氣已經非常像索利斯導師了。「讓攻擊的力道偏斜，而不是盡數接下。」

瓦林佯裝刺向男孩的肚子，隨後轉動劍刃，掃向他的雙腿。艾魯修斯後退一步，劍刃劃過了距離他雙腿只有幾寸遠的地方。艾魯修斯隨即以突刺反擊，動作很笨拙，完全沒有平衡感可言，很容易就會被擋開，但他的速度很快。儘管瓦林還在對這個男孩的能力感到憂慮，但他的確是對這次進攻吃了一驚。

「好吧。今天就這樣了。打磨一下劍刃，休息一下。」

「我變得更強了，對嗎？」艾魯修斯問，「我是不是變得更強了？」

瓦林將佩劍收回到鞘內，拍了拍男孩的肩膀。「看樣子，你的心裡的確有一位戰士。」

第十天，馬克瑞兄弟的一名斥候報告說，那道隘口距離他們只有半天的行軍路程了。瓦林命令兵團就地紮營，並與瑪律修斯王子和穆斯托領主一同策馬去確認那個祕密隧道的入口，馬克瑞的部隊隨行護衛。很快，綠色的山丘就變成了遍布卵石、馬匹難行的山坡。噴沫變得更加暴躁，不停地甩著頭，大聲噴著鼻息。

「你有一匹脾氣很糟糕的坐騎，兄弟。」瑪律修斯王子說道。

「牠不喜歡這裡的地面。」瓦林下馬，拿起鞍後的弓和箭囊。「我們把馬留在這裡，讓馬克瑞的一名兄弟看守，步行前進。」

「必須下馬？」穆斯托領主問，「還有好幾里路。」他鬆弛的面孔表明他昨晚還是在無盡的縱酒狂歡中度過的。這名領主竟然能在馬鞍上完成這次長途行軍，這一直是讓瓦林感到吃驚的地方。

「所以我們現在最好不要耽擱了，閣下。」

他們向山坡上爬了大約有一個小時，巍峨的灰色群山充滿了壓迫感，彷彿統治了從天空到地面的一切空間。高聳的峰頂似乎永遠隱藏在遮住太陽的迷霧之中，晦暗的陽光把這裡的一切都染成灰色。儘管時間正是暮夏，山上的空氣卻頗覺寒冷。揮之不去的潮濕滲透進他們的衣衫，沉重地壓在眾人的身上。

「以聖父之名，我痛恨這個地方。」穆斯托領主在半途休息時不停地大聲喘息。他一屁股坐在石塊上，又滑倒在地，一邊拔掉一只皮囊的塞子。「只是水而已，」他注意到王子不以爲然的神情，「說實話，我本希望此生再也不會見到康布雷爾。」

「你是這塊土地的繼承人。」瓦林對他說，「如果你的野心是再也不回到這裡，那麼還眞是與眾不同。」

「哦，我從來都不想坐到那個位子上，那榮耀是留給赫特司的，我的殺人犯弟弟。我父親最愛的是他，當他因爲那些祭司的蠱惑而徹底迷失的時候，那個老雜種的心一定都碎了。要知道，他一直都是比較受寵的孩子。他的弓術最好、劍術最好、腦子最聰明，而且個子高，臉蛋又漂亮。到他二十五歲的時候，已經有了三個私生子。」

「這樣來看，他算不上非常虔誠的人。」瑪律修斯王子說道。

「他不是。」穆斯托領主抬起皮囊，狠狠地喝了一口。這讓瓦林懷疑那個皮囊裡裝的並不只是水。「但在一場和小批匪徒的衝突中臉上被射了一箭之後，一切就都不同了。我父親的外科醫生摘除了箭頭，但我弟弟發了高燒，連續幾天處在死亡的邊緣。據說他的心臟一度停止跳動，但最終聖父還是饒過了他。身體恢復之後，他就徹底變了。那個英俊、酗酒，受到無數女人追逐的英武勇士變成了一個面帶傷痕、忠心侍奉十經的虔誠教徒。他們都稱他為赫特司．眞刃。他切斷了與舊日友人的聯繫，避開眾多情人，整天和最為狂熱激進的祭司們混在一起，開始四處布道，以滿懷激情的口吻講述他在瀕死時看到的幻象。他聲稱，世界之父對他說話，讓他看到了救贖的光榮之路，而這條道路中顯然包括要說服外國異教徒皈依十經。如果有必要，即使動用刀劍也在所不惜。我的父親別無選擇，只能將他逐走，但他的追隨者依舊與日俱增。」

「你說過，他認為你們的神對他說要輔佐你的父親？」王子問道。

「我的弟弟到底相信些什麼，這一點有時實在難以理解，甚至就連他的信徒們也會感到莫名其妙。但他顯然認為康布雷爾封地領主對賈努斯國王的降順不可原諒。而且，他認為這全肇因於瓦林兄弟對馬蒂舍森林中那些神聖戰士的戕害。所以他邀請我的父親與他會面，假裝成希望結束流放生活。當我的父親失去了衛兵的保護時，他便殺死了他。」

他停了一下，又喝了一口，目光落在瓦林身上。「根據我的情報來源，你的名字已經在康布雷爾家喻戶曉了，兄弟。赫特司被稱為眞刃，你則被稱為黑刃。這個名字來自於第五戒，預言之書。數個世紀以前，一名預言者曾說過，會出現一名幾近無敵的異教徒劍士：『他將打擊至聖，斬倒那些忠心侍奉世界之父的人。他的劍刃鑄煉於非自然的烈火，黯影的聲音在引導著他』。」

*黑刃？*瓦林想到了血歌和奈蘇絲．希爾．寧所說的血歌起源。*也許他們說得沒錯。*他站起身。

「我們最好抓緊時間。」

「該死的，這到底有什麼用？」兄弟指揮官馬克瑞向穆斯托領主腳邊的地面上啐了一口。

封地領主後退一步，眼睛裡閃爍著恐懼的光芒。「十年以前，它還是敞開的。」他的聲音裡流露出一點嗚咽和抱怨的意味。

瓦林向隧道的入口處窺視了一眼，那只是風蝕懸崖表面的一條縫隙，如果不是穆斯托領主指點，他們很難看出這裂縫有什麼異樣。在幽暗的隧道入口處，瓦林能夠清晰地看到激怒馬克瑞的東西——一堆巨石徹底堵死了隧道入口。這些岩塊太巨大了，根本不是他們這一小隊人馬能夠徒手搬動的。馬克瑞是對的，這條隧道已經沒有用了。

「我不明白。」穆斯托領主說道：「這裡的結構非常堅固，是不可能崩塌的，而且只有父親和我知道它的存在。」

瓦林走進隧道，伸手撫過一塊巨石的表面，感覺它平滑和粗糙交雜的表面，也摸到鑿子留下來的堅硬邊緣。「這塊石頭是從岩壁上開鑿下來的。如果我的判斷沒錯，它被開鑿的時間並不久。」

「看樣子，你最大的祕密已經洩露了，閣下。」瑪律修斯王子說道，「如果像你說的那樣，你的父親喜歡弟弟勝過你，也許會認爲你的弟弟也應該知道這個祕密。」

「我們該怎麼辦？」穆斯托領主哀怨地說，「現在已經沒有路能進入高岩堡了。」

「除了正面攻擊之外。」王子說道，「但我們沒有時間、人力和必要的器械。」

瓦林從隧道裡走出來。「有什麼地方能讓我觀察那座城堡，同時又不會被發現？」

他們登上了一條遍布亂石、相當危險的山間小路，不過行進速度很快，只有穆斯托領主一路上不停地抱怨腳上已經磨出了水泡。終於，他們來到一座斷崖，一座巨大的山岩為他們擋住了呼嘯而至的寒風。

「最好伏低身子，」穆斯托領主建議道，「雖然城堡裡的哨兵不可能有那麼尖的眼睛看到這裡來，但我們也不應該掉以輕心。」他躡手躡腳地走到山岩旁邊，向遠處一指，「看那裡，算不上多麼典雅的建築，對不對？」

高岩堡清晰地呈現在眾人眼前，牆壁矗立山脊之上，如同一個穿透了岩石的鈍矛頭。穆斯托領主是對的，這座建築的確缺乏美感，在它上面看不到任何裝飾，沒有雕塑和尖塔。平滑的城牆表面只有一些分散排列的箭孔。一面孤零零的旗幟上繪著康布雷爾神明的白色聖火，在城堡大門上方的一根長矛桿上迎風飄揚。一條兩側都是陡峭山坡的狹窄山路一直延伸到隘口，這是唯一通向高岩堡的道路。瓦林等人所在的地方幾乎與城牆頂部齊高，能看到城垛上黑點一樣的哨兵。

「看到了嗎，瓦林閣下？」穆斯托說道，「想要對那裡發動襲擊是不可能的。」

瓦林向前靠了靠，仔細向城堡的地基部分望過去。在那裡，嶙峋的灰岩變成了平滑的城牆。那些石塊不是問題，但那堵牆呢？「你說那堵牆有多高？閣下？」

「你確定自己能做到？」

壁虎加力斯將一把繩子挎在肩頭，向上瞥了高聳的城堡一眼。「我喜歡挑戰，大人。」

瓦林推開心中的懷疑，將一把匕首遞給那個人。「為我做好這件事，也許我會忘記你曾經讓我氣惱的事情。」

「我還等著你承諾的那一大壺酒呢。」加力斯笑著將匕首插進靴子裡，轉身面對岩石，兩隻手開始摸索花崗岩壁，在上面尋找支點。十根靈巧的手指以天生的精準細緻，在不規則的岩石上四處遊移。幾秒鐘之後，他就抓穩山岩，開始攀爬，身子在崖面上就像一股流水，而雙手雙腳彷彿四隻有獨立意識的生物。他在離地十尺高的地方，停下來低頭看著瓦林，臉上浮現粗獷的笑容。「這可比商人的大宅容易多了。」

瓦林看著他從懸崖爬上了城牆，身形變得越來越小，最後就好像是一棵大樹幹上的一隻螞蟻，一直攀援向上，沒有半分遲疑，更不曾手腳打滑。確認過壁虎加力斯名不虛傳後，瓦林轉身面對隱藏在周圍黑暗中的兄弟和士兵們。他們一共有二十人，是諾塔最優秀的弓箭手和馬克瑞麾下的部分兄弟。和篡逆者的守軍數量相比，這支部隊的規模實在微不足道，但增加人數只會加大被敵人發現的危險。兵團主要部隊正等在通向城堡大門的細窄山道盡頭。馬克瑞兄弟得到命令，將在城堡大門開啟的時候率領騎兵首先發動衝鋒——瑪律修斯王子也會加入這支騎兵部隊，坎尼斯率領步兵主力緊隨其後。許多人都反對瓦林親自率領第一支奇襲部隊，坎尼斯明確地指出，他應該擔負起統率主要部隊的職責。

對於這些反對意見，瓦林回答道：「我受命前來討伐篡逆者，如果有可能，我會儘量活捉他。而且，我很想和他談談。我相信他一定有不少有趣的事情值得一說。」

「那你的意思就是，你將會測試一下他手中的劍。」馬克瑞說道：「當然，他那些號召人眾的故事讓你感到好奇，對不對？你想要知道，他是不是和你一樣的人。」

*是這樣嗎？*瓦林的確禁不住感到好奇。實際上，他並不渴望與眞刃刀劍相向。他絲毫不懷疑自己能打敗那個人，但想要親眼見到這個人、聽這個人說話。穆斯托領主的故事已經勾起了他的好奇

心。那名篡逆者堅信他所做的一切都是為了他的神，就像馬蒂舍森林中死在瓦林面前的那些康布雷爾人。是什麼驅使他們這樣做？是什麼讓一個人為了神而殺人？牽動瓦林心神的還不止於此，就在他第一眼看到高岩堡的時候，血歌便開始鳴唱。一開始，那聲音很小，但隨著夜幕降臨，它的力量增強。嚴格來說，這不是一種警告，更像是一種急切的催促，一種發掘祕密的籲求。

瓦林將諾塔和登圖斯叫過來，他低微的話語在黑夜裡寒冷的山風中更加難以辨識：「諾塔，帶著你的人沿垛口前進，殺死哨兵後用弓箭控制城堡廣場。登圖斯，帶兄弟們去城門，打開閘門，守住那裡，直到兵團趕到。」

「你呢，兄弟？」諾塔雙眉一軒。

「我有事情，要進城堡一趟。」瓦林向加力斯越來越小的影子瞥了一眼，「諾塔，告訴你的人，如果從城牆上跌下去，不要尖叫。往生者不會接受懦夫進入來世。祝你們好運，兄弟們。」

瓦林首先攀上了加力斯放下來的繩子，山風如同一頭看不見的怪獸，一刻不停地想要把瓦林從城牆上揪扯下來。瓦林感覺自己的胳膊彷彿在燃燒，冰冷的手指在繩子上變得僵硬，不過他還是很快就和加力斯會合了。這位前任的飛賊正趴在城垛口的下方，雙手十指扣住了石牆的邊緣，雙腿蹬在牆壁上。瓦林不得不驚歎這只壁虎竟然有如此力量，能在這堵高聳的城牆上堅持這麼久。當瓦林抓住扣在城垛口上的鐵鉤爪時，加力斯向他點點頭，似乎還說了一句「大人」，不過他的話一說出口，就被強風吹走了。瓦林一隻手抓住鐵鉤爪，活動著右手的手指，恢復一下知覺。同時，他向加力斯投去一個詢問的眼神。

「一個，」加力斯用唇語告訴瓦林，並向城垛口上點了一下頭，「看起來很無聊。」

瓦林飛快地向上挪了一點，越過城牆瞥了一眼。那名衛兵就在幾碼外，用斗篷緊裹著身子，縮在城垛口之間的一個小空隙裡避風。他的頭頂上方有一支被山風吹得明滅不定的火把，不停地向黑暗的夜空灑出一團團火星，長矛和長弓都靠在城牆上。他只是用力地揉搓著雙手，口鼻中噴出一股股白煙。瓦林伸手到肩後，抽出長劍，深吸一口氣，然後猛地越過城牆。他本打算依靠突然襲擊來阻止這名哨兵出聲示警，但驚訝地發現，他的目標甚至沒有伸手去拿武器，只是呆立在原地，任由星銀劍刃刺穿了自己的喉嚨。

瓦林在城牆上伏低身子，招呼加力斯。「拿去，」他將染血的斗篷從屍體上扯下，丟給加力斯。「穿上這個，在周圍走動。儘量裝成康布雷爾人。如果有其他哨兵找你說話，就殺死他們。」

加力斯朝斗篷上的血汙皺了皺眉，但還是一言不發地把它披到身上，並用兜帽罩住頭和臉，緩步走出垛口之間的空隙，沿著城牆來回走動，一邊在斗篷裡揉搓著雙手，完全是無聊哨兵在寒夜中巡行城頭的樣子。

瓦林移動回鉤爪那裡，用力拉了兩下繩子。彷彿過了一個世紀的時間，諾塔的頭終於出現在垛口之間。又過了更長的時間，其他人也逐一攀上城牆。登圖斯是最後一個上來的，他掙扎著翻過垛口，緩緩滑落到地面，不住顫抖的雙手並不僅僅是因爲寒風的影響。他從來都不喜歡高處。

瓦林清點了一下人數，滿意地哼了一聲。沒有一個人在攀爬時跌下城牆。「沒有時間休息，兄弟。」他悄聲對登圖斯說著，把登圖斯從地上拉起來，「你知道要做什麼。儘量保持安靜。」

兩支部隊分別前去完成他們各自的任務。諾塔領著弓箭手沿城牆向左，他們的手中都握著扣住箭的硬弓。登圖斯率領兄弟，沿著另一個方向朝城門口跑去。很快，強勁的弓弦彈響聲傳來。諾塔的人開始下手除掉那些哨兵。有幾次，示警的喊聲剛響起便消失了，沒有人眞正高聲喊叫，城堡中也沒有回應的喧囂。瓦林發現了通向城堡廣場的階梯，飛步向下跑去。穆斯托領主對於這座城堡的描述相當模糊，畢竟那個傢伙的細節記憶很遲鈍。但有一件事，他說得非常清楚：他的弟弟會在領主大廳裡。那是高岩堡的核心位置，正門對面有一道門直通那座大廳。

瓦林的速度很快，血歌的聲音越來越響亮，韻律中滲透著一種急切的警告：找到他。瓦林在敞開的門口遇到了兩個人，都是身材粗壯的漢子，靠在一起，在一根蠟燭的光線中抽著菸斗。他們面前有一張小桌子，桌子中間放了一瓶半空的白蘭地和一本打開的書。瓦林猛撲過去，立刻取走第一個人的性命。瓦林的劍刃掃過了他的胸膛，在一片銀光之中切穿了皮肉和骨骼。第二個人伸手按住了腰帶上的匕首，但瓦林已經一劍砍在他的脖子上。這一斬不算乾脆，那個人又活了一會兒，一陣尖叫聲從他已經被破壞的喉嚨中傳出，瓦林伸手按住那個人的嘴，讓他無法發出聲音。鮮血從瓦林的手指縫裡噴湧出來。瓦林又一劍刺進那個人的肚子，並在他倒地抽搐之時繼續按壓，看著生命的光彩從他的眼睛裡漸漸消褪。

瓦林在那個人的短上衣上揩了揩染血的手掌，查看了一眼周圍的狀況。這是一個小房間，有一條走廊通向城堡深處，左手邊有一道樓梯。穆斯托領主告訴過他，領主大廳在地面一層，於是瓦林進入走廊，放慢腳步，這裡的每一個角落的陰影中都可能隱藏著危險。很快，他發現自己來到一道巨大的橡木門前，門扉虛掩，從門後的房間裡滲透出火把的光芒。

*他身邊有多少衛兵？*瓦林的手已經按在了門板上。*這太愚蠢了，我應該先等其他人……*但響亮的血歌在逼迫他前進。*找到他！*

這座石砌大廳中並沒有衛兵，牆壁被籠罩在陰影裡，六根石柱支撐著天花板。有一個人坐在大廳深處基臺上的座椅中，個子很高，肩膀寬闊，英俊的面孔被左頰上的一道傷疤破壞了。一把無鞘的長劍橫放在他的膝頭，但瓦林一眼就認出，這把沒有護手的窄刃劍來自於倫菲爾。康布雷爾人以弓箭著稱，對於金屬鍛造缺乏瞭解。當瓦林走進大廳的時候，那個人什麼都沒有說，只是坐在椅子裡，靜靜地看著他，眼睛裡見不到恐懼。

當瓦林站在自己的獵物面前時，血歌失去淒厲的氣勢，漸漸弱化成瓦林意識深處一陣輕柔穩定的呢喃聲。我到了它想讓我前往的地方？瓦林想道，還是說，我的確需要來這個地方？不管怎樣，他都不需要和眼前這個人說任何客套話。

「赫特司．穆斯托！」瓦林大步向前，「你已受到背叛與謀殺的指控，國王下旨召喚你，要你對自己的罪行做出應答。放下劍，準備上絞架吧。」

赫特司．穆斯托依舊坐在椅子裡。面對一步步逼近的瓦林，他沒有說話，也沒有舉起武器。直到瓦林距離他只有幾碼遠的時候，才注意到他的手腕上纏繞著一根鐵鍊，鐵鍊的另一端沒入石柱間的陰影裡面。穆斯托以極富技巧的動作一抖手，鐵鍊如同鞭子一樣甩動了起來，在石板上抽出一片火星，另一個人也隨之從陰影中被拉出來。那是一名身材苗條的女子，嘴巴被塞住，手腕上戴著鐐銬。她踉踉蹌蹌地跪倒在穆斯托面前，瓦林注意到她灰色的長袍和深褐色的長髮，而此時，篡逆者站起身，用劍鋒指住她的喉嚨。

「兄弟，」赫特司．穆斯托幾乎有些哀傷地輕聲說道，「我相信你認識這個年輕女人。」

她明亮的雙眼中流露出恐懼與哀求的神色，口塞擋住了她的喊聲，但狂亂的搖頭動作已經明確地表達了她的意思。她的雙眸緊盯著瓦林，瓦林明白那眼神代表著什麼。不要為我犧牲你自己！口塞和數年的分別毫無意義。瓦林清楚地知道她的心。**夏琳！**

第六章

「你的劍，兄弟。」赫特司．穆斯托繼續用輕柔的聲音說道。

瓦林應該感到憤怒、狂暴，嗜血的欲望應該讓他投出飛刀，射穿赫特司的手臂，再一劍砍斷篡逆者的脖子，但有某種東西擋住了正在他的胸膛中升騰的烈火，那不只是因爲謹慎；這個敵人的速度很快，要比多年以前的壁虎加力斯快很多。但這並不是全部原因。在極短的一瞬之間，瓦林的心中充滿了困惑，但他很快就明白了：血歌的韻律仍然沒有改變，在他的腦海中和緩穩定地低聲吟唱，沒有瓦林所熟知的那種對危險的警告。

星銀劍噹啷一聲落在赫特司的腳邊，隨之響起的是夏琳絕望的抽噎。

「那麼，」赫特司將瓦林的長劍踢進陰影裡，他的聲音充滿敬意，「祂所言的眞實再次顯現了。」他的眼睛緊盯著瓦林，「你其他的武器，把它們丟出來，動作要慢。」

瓦林照他說的話做了，飛刀和靴子裡的匕首都被扔進陰影。「現在，我已經解除了武裝，你還有什麼理由要威脅我的姐妹？」

赫特司向夏琳脹紅的面頰瞥了一眼，彷彿想起她還在這裡。「你的姐妹。祂告訴我，你對她的想法不只於此。她是你的愛人，對不對？是解脫你信仰的鑰匙。」

「我的信仰牢不可破，閣下。我已經繳出了我的劍，僅此而已。」

「是的。」赫特司點點頭。他的聲音平靜而篤定。「你會這樣，就像祂說的一樣。」

他瘋了嗎？瓦林心中暗自尋思。赫特司．穆斯托顯然是一個狂熱的異教徒，但只是這樣，他就會失去理智嗎？瓦林回憶起森特斯．穆斯托關於弟弟那個心神劇變的故事。他聲稱，世界之父對他説話……「你的神？他告訴你我會來這裡？」

「祂不是我的神！祂是世界之父，祂創造一切，知曉一切，並深愛一切，哪怕是像你這樣的異端。我受到了祝福，能聽到祂的聲音。祂向我警告過你的到來，以及你揮動利刃的黯影技藝將毀滅我。而我因爲罪孽的驕傲之心，會渴望與你正面爲敵，不是使用這種圈套。是祂指引我找到了這個女人，一切都和祂的預言完全一樣。」

「祂有沒有預言過你會殺死自己的父親？」

「我的父親……」那種篤定的神色從赫特司的眼睛裡消失了。他眨眨眼，表情變得謹慎，「我的父親迷失了道路，背棄了世界之父的愛。」

「他並沒有背棄你。是他給了你這座城堡，對不對？他給了你自由通行憑證，確保你能不受打擾地來到這裡，甚至將家族最重大的祕密告訴了你：穿過山體的祕密通道。他做的這一切都是爲了保護你的安全。你受到如此深愛，不知道其他人有多羨慕，但你卻將鋼刃插入他的心臟。」

「他偏離了十經的律法，竟然容忍你們這些異端的統治。這一點便已罪無可恕，我別無選擇，只能採取行動——」

「那你的神可眞是奇怪，竟然愛你到如此地步，讓你殺死自己的父親。」

「**閉嘴**！」赫特司用幾乎像悲啜一般的聲音嚎叫著，將夏琳甩到一旁，平舉劍刃，向瓦林走來。「閉上你的嘴！我知道你是什麼東西。難道你以爲祂不會告訴我？你是黯影的操縱者，早就拋棄了父愛。你根本就**什麼都不知道**。」

篡逆者的劍刃距離瓦林的胸口已經不足一掌，血歌的韻律還是沒有改變。「你準備好了嗎？」赫特司問道，「準備好去死了嗎，黑刃？」

瓦林注意到，赫特司的劍尖在顫抖。他的眼睛中泛起了潮紅，緊繃的下巴上隆起肌肉的棱線。

「你準備好殺我了嗎？」

「我會做必須要做的事。」赫特司咬著牙說道。他似乎全身都在顫抖，胸口起伏不定，瓦林覺得他像是正在與自己交戰。劍尖晃動，但並沒有移動，既沒有前進，也沒有後退。

「請原諒，閣下。」瓦林說道，「但我懷疑你心中並沒有殺意。」

「只要最後一個。」赫特司悄聲說道，「祂告訴我，只要最後一個，我就可以休息了。曾經拒絕我的永恆聖地終將向我敞開。」

門外傳來了戰鬥的聲音，許多聲音發出警號，但很快又被淹沒在雷鳴般的鐵蹄聲和鋼刃撞擊的刺耳噪音中。

「什麼？」赫特司顯得有些困惑。他的視線不停地在瓦林和門口來回移動。「這是怎麼回事？你想要用黯影幻象來影響我嗎？」

瓦林搖搖頭。「我的人正在占領城堡。」

「你的人？」赫特司的臉上顯出深深的困惑。「但你是一個人來的。祂說，你會孤身而來。」他的劍掉落到身邊，踉蹌著後退了幾步，目光顯得茫然而散亂，「他說你會孤身而來……」

*現在殺死他！*一個聲音在瓦林的心中喊道。他本以爲這個聲音已經被丟棄在馬蒂舍森林了，正是這個聲音，曾經在他準備暗殺奧．海斯帝安的時候無數次地嘲諷過他。*他近在咫尺，奪走他的劍，砍斷他的脖子！*

這個聲音是對的。現在殺死這名篡逆者非常容易，無論是因爲內心的瘋狂還是外來的干擾，現在赫特司已經心神失守，毫無自衛的能力，而血歌還在以同樣的韻律吟唱……但赫特司的話只是引起了瓦林心中更多的疑問。

「你被騙了，閣下。」瓦林對赫特司輕聲說道，「無論是什麼樣的聲音在你的腦海中響起，都只是在愚弄你。我帶來了一個步兵團和一隊裝備戰馬的兄弟，而且我不認爲我或者任何其他人的死亡能夠讓你在來世得到一個位置。」

赫特司踉蹌了一下，差點栽倒在地，隨後，他僵在原地。這段僵硬的時間並不長，但他的身子徹底凝固，彷彿變成一座冰雕。當他再次開始活動的時候，臉上那種深重的困惑消失了，取而代之的是一種完全控制了赫特司的表情。赫特司·穆斯托挑起一道眉弓，似乎是對眼前的狀況感到驚愕又有趣，但他冰冷的眼睛裡充滿恨意。一個瓦林曾經聽過的聲音在赫特司的嘴唇間響起，它的語氣顯得格外泰自若。「你一直都讓我感到驚訝，兄弟。但你的抗爭還是毫無意義。」

然後，那聲音消失了，赫特司的面孔再次被片刻之前的困惑籠罩。瓦林很清楚，赫特司不知道剛剛發生了什麼。*有某種東西寄生在他的腦子裡，某種能夠透過他說話的東西，但他自己並不知道。*

「赫特司·穆斯托。」瓦林說道，「你已受到背叛與謀殺的指控，國王下旨召喚你，要你對自己的罪行做出回應。」他向赫特司伸出手，「你的劍，閣下。」

赫特司低頭看著自己手中的劍，轉動劍刃，讓它映射出火把的光芒。「我將它洗了又洗，在石頭上打磨了幾個小時，但我還是能看到上面的血……」

「你的劍，閣下。」瓦林重複一遍，向前一步，繼續平伸著手。

「是的……」赫特司無力地說，「你最好把它拿走……」他倒轉劍柄，把劍舉到瓦林面前。

一陣鷹翼拍擊空氣的聲音響起，微風吹過瓦林的面頰，瓦林從眼角處瞥到一團旋轉的寒光。血歌音律驟然提高，其中充滿驚擾和警告。瓦林被這種強大的聲音所震撼，甚至無法立穩雙足。他憑藉直覺伸手到背後，卻只摸到空空的劍鞘。在這一刻，他只能無能爲力地看著赫特司．穆斯托的胸口被斧刃劈開。強大的衝擊力讓赫特司雙腳離地，隨後便攤開手腳，躺在大廳的地面上。

「砍中那個雜種了！」巴庫斯呼喊著，從陰影中衝出來。「要我說，這一擊還眞漂亮……」

瓦林的拳頭擊中他的下巴，讓他轉了一圈，倒在地上。「他已經放棄抵抗了！」怒火在瓦林的胸中燃燒，因爲血歌的呼吼而更加熾烈，讓瓦林渴望握住劍柄，「他就要投降了，你這個傻子！」

「我還以爲……」巴庫斯朝地上咳出一口紅痰，「我還以爲他要殺死你……他手裡有劍，你沒有……我看到躺在那裡的姐妹。我不知道。」他並沒有生氣，只是顯得很困惑。

而瓦林這時才意識到，他想要殺死的是巴庫斯。驚駭之情趕走了心中的憤怒，他俯下身，伸出手。「起來吧。」

巴庫斯盯著瓦林看了一會兒，下巴上已經有一塊紅腫了起來。「知道嗎？眞的很疼。」

「我很抱歉。」

巴庫斯握住瓦林的手，站起身。瓦林俯視著赫特司的屍體，和他身下擴散開來的黑色血跡，對巴庫斯說道：「去看看我們的姐妹。」然後他自己向那具屍體走去。巴庫斯可怕的斧頭仍然立在赫特司的胸膛上。所以我無法碰觸它？難道血歌知道，這件武器終將派上這樣的用場？

瓦林本來希望赫特司還能有一些殘存的生命，能夠回答幾個問題，讓他知道一點那場神祕的謀殺和他所信奉的那個欺詐的神明。但赫特司的眼睛裡已經徹底失去光彩，鬆弛的肢體也不再有移動的跡象，巴庫斯的斧頭過於圓滿地完成了任務。

瓦林跪倒在屍體旁，回憶起赫特司狂熱的言辭：曾經拒絕我的永恆聖地終將向我敞開。瓦林伸手按在赫特司的胸口，輕聲背誦，「何爲死亡？死亡只是通向來世的門戶。它是結束，也是開始。畏懼它，並歡迎它。」

「我可不認爲這種悼詞給他用是合適的。」森特斯．穆斯托，無可爭議的康布雷爾封地領主用夾雜著憤恨與厭惡的目光看著自己弟弟的屍體。他的手中無力地握著一柄出鞘的長劍，劍刃上看不到一絲血跡，胸口以前所未有的程度不斷地劇烈起伏。瓦林從沒想過他竟然能如此迅速地趕到這裡。很顯然，他一路上沒有加入任何戰鬥。「他想要的是十經中的離去禱告，」穆斯托領主說道，「那些世界之父的話——」

「神就是謊言。」瓦林語氣嚴厲地引述了這句話，然後站起身，以極草率的動作向封地領主鞠了一躬，「我認爲你的弟弟瞭解這一點。」

「多少人？」

「一共八十九個。」坎尼斯向下方廣場上的屍體點點頭，「沒有人求饒，也沒有人被饒恕，就像馬蒂舍森林一樣。」他轉回頭，看著瓦林，表情顯得格外肅穆，「我們失去了九個人，還有十個人受了傷。姬爾瑪姐妹正在照顧他們。」

「贏得漂亮。」瑪律修斯王子評價。他用裘皮襯裡的斗篷緊緊裹住了雙肩，紅色頭髮在掃過城垛的寒風中不停飄動。「消滅了這麼多敵人，我們只損失了幾個人。」

「在我們的長柄斧和城頭上諾塔兄弟的弓箭手之間……」坎尼斯聳聳肩，「他們沒有多少反抗的機會，殿下。」

「封地領主對這些康布雷爾死者有什麼要求嗎？」瓦林問王子。穆斯托領主在戰鬥徹底結束之後就失蹤了，很顯然，他正忙著查看城堡的酒窖。

「把他們燒掉，或者從城頭扔下去。我懷疑他對具體的處置方式根本不在乎。」今天早晨，王子的聲音裡一直都帶著一絲剛硬的火氣。瓦林知道，王子在突破城門的衝鋒中馳騁在最前列。艾魯修斯．奧．海斯帝安緊跟在他身後，有大約二十幾個叛軍在城堡廣場上進行了短暫卻瘋狂的抵抗，艾魯修斯跌下馬背，消失在亂軍之中。戰鬥結束之後，他從一堆屍體中被拖出來，還活著，卻已經失去了意識。他的短劍上掛著黑色的乾血，頭部出現了一大個腫塊。現在，姬爾瑪姐妹正照顧他，但他還沒有醒過來。

讓他耍了十天的劍，就讓他以為自己已經成為一名武士。瓦林感到心情格外沉重，我應該在第一天就把他捆在馬鞍上，讓那匹馬回到城裡去。但瓦林立刻就將罪惡感推開，轉向坎尼斯。

「你知道康布雷爾人是如何對待死者的嗎？」

「通常是埋葬。有罪的人則被肢解，丟在曠野中任其腐爛。」

「聽起來還算公平。」瑪律修斯王子嘟囔著。

「組織一支隊伍，」瓦林對坎尼斯說，「用大車把屍體運到山腳下，把他們埋葬。地圖顯示，在隘口南方十五里有一個小村莊。派一名騎兵去那裡找本地牧師來，他知道該怎麼說悼詞。」

坎尼斯以不確定的眼神看了王子一眼。「那個篡逆者也同樣處理？」

「他也同樣處理。」

「士兵們不會喜歡這樣……」

「他們喜歡什麼算個狗屁！」瓦林臉色脹得通紅，努力壓下心中的憤怒，因為他知道這股怒意來自艾魯修斯而產生的罪惡感。然後，他歎了口氣，「去找志願者，前二十個報名的人可以得到雙份朗姆酒和一枚銀幣。」然後，他向瑪律修斯王子鞠了一躬，「如果您許可，殿下，我還有其他事情……」

「我想，你一定已經派出了你最優秀的騎士？」王子問道。

「諾塔兄弟和登圖斯兄弟。如果一切順利，兩天內國王的命令就會被送到戰爭領主手中。」

「很好。如果我們在這裡的戰鬥沒能取得任何成果，我一定會悔恨不已的。」

瓦林想到了艾魯修斯那張誠摯的臉。在笨拙而又努力地練習了一個小時劍術之後，那張臉總是會累得通紅。「我也是，殿下。」

艾魯修斯的皮膚異常蒼白，摸上去潮濕黏膩。黑色的頭髮貼在滿是冷汗的額頭上，幸好胸口還在規律而平穩地上下起伏著，但這並不能平息瓦林的罪惡感。

「他很快就會好起來的。」夏琳姐妹伸手按在艾魯修斯的額頭上。「燒褪得很快，頭部的腫塊也在縮小。看這裡，」她指了指男孩閉住的眼睛，瓦林看到他的瞳仁正在眼皮下面來回移動。

「這代表著什麼？」

「他在做夢，所以大腦應該沒有受到傷害。他會在幾個小時之內醒來，感覺很糟糕。但會醒過來的。」夏琳看著瓦林的眼睛，臉上的笑容明亮而又溫暖，「非常高興能再見到你，瓦林。」

「我也是，姐妹。」

「看樣子，你倒楣的時候，都會成為我的救星。」

「如果不是因為我，妳絕不可能遭遇那樣的危險。」瓦林環視了一下這座被姬爾瑪姐妹當做臨時醫院的餐廳。她正在火爐旁，和簡瑞爾．諾靈一同開心地歡笑著。這名前任吟遊詩人學徒手臂上有一個傷口。他看著給自己縫合傷口的姬爾瑪，一邊給她唸了一首更加道地的打油詩。

「我們能談談嗎？」瓦林問夏琳，「我想知道妳在成為俘虜之後都遭遇了什麼事。」

夏琳的笑容消褪了一點，但她還是點點頭，「當然。」

瓦林領著她來到城牆上，遠離所有好奇的耳朵。下方的城堡廣場上，人們正忙著往大車上裝運康布雷爾人的屍體，在乾結的汙血和僵硬的肢體之間勉強交換著快活的笑話。從他們不太穩定的步伐上，瓦林推測坎尼斯發放的額外朗姆酒配給，已經超過他所規定的限額。

「你要埋葬他們？」夏琳問道。瓦林驚訝地發覺夏琳的聲音中並沒有任何震驚或厭惡。不過他很快就意識到，作為一名治療師，死亡對於夏琳而言早已不再陌生。

「我應該這樣做。」

「我懷疑，就算是他們的同胞也不一定願意做這種事。他們是罪人，做了他們的神明所不願見到的事，難道不是嗎？」

「他們自己並不這樣想。」瓦林聳聳肩，「而且，這樣做不是為了他們。這裡發生的事情很快就會被整個封地的人知道，許多康布雷爾的狂熱信徒都會將此稱為一場屠殺。如果康布雷爾人知道我們尊重他們的習俗，關照他們的死者，也許因此而引發的恨意不會那麼強烈。」

「你的口吻很像一位守護者。」她的微笑是那麼明亮、那麼開朗，不由得勾起了瓦林胸中一點熟悉的舊日隱痛。她不一樣了，五年以前那個拘謹嚴肅的女孩，現在變成一位充滿自信的年輕女士。但她的本質並沒有改變，當她輕按艾魯修斯的額頭時；當她還戴著口塞，卻拚命懇求瓦林不要爲她而犧牲自己的時候，瓦林都能看到她的心。那顆心中充滿了憐憫，就如同一團燃燒在她體內的耀眼奪目的火焰。

「我們似乎總是要待在王國的兩端，」夏琳繼續說道，「去年，我有幸遇到了黎恩娜公主。她說你們是朋友，我請她帶去我的問候。」

朋友。那個女人說謊就像呼吸一樣自然。「她已經和我說過了。」很顯然，夏琳並不知道實情。守護者愛蕾菈從未告訴過她，爲什麼他們總是如此相隔遙遠。突然間，瓦林決定，一輩子都不能讓夏琳知道這件事。

「他有傷到你嗎？」瓦林問道，「我是說，赫特司，他有沒有……」

「我在被俘虜的時候受了幾處瘀傷。」夏琳讓他看了自己手腕上被鐐銬磨出的傷痕，「除此之外，我就再沒有受過傷。」

「他是什麼時候抓住妳的？」

「七、八個星期以前，也許更久，我在這座城堡中已經失去時間概念了。那時我終於受命從沃恩斯雷夫返回總部，本來期待著能夠重返舊日的崗位，但守護者愛蕾菈指派我進行新藥研究。那個任務眞是無聊得要命，瓦林，一天到晚都在磨碎草藥、混合酊劑，而且其中一些藥料的氣味實在可怕。我甚至向守護者抱怨，但她只是告訴我，需要對組織的工作有更加廣泛的瞭解。不管怎樣，當一名信使從我曾經工作過的地方趕來，報告有血紅之手爆發時，我甚至感到高興。當時正在試製一種藥劑，也許能爲治癒這種惡疾提供一些希望，至少能減輕病人的臨床症狀。所以，當地的醫療導師才派人來請我過去。」

血紅之手，在國王重建王國之前曾經掃蕩四大封地的可怕瘟疫，它在連續兩年時間裡把整個人間帶進了地獄，奪去成千上萬人的性命，沒有一個家庭能夠逃脫它的魔爪。沒有一種疾病是如此可怕，但這種瘟疫在王國中已經有將近五十年不曾出現。

「這是一個陷阱。」瓦林說。

夏琳點點頭。「因爲害怕瘟疫傷害更多的人，所以我一個人上了路。但沒有病人，只有死人。當我見到那間治療室的時候，裡面悄然無聲，我以爲裡面沒有人，但卻發現那裡堆滿屍體。只是他們並非死於血紅之手，而是死於刀劍。就連臥床的病患也不例外。穆斯托的追隨者們正在那裡等待，沒有饒過任何一個人。我想要逃走，當然，他們抓住了我。我被銬上鐵鍊，帶到這裡。」

「很抱歉。」

「我不是要責怪你。如果你這麼想，我會難過的。」

他們的目光再次相遇，那種痛楚再次開始牽扯瓦林的心。「穆斯托有沒有對妳說過什麼？也許他透露過一些能解釋他的行爲的線索？」

「大多數日子裡，他都會來我的牢房。一開始，他似乎只是關心我受到的待遇，確保我有充足的食物和飲水。他甚至還答應我的要求，帶來了書本和紙張。聽他說，他是受到別人的驅使才會這樣做的，只是他說的話很少會有邏輯清晰的時候。他總是會提起他的神，引述十經中的大段文字，其餘康布雷爾人也因此對他格外敬重。一開始，我以爲他要說服我改變信仰，但很快就發現他並不是眞的在和我交談。他對我的觀點全不在意，只是需要說說不能在追隨者面前提起的話。」

「什麼話？」

「懷疑、疑慮。赫特司．穆斯托質疑他的神。但他懷疑的不是神明是否存在，而是神的動機，祂的目的。那時我還不知道他殺死了自己的父親。很顯然，他認爲這是他的神對他的命令。也許他會這樣想，只是因爲弒父的罪惡感把他逼瘋。但我也把自己的想法明確地告訴了他——我對他說，如果他以爲能夠利用我殺死你，那麼他就是眞的瘋了，你會在眨眼之間取走他的命。不過，看樣子是我錯了。」她專注地看著瓦林，「他瘋了嗎，瓦林？是不是瘋狂驅使他做出了這些事？還是……另外的某種東西？我感覺到你所知道的，比你告訴我的更多。」

瓦林想要向她說出一切，這種衝動一直在他的胸中燃燒，需要有人能分享所有那些不可思議的祕密：烏立實和馬蒂舍森林中的狼，與奈蘇絲．希爾．寧的相逢，等待者，還有那個聲音——那個他從兩個死人口中聽過的聲音。但有某種東西阻止了他，讓他無法開口。這一次阻止他的並不是血歌，而是另一個更容易理解的原因。這樣的事情是危險的，她已經因爲我遭遇太多危險了。

「我只是一名帶劍的兄弟，姐妹。」瓦林對她說：「過了這麼多年，我才明白，自己知道的實在是太少了。」

「但你知道的足以救我一命，你一開始就知道穆斯托沒有殺意。當你看到他抓住我的時候，我已經相信你一定會砍倒他了……我爲你感到驕傲，因爲你沒有那樣做。無論他是否瘋狂、有沒有殺過人，我在他的身上感覺不到邪惡，只有悲痛和罪惡感。」

下方傳來一陣騷亂，瓦林向廣場上瞥了一眼，看到新任封地領主穆斯托正在責罵坎尼斯。葡萄酒不停地從他手中的酒瓶裡潑灑到鵝卵石鋪成的廣場上。封地領主頭髮蓬亂，沒有刮鬍子，從含糊的發音判斷，他肯定醉得比平時更厲害。

「讓他們爛掉！聽到我的話了嗎，兄弟！罪人不能被埋葬在康布雷爾的土地。絕不能！砍掉他們的頭，讓烏鴉吃掉他們……」他踩到一灘還沒有凝結的汙血，腳底一滑，重重地跌倒在鵝卵石地面，把酒潑了一身。他放肆地咒罵，拍開坎尼斯伸過來扶他的手。「我說了，讓那些罪人爛掉！這是我的城堡。瑪律修斯王子？瓦林閣下？這是我的城堡！」

「那個人是誰？」夏琳問道，「他似乎……很困擾。」

「康布雷爾正統封地領主。願信仰拯救康布雷爾人。」瓦林給了她一個帶有歉意的微笑。「我該走了。我的部隊會留在這裡等待國王的命令。我會讓兄弟指揮官馬克瑞護送妳返回總部。」

「我還想在這裡待上一段時間。我相信，姬爾瑪姐妹一定會很高興我能幫她一把。而且，我們幾乎還沒有時間交換一下彼此的訊息。我有許多事情要告訴你。」

同樣開朗的笑容，也勾起了瓦林心中同樣的痛楚。*趕她走*，腦海中的那個聲音在命令瓦林，*如果你留她在這裡，你能得到的只有痛苦*。

「瓦林閣下！」封地領主穆斯托的喊聲將瓦林的注意力引回廣場，「你在哪裡？阻止這些人！」

「我也有很多事情想要告訴妳。」瓦林說完，便轉身向城下走去。

聽到瓦林拒絕阻止士兵埋葬叛軍的屍體，封地領主穆斯托立刻大發雷霆。他吼叫著重申自己才是這座城堡的主人，強調在自己土地上的權威。而瓦林只是簡單地回答說，自己是信仰的僕人，不受封地領主約束。穆斯托的囂張氣焰很快就矮了下去，但臉上依舊覆滿憎恨的陰雲。隨後，他又向瑪律修斯王子提出同樣的要求，但在王子嚴厲而且充滿不悅的目光中，他急忙退了下去，縮進了死去弟弟的居所——他已經把城堡酒窖中很大一部分收藏都搬到了那裡。

他們在高岩堡又逗留了八天，焦急地等待著戰爭結束的訊息。瓦林督導士兵們繼續進行訓練，並在山間巡邏。沒有人抱怨，大家的士氣都很高昂。畢竟，他們打了勝仗，而且從城堡中和那些死人身上搶到了不少戰利品——其實算不上是什麼豐厚的財富，但要滿足普通士兵已經足夠。「給他們勝利，讓他們的口袋裡有金幣，偶爾能去找找女人，他們就會永遠跟著你。」某天晚上，柯瑞尼克軍士這樣對瓦林說道。

正像夏琳姐妹所說的那樣，艾魯修斯·奧·海斯帝安很快就恢復了過來。第三天，他恢復了清醒。經過測試，他的腦子並沒有受到持續性的傷害，但他對於那場戰鬥和自己受傷的過程已經完全沒有印象。

「那就是說，他死了？」他問瓦林。這時他們正在廣場上，看著士兵們在暮色中進行訓練。

「那個篡逆者死了？」

「是的。」

「你認爲是他將自由通行憑證交給了黑箭？」

「我想不出還有別的什麼原因能讓那些憑證落入黑箭之手。看情形，老封地領主爲了保護自己的兒子可說是盡心竭力。」

艾魯修斯用斗篷裹緊肩膀，雙眼空洞無神，看上去就像是一個老人正透過一張年輕人的面孔向外窺視。「所流的這些血，只是爲了幾封文書。」他搖了搖頭，「林登看到這番情景一定會哭的。」

他伸手到斗篷裡，從腰帶上解下瓦林的短劍，將劍柄遞給瓦林，「拿回去吧，我不再需要這個了。」

「留著吧。算是我的一件禮物，你經歷過一段軍人的時光，理應留下一件紀念品。」

「我不能收下。這是國王送給你的……」

「現在，我把它送給你。」

「我不能……它不應該被我這樣的人得到。」

看到這個男孩抓住劍柄的手指在不斷顫抖，瓦林回憶起，當艾魯修斯被從城門附近的屍體堆下面拖出來的時候，這把劍上覆蓋了一層黏膩的紅色液體。在第一眼看到戰爭的時候，總是會看到它最醜陋的面孔。「還有誰更適合接受它呢？」瓦林將手放在劍柄上，輕輕地把短劍推回去，「回家以後，掛在牆壁上，把它留在那裡。我不會收回它的。」

那個男孩似乎還想說些什麼，但最後只是把劍重新掛在腰帶上，說道：「如您所願，閣下。」

「你會爲此而寫一首詩嗎？這值得用詩記錄下來，你覺得呢？」

「我相信它值得用一百首詩記錄，但我可能連一首都寫不出來。自從醒來以後，美妙的詞句就不再像以前那樣跳進我的腦海了。我一直在試，手裡握著鋼筆，坐在紙前，但什麼都沒有出現。」

「任何人受傷後都會需要一段時間恢復。好好休息，吃好一點。我相信，你的天賦會回來的。」

「希望如此。」那個男孩微微一笑。「也許，我應該寫信給黎恩娜。爲了她，我一定能找到一些辭句的。」

一想到那位公主，瓦林的肚子裡立刻湧出了不少辭句，不過最後他只是點點頭，就轉向那些正在訓練的士兵，將突然湧起的怒氣，盡數發洩到一個在防禦陣型中將長柄斧舉得過高的士兵身上。「斧頭放低一些，蠢貨！把它舉到天上去，該怎麼破開馬腹？軍士，這個人再額外增加一個小時的訓練。」

在高岩堡的每一個夜晚，瓦林都是在夏琳身邊度過的，他們一同坐在領主大廳中，告訴對方自己在過去這幾年裡都有些什麼樣的經歷。瓦林發現，夏琳去過的地方要比自己多很多，她去過王國四大封地的許多第五軍團分部，甚至乘船去過王國在北境的封地——高塔領主梵諾斯·奧·邁爾納以國王的名義統治著那裡。

「雖然很冷，但那眞是一個充滿活力的地方。」夏琳對他說，「許多截然不同的人都把那裡當做家園。實際上，他們大多數是農夫，是南方奧普倫帝國的放逐之民。他們全都身材高大，相貌英俊，皮膚黝黑。很顯然他們觸怒了皇帝，如果不乘船入海，很有可能會被處決。他們在北境生活已經有超過五十年了，高塔領主的大部分衛兵都來自流放者，有著相當可怕的名聲。」

「我曾經與高塔領主見過一次面，還見過他的女兒。我覺得他女兒並不怎麼喜歡我。」

「那位著名的羅納棄嬰？我去北境的時候，她剛好不在，和賽奧達人一起進入了森林。他們似乎對她和她的父親非常尊敬，這應該和對抗寒冰部族的那場大戰有關係。」

瓦林和夏琳說了他在馬蒂舍森林中度過的那幾個月，還有奧．海斯帝安慘痛的犧牲。他沒有說出自己的謀殺計畫。他覺得自己是個懦夫，一個說謊者。

「你做得對，瓦林。」夏琳拉住瓦林的手。她看到了印在瓦林臉上的罪惡感。「不應該讓他繼續承受那種痛苦，那樣是有悖信仰的。」

「我以信仰的名義做了很多事。」瓦林看著夏琳潔白的柔荑，和自己傷痕累累的手掌。殺手的手，治療者的手。信仰在上，爲什麼她是這樣溫暖？

「我們能做的只有問自己，是否以信仰之名做了錯事，」夏琳說道：「你做過嗎，瓦林？」

「我殺死許多人，不認識的人，有罪犯、有刺客，他們之中有眞正的惡人，但有一些人，就像那些受到欺騙、躲在這裡的狂熱信徒，只是相信另一些東西。如果在不同的時間或地點相遇，也許會成爲我的朋友。」

「這裡的這些人全都是殺人犯。他們殺害了我整整一個分部的兄弟姐妹，只爲了俘虜我。你能做出這種事嗎？」

她沒有看到，瓦林知道，她沒有看到我體內的殺手。「不，」瓦林覺得自己又一次成爲了騙子，「不，我不能。」

一天天過去，瓦林開始幻想國王和組織會允許他們留在這裡，永久駐防在康布雷爾的土地上。他會成爲這座城堡的長官，時刻提醒康布雷爾的狂熱分子背叛的代價。夏琳能夠在這裡建立一個治療室，爲這個偏遠貧苦地方的人們治療病患。他們可以從此避世隱居，快樂地一同侍奉信仰，就這樣過上許多年。他知道這是不可能的，但這個夢一直縈繞在腦海裡，宛如一個明亮誘人的希望，隨著他每一個自欺欺人的想像而不斷增長。

坎尼斯可以管理城堡的圖書館，爲當地的孩子們建立學校，教他們識字，理解信仰的眞諦；巴庫斯會有自己的鑄造場；諾塔管理馬廄；登圖斯將成爲狩獵導師，還能把抓抓和芬提斯從總部帶過來。他知道這些全都是自己的一廂情願，是他與夏琳共度過每一個夜晚之後對自己說的謊言。因爲他不希望這段日子結束，因爲渴望這種平靜的生活能儘量延續下去。他甚至開始構思一個提交給守護者亞利恩的正式籲請，在腦子裡一遍又一遍地對這份請願書進行修改，卻一直耽擱，沒有請求坎尼斯爲他把這些文字寫在紙上。將這種請求說出口，只能顯示出它有多麼荒謬。他寧願把這份幻想留在心裡。

在第九天早晨，他知道了自己的想法到底有多麼荒唐。他醒的很早，在短暫檢查過城門口的衛兵和城牆上的崗哨後，他去吃早餐。那些哨兵被凍得夠嗆，但情緒都很高昂，這讓瓦林懷疑他們在執勤的時候，偷喝了兄弟的朋友。在走下城牆之前，他又停了一會兒，眺望周圍壯麗的山景。

一個令人望而生畏的地方，卻足以讓人度過餘生。一個寧靜的地方，這樣的寧靜實在是太美妙了。

在未來的許多年中，瓦林都清楚地記得這個早晨。明亮的太陽在覆蓋群峰的新雪上灑下一層銀藍色的光彩，藍色的天空，切削面龐的寒風。他從未忘記一切發生改變前的這一刻。

當他正要轉過身時，視線落到了通向山谷的那條咽喉要道上，一個人正沿那條路策馬而來，速度很快。雖然距離還很遠，瓦林依然能看到在坡道上全力疾馳的戰馬噴出一團團白色的氣息。登圖斯，瓦林很快便看清了那個人的臉。登圖斯回來了，但沒有諾塔。

登圖斯在廣場上下馬的時候，面孔已經因爲過度疲憊而變成黑色。在他的面頰上還有一片鐵青色的擦傷。「兄弟。」他向瓦林問候，聲音卻因爲悲傷和勞累而格外沉重，「我必須和你談談。」他踉蹌了一步。瓦林急忙伸手扶住他。

「出什麼事了？」瓦林問，「諾塔在哪裡？」

登圖斯露出一個全無幽默感的笑容。「據我估計，已經在許多里以外了。」他的臉上烏雲密布，視線低垂，彷彿害怕直視瓦林的眼睛。「我們的兄弟想要殺死戰爭領主。現在他已經是一名逃犯了，半數王國衛軍都在追捕他。」

「那裡發生了一場戰鬥。」登圖斯一邊說話，一邊雙手握住一杯加了白蘭地的熱牛奶，坐在餐廳的火爐前。瓦林叫來了巴庫斯和坎尼斯，還有瑪律修斯王子。夏琳姐妹正在替登圖斯臉上的創口敷上藥膏。「康布雷爾人集結起大約五千人，在綠水灘對抗王國衛軍。和王國衛軍的規模比起來，他們的人數不算多。不過我猜，他們只是打算多爭取一些時間，讓都城做好防禦準備。他們打算憑藉河道的掩護，大量削弱王國衛軍。但戰爭領主比他們更狡詐，他讓騎兵在南岸耀武揚威，吸引住康布雷爾人的視線，但同時派遣半數步兵在凌晨時分從下游的深水處強行渡河。有五十個人被急流沖走，但他們成功地過河。不等康布雷爾人抽出他們的箭，王國衛軍已經狠狠地殺進了他們的右翼。當我和諾塔趕到的時候，那裡的戰事已經接近結束，就像是一座停屍場，河水都變紅了。」

登圖斯停下來，吮了一口牛奶。瓦林從未見過他有如此嚴肅的表情。「他們抓住好幾百個逃跑的康布雷爾人，我們正好趕在戰爭領主宣布要處死那些戰俘之前到達，聽到我們帶去的訊息之後，他顯然並不高興。」

「你們有沒有給他國王簽署的命令？」瑪律修斯王子問。

「我們給他了，殿下。他看了一眼國王的印章，就叫我們進他的帳篷。仔細看過命令之後，他想知道我們是否親眼看到篡逆者的屍體，他要確認匪首已經死了。諾塔向他作了保證，但戰爭領主根本不讓他把話說完。他在打斷諾塔時是這麼說的：『叛徒的兒子對我來說不過是一坨豬屎』。」

「所以諾塔想要殺死他？」巴庫斯問。

登圖斯搖搖頭。「諾塔很氣憤，看上去，他當時就想殺了那個雜種，但他並沒有那麼做，只是咬著牙說：『我不是任何人的兒子，閣下。國王的旨意已經傳達給你，這場戰爭結束了。你要服從嗎』？」說到這裡，登圖斯陷入了沉默，眼神彷彿飄到了很遠的地方。

「兄弟？」坎尼斯問道：「然後呢？」

「戰爭領主說，他不需要別人告訴他該如何效忠國王，在率領王國衛軍跨越無信仰者的土地、返回家園之前，他有責任給那些召集軍隊對抗王權的人一個教訓。」

「他打算繼續處決那些戰俘。」瓦林說道。他回憶起諾塔從馬蒂舍森林回來以後的樣子，眼睛裡那種疲憊的絕望，用酒精麻痹心中痛苦的樣子。我們會把信仰帶給他們，帶給那些絕罰者雜種。

「是的。」登圖斯歎了口氣，「諾塔禁止他那麼做，說那麼做就是違抗國王的旨意。戰爭領主笑著說，國王的信使並沒有說明要如何處置被抓住的絕罰者渣滓。他讓諾塔靠邊站，否則就送他去來世見叛徒父親，不管他是不是兄弟。」

瓦林閉起眼睛，強迫自己問道：「戰爭領主傷勢如何？」

「嗯，」登圖斯答道，「從現在開始，他只能用左手擦屁股了。」

「信仰在上！」坎尼斯喘了口粗氣。

「該死！」巴庫斯說。

「諾塔爲什麼沒能除掉他？」瓦林問。

「我阻止了他。我還能怎麼辦？」登圖斯回答道：「我擋住了他的第二劍。我懇求他，乞求他放下劍。但我懷疑他根本就沒在聽我說話，已經失去理智了。我能從他的眼睛裡看出來，他就像是一頭發狂的狗，只想把戰爭領主咬死。那個雜種跪倒在地，只知道盯著短了一截的胳膊，任由血從斷臂中噴出來。諾塔和我打了起來。」他揉搓著受傷的面頰。「我被打敗了。戰爭領主的運氣很好，他的衛兵聽到打鬥聲，跑了進來。諾塔殺死了兩個人，把其餘的都打傷了。但跑進來的人越來越多。他又殺了幾個人，跳上了他的馬，衝出了王國衛軍的營地。畢竟，有誰能想到一名兄弟會砍斷戰爭領主的手？我在一片混亂中溜了出來，我想，等那裡塵埃落定的時候，我肯定不會成爲受歡迎的人。我在樹林中藏了一天多，然後才全速趕回來。在路上，我已經聽到了關於發瘋兄弟的傳聞，還有一半的王國衛軍都在搜捕他。有人說，他最後被發現時，正向西方逃亡。」

「這意謂著他眞的是要逃走了。」巴庫斯說，「他們絕對抓不到他。」

「現在的情況很糟糕，兄弟。」馬修斯王子對瓦林說道。他的臉色嚴肅得可怕，「組織能夠爲兄弟們提供強有力的保護，但這種事……」他搖了搖頭，「國王別無選擇，只能發布死刑判決。」

「那麼，就讓我們希望我們的兄弟能夠儘快到達安全之地，」坎尼斯說，「他可是組織中最優秀的騎手，而且有著高超的荒野求生技能，不會那麼容易就被王國衛軍捉住……」

「他肯定不會被王國衛軍捉住。」瓦林說道。他走到桌邊拿起劍，迅速地扣在腰帶上，勒緊腰帶、披上斗篷。他能感覺到夏琳的目光一直在跟隨著自己，但卻完全無法轉過頭去看夏琳一眼。

「坎尼斯兄弟，部隊由你來指揮。你要派遣信使去見守護者亞利恩，告訴他，我正在追趕諾塔兄弟，帶他回去接受審判。兵團繼續留在這裡，等待國王的命令。」

「你要去追他？」巴庫斯顯得很困惑，「你聽到王子的話了。如果你帶他回來，他們一定會吊死他。他是我們的兄弟……」

「他是拒絕接受國王審判的逃亡者，是組織的恥辱。而且我懷疑他是否能給我機會帶他回來。」他強迫自己去看夏琳，希望能得到一句告別的話，但最終還是一無所獲。夏琳的眼睛閃閃發亮，他知道，夏琳就要哭出來了。很抱歉，他想要這樣說，但他不能。必須要做的事情重重地壓在肩頭。

「你怎麼會以爲你能捉住他？」巴庫斯問，「他的騎術要比你好得多，野外求生也強過你。」

但他沒有血歌的指引。當登圖斯開口的時候，血歌就在瓦林的腦海中奏響了。每當瓦林想到北方的時候，就會有一段平淡的旋律不斷閃爍。「我會找到他的。」

他轉身向瑪律修斯王子鞠躬。「請允許我告辭，殿下。」

「你不會是要一個人去吧？」王子問道。

「恐怕我必須堅持如此。」瓦林逐次看著自己的兄弟。巴庫斯很憤怒，坎尼斯非常困擾，登圖斯滿面哀戚。他不知道，他們是否會原諒他。

「照顧好士兵們。」他說完，便走出了大廳。

第七章

倫菲爾都城卡杜林建造在北方群山的山麓丘陵上。當瓦林騎在噴沫的背上，緩步向它的城牆靠近時，這座城市複雜的建築結構讓他吃了一驚。這裡的街道鋪著鵝卵石，沿山坡曲折向上，變得越來越陡峭，轉彎的幅度也越來越大。街道兩旁是用砂岩砌成的長方形高大建築，屋頂上鋪著粘土燒製的瓦片。這座城市是一個相互連通的整體，每一個街區都通過步道與其他街區相銜接，而造型優雅的拱橋橫跨在高牆之間。瓦林覺得自己彷彿正在眺望一座岩石的森林。

當他走過城門的時候，一名長矛兵尊敬地向他一點頭。組織在倫菲爾有著很高的地位，即使在統一戰爭中，守護者們支援國王與倫菲爾作戰，也完全沒有削弱倫菲爾人對組織的崇敬。進入城門之後，街道上的人們好奇地瞥了他幾眼，但沒有人公開盯著他，或者顯露出認識他的樣子——當瓦林走在維林堡的街道上時，他最害怕的就是那種眼神。

瓦林將噴沫交給城門附近的一名馬夫照管，同時從馬夫那裡問到了第六軍團分部的位址。「那要爬一點路了，兄弟。」那名馬夫牽住噴沫的韁繩，彷彿是想要撓一撓噴沫的鼻子。

「小心！」瓦林將那個人的手拉開，噴沫的牙齒只咬到了空氣，「牠的脾氣不太好。而且過去這兩個星期裡，我們趕了很遠的路。」

「哦。」馬夫後退一步，向瓦林露出笑容，「我打賭，只有你才能駕馭牠，是嗎？」

「不，牠也會咬我。」

第六軍團分部位於這座城市的最高處，那名馬夫說要爬一段路絲毫沒有誇張，瓦林在拉動分部門旁的鈴鐺時，雙腿已經感到痠痛了。開門的兄弟身材魁梧，留著一臉濃密的鬍鬚。在一雙濃眉下面，一雙藍眼睛盯著瓦林，眼神顯得相當精明。

「瓦林兄弟？」他問道。

瓦林驚訝地皺了皺眉。「你們知道我要來，兄弟？」

「兩天以前有一匹快馬從首都趕來。守護者向我們通知了你的任務，並命令我爲你提供所需要的一切協助。我相信，類似的公函一定已經被送到了王國各處的分部。這實在是一件很不幸的事。」他向旁邊讓開一步，「請進吧，你一定餓了。」

瓦林被領進一道燈光昏暗的走廊，上了一段又一段樓梯。「我是兄弟指揮官亞丁。」那個留鬍子的人一邊爬樓梯，一邊自我介紹，「抱歉，這裡的樓梯很多。倫菲爾人都管卡杜林叫多橋之城。要我說，應該叫它無數樓梯之城。」

「我能否問一句，爲什麼你們的門前沒有衛兵，兄弟？」瓦林問道。

「不需要。這是我待過的最安全的城市，這裡的郊野中也沒有盜匪。羅納人容不下他們。」

「但羅納人不是很危險嗎？」

「哦，他們從不到這裡來。很顯然，他們不喜歡城市的臭氣，不好的氣味代表不好的運氣。他們發動襲擊的對象往往是靠近邊界的小聚落，每隔幾年，他們就會有一個戰爭酋長聚集起幾千羅納人，發動一場大規模的襲擊。但就算是在那樣的時候，他們也很少會靠近這裡的城牆。而且羅納人並沒有什麼攻城的手段。」

瓦林被領進了一個當做餐廳的大房間。在這裡，亞丁兄弟從廚房中給他拿來了一盤燉菜。吃完飯之後，這位兄弟指揮官又在同一張桌子上攤開了一張巨大的地圖。「這是我們在第三軍團的製圖兄弟最近的努力成果，」他說道：「一份邊境地區的詳細地圖。我們在這裡。」他指著畫在地圖上的一座有圍牆的城市。「卡杜林。直接向北走，你就會到達斯克蘭隘口。這裡修築有防禦工事，並長期駐紮著三個連隊的兄弟。對於任何逃亡者而言，這裡都是一道不可逾越的屏障。羅納人已經有幾十年沒有攻擊過這裡了。」

「那他們是從哪條路南下的？」瓦林問。

「通過西側和東側的山麓丘陵。那是個讓他們很容易被追擊的長途旅程，但如果想把襲擊維持下去他們別無選擇。你怎麼能確定你的兄弟會進入羅納人的地盤？」

他已經不再是我的兄弟了，瓦林想要這樣說，但他管住了自己的舌頭。每當想到諾塔，他都會感到怒火中燒，但說出自己的這種想法不會有任何好處。「那麼，向北會有一條安全的道路嗎？」他問兄弟指揮官，同時避開了亞丁的問題，「一條能讓一個人在不被察覺的情況下通過的道路？」

亞丁兄弟搖搖頭。「只要進入羅納人的地盤，他們一定會知道，無論是一個人在嚴寒的深冬，還是一整連的兄弟在盛夏酷暑，都逃不過他們的眼睛。他們全都會知道。我估計，這其中一定有黯影作祟。不要犯錯，兄弟，如果你追趕他到那裡，遲早會遇到他們。」

瓦林審視著地圖，他的目光從如同狼牙林立的北方群山移動到羅納領地的核心，再到斯克蘭隘口。這座隘口的防禦工事是一個世紀以前建成的，那時的倫菲爾領主認爲羅納人是一個眞正的威脅，並不只是持續不斷但無關痛癢的騷擾。當瓦林的視線轉回到西側的山麓丘陵時，血歌開始躍動。他的手指落在地圖上一處陌生的小標記旁。

「這是什麼？」

「淪亡之城？他不會到那裡去的，就算是羅納人也不會去那裡。」

「為什麼。」

「那裡是一個敗壞的地方，兄弟，只有廢墟和裸露的岩石。我只從遠處遙望過它，但即使是那樣也讓我心驚膽戰。那裡的空氣中……」他搖搖頭。「那裡的感覺很糟糕。羅納人稱那裡為『瑪爾尼烏林．索』（注一）——失竊靈魂之地。有許多故事都提到，人們走進那裡，就再沒有回來過。大約一年以前，一隊第四軍團的兄弟進入那裡尋找逃到北方的絕罰者。那時，他們已經任命了新的守護者，而我們也拒絕繼續協助捕獵絕罰者，但他們堅持要進入淪亡之城，說有可靠的情報，但對於情報來源絕口不提。對我的警告，他們更是置若罔聞。『信仰的僕人不需要畏懼野蠻人的迷信』。這就是他們丟給我的話。三個月以後，我們只找到了他們之中的一個，或者說是那個人的一部分，被凍結在雪地裡，有某個飢餓的東西啃過他。」

「也許，他們只是迷路被凍死，而一頭狼或熊遇到了屍體。」

「那個人的臉被凍硬，兄弟，所以我們能看到他死前尖叫的表情。我從未見過任何一個人有這樣的表情，無論是活著還是死了。他被生吞活剝，吃他的東西要比狼大得多、凶殘得多。熊也不會留下那樣的痕跡。」

瓦林的目光轉回到地圖上。「騎馬去淪亡之城要多少天？」

亞丁兄弟精光閃爍的雙眼緊盯著瓦林。「你真的認為他在那裡？」

我知道他在那裡。「騎馬去要多少天？」

「三天，如果全速趕路的話。我會送一隻鴿子到隘口去，讓他們派一隊人馬協助你。這需要一、兩天的時間，你可以先在這裡休息——」

「我一個人去，兄弟。明天早晨走。」

「一個人進入羅納人的地盤？兄弟，這樣做可絕不僅是不明智。」

「守護者的公函中是否寫明禁止我一個人行動？」

「沒有。他只是命令要給你一切協助。」

「那麼……」瓦林直起身子，拍了拍亞丁的肩膀。「今晚讓我好好睡一覺，卸除旅途的勞累，你就已經幫了我一個大忙。」

「如果你一個人進去，一定會死的。」亞丁兄弟鄭重其事地說道。

「那麼，就讓我們希望能在那之前完成任務吧。」

卡杜林西側的丘陵地帶布滿了岩石和荒地，瓦林在一條又一條雨水沖出的溝壑中輾轉向北前進。冬天的嚴寒來得很快，凍雨不斷掃過這片丘陵，讓人感到格外壓抑沉鬱。噴沫比以往顯得更加暴躁易怒，每次瓦林騎到牠背上，牠都會不停地甩著頭。不過，依靠分部倉庫中的糖塊，瓦林總算是安撫了牠的情緒。第一天，瓦林勉強走了四十多里路，在一塊凸出在崖壁外的岩石下面過了夜。他縮在斗篷裡，牢記亞丁兄弟嚴厲的警告，沒有點起篝火——儘管他非常想這樣做。他睡得很不好，一直受到夢魘的侵擾，但是在黎明昏暗的光線中醒來時，卻幾乎不記得那都是些什麼夢。血歌的聲音小了很多，但依舊清晰，依舊向他指明淪亡之城的方向。他知道，諾塔會在那裡等待。

注一 原文為Maars NirUhlin Sol，羅納語。

諾塔……怒火再一次燃起，凶猛又無以平息。他怎麼能這樣做？怎麼能這樣？自從登圖斯說出了事情的經過、自從他意識到自己將不得不追獵並殺死自己的兄弟，並因此而感到骨髓一陣陣顫慄時，這股怒火就不斷地累積。對於戰爭領主奧．海斯帝安那隻被砍斷的手，瓦林很難產生多少傷感。一個向無助的戰俘發洩怒氣的人是很難得到同情的。但諾塔……他會反抗，瓦林知道這個可怕的事實，他將反抗，而我將殺死他。

吃過乾牛肉當早餐後，他便在早晨的細雨中啓程。現在地面上的亂石太多，已經無法再騎馬了。他才牽著噴沫剛走了幾里路，羅納人的攻擊就到來了。

一個男孩以雜技演員般的靈巧動作從上方的岩石上跳下來，在半空中翻了個筋斗，輕巧地站在瓦林面前，一隻手拿著棍棒，另一隻手拿著一把彎曲的長匕首。他赤裸著上身，瘦得就像一頭灰色獵犬。瓦林猜測他的年紀應該在十四到十六歲之間，剃光了頭髮，左耳上方有一個圖案複雜的刺青，下巴上沒有鬍鬚，一張稜角分明的臉上充滿殺氣。他惡恨恨地向瓦林發出挑戰，瓦林卻一個字也聽不懂。

「很抱歉，」瓦林說，「我不懂你的語言。」

那個羅納男孩顯然是把瓦林的話當成一句辱罵，或者是接受了他的挑戰，他沒有再耽擱，立刻發動攻擊。他躍上半空，棍棒高舉過頭，匕首也揮到身後，準備向前劈砍。他的動作極有效率，同時又兼具優美和精準。瓦林向側邊讓出一步，避開落下的棍棒，又抬手抓住男孩緊握匕首向下揮砍的手，一掌打在男孩的額頭上，讓他失去知覺。

瓦林單手按劍，掃視周圍和頭頂上方的山岩，尋找更多敵人。有一個人，就有更多人，亞丁兄弟曾經警告過他。羅納人總是會結伴行動。但他什麼都沒有發現，風中沒有任何聲音和氣味，瓦林只能聽到雨滴落在岩石上細碎又規律的聲音。很明顯，噴沫也沒有感覺到任何異常，牠已經開始輕咬男孩用皮革裹住的雙腳了。

瓦林將坐騎拉開，並及時躲開噴沫踢過來的前蹄。他俯身去細看男孩的情況，男孩的呼吸很有規律，耳鼻也沒有流血。瓦林將他擺好，讓他不會因爲自己的舌頭而窒息，隨後便牽著噴沫繼續向前走去。

又過了一個小時，雨水溝漸漸消失。瓦林知道，自己已經到了亞丁兄弟所說的「石砧」地區。這裡是他見過的最怪異陌生的地形——一片廣大的區域裡只有赤裸的岩石，上面分布著一些雨水打出的小池塘，波浪狀的岩石表面上還有一根根突起的岩塊，彷彿一些畸形的大蘑菇。瓦林不得不驚歎自然之力，竟能創造出如此奇異的景色。康布雷爾人說，他們的神在眨眼之間就創造了這個世界和世間萬物。但瓦林能看到這些岩塊上風蝕的凹槽，他知道，這個地方一定是經歷過許多世紀的演變，才會呈現出今天這種怪異的樣貌。

他重新騎上噴沫，向北走去，在日落之前又走了三十里，然後在他能找到的最大的一塊凸岩中紮營歇宿——只是簡單地用斗篷裹住身子就睡下了。當他的眼皮開始垂下來的時候，那個羅納男孩又發動了攻擊。

那個男孩用瓦林完全聽不懂的語言吼叫著，而瓦林只是忙著用繩子將他捆住。男孩的兩隻手已經被緊緊地綁在背後了。他的額頭上有一片淤青，現在鼻子下面還多了另一片淤青。瓦林的指節擊中那裡的神經叢，他又昏厥了一次。

「尼夏・烏林舍・尼・西拉丁！」（注二）男孩衝瓦林嚎叫著，青腫的臉上充滿了恨意。「赫林！嘎倫尼！」（注三）

「哦，閉嘴。」瓦林無精打采地說著，將一團破布塞進男孩的嘴裡。

他丟下不斷掙扎的男孩，牽著噴沫繼續向前走去。半滿的月亮高掛在天上，照亮了地面上的一切，不過瓦林還是小心地邁著每一步。他一直不停地向前走著，直到完全聽不見男孩模糊的呼喊聲，他才在一塊大石頭旁邊重新找了一個避風的地方，一頭躺倒，沉入夢鄉。

第二天一早，陽光透過雲層的缺口，斷斷續續地灑落在石砧的冰冷岩塊上，從凸岩上拉出一道道巨大的陰影。而那些岩塊飽經風霜的表面都彷彿在閃閃發光。眞美，瓦林希望自己能在不同時間來到這裡。而現在，心頭的重擔不允許自己享受這種簡單的美景。

石砧的範圍又向前延伸了十五里，最後變成了一連串低矮的山丘和一些零星分布的細小松樹。越往北，松樹林就越茂密。噴沫的蹄子一碰到草地，不需瓦林揚鞭，便已經奮起四蹄飛跑了起來。離開堅硬的石砧岩地，牠彷彿也鬆了一口氣，不停地打著響鼻，瓦林任由牠恣意馳騁，能看到總是一副壞脾氣的噴沫露出愉快的樣子，就連瓦林也覺得很新奇。牠不斷地跑上山丘，又從另一邊飛馳而下，一路提起一片片草皮。等到夜晚時分，他們已經能看到淪亡之城所在的巨大高地了。瓦林在距離那裡最近的山丘上紮營，將靠近山頂的一小片松林作爲庇護所，從這裡，他能清楚地看到周圍的狀況。

瓦林將噴沫繫在一根低垂的松枝上，然後開始收集乾柴，並在柴堆周圍用石塊砌成火牆，再加上引火用的松木刨花。他打起火石，輕輕吹著氣，等火苗冒起之後，便盤腿坐下。他的劍依舊綁在背上，弓也在觸手可及的地方，一枝箭扣在了弓弦上。從黃昏時起，他就察覺到自己被跟蹤了，現在繼續遵守亞丁不許生火的告誡已經沒有意義了。

夜幕很快就低垂下來，布滿烏雲的天空讓黑色的天空變得更加沉重，篝火只能照亮周圍很小一塊地方。又過了一個小時，馬蹄輕踏草皮的聲音讓瓦林知道，有客人來訪。走到瓦林面前的這個人身高至少有六尺半高，肩膀寬闊，手臂上肌肉堆壘，上半身穿著一件齊腰的熊皮背心，腰帶上掛著一根大棒和一把鋼刃斧，下半身穿著鹿皮緊身褲和皮靴。就像之前那個攻擊瓦林的男孩一樣，他也剃光了頭髮，並在頭皮上留下刺青——那是一片迷宮似的複雜圖案，從他的一側額頭一直覆蓋到他的另一側額頭；連手臂上也布滿了刺青，從肩膀到手腕，全都是漩渦和倒鉤狀的奇異圖案。他的面孔瘦長，棱角分明。這讓瓦林很難判斷他的年齡。他緊皺雙眉，瞪著一雙充滿敵意的深褐色眼睛。瓦林能夠從那雙眼睛裡看到多年的歲月歷練，如果他判斷沒錯，那些歷練有許多是從戰場上得來的。那個人牽著一匹強壯的矮小馬匹，馬背上橫擔著一樣東西，那東西被繩子緊緊捆住，同時還在不斷地掙扎、呻吟著。

那個羅納人以嫺熟的動作抽出腰帶上的短柄斧和大棒，速度快得讓瓦林幾乎無法看清。瓦林看著他飛快地轉動著兩件武器，感覺到強勁的氣流隨撲擊到自己的臉上，卻壓抑著伸手拔劍的衝動。那個人的雙眼一直在緊盯著瓦林。他在審視、評價自己的對手。

注二 原文爲Nisha ulniss ne Serantim。

注三 原文爲Herin! Garnin。

過了一會兒，他露出滿意的神色，咕噥一聲，將兩件武器放在篝火旁的地面上，後退一步，舉起雙手，只是表情中依舊充滿了敵意。

瓦林從背上解下長劍，放在面前，同樣舉起雙手。那名羅納人又咕噥了一聲，向矮馬走去，將被綁住的男孩從馬背上拉下來，隨意地丟在篝火旁邊。

「這是你的。」他對瓦林說道。他的話裡帶著濃重的口音，但咬字非常清晰。

瓦林向那個男孩瞥了一眼。男孩的塞口布被一根皮繩勒住，眼神中盡是疲憊。他對那名羅納人說道：「我不想要。」

那名大漢靜靜地看著他，片刻之後，他走到篝火的另一邊，張開雙手在火苗上取暖。「依照我們的習俗，如果有人和平地來到你的火堆旁，你就應該爲他提供止飢的肉和解渴的飲料。」

瓦林伸手到鞍囊裡，取出一些乾牛肉和一隻水囊，丟給篝火對面的羅納人。羅納人從靴子裡抽出一把小刀，割下一條牛肉，嚼了幾下，迅速吞了下去。但他在喝下了一口水囊中的酒之後，立刻緊皺眉頭，把酒吐在地上。「你們墨林赫（注四）很喜歡的那種葡萄酒在哪裡？」

「我很少喝葡萄酒。」瓦林又瞥了一眼那個男孩，「你不打算讓他吃一些嗎？」

「他要不要吃東西由你來決定。他屬於你。」

「因爲我打敗了他？」

「如果你打敗了一個男人，卻不賜予他死亡，他就是你的。」

「如果我不接受他呢？」

「他就要躺在這裡，直到餓死，或者落進野獸的口中。」

「我只會割斷他的繩子，放他離開。」

羅納人發出一陣凶狠的笑聲。「他沒有自由可言。他被上漆了，被擊敗、被摧毀了。在我們一族中，他的價值甚至比不過一坨狗屎。」那個人的眼睛緊緊盯住了男孩，從他的瞳孔裡射出了暴烈且無可緩和的光芒。「他理應受到這樣的懲罰，**因爲違背了她的言辭，讓自己荒謬的傲慢遮蔽了雙眼，忘記了心中應有的虔敬**。就算你割斷了他的繩子，他也只能在這裡流浪，沒有武器、沒有朋友。族人全都會對他唯恐避之不及，他將找不到任何容身之地。」

他的目光轉回到瓦林身上。而他緊繃的下巴和嘴唇讓瓦林看到了一些憤怒以外的東西，一些過於強烈又無法掩飾的感情。*擔心。他在爲這個男孩擔心。*

「如果他是我的，」瓦林說，「那麼我就能對他爲所欲爲了？」

羅納人的目光又向那個男孩閃動了一下，然後點點頭。

「那麼我把他交給你，作爲一件禮物，爲了感謝你允許我通過你們的土地。」

那名羅納人的臉上毫無表情，但瓦林能夠從他的眼神中看到慰藉。「你們墨林赫很軟弱，」他冷笑著說，「軟弱、怯懦。力量全來自於人數。這種情況不會永遠繼續下去，總有一天，我們會把你們趕回到海裡，波濤將會因爲你們的鮮血而變成紅色。」他站起身，向那個男孩走去，用靴子裡的小刀割斷了男孩的綁縛。「我接受你毫無價值的禮物，因爲你能給我的只有這個。」

「隨你便。」

解脫了綁繩的男孩顯得很沒有精神，有氣無力地被他的羅納長輩拉起來，嗚咽著被抽耳光，被那名羅納大漢以瓦林聽不懂的語言不停地叱罵。但在站起身以後，男孩的目光轉向瓦林，那種憎恨

注四 Merim Her，羅納人對王國人的稱呼。

和嗜血的情緒再一次染紅了他的眼睛。他在蓄積力量、繃緊肌肉，準備發動下一次攻擊。羅納大漢的手背狠狠地抽在他的面頰上，他的嘴角噴出鮮血。然後，大漢粗魯地把男孩推到矮種馬旁邊，把他提到馬背上，嚴厲地向山下一指。男孩最後帶著赤裸裸的敵意瞪了瓦林一眼，隨後便策馬衝進黑暗之中。

羅納人回到篝火旁，再次伸手拿乾牛肉。在他吃東西的時候，他的神情依舊顯得無比嚴肅。

「一位好父親要爲自己的兒子承受很多。」瓦林說道。

那名羅納人的目光向瓦林閃了一下，神情中再一次閃現出敵意。「不要以爲我欠你什麼，不要以爲你用我兒子的命換來在我們土地上的通行權。你能活著，是因爲**她**希望如此。」

「她？」

羅納人厭惡地搖搖頭。「你們和我們作戰數個世紀，卻對我們如此不瞭解。**她**是我們的指引和守護。**她**是我們的智慧，我們的靈魂。**她**統治我們，又爲我們服務。」

瓦林回憶起在馬蒂舍森林中與奈蘇絲．希爾．寧的夢中相會。那時她是怎樣說羅納人的？*我早應該想到，聖女一定會找到辦法存續他們的血脈。*「是聖女，她領導著你們？」

「聖女。」羅納人說出這個詞的時候，彷彿是在品味一種陌生的食物。「這是你們給她的名字，畢竟你們這些雜種的語言和我們的不太一樣。」

「你說起我們的雜種語言非常流利，從哪裡學的？」

那個羅納人聳聳肩。「我們發動襲擊的時候會抓俘虜，不過通常沒什麼用處，男人太瘦弱，在岩縫礦中做不了一季就會死亡，而女人只能生出病弱的孩子。不過，我們曾經捉住過一個穿灰袍的男人，他自稱爲柯林兄弟。他能夠治病，也能學習語言。沒過多久，他說我們的話就像說母語一樣流利了，我從他那裡學會了你們的話。」

「現在他在哪裡？」

「去年冬天，他生病了。他的年歲很大了。我們把他留在了雪地裡。」

瓦林開始明白，爲什麼世人如此鄙視羅納人。「那麼，是聖女命令你們讓我平安通過？」

「聖山上傳來訊息。一名墨林赫將孤身走進我們的土地——他們最強大的戰士要來索取兄弟的鮮血。不能對他有所傷害。」

兄弟的鮮血……看樣子，聖女看到了許多事。「爲什麼？」

「**她**並沒有解釋。從聖山上傳來的訊息是不容置疑的。」

「但你的兒子還是想要殺我。」

「男孩們總是想在被禁止的事情中尋求榮譽。他一直幻想著打敗你，贏得巨大的榮耀，幻想墨林赫中最鋒利的劍折斷在他的匕首之下。我到底是怎樣激怒了眾神，讓他們給我一個如此愚蠢的兒子？」他清了清喉嚨，向火中淬了一口痰，然後抬頭瞥了瓦林一眼，「爲什麼你要放過他？」

「沒有殺他的必要。沒有必要的殺戮是有悖於信仰的。」

「柯林兄弟經常會提到你們的信仰，沒完沒了地重複那些謊話。如果沒有神明的懲罰，一個人該怎樣確保不會違背自己的信條？」

「神才是謊言。一個人不可能受到謊言的懲罰。」

羅納人又嚼了一塊牛肉，搖搖頭。他的臉上似乎顯露出一些近似於哀傷的表情。「我聽過火焰之神尼煞克的聲音，就在那座冒煙的高山之下，黑暗的山腹深處。這絕不是謊言。」

火焰之神？很顯然，這個人是把山洞中的回音當做神靈的聲音。「祂都對你說了些什麼？」

「許多事情。但那都不是你應該知道的，墨林赫。」他將牛肉和水囊扔回給瓦林。「一個要索取自己兄弟性命的人一定是交上了厄運。你為什麼要這樣做？」

瓦林很想對這個問題避而不答，就這樣保持沉默，直到這個羅納人離開。他們之間似乎已經沒什麼話可以說了，他當然不喜歡有這個人陪在身邊，但有另外某種東西讓瓦林脫口說出了那種令他心如刀絞的感覺。將擔子交給一個陌生人，也比獨自背負更輕鬆。「他不是我的血親兄弟，是與我有共同信仰的兄弟。我們屬於同一軍團。他犯下了重大罪行。」

「所以你要殺死他？」

「必須如此。他不會讓我帶他回去接受審判，聖女也命令你們不許傷害他嗎？」

羅納人點頭。「那個黃髮小子七天前騎馬經過這裡，前往失竊靈魂之地。你想要追去那裡嗎？」

「我必須去。」

「那麼，你很可能將在那裡發現一具黃髮屍體。那片廢墟中只有死亡。」

「我聽說過那裡。你知道在淪亡之城中殺人的是什麼東西嗎？」

羅納人的面孔因為惱怒而扭曲，恐懼的神色更是溢於言表。「我們的人不會去那裡，已經有超過五個冬天沒人見過那個地方了。就算是在那之前，我們也不喜歡那個地方，那裡的空氣會將靈魂壓垮。然後，剩下的就只有一具屍體。老練的獵人和武士會被看不見的怪物撕碎，就算是死了，恐懼仍然會凍結在他們的臉上。被野獸殺死實在是一種恥辱，哪怕那是魔法野獸。」他向瓦林瞥了一眼，「你到那裡去，也只能和你的兄弟死在一起。」

「我的兄弟沒有死。」瓦林知道這一點，能夠從血歌持續不斷的音符中感覺到這一點。諾塔還活著，在等著他。

突然之間，羅納人伸手去拿武器，並迅速地站起身，用充滿敵意的目光瞪著瓦林。「我們已經談得夠久了，墨林赫。我不會繼續在這裡承受你的髒汙了。」

「瓦林・奧・蘇納。」瓦林說道。

羅納人瞇起眼睛，用懷疑的目光看著他。「什麼？」

「我的名字。你有名字嗎？」

很長一段時間裡，羅納人只是靜靜地看著他，敵意從他的目光中消失了。最後，他搖了搖頭。

「這不是你的名字。」

然後，他就走了，悄無聲息地消失在火光之外的黑暗中。

這座塔一定有超過兩百尺高，瓦林完全能夠想像它曾經是多麼巍峨壯麗，以前它一定像一枝用紅色大理石和灰色花崗岩鑄成的利箭，直刺蒼天。瓦林正走在一條殘破不堪，滿是裂縫和雜草的石板大路上。他的方向正是這座淪亡之城的中心。仔細觀察之下，他注意到這裡的碎石上有許多精緻的浮雕花紋，所表現的是無數野獸和裸身嬉戲的人類。在王國首都的古老建築上也有許多雕刻紋飾，那些畫面所表現的都是軍事人物，揮舞古老的武器，在被遺忘的戰場上奮勇拚殺的武士。但這裡的雕刻中絲毫看不到戰爭的跡象，只有歡愉快樂，甚至常常是充滿肉欲的情景，沒有半點暴力。

清晨的陽光從厚重的雲層中透出來。凜冽的寒風吹來一團團雪霧。瓦林知道，隨著時日遷延，這裡的風雪只會變得越來越猛烈。他在寒風中拉緊斗篷，催趕噴沫繼續向前。現在這匹馬似乎不那麼暴躁易怒了，但瓦林能夠感覺到，現在牠有著一種前所未有的緊張情緒。哪怕是最微小的聲音，也會讓牠瞪大眼睛，發出緊張的嘶鳴。瓦林知道，一切都是因為這座城市。羅納人和亞丁兄弟對這個令人窒息的地方的描述沒有絲毫誇張，隨著瓦林逐漸靠近面前這片犬牙交錯的廢墟，這種令人感到壓抑的氣氛就越發濃重。瓦林的腦後生出一種逐漸強烈的鈍痛感，血歌也變得不同了，它的曲調變得越來越不平穩，警告的意味也更加急迫。

他催促噴沫向一道中央拱門走去，那道門的後面應該就是那座傾頹高塔的基座了。一人一馬又走了幾步，噴沫突然開始顫抖，一雙眼睛瞪得比剛才更大，並且開始揚起前蹄，警惕地甩動頭顱。

「放鬆！」瓦林輕撫噴沫的脖子，竭力讓牠安靜下來，但這匹馬已經因為恐懼而失控。牠尖嘶一聲，猛然一躍，將瓦林從背上甩了下去，不等瓦林抓住韁繩，牠已經狂奔而去。

「回來，你這匹該死的老畜生！」瓦林怒吼道。但回答他的只有從遠處傳來的馬蹄聲。「幾年前，我就應該割斷牠的喉嚨。」瓦林喃喃地說道。

「別動，兄弟。」

諾塔站在已經殘缺不全的拱門下。他的金髮更長了，幾乎垂到了肩膀。年輕人剛剛生出的鬍鬚覆蓋了下巴。他的身上已不再是兄弟的服裝，而是換成鹿皮長褲和皮製短上衣。除了腰帶上的獵刀，他的身上沒有別的武器。瓦林本以為他會是一臉挑釁的神情，再加上一點平時那種輕蔑和嘲諷，但現在，諾塔的表情中只有深切的擔憂。

「兄弟。」瓦林鄭重地對諾塔說道：「守護者亞利恩命令你即刻返回……」

諾塔似乎根本就沒有在聽他說什麼。他只是一步步向瓦林走近，並向瓦林伸出了雙手。瓦林注意到，他的目光不斷向旁邊閃動，彷彿正在將注意力集中到自己背後的某個……

瓦林猛然轉過身，長劍如同閃電般從鞘中躍出。

「不要！」諾塔的喊聲來得太晚了，某個巨大而且極為強壯的東西狠狠地撞在瓦林的肋側。衝擊力震飛了瓦林手中的劍，將他撞入空中，摔到十尺以外的地面上。瓦林肺裡的空氣全部被擠壓出去。

瓦林伸手去抓靴子裡的匕首，同時努力吸進一些空氣，竭力不去理會胸口處尖銳的疼痛感。他知道，自己至少斷了一根肋骨。他將身體撐起來，立刻又慘呼出聲，再一次倒在地上。一陣噁心的感覺模糊了他的視野，腳下的地面彷彿也在劇烈晃動。不只斷了一根肋骨。他掙扎著，瘋狂地揮舞匕首，竭力想要站起身。他看到諾塔已經站到了自己的身邊，便急忙向後退去，將匕首收回到身前，準備格擋諾塔的攻擊……

但諾塔卻背對著他，雙手高舉過頭，拚命揮舞。「不！不要！不要傷害他！」

瓦林聽到了聲音，如同混雜著吼叫的狂嚎，這絕不是狗能發出的聲音。

瓦林曾經在烏立實和馬蒂舍森林見過野貓，但他眼前這頭猛獸的個頭和體型都和野貓相差太大了。讓他幾乎要認為這根本就是另一種生物。牠的肩高超過四尺，強健有力的身軀上覆蓋著布滿深黑色斑紋的雪白皮毛。超過兩寸長的巨大爪子在地面上留下了一道道刮痕。牠有著一雙明亮的綠色眼睛，在遍布複雜花紋的臉上閃閃發光，彷彿正在放射出無比凶狠的敵意。牠死死地盯著瓦林，發出一陣嘶吼，露出了匕首般的乳白色長牙。

「不！」諾塔高喊著，擋在那隻大貓和瓦林中間，「不！」

大貓再一次嚎叫起來。牠舉起右側的爪子，氣惱地拍打著空氣，然後又轉到左側，彷彿是要繞過諾塔。瓦林感到一陣驚愕。難道牠害怕諾塔？

一記手掌拍擊的聲音響起，在寒冷的山風中顯得格外清脆響亮。瓦林的視線離開那隻嚎叫的大貓，看到了一名年輕女子就站在不遠處。那是一位身材苗條的女性，有著赤褐色的長髮和一張非常漂亮而且瓦林很熟悉的鵝蛋形臉孔。

「希拉？」瓦林剛喊了一聲，便又因爲疼痛而打了個哆嗦，視野也再一次變得模糊。當他重新看清周圍的時候，希拉已經來到面前，臉上帶著溫暖的微笑。那隻大貓湊在希拉身邊，用鼻子輕輕蹭著她的腿，希拉則用一隻手撫摸著大貓的皮毛。在希拉身後，瓦林看到另外一些人從廢墟中走出來。差不多有幾十個，有老有少，有男有女。

「兄弟？」諾塔貼著瓦林跪下，面色因爲擔憂而變得蒼白，「你受傷了？」

「我……」瓦林從諾塔的眼睛裡看到深深的憂慮，一陣強烈的羞愧感湧入他的心中。*我到這裡來是爲了殺你，我的朋友。我到底是什麼樣的人？*「我還好。」他撐起身子，但立刻因爲胸口烈火般的劇痛而昏死了過去。

第八章

瓦林被說話的聲音喚醒。那些聲音很低，但顯然是在進行激烈的爭吵。

「……對我們全都有危險。」一個男人激動地悄聲說道。

「不會比我更危險。」一個熟悉的聲音做出應答。

「兄弟，你和我們一樣，都是流亡者。而他則是組織的成員。組織會把我們全部殺光。」

「這個人受我的保護，不能對他有任何傷害。」

「我不是要傷害他。我們還有其他的辦法，可以讓他一直睡下去——」

「已經有一點晚了。」瓦林一邊說，一邊睜開眼睛。

他正躺在一張鋪著毛皮的床上，周圍是一個空蕩蕩的房間，只有牆壁和天花板上色彩已經消褪的精緻畫面，那些畫面中所描繪的是瓦林說不出名字的動物和奇異海獸；同樣工藝精緻的拼圖地板上描繪了一株果實累累的梨樹，樹木周圍環繞著對瓦林來說完全陌生的符號和複雜的漩渦圖案。諾塔就站在門旁邊，和他在一起的是一個身材略顯單薄，但眼神格外機警的灰髮男人。

「兄弟，」諾塔微笑著問，「你還好嗎？」

瓦林用手摸了一下肋側，他本以爲自己會疼到打哆嗦，但實際上沒有感到半點疼痛。他掀起蓋在身上的毛皮，沒有在自己的身上找到想像中的青紫傷痕。肋側的皮膚光滑平整，連一點傷疤都看不見。「看起來還不錯。我還以爲那頭野獸至少撞斷我一根肋骨。」

「祂做得遠遠不只如此。」那個灰髮男人說道，「編織者在你的身上耗費半個晚上的時間。即使對希拉來說，雪舞也絕不是一頭容易控制的猛獸。」

「雪舞？」

「那隻貓。」諾塔向他解釋。「一隻被寒冰部族留下的戰貓。看樣子，在高塔領主將那個部族趕走後，有一些戰貓誤入了羅納人的地盤。希拉發現雪舞的時候，牠還是一隻小貓，到現在牠也還沒有完全長成。」

「不過，牠已經非常凶猛，足以保護我們，」灰髮男人一邊說，一邊冷冷地看了瓦林一眼。「直到如今。」

「這位是哈力克。」諾塔又說道，「他很怕你。他們大多都怕你。」

「他們？」

「生活在這裡的人們，他們可以說是一個非常奇怪的群體。」諾塔走到房間一角。瓦林的衣服和武器都整齊地擺放在那裡。諾塔拿起襯衫，丟給瓦林。「穿好衣服，我領你參觀一下淪亡之城。」

屋外，明亮的太陽正高懸在空中，溫暖了空氣，驅走了廢墟中的陰影。他們剛才所在的建築物似乎是某種政府建築，高大的結構和雕刻在入口門楣上的奇異符號，都表明這裡曾是一個重要地方。

「哈力克認爲這裡是一座圖書館。」諾塔說道，「他曾經是維林堡大圖書館的一位重要人物。至於說這裡的藏書都到什麼地方去了……」諾塔聳了聳肩。

「很可能在許多世代以前就化爲塵土了。」瓦林一邊說，一邊向周圍看了一眼。許多劫後殘存的美景讓他感到震驚，那些典雅恢弘的建築物，每一根線條和每一片雕刻都透露出動人的藝術感。但在這座已經死亡的城市中，所有這些美景都已經汙損變形。瓦林看到那些碎裂的浮雕和石像上不僅有歲月的斑紋，更有著凶狠劈砍後留下來的傷疤。在另一個地方，他注意到許多高聳建築朝不同方位倒塌，彷彿是被隨意推倒的。許多暴力痕跡都在說明，破壞這裡的，並不僅僅是漫長的時間和自然力量的侵蝕。

「這個地方遭受過攻擊，」瓦林喃喃地說道，「在許多個世紀以前就被摧毀了。」

「希拉也是這麼說。」諾塔的臉上稍稍顯出一點陰雲，「她有時候會做夢，關於這裡的噩夢。」

瓦林轉身看著諾塔，在他的臉上尋找不正常的跡象。諾塔肯定和以前不一樣了，自從馬蒂舍森林之戰後，讓他眼神越來越顯灰暗的疲憊感消失了，取而代之的那種光彩，瓦林仔細思考了一下才認出來。他很快樂。

「兄弟，」瓦林說道，「我必須知道，她有碰過你嗎？」

諾塔的表情中同時顯露出愉悅和戒備的神色。「我的父親曾經告訴過我，有些事情，眞正的紳士是不會談論的。」

有那麼一會兒工夫，瓦林不知道自己應該嫉妒還是憤怒——諾塔竟然如此輕易就拋棄了自己的誓言。但讓瓦林感到驚訝的是，這兩種情緒都沒有在他心中出現。「我是說……」

一陣爪子剮蹭石塊的聲音如迅風般傳來，瓦林努力抑制自己緊張的情緒——戰貓雪舞正朝他們竄躍而來，牠從一根倒下的圓柱上一躍而過，將巨大的頭顱抵在諾塔身上，發出響亮的嗚嗚聲，但幾乎將諾塔從地上頂起來。

「你好，你這個凶狠的傢伙。」諾塔一邊向牠問好，一邊搔著牠的耳根，就像是在寵愛一隻小貓。瓦林不由自主地閃到了一旁，這頭猛獸恐怖的力量甚至讓抓抓也相形見絀。

「牠不會傷害你了。」諾塔一邊向瓦林保證，一邊搔著這隻貓的下巴，「希拉已經叮囑過牠，不許傷害你。」

諾塔帶領瓦林走過廢墟，來到一片比較完整一些的建築物前。大約三十個年齡各異的人聚在這裡，還有幾個四處亂跑的孩子。大多數成年人都用帶著恐懼與懷疑的眼光看瓦林，有幾個人公然顯露出敵意。奇怪的是，他們對於雪舞沒有絲毫畏懼。有兩個孩子甚至跑過來，和雪舞玩在一起。

「爲什麼你不繳下他的劍？」一名留著黑鬍子的高個男人質問諾塔。他的手中握著一根沉重的硬頭棒，還有一個小女孩正從他的腿後方朝瓦林窺望，睜大的眼睛裡滿是恐懼和好奇。

「我沒有權力取下他的劍。」諾塔平靜地回答道，「我也勸告你不要試圖這樣做，蘭尼爾。」

當他們走過這座營地時，讓瓦林印象最深的，就是所有人都竭力躲避他的目光，有幾個人甚至遮住了自己的面孔，儘管瓦林並不認識他們。血歌仍然在瓦林的耳邊呢喃，不過這是一種他從未聽到過的旋律，聽起來彷彿有一種他鄉遇故知的感覺。

諾塔在一個身材壯碩的年輕人身邊停下腳步。和其他人都不一樣，這個人完全沒有注意到瓦林。他的周圍環繞著一堆堆蒿草，兩隻手正以無與倫比的靈巧動作將這些草莖編織在一起。瓦林覺得，他的技巧彷彿是一種與生俱來的本能。不遠處擺放著幾只編織完成的圓錐形籃子，每一只籃子看上去都完全一樣。

「這位就是編織者。」諾塔對瓦林說，「你應該感謝他挽救了你碎裂的肋骨。」

「先生，你是一位治療師？」瓦林問這個年輕人。

編織者用空洞的眼睛望向瓦林，寬闊的臉上出現了一點含混的微笑。過了一會兒，他忽然眨眨眼，彷彿剛剛意識到瓦林的出現。「裡面全都碎了。」他說話的速度很快，又有很強烈的起伏，讓瓦林幾乎無法聽清楚，「骨頭和血管，還有肌肉和臟器。全都需要修補，長時間的修補。」

「你修好了我？」瓦林問道。

「修好了。」編織者回答道。他又眨眨眼，繼續專心地編織籃子。他的手指以令人目眩的速度一刻也不停地動著，瓦林被諾塔拖走的時候，他似乎也完全沒看到。

「他的思維有些緩慢？」瓦林問。

「沒有人知道。他整天都在編籃子，極少說話。如果不進行編織，那肯定就是在治療。」

「他是怎麼學到這種治療技藝的？」

諾塔停了一下，捲起左臂的襯衫袖子，上臂有一道細長的疤痕，不仔細看，很難看出來。「當我殺出戰爭領主的帳篷時，一名黑鷹用長矛割傷了我。我縫合了傷口，但我不是治療者，等到我進入山地的時候，傷口上已經生出了壞疽，周圍的皮肉漸漸變黑並散發出臭氣。當我發現自己身處於這些人之中時，編織者放下草籃，走過來將雙手按在我的手臂上。那種感覺……很溫暖，幾乎就像是有火在燃燒。當他將手拿開的時候，傷口就變成這樣了。」

瓦林回頭看了一眼坐在蒿草和草籃之中的編織者，血歌再次發出輕響。「黯影，」瓦林掃視著那些充滿警惕的面孔，明白了這首新血歌的含義，「他們全都有黯影。」

諾塔靠近他，低聲說道：「你也是，兄弟。否則怎麼可能找到我？」看到瓦林驚駭的神色，他露出了笑容。「這麼多年來，你隱藏得很好，我們根本不曾想過，但你不可能對她隱瞞，她已經告訴我你爲她做的一切，我要向你表達最誠摯的謝意。畢竟，如果不是因爲你，我們永遠也無法相遇。來吧，她正在等你呢。」

他們在城市中心的大廣場上見到了希拉。青煙正從一堆篝火中裊裊升起，火上懸掛著一個正在冒泡的湯鍋。希拉並非孤身一人，噴沫正愉快地打著響鼻，享受著女孩的手指撫過牠的肋側。當瓦林走近的時候，牠立刻發出瓦林早已熟悉的那種憤怒的嘶鳴，似乎很不喜歡開心有人前來打擾。

希拉的擁抱很溫暖，笑容更是燦爛可愛。但瓦林注意到，她戴著手套，不和瓦林有任何皮膚接觸。然後，她的兩隻手以瓦林無法忘記的那種流暢優美的動作比出一段手語：你更高了。

「妳也是。」瓦林向噴沫點點頭。那匹馬正在用鼻子蹭著一叢金雀花，同時以冷漠的眼神審視著牠的主人。「牠喜歡妳。通常牠對任何人都充滿了恨意。」

不是恨，希拉用手語對瓦林說：是憤怒。對於一匹馬而言，牠擁有很長久的記憶。牠記得自己長大的草原，無盡的綠草、沒有邊際的天空。牠渴望回到那裡去。

她停了一下，被諾塔以親暱而自然的動作輕輕攬到懷中，親吻了諾塔的嘴唇。這引起了瓦林的一陣不安。看來，她早已碰觸過他了。

噴沫突然發出警告性的嘶鳴。雪舞躍入眾人的視野，如果不是希拉伸手撫摸噴沫的脖子，讓牠平靜下來，牠也許早就一溜煙跑掉了。希拉轉過頭，望向戰貓，雪舞立刻停住腳步。當希拉繼續凝視那隻大貓的時候，瓦林感覺血歌悄然響起。只是短短的一瞬，雪舞眨眨眼，困惑地搖晃了一下腦袋，然後就朝另一個方向蹦跳離開，很快就消失在廢墟中。

牠想要和你的馬一起玩，希拉說道，現在，牠不會來騷擾你的馬了。她走到篝火旁，取下了三腳架上的湯鍋。

「願意和我們一起吃飯嗎，兄弟？」諾塔問道。

瓦林這時才意識到，自己已經餓壞了。「樂意之至。」

湯裡燉了山羊肉，以百里香和鼠尾草調味，這些香草在廢墟中隨處可見。瓦林以習慣性的惡劣吃相，狼吞虎嚥地吃下了一碗燉菜，然後才注意到諾塔正帶著滿臉抱歉的表情看著希拉，而希拉只是笑著搖了搖頭。

「登圖斯怎麼樣了？」諾塔問。

「只是瘀傷。你差一點打碎了他的顴骨。」

「他也差一點打碎了我的。那麼說，黑鷹沒有抓住他？」

「他平安返回高岩堡。」

「很高興他沒事。大家都很生氣吧？」

「不，他們很擔心你。生氣的是我。」

諾塔的微笑變得緊張起來。他的臉上幾乎顯露出警惕的神情。「那麼，你來這裡是為了殺我，兄弟？」

瓦林盯著他的眼睛。「我知道，你不會讓我帶你回去。」

「你是對的。那麼，現在又該如何呢？」

瓦林指了指諾塔脖子上掛著徽章的項鍊，示意諾塔把它遞過來。諾塔猶豫了一下，就摘下那枚雕刻著盲眼武士圖案的小徽章，連同項鍊一起丟進瓦林的手掌中。

「現在，我已經不需要殺死你了。」瓦林將項鍊戴在自己的脖子上，「你愚蠢地逃進了羅納人的地盤，又因為受傷而變得虛弱。在擊退了幾個羅納人的進攻後，你可悲地成為一頭不知名狂野猛獸的口中之食，死在了淪亡之城附近。」他一隻手握住那枚徽章。「如果不是這個，我無法辨認出你的遺體。」

他們會相信你嗎？希拉問。

瓦林聳聳肩。「他們以前也相信過我所做的關於你的報告。而且，國王是否相信才是最重要的。我認爲，他會選擇接受我的報告，停止繼續追查。」

「那麼你的確已經成爲國王的耳目了。」諾塔喃喃地說道，「我們一直都對此有所懷疑。戰爭領主還活著嗎？」

「看樣子還活著。王國衛軍已經回到了艾瑟雷爾，穆斯托領主現在應該已經進入康布雷爾首都，成爲封地領主了。」

「那些康布雷爾戰俘呢？」

瓦林猶豫了一下。他已經從亞丁兄弟那裡得到了訊息，但無法確定諾塔對此會有怎樣的反應。最終，他還是認爲諾塔應該知道實情。「你知道，戰爭領主在黑鷹中有很高的威望。在你那樣做之後，他們都發狂了。所有的戰俘都被殺了。」

諾塔哀傷地低下了頭。「那麼，一切努力都毫無意義了。」

希拉拍了拍諾塔的手。*並不是毫無意義，*她用雙手告訴他：*你找到了我。*

諾塔勉強露出一絲微笑，站起身。「我應該去打獵了。」他吻了希拉的面頰，然後將弓和箭囊挎在肩頭。「我們的肉快吃光了，而且我相信，你們兩個一定有許多話要說。」

瓦林看著諾塔向城市的北部邊緣走去。過了一會兒，雪舞跳了出來，走在瓦林身邊。

*我知道你在想什麼，*瓦林轉回頭之後，希拉這樣對他說道。

「妳碰了他。」瓦林說道。

*並不是你想像的那樣。*希拉說，*你身上有我的東西。*

瓦林點點頭，伸手到衣領中，取出她給他的那塊手絹，解開手絹的結，遞給希拉，心中竟感到有些不情願。很長一段時間以來，這都是他的護身符。少了它，讓瓦林心中產生出一種令人沮喪的怪異情緒。

希拉將手絹在膝蓋上鋪開，臉上露出哀傷的微笑，手指沿著手絹上精緻的金線繡花輕輕撫過。母親一生都帶著它，她歎息一聲，當她將這塊手絹交給我的時候，其中蘊含的心意對於有我們這樣信仰的人來說是非常珍貴的。看，她指著繡在絲綢手絹上的那枚紋章，那是一彎被星星環繞的新月。月亮，代表平靜與沉思，理性與平衡從中生出。而這裡，她又指向一個被火焰環繞的金色圓盤。太陽，激情、愛與憤怒的源頭。她的手指又撫過手帕中心的那棵樹。我們生於這裡，生於這二者之間。在大地上成長，從太陽得到溫暖，從月亮得到清涼。你的兄弟的心曾經被拖入太陽領域的深處，其中充滿了憤怒與悔恨。現在，他擁有了清涼，並開始向月亮尋求指引。

「是他自己的選擇，還是因爲妳的碰觸？」

希拉的微笑中露出一抹羞澀。當雪舞告訴我，他正向這裡過來的時候，我曾經很害怕。我們發現他從馬背上跌落，因爲傷口感染而遭受熱病的折磨。其他人想要殺死他，但我不允許。我知道他是誰，一個擁有著高超技藝的人，而且他的技藝能夠爲我們所用。所以，我碰了他。說到這裡，希拉停了一下，低頭看著自己戴手套的雙手。什麼都沒有發生。平生第一次，沒有湧動的能量、沒有控制的感覺。兩團紅雲緩緩地爬上了她的面頰。我可以撫摸他。

我相信，他一定也很慶幸這次相遇，瓦林這樣想著，同時努力壓抑因嫉妒而產生的苦悶。「他沒有服從妳的命令？他沒有……」瓦林搜索著適切的詞彙。「被奴役？」

母親告訴過我，一定會發生這樣的事，總有一天會遇到一個不會因爲我的碰觸而改變的人，我們將被緊緊地連在一起，擁有我們這種天賦的人總是會有這樣的遭遇。你的兄弟就像以前那樣自由。她的微笑慢慢褪去，眼眸中閃動著同情的光亮。我覺得，他比你更自由。

瓦林將目光別向一旁。「他告訴我，是編織者救了他。」他希望能改變一下話題，「這裡的人都被黯影碰觸過，對不對？」

希拉緊蹙蛾眉，氣惱地顫動著手指。只有無知的人才會用「黯影」這個詞，這裡的人們只是擁有天賦，與眾不同的力量、與眾不同的能力。但這是天賦，就像你的一樣。

瓦林點點頭。「許多年以前，妳已經在我的身上看到了它。妳在我之前就知道它了。」

你的天賦罕見而且珍貴，我的母親稱它爲「獵人呼喚」。在四封地分裂的時代，它被稱爲「戰爭視覺」。賽奧達稱它爲……

「血歌。」瓦林說道。

希拉點點頭。和我們上次見面時相比，它已經成長了許多。我能感覺到，你對它進行磨練，瞭解了它的韻律，但要學的還有很多。

「妳能教我嗎？」瓦林發覺到自己聲音中強烈的渴望，不由得吃了一驚。

希拉搖搖頭。不，但有其他人和你有著同樣的天賦，他們比你年長，比你睿智。他們能指引你。

「我該如何找到他們？」

你的歌聲會將你和他們聯繫在一起，血歌能夠找到他們，你必須跟隨歌聲。記住，你所擁有的是一種極爲罕見的天賦。也許要到多年以後，才能找到一個能夠指引你的人。

瓦林猶豫了一下，才問出下一個問題。他已經習慣於將這個祕密埋藏在心底，甚至很難把它說出口。「我需要知道一件事。我曾經見過兩個人，現在他們都已經死了，而他們死前曾經用同樣的聲音說話。怎麼可能會出現這樣的事？」

希拉的臉上突然顯露出戒備。過了一會兒，她才繼續顫動雙手，開始說話：這兩個人都對你心存惡意？

瓦林想到了第四軍團總部的刺殺和赫特司．穆斯托殘忍而絕望的樣子。「是的，他們對我都心存惡意。」

奇怪的是，希拉的雙手顯示出一種瓦林從未見過的猶豫。有一些關於天賦的故事……非常古老的故事……是一些神話……曾提到能夠歸來的天賦……

瓦林皺起眉頭，「從哪裡歸來？」

從一切旅程的重點……從來世歸來……從死亡中歸來。他們會占據生者的身體，如同披上一件斗篷。我不知道這樣的事情是否眞的會發生。你的描述讓我很……困擾。

「曾經有七個。妳知道這是什麼意思嗎？」

曾經有七個軍團侍奉你的信仰。這也是一個古老的故事。

「是眞實的故事嗎？」

希拉聳聳肩。你的信仰並不是我的，我對它的歷史所知甚少。

瓦林回頭瞥了營地和那些充滿恐懼的居民一眼。「這些人全都追隨妳所相信的東西嗎？」

希拉輕聲一笑，搖了搖頭。在這裡，只有我追隨太陽與月亮之路。我們之中有探求者、昇華者、康布雷爾神祇的信徒，甚至還有些人信奉你的信仰。將我們聯繫在一起的不是信念，而是天賦。

「是厄爾林把這些人領到這裡來的嗎？」

其中有一些是。當他剛剛帶我來到這裡的時候，這裡只有哈力克和另外幾個人。隨後，越來越多人爲了逃避世人對我們的恐懼和憎恨而來到這裡，他們很可能是聽到了天賦的召喚。希拉指了指周圍的廢墟。這裡曾經擁有巨大的能量，天賦之人在這座城市中受到保護，甚至擁有超過一般人的地位，那個時代留下來的天賦回音依舊強大，正是它在召喚我們。你也能感覺到，對不對？

瓦林點點頭。當他明白箇中的原因之後，便不再覺得這裡的氣氛有多麼壓抑了。「諾塔說，妳會做關於這裡的噩夢。妳在夢中能看到這裡發生的事情。」

那並非都是噩夢。有時候，我會看到這座城市毀滅前的樣子。這裡曾經有過許多奇跡，一座充滿了藝術家、詩人、歌手、雕塑家的城市。那些人掌握了無數超凡的技藝，擁有淵博精深的知識，他們認為自己是世上無敵的，認為天賦足以保護他們。他們在和平中生活了許多個世代，所以沒有人還想成為戰士。當風暴到來的時候，他們只能赤身以對。

「風暴？」

許多個世紀以前，我們這一族還沒有踏上這片海岸，甚至羅納人和賽奧達人也還沒出現，那時這裡有許多這樣的城市。這片土地富饒美麗，人口眾多。風暴就在那時到來，摧毀了這裡的一切。那是鋼鐵與邪惡能量組成的風暴，與之作戰的天賦之人被盡數掃除，無比的恨意被傾洩到這座城市。這裡是風暴最為憎恨的城市。希拉停了一下，打著哆嗦，拉緊了肩頭的披巾。強姦和殺戮，孩子被投入火堆，人們吃人肉。所有能夠想到的恐怖都出現在這裡。

「他們是誰？那些挑起這場風暴的人是誰？」

希拉微微搖著頭。我的夢沒有告訴我他們是誰，是從哪裡來的。我相信，這是因為居住在這裡的人們也不知道。我的夢只是他們人生的回音，所以只能知道他們知道的事。

女孩閉起眼睛，彷彿在清理腦海中的回憶。片刻後，她以靈巧的雙手將手絹在膝蓋上疊好，遞到瓦林的面前。

「我不能接受它，」瓦林說道，「這是妳母親的。」

希拉用戴著手套的手抓住瓦林的雙手，將手絹用力按在他的掌心。一件禮物。我有很多事要感謝你，但只能給你這個。

到了晚上，他們共享了幾隻諾塔帶回來的兔子，並給希拉講了許多他們在組織中的有趣故事。奇怪的是，他們都覺得這些故事都是很久以前發生的事了，彷彿他們是兩個睽違已久的老友。瓦林知道，對於諾塔而言，組織已經成爲過去。諾塔正在向前走，瓦林和兄弟們已經不再是他的家人。現在，他有了希拉，還有其他生活在這片廢墟中的天賦之人。

「妳知道，留在這裡並不安全，」他對希拉說，「羅納人不會永遠容忍妳的戰貓。守護者滕德思也一定會派遣更強大的遠征隊來這個神祕之地，探查清楚。」

希拉點點頭，雙手在火光中晃動。我們必須儘快離開這裡，可以尋找新的庇護地。

「跟我們一起走吧，」諾塔說，「畢竟，你比我更有權利加入這個奇怪的團體。」

瓦林搖搖頭。「兄弟，我是屬於組織的。這一點你很清楚。」

「我也清楚如果你留在組織，未來將只有戰爭和殺戮。而且，如果他們發現你的祕密，你覺得他們會怎麼做？」

瓦林聳聳肩，以掩飾自己的不安。諾塔當然是對的，但他已經下定決心。儘管他要因此而肩負起很多祕密，讓自己的雙手沾上很多鮮血；儘管夏琳和他本不應該知曉的妹妹讓他心痛欲裂，但他知道，自己是屬於組織的。

他又猶豫了一會兒，才說出必須要說的一段話。這個祕密已經被隱瞞太久，罪惡感一直沉重地壓迫著他。「你的母親和姐妹們都在北境。在你的父親被處刑後，國王爲她們找了一處容身之地。」

諾塔的臉上看不到任何明確的表情。「你知道這個有多久了？」

「自從利劍測試之後。我本應該早點告訴你，很抱歉。我聽說高塔領主奧·邁爾納會收留其他信仰的人在他的土地上居住，也許你們能在那裡找到庇護。」

諾塔盯著篝火，面色緊繃。希拉伸出手臂抱住他的肩頭，將自己的頭靠在他胸前。諾塔撫摸著希拉的秀髮，面色漸漸柔和。「是的，你早就應該告訴我，但還是感謝你現在告訴了我。」

有幾個孩子從黑暗中跑出來，笑著簇擁在諾塔周圍。「講故事！」他們一起高喊著，「故事！故事！」

諾塔儘量安撫他們，說自己已經太累了，但他們還是在不停地糾纏著，直到他終於讓步。「什麼樣的故事？」

「戰爭的！」一個小男孩尖聲叫喚著。這時孩子們已經紛紛在火邊坐好了。

「不要戰爭的。」一個小女孩喊道。瓦林認出她就是那個曾經在營地中，瞪大了眼睛望著自己的小女孩。「戰爭太無聊了。要鬼故事！」她爬上希拉的大腿，躺進了希拉的懷抱中。

其他小孩也紛紛叫嚷起來。諾塔揮手示意他們安靜，然後作出一副陰森嚴肅的表情。「這次是個鬼故事。但……」他豎起一根手指，「這可不是心臟或者膀胱不好的人能聽的故事。這是一個最恐怖、最讓人心驚膽戰的故事，等我講完，你們也許會因爲聽到了它而咒罵我的名字。」他壓低聲音，彷彿正在耳語。孩子們都向他湊了過去。「這是女巫私生子的故事。」

瓦林很清楚這個老故事：一名黑暗女巫在倫菲爾的村莊裡引誘鐵匠與她交媾，生下了一個外表爲人類男孩的邪惡怪物。命中註定，這個怪物要毀掉村莊，殺死自己的父親。諾塔會將這個故事講給孩子們聽，實在是有些奇怪。通常這個故事都是被用來警告人們遠離黯影。但孩子們聽得很起勁，全都瞪大了眼睛，聽著諾塔說道：「在古老倫菲爾最黑暗的樹林中，最黑暗的角落裡，在王國建立的很久以前，那裡有一個村莊。那個村子裡居住者一名女巫，她有著清秀柔媚的雙眼，卻有一顆比午夜還要黑暗的心……」

瓦林靜靜地站起身，走過陰影籠罩的廢墟，進入了主營地。許多充滿懷疑的目光從簡陋的窩棚中向他射來。有幾個人謹慎地向他點頭致意，但沒有一個天賦之人和他說話。他們一定知道，我也和他們一樣。瓦林心想，但他們還是怕我。他繼續向清晨醒來時所在的那幢建築物走去，諾塔說那裡是圖書館。在入口處，瓦林看到一點微弱的火光，他在門外逗留了片刻，想確認沒有別人的聲音，他想單獨與曾經的維林堡圖書管理員哈力克談談。

他發現哈力克正借著火光看書，青煙從天花板的一個破洞中飄散出去。細看那堆篝火，瓦林發現火中的燃料很不尋常。被火舌舔舐的並不是木柴，而是焦黑的書頁和起泡的皮封。當哈力克掀過手中的最後一頁，將書本扔進了火中時，瓦林的懷疑得到證實。

「曾經有人對我說，燒毀一本書是可憎的罪行。」瓦林回憶起母親無數次教誨自己，閱讀是多麼重要。

受驚的哈力克猛然站了起來，警惕地後退幾步。「你想要什麼？」他顫抖的聲音顯得格外軟弱無力。

「談話。」瓦林走進來，坐到篝火旁，在火上溫暖著雙手，看著那些被燒毀的書。哈力克什麼都沒有說，只是抱起手臂，拒絕再看瓦林的眼睛。「你有天賦。」瓦林繼續說道，「否則不可能待在這裡。」

哈力克的目光向他閃動了一下。「你不打算對我動手，兄弟？」

「不需要害怕。我有一些問題，也許博學的人能夠幫我解答。尤其是一個擁有天賦的人。」

「如果我無法回答呢？」

瓦林聳聳肩。「那我就去別的地方尋找答案。」他向篝火點點頭。「作爲一名圖書管理員，你似乎對書並沒有什麼敬意。」

哈力克昂起頭，憤怒壓倒了他的恐懼。「我把一生都獻給了知識，不必向一個只知道在王國裡堆積屍體的人證明自己。」

瓦林低下頭，「如你所願，先生。但我還是想要問你一些問題，你可以回答，也可以不回答，選擇權在你手中。」

哈力克靜靜地考慮了一會兒，然後重新坐回到篝火邊覆蓋著毛皮的凳子上，小心地看著瓦林的眼睛。「那就問吧。」

「信仰的第七軍團眞的存在嗎？」

哈力克的目光立刻低垂下去，恐懼再一次遮住他的面孔。有很長一段時間裡，他沒有發出半點聲音，當他開口的時候，彷彿只是在悄聲耳語。「你來這裡是爲了殺我嗎？」

「我到這裡來不是爲了你。這一點你很清楚。」

「但你在尋找第七軍團。」

「我的尋找只是在爲信仰和王國服務。」瓦林皺起眉頭，意識到哈力克話中的深意，「你就是第七軍團的成員？」

哈力克顯然被嚇了一跳。「你的意思是說，你不知道？那爲什麼你會出現在這裡？」

瓦林不知道是該笑，還是該氣急敗壞地給這個傢伙一拳。「我來尋找的是我逃亡的兄弟。」他耐心地對哈力克說道，「我並不知道會在這裡找到什麼。對於第七軍團，我有一點耳聞，並且想知道得更詳細一些，僅此而已。」

哈力克的面孔變得更加僵硬，彷彿害怕流露出的任何情緒，都會讓瓦林知道他的想法。「你會暴露你組織的祕密嗎，兄弟？」

「當然不會。」

「那麼就不要期望我洩露我的祕密。你可以折磨我，但我什麼都不會告訴你。」

瓦林看到這個人按在膝蓋上的雙手在不停顫抖，忍不住對他的勇氣感到敬佩。在瓦林原先的想像中，第七軍團即使存在，也應該是一群操縱黯影的陰險惡徒，但這個被嚇壞的人和他單純的勇氣都在告訴瓦林，自己可能想錯了。

「第七軍團是否密謀殺死守護者森提斯和莫芬？」瓦林的聲音不由自主地變得嚴厲起來。「是否想要在奔跑測試中刺殺我？是否誘騙赫特司．穆斯托殺死了自己的父親？」

哈力克打了個哆嗦，發出半哭半笑的喘息聲。「第七軍團守衛著祕儀。」他彷彿是在引用某種莊嚴的典籍。「為了侍奉信仰，它不斷精研自身的技藝，一直如此。」

「數個世紀前，曾經發生過一場戰爭，一場由第七軍團挑起的軍團之間的戰爭。」

哈力克搖搖頭。「戰爭是在第七軍團內部爆發的，這個軍團發生分裂，而其他軍團都被引入衝突之中。那場戰爭漫長而且恐怖，成千上萬人死於非命。當戰爭結束時，殘存的第七軍團受到平民和貴族非理性的畏懼。守護者會議決定，第七軍團必須從封地和人民的視野中消失。第七軍團總部被搗毀，書籍被焚燒，兄弟姐妹四散躲藏。但信仰需要第七軍團，無論是公開還是隱形。」

「你的意思是，第七軍團從未眞正被摧毀？它一直在暗中運作著？」

「我對你說得太多了，不要再問了。」

「守護者們知道嗎？」

哈力克緊閉著眼睛，什麼都不再說了。

瓦林突然感到一陣氣惱。他抓住哈力克，將他從凳子上舉起來，把他按在牆壁上。**「守護者們知道嗎？」**

哈力克縮起身子，在瓦林的手中顫抖。言辭連同唾沫一起從他的嘴唇間亂噴出來：「他們當然知道，他們知道所有事。」

聽到哈力克的話，許多記憶一下子湧入了瓦林的腦海。索利斯導師在聽到他說出「曾經有七個」的時候，眼神不斷閃爍；守護者愛蕾菈聽到同樣的話，顯示出的那一瞬間恐懼；索利斯和愛蕾菈在聽聞獨眼的黯影力量之後，眼神交換訊息的樣子；守護者亞利恩眼中深藏的那種知曉一切的神情。*我是個傻瓜嗎？*瓦林暗自思忖。*爲什麼我一直都沒有看到這些？守護者們已經在信仰之下說了數個世紀的謊言。*

他放開哈力克，回到篝火旁。火中的書頁現在大概只剩下一堆灰燼，而灰燼中是捲曲變黑的皮革封面。「其他天賦之人都不知道，對不對？」瓦林一邊問，一邊回頭向哈力克瞥了一眼。「他們不知道你是誰。」

哈力克搖搖頭。

「你在這裡有任務？」

「我不能再告訴你任何事了，兄弟。」哈力克的聲音很緊張，但很堅決。「請不要再問我。」

「如你所願，兄弟。」瓦林向門口走去，雙眼望向月光下的廢墟，「如果你在向守護者的所有報告中能夠不提起諾塔兄弟還活著，我將不勝感激。」

哈力克聳聳肩。「諾塔兄弟不是我關心的事情。」

「謝謝。」

瓦林在廢墟中遊蕩了幾個小時，無數記憶不斷沖刷著他的神經。他們知道，一直都知道。他們知道。瓦林不知道自己的困惑是來自於被背叛的感覺，還是來自某種更深藏在心中的東西。守護者正是信仰的美德化身，他們就是信仰，如果連他們都說了謊……

「我眞的希望你和我們一起走。」瓦林抬起頭，看到諾塔正站在一塊巨大的雕像殘片上。瓦林仔細端詳了一下，才發現那是一個留著鬍鬚，表現出沉思神情的大理石人像，這肯定是這座城市中的某一位傑出人物。他是哲學家？還是國王？也許是一位神祇。瓦林靠在雕像的前額上，一隻手正撫過代表著眉毛的深深刻痕。他到底是誰，做過什麼，現在已經無人知曉了。瓦林和諾塔看到的只是一個巨大的石雕人頭，在一座已經無人記得它名字的城市中，等待歲月將它化作塵土。

「我……不能。」他最後對諾塔說道。

「聽起來，你並不是很確定。」

「也許，我的確不太確定，但還有太多的事情我需要知道。我只能在組織中找到答案。」

「關於什麼的答案？」

有某種力量正在滋長。一種威脅，一種危險，一種將會危及我們所有人的東西。我感覺到它已經有很長時間了，但直到現在，我才逐漸看清它。但瓦林並沒有對諾塔說明這些。諾塔已經有了一條新的路，一個新家。把這些告訴他只會替他添加負擔。「我們全都在尋找答案，兄弟。」他只是這樣對諾塔說道，「但你顯然已經找到了自己的答案。」

「的確。」諾塔從雕像上跳下來，向瓦林遞出他的劍。「你應該把這個和徽章一起拿走，這樣能夠讓你的證據更有說服力。」

「你也許會需要它。前往北境的道路漫長而且艱險，這些人需要你的保護。」

「我們有別的辦法保護自己。我已經讓這把劍喝過太多的血，不希望在自己的餘生中再奪走別人的生命。」

瓦林接過長劍。「你們什麼時候離開？」

「繼續留在這裡過冬是沒有意義的，但說服其他人也許會有一些困難，他們之中有些人已經在這裡生活很多年了。」他停了一下，表情突然流露出一絲羞赧。「我沒有殺死那頭熊。」

「什麼？」

「就是在荒野測試中的熊，我沒有殺死牠。我搭起來的棚子在風暴中倒塌了，那時我很絕望，冷得要死，卻只能在雪中亂走。我發現了一座山洞，一位往生者幫我找到了避難所。不幸的是，當時睡在裡面的那頭熊顯然不喜歡有人拜訪。牠追了我好幾里，直到一座懸崖邊。我掉下去的時候抓住了從懸崖上伸出來的樹枝，那頭熊就沒那麼走運了。不過牠的確餵飽了我的肚子。」

瓦林笑了。在這片淒涼的廢墟之中，他的笑聲顯得怪異而且突兀。「你這個該死的騙子。」

諾塔也露出笑容。「除了弓箭以外，這可是我最大的能耐。」然後，他的微笑消失了，「我會想念你，還有他們。但我對那個戰爭領主可沒感到什麼抱歉。」

他們走回到營地，將快要熄滅的篝火重新撥旺。隨後的幾個小時裡，他們一直在談論組織和兄弟們。當諾塔最後向他和希拉的棚屋走去時，瓦林只是用斗篷裹住身體，躺在了篝火旁。他知道，黎明時分，他會早早醒來，離開這裡，不會再向他們告別。在他漸漸進入夢鄉的時候，才明白自己爲什麼要這樣做：我想留下來。

第四部

除了關於奧普倫入侵者的眾多謊言之外，賈努斯國王還需要爲他的戰爭尋找一個合法的理由。通過對王室檔案的全力發掘，他終於找到了一份可以追溯到大約四百年以前的模糊條約。這是艾瑟雷爾領主和當時的獨立城邦安提許、馬波利斯之間簽訂的一份標準的通商關稅協定。而且它早已是一份被作廢的協定。但正是在這樣一件東西裡，賈努斯的司法領主抓住了一條關於協同鎮壓梅登尼恩海盜的次要條款，通過對原始奧普倫文字的曲解和一系列詭辯，這一項條款被扭曲成那兩個城邦接受王國君權的邀請。於是，王國對奧普倫帝國的入侵被粉飾成收回自己固有財產的行爲。

侵略者的艦隊在埃魯蘭皇帝——讚美他的睿智與仁慈——施行統治的第九十六天出現在奧普倫的海岸邊。儘管我們的帝國——願帝國長盛不衰——和統一王國之間的關係正日趨惡化，已經有一些帝國諫臣提出警告，認爲敵人隨時可能發動入侵。但賈努斯國王的艦隊規模太小，這一點讓許多人都感到有恃無恐。帝國數學家瑞林·奧托爾斯通過計算得出結論，王國衛軍在我們的海岸上登陸需要至少一千五百艘船隻，而王國只勉強擁有五百艘船，其中又只有半數是戰船。可悲的是，當梅登尼恩海盜國——願大海上漲，吞沒他們的島嶼——同意將王國軍隊運過艾瑞尼海的時候，我們卻完全沒能知悉他們的背叛行徑。關於賈努斯爲了收買那些海盜所付出的代價可謂是眾說紛紜，有人認為這筆酬金不少於三百萬枚金幣，有人則說國王為此將女兒嫁給了一個地位崇高的梅登尼恩人。不管怎樣，賈努斯肯定是花了一大筆錢，才能讓那些海盜願意與二十年前燒毀了他們城市的北方佬合作。

而這場戰禍中最不幸的悲劇，就是希望之人當時正在禮節性地拜訪安提許的穆熙爾女神廟，隨行只有一百名帝國騎士，那時他距離侵略軍的登陸點只有三十里的路程。當一名驚恐萬分的漁夫跑來報告說，前所未有的梅登尼恩海盜團出現在海面上的時候，希望之人立刻召集了本地駐軍，率領約三千騎兵和五千長矛手，在黑夜之中迎擊入侵者，要把敵人趕回大海。部隊集結和向海岸行軍耗費了寶貴的數個小時，如果希望之人的軍隊能夠再快一點，他可能就有機會對依然在海岸上整備隊伍的敵軍造成沉重的甚至是致命性的打擊。但那時，第一批王國衛軍的兵團已經登陸，並組成陣列，牢牢守衛著穿過海底沙丘、直至海灘的狹窄通道。而站在這支敵軍最前面的，正是統一王國異端信仰最狂熱和殘忍的戰士牧師：瓦林．伊爾．蘇納（注）——永世詛咒他的名字。

——維尼爾斯．亞力舍．桑梅倫，偉大的拯救之戰，卷一（未修訂版本）

奧普倫帝國檔案

注 valin il Sorna，奧普倫帝國人對蘇納的譯名。

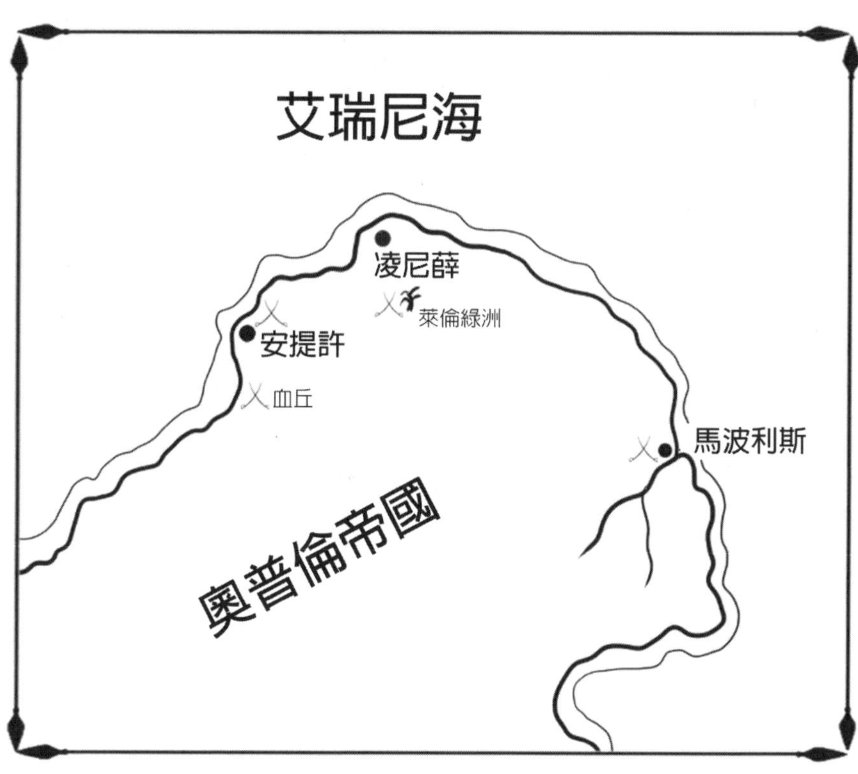
艾瑞尼海
凌尼薛
萊倫綠洲
安提許
血丘
馬波利斯
奧普倫帝國

Ω維尼爾斯的紀錄

「這一定讓你很痛苦，」我說，「當你發現兄弟的屍體，看到他是那麼……支離破碎。」

那個北方人站起身，揉搓著僵硬的雙腿，一邊伸展脊背，發出一陣呻吟。「那可不是什麼令人高興的事。」他表示贊同，「我把他剩餘的部分都用火焚化，然後帶上他的劍和徽章回到組織。國王和守護者亞利恩都毫無疑問地接受了我的報告。當然，戰爭領主不相信我，還說我是叛徒和騙子。我相信，如果國王沒有命令他保持沉默，他一定會向我發起挑戰。」

「那頭殺死諾塔的神祕猛獸，」我問道，「你有沒有發現牠到底是什麼？」

「人們都說，狼在北方會長得很大。在東方的峭壁上，生活著比人大一倍、臉長得像狗一樣的凶猛猩猩。」他聳聳肩，「自然界中有許多危險。」他這時已經上了通向甲板的樓梯。「我需要一些新鮮空氣。」

我跟隨他走進船艙外的黑夜中。天空中沒有雲彩，月亮很亮，在船索上塗抹了一層淺藍色的光澤，整艘船都在強勁的海風中搖晃。我能看到的船員只有舵手和主桅高處一個男孩的身影。「船長命令你們留在艙裡。」那名舵手吼道。

「那麼就去叫醒他。」我丟下這麼一句，就走到了奧．蘇納身邊。他將前臂靠在船欄上，眺望著被灑上一層月光的海面，心思彷彿已經飄到了遠方。

「莫伊西斯之牙，」他指著遠方的一簇白點說道。那些白色實際上是浪濤撞擊在犬牙交錯的礁石上形成的。「莫伊西斯是梅登尼恩的狩獵之神，是一條巨蛇。祂與巨大的逆戟鯨神瑪根提斯交戰一個白天，又一個夜晚。海洋因而沸騰、大陸裂爲碎片。當戰爭結束的時候，死去的莫伊西斯漂浮在海浪上，屍體漸漸腐爛，但牙齒依舊堅固，昭示著祂的死去。祂的靈魂與大海融爲一體，當梅登尼恩人在波濤間狩獵的時候，便會向祂尋求指引，祂的牙齒向梅登尼恩人指明了回家的路。我們已經到了梅登尼恩人的水面上，我相信，你們的船絕不會冒險來到這裡。」

「梅登尼恩人是一群海盜渣滓。」我說道，「我們的船隻只會成爲他們的獵物。」

「但愛梅倫女士的船還是來到了這裡。」

我什麼都沒有說。對於這件事，我有一些令人不安的疑問，但不願意和他討論。

他卻說：「據我所知，那艘船和船員都被允許自由離開，只有愛梅倫女士成爲俘虜。」

我咳嗽了一聲。「海盜們肯定發現她能換取一大筆贖金。」

「但他們並沒有要求贖金。只是我必須去那裡，與他們的勇士決鬥。」他的嘴角抽動了一下，我發現自己已經咬住了他的誘餌。

我回憶起在這個北方人被判決之後，愛梅倫覲見皇帝時那滿臉的苦澀，她那時苦苦哀求國王改變判決。「命只能用命來換，」她幾乎用叱罵的語氣說道，姣好的面容因爲憤怒而扭曲，「這是諸神的要求、是人民的要求。是我那失去父親的兒子的要求，也是我的要求。陛下，請聽我這個帝國希望的未亡人一言。」

在令人膽寒的寂靜，以及隨後她更加激烈的長篇大論中，皇帝只是在皇位上靜靜地坐著。在場的衛士和朝臣們都驚駭惶恐地僵立在原地，眼睛緊盯著地板。當皇帝終於說話的時候，他的聲音刻板平淡，聽不出絲毫怒意。他宣布，愛梅倫女士冒犯了他本人，因此將被驅逐出宮廷，直到他另有吩咐。

「我不知道你想要做什麼。」我對奧．蘇納說道，「但給我聽清楚，皇帝沒有設計任何陰謀，他絕不是那種會沉浸在復仇中的人。他的每一步行動都是爲了帝國。」

他笑了，「閣下，你的皇帝是要把我派到那片群島中去送死。這樣，梅登尼恩人就能把對我父親的仇恨發洩在我身上，而那位女士則能夠見證殺夫仇人的死亡。我不知道這到底是不是她或者梅登尼恩人的主意。」

我無法反駁他的推論。當然，他只有死路一條。我們用了很大力量治癒北方人對我們造成的戰爭創傷，而希望屠滅者的末日將是這個療癒過程的最後一步。當皇帝同意梅登尼恩提出的條件時，我的確不知道這是不是他的主意。不管怎樣，奧．蘇納看上去沒有絲毫畏懼，他似乎已經接受了自己的命運。我很想知道，他是否眞的期望能在與列島之盾的決鬥中活下來。有傳聞說，梅登尼恩的列島之盾是有史以來最強大的握劍之人。希望屠滅者的故事讓我對奧．蘇納的殺人能力深信不疑，但經過這麼多年的囚禁，他的身手肯定已經不如以往，而且就算他眞的贏了，梅登尼恩也不可能放任焚城者的兒子安然無恙地離開。他是個正在走向毀滅的人，這一點我很清楚，他也一樣清楚。

「賈努斯國王什麼時候告訴你進攻帝國的計畫？」我問道。我打算在登陸前，儘量多榨取一些他的故事。

「大約在王國衛軍登上奧普倫海岸的一年之前。那時我的兵團已經連續三年在王國各處鎮壓叛亂、剿捕匪徒。我們的對手有南海岸的走私販，尼賽爾的割喉匪幫，還有更多康布雷爾的狂信者。我們在北方和羅納人戰鬥了一整個冬天，那時他們認爲再次向南擄掠的時機已經到來。我的兵團規模越來越大，編制中又增加了兩個連隊。我們從康布雷爾返回維林堡之後，國王向我們頒發了屬於我們的旗幟——一頭狼在高岩堡上奔騰。於是大家開始稱呼自己爲疾行之狼。我一直覺得這個名字很傻，但他們都很喜歡。不知爲什麼，年輕人全都向這面旗幟湧過來，而且那些人並非都很貧窮。我們那時已經不必去地牢裡找兵員了，畢竟有那麼多人跑來第六軍團的總部，守護者不得不設置了一系列測試。主要是測試力量與速度，但信仰也是測試的內容之一。只有那些信仰最堅定、體格最強壯的人才能被接納。當我們登上駛往奧普倫的船艦時，我的麾下已經有一千兩百人了。也許他們是王國訓練最精良，戰鬥經驗最豐富的士兵，」他低下頭，看著藍白色的海浪不斷撞擊船身，一臉肅穆的表情。「但當這場戰爭結束的時候，他們之中只有三分之二的人能夠離開奧普倫。不過王國衛軍的情況更糟，也許十個人裡只有一個能返回王國。」

罪有應得——我這樣想著，但沒有說出口。「他對你是怎樣說的？」我問道，「賈努斯這場入侵的理由是什麼？」

他抬起頭，盯著逐漸消失在昏暗的地平線上的莫伊西斯之牙。「藍玉、香料和絲綢。」他的聲音中略顯出一點苦澀，「藍玉、香料和絲綢。」

第一章

瓦林看著手掌中的這塊藍玉，它是國王的禮物，新月暗淡的光芒在它光滑的表面閃爍，一條纖細的銀灰色紋路是這塊玉上唯一的瑕疵。這是至今為止找到的最大一塊藍玉，絕大多數藍玉都只比葡萄大一點。巴庫斯曾帶著幾乎不加掩飾的貪婪神色告訴他，這一塊石頭能換取的金子足以買下大半倫菲爾。

「你能聽到嗎？」登圖斯的聲音很穩定，但瓦林能夠看到他眼睛下方的肌肉在抽搐，這種情況從一年以前就開始了。那時，他們在北方的一道箱型峽谷中遭遇了大規模的羅納劫掠隊。像以往一樣，羅納人拒絕投降，直接向他們的佇列衝了過來，還一邊高唱著死亡之歌。隨後的戰鬥短暫而醜惡，登圖斯處在戰鬥最激烈的地方，在那場戰鬥中沒有流一滴血，但從此就有了面部抽搐的毛病。每當要上戰場之前，這個毛病就更容易爆發。「聽起來像是雷聲。」他露出笑容，面部卻還是無法控制地抽搐著。

瓦林將藍玉裝進口袋，抬頭眺望從海灘一直延伸到遠方的寬廣平原。在夜幕的籠罩下，他只能勉強看到一些稀疏的草叢和灌木。看樣子，奧普倫帝國的北方海岸並非是一個植被茂盛的地方。在他身後，成千上萬的王國衛軍正在海灘上集結整隊，咆哮的浪濤中，數不清的梅登尼恩傭兵船正搖動船槳，將更多士兵運上海岸。所有的一切都發出巨大噪音，但瓦林還是能夠清楚地聽到遠方的雷聲，就在黑暗之中。

「他們來得眞快。」巴庫斯說道，「也許他們早就知道我們要來。」

「梅登尼恩雜種。」登圖斯一邊叫嚷，一邊向沙子裡啐了一口，「絕對不能信任他們。」

「也許他們只是看到了我們的艦隊。」坎尼斯猜測道，「八百艘船是一個非常巨大的目標，而從這裡騎馬趕到安提許的軍營，幾乎不用兩個小時。」

「他們知道些什麼並不重要，」瓦林說，「重要的是他們做了什麼。不管怎樣，我們今晚要忙起來了。兄弟們，回自己的連隊去。登圖斯，我希望弓箭手立刻登上那座高地。」他轉向簡瑞爾·諾靈，過去的失敗流浪藝人，現在是兵團的號手和旗手。「按照連佇列陣。」

簡瑞爾點點頭，把軍號放到唇邊，吹響了緊急召喚的號令。正坐在沙丘上休息的士兵們應聲而起，快步跑進佇列，一千兩百人在不到五分鐘的時間裡就組成了嚴整的陣型。不必經過思考就能迅速執行命令，這是職業軍人才有的素養。沒有交頭接耳，更沒有張惶失措，他們之中大多數人已經多次執行過這種命令，而新兵則會完全依照老兵的方式去做。

瓦林等待著，直到士兵們集結完畢，才邁步走過兵團的佇列，查看有無紕漏，點頭以示鼓勵，或者訓斥那些甲片鬆開，沒有繫緊頭盔的人。疾行之狼是王國衛軍中護甲最簡單的，他們沒有穿戴鍛鋼胸甲和寬邊頭盔，只裝備了鏈甲和鑲鐵片的皮帽。輕型裝甲通常有利於追逐小批的羅納人劫掠隊，或者是在道路崎嶇的荒野和密林中追捕盜匪。

瓦林的審查工作本應該由柯瑞尼克軍士完成，但這已經成爲了一種戰前儀式，讓士兵們有機會在混戰開始前看到自己的指揮官，而不必一心去想不久之後血肉橫飛的場面。而且這樣也能幫他省去向士兵們進行演講的力氣——許多指揮官都認爲一篇慷慨激昂的演講，對於即將發生的戰鬥而言是非常重要的。瓦林知道，士兵們對他的忠誠大部分來自於恐懼，他們謹慎地對他與日俱增的聲望抱持敬意；他們並不愛他，但都會毫不遲疑地追隨他，無論是不是有演講。

瓦林在一個人面前停了一下。這個人曾經被叫做壁虎加力斯，現在則是第三連隊的加力斯軍士。加力斯急忙敬禮，並喊道：「大人！」

「你需要刮刮鬍子，軍士。」

加力斯咧嘴一笑。這是老笑話了。加力斯一直都需要刮鬍子。「大人，要準備應付騎兵了？」

瓦林回頭瞥了一眼。黑暗依舊籠罩著荒野，但雷聲正變得越來越響亮。「沒錯，軍士。」

「希望他們能夠比羅納人更容易宰殺。」

「很快我們就知道了。」

瓦林向後陣走去。在那裡，簡瑞爾．諾靈正和噴沫一同等待著他。簡瑞爾用緊張的雙手握著韁繩，還一邊竭力躲避著噴沫著名的鋒利牙齒。噴沫向走過來的瓦林噴著鼻息，不過這一次，噴沫並沒有氣惱地抖動身子，瓦林很順利地就騎到了牠的背上。每次戰鬥前，噴沫都很聽話，不知為什麼，洶湧而來的暴力氣氛似乎反而能讓這匹馬平靜下來。也許噴沫是一匹桀驁不馴的烈馬，但在過去四年裡，牠已經證明了自己是多麼強悍的一匹戰駒。「該死的畜生。」瓦林一邊說，一邊拍撫著噴沫的脖子。噴沫響亮地嘶鳴一聲，用蹄子刨著沙土地面。在渡過艾瑞尼海時，牠經歷過令人難熬的種種限制和不適。現在，廣闊的天地和即將到來的戰爭讓牠立刻興奮了起來。

在附近集結完畢的是五十名騎馬斥候，他們的首領是一名肌肉虯勁、面容清秀，有著一雙明亮藍色眼睛的年輕兄弟。看到瓦林，芬提斯露出一個繃緊的微笑，舉手向他示意。瓦林向他點點頭，壓抑住心中愧疚的感覺。*我不應該讓他參加這次任務*。但他沒有辦法把芬提斯留在王國。芬提斯雖然剛成為正式兄弟不久，但他的高強武藝早已聞名遐邇。兵團不可能不接受這樣強大的戰士。

簡瑞爾・諾靈也迅速上了自己的坐騎，抖起韁繩，來到瓦林身邊。瓦林命令道：「發出準備迎擊騎兵的訊號。」號聲立刻傳遍全軍，三聲爆炸性的短音之後是一聲連續的長音。陣列中發出一陣騷動，士兵們紛紛掏出腰間的鐵蒺藜（注）。這是坎尼斯的主意，最早被用來對付騎乘矮種馬的羅納人衝擊兵團巡邏隊。使用鐵蒺藜的效果非常理想，這使得羅納人不得不放棄了他們喜愛的戰術。但現在用它們來對付奧普倫人也會同樣有效嗎？

昏黑的夜色中，雷鳴聲驟然停止。借助黎明前的光亮，瓦林已經能勉強看到敵人的軍陣——一長列騎馬戰士。戰馬在冷風中從鼻孔噴出一股股白煙，出鞘的長刀和利矛不住閃耀寒光。迅速計算了一下敵軍的數量，瓦林心中沒有任何輕鬆的感覺。

「至少千人以上，大人。」簡瑞爾說道，充滿韻律的洪亮聲音流露出等待中的緊張。在過去四年中，他已多次證明自己是一名勇敢的士兵，但殺戮前的等待足以讓心志最堅定的人繃緊神經。

「應該是將近兩千，」瓦林喃喃地說道，「而且只是我們看到的。」兩千或者更多受過嚴格訓練的騎兵對決一千二百步兵，這種力量差距可讓人高興不起來。瓦林回頭向沙丘瞥了一眼，滿心希望王國衛軍的長矛能突然像樹林一樣從沙地中升起。他派去向戰爭領主求援的騎兵一定已經趕到了目的地，不過瓦林很懷疑奧・海斯帝安是否會派出援軍，那個傢伙從不掩飾對瓦林的敵意，每當瓦林不走運地出現在他的面前時，他的眼睛都會放射出犀利的寒光，就像他現在裝在右手腕上的倒鉤鋼矛一樣。爲了讓我去死，他會不會坐視王國輸掉一場戰爭？

在微弱的光線中，奧普倫的騎兵陣列迅速發生波動，他們在進行衝鋒前的最後準備。瓦林能夠

注 Caltrop，一種軍用障礙物、暗器。

聽到對方的指揮官發出吶喊，那可能是命令，或者是鼓勵。隨後，騎兵們發出整齊劃一的洪亮吼聲：沙瑪什。

「沙瑪什。意思是勝利，大人。」簡瑞爾的嘴唇上方出現的汗水的光澤。「我曾經和幾個奧普倫人打過交道。」

「謝謝你的翻譯，軍士。」

奧普倫人開始行動，戰馬開始小跑起來，隨後漸漸變成大步慢跑。三條騎兵陣線秩序井然，騎兵們披掛著鎖鏈甲，頭戴長釘盔，身披白色斗篷。他們的紀律讓瓦林不由得感到驚歎，沒有一名騎手跑出佇列，整個陣列以高度一致的步伐向前推進。瓦林極少能見到比這更威嚴整肅的騎兵隊伍。就算是國王的騎士衛隊，如果不是在行軍廣場上，而是在這樣的天然戰場之中，大概也要竭盡全力才能完成如此堅如鐵壁的集群衝鋒。當敵人接近到兩百步以內的時候，又是一陣吶喊聲和號角聲響起，奧普倫騎兵縱馬向前，開始全速衝鋒。他們舉平長矛，在馬鞍上伏低身子，放開坐騎，任由戰馬全力馳騁。筆直的陣線開始變得散亂，轉眼間便化成一片戰馬與鋼鐵的風暴，挾雷霆萬鈞之勢，如同一隻巨大的鐵拳，向瓦林的步兵團猛砸過來。

不需要再下達任何命令，疾行之狼早已經歷過類似的戰鬥，只不過他們從未遭遇過規模如此龐大的敵人。第一列疾行之狼邁步向前，用全力將鐵蒺藜向遠處擲去，然後跪倒身形。第二列立刻重複相同的動作，然後是第三列。他們面前的沙地上鋪滿鐵釘，全速衝鋒的騎兵根本無從躲避。第一匹戰馬在距離疾行之狼五十碼的地方一頭栽倒，在尖聲嘶鳴中撞倒了另一匹馬。後面的騎兵不得不勒緊轡繩，或者也隨之摔倒。整個奧普倫陣線上，戰馬撲跌仰翻，發出一陣陣哀鳴。衝鋒的勢頭立刻受挫。騎兵陣型的移動速度減慢，但數千戰馬形成的慣性依舊推動著奧普倫人繼續向前。

在後方的沙丘上，登圖斯判斷時機已經到來，便向弓箭手下達了攻擊命令。擁有多年戰陣經驗的弓箭手連隊現在人數已經達到兩百，而且早已拋棄了裝彈速度緩慢的十字弩，全部換裝了組織的硬弓。這些技藝嫺熟，經驗豐富的精兵第一次齊射就掀翻了至少五十名騎兵，緊接著便是一陣陣密集的箭雨。弓箭手們都以最快的速度發動將利箭送向敵陣，現在，三道高傲的騎士陣列已經變成長槍和馬蹄組成的混亂叢林。

瓦林再次向簡瑞爾點頭，號手連續三次吹出長音，向兵團發出全體衝鋒的號令。喊殺聲在疾行之狼的佇列中響起，四個連隊邁開步伐，向敵人撲去。長柄戰斧被高高舉起，頂端的槍頭直指戰馬上的騎士。許多奧普倫人拋下騎槍，抽出馬刀。鋼鐵撞擊的聲音在喧囂的戰場上響起。瓦林能夠看到深陷團戰之中的巴庫斯，那柄充滿恨意的雙刃斧在混亂中如旋風般疾速起落，無論人馬，只要被斧刃碰到，都被一揮成兩段。左側的坎尼斯正率領他的連隊衝擊奧普倫陣線的側翼。奧普倫人被他們趕向戰場的中心，完全無法向兵團的側後迂回。

當雙方士兵激戰正酣時，瓦林只是從容地觀察著整個戰場，等待那個關鍵時刻的到來。那一瞬間將決定勝利的天平會向哪一方傾斜，瓦林已經多次見過這個瞬間。人們剛剛還在瘋狂地發動進攻，彷彿有著用不完的凶暴力量，隨後突然轉身逃走，似乎是直覺在警告他們，失敗已經迫在眉睫。身披雪白斗篷的奧普倫騎士們不斷地跌下馬背，並承受著箭雨的侵襲，但他們依舊在英勇地砍殺著疾行之狼。瓦林憑藉直覺知道，奧普倫人不會突然潰敗，這些人意志堅定，嚴守著鐵一般的紀律。只需要最基本的判斷力就能知道，他們會誓死奮戰。他的兵團的確已經殺死了不少敵人，但奧普倫人的數量依舊超過他們，而且現在奧普倫人正在右翼集結力量。在那裡，印尼什兄弟的連隊已經因爲敵人的重壓而導致陣線向後彎曲。騎兵開始衝破缺口，砍倒密集陣列中的步兵。登圖斯的箭雨還在削減敵人的數量。但弓箭手很快就會耗盡攜帶的箭枝，而奧普倫軍隊依舊擁有足夠的士兵。

瓦林再次向背後望去，沙丘頂端仍然看不到援兵的影子。如果我能活下來，也許會去殺死奧・海斯帝安。他拔出長劍，再次搜索戰場，看到奧普倫軍陣的中心處有一面三角旗高高飄揚。那是一面藍色的絲綢旗幟，上面繡著一隻銀色車輪。芬提斯點點頭，也抽出長劍，並喝令自己的部下緊隨主帥。

「跟在我身邊。」瓦林對簡瑞爾說了一聲，就催趕噴沫跑了起來。芬提斯和他的斥候們緊跟在後。瓦林帶領這支小部隊繞過印尼什兄弟搖搖欲墜的連隊，儘量遠離戰陣，以免過早被捲入其中。然後，他們全速向奧普倫裸露的側翼衝去。五十對兩千。只要找到動脈的位置，蛇就能殺死一頭公牛。

瓦林殺死的第一個奧普倫人有著健壯的身軀和烏木色的皮膚，在頭盔的護面甲下方能看到修剪整齊的鬍鬚。他是一名優秀的騎手和劍士，當瓦林靠近的時候，他已經迅速調轉馬頭，舉起馬刀，擺出無懈可擊的防禦姿勢。但星銀利刃閃過之處，他的手臂便齊肘而斷。噴沫揚起頭，一口咬住這名奧普倫騎士的坐騎，又將雙蹄踏在落下馬鞍的奧普倫人身上。深紅色的血還在從斷臂中噴濺出來，但瓦林已躍向前方，一劍斬斷了第二名騎兵的一條腿，又劈開他的臉，然後任由他落下馬鞍。那個人的下巴鬆垂在頭顱上，淒厲的慘叫聲也變成了伴隨著血漿湧流的咯咯聲。第三名騎士向瓦林衝殺而來，平舉長矛，臉上滿是怒火和嗜血的欲望。瓦林勒停噴沫，在馬鞍上轉過身，矛鋒從距離他只有幾寸遠的地方急掠而過。瓦林的劍當頭劈落，斬斷了急衝過來的戰馬脖頸。馬屍撲跌在地，騎手滾下馬鞍，又立刻跳起，抽出了馬刀。噴沫再一次揚起前蹄，鐵蹄擊飛了奧普倫人的頭盔，讓他在眩暈中來回搖晃。

瓦林停下來，察看了一下戰況。不遠處，芬提斯正一劍刺穿一名失去坐騎的奧普倫人，其他斥候正在敵陣之中殺出一條血路，但瓦林已經看到三具披藍色斗篷的屍體倒在戰場上。回頭去看印尼什的連隊，那支隊伍已經穩住陣腳。隨著奧普倫人失去衝擊的動能，他們的防守陣線重新變回直線。

芬提斯發出警告性的喊聲，將瓦林的注意力拉回到身邊。又有一名奧普倫人高舉馬刀，向自己衝鋒而來，但沙丘上兵團弓箭手瞄準他的一枝羽箭穿透了他的胸口，讓他一下子歪倒在馬鞍上，只有坐騎還在拚命狂奔，睜大的雙眼中充滿了恐慌和畏懼。牠一頭撞在噴沫的肋骨上，衝擊力讓兩匹馬同時倒在地上。

噴沫很快就站了起來，憤怒地噴著鼻息，對那匹冒犯牠的馬又踢又咬。當那匹被嚇壞的馬落荒而逃的時候，牠又緊追了過去。落下馬背的瓦林急忙躲過了一個騎在灰色公馬背上的奧普倫人向他刺來的馬刀，又竭盡全力擋開他的一連串攻擊，直到芬提斯衝入他們中間，一劍砍翻了那個人。

「等一下，兄弟！」芬提斯在嘈雜的噪音中向瓦林大喊一聲，勒住韁繩就要下馬。「上我的馬。」

「留在馬鞍上！」瓦林向芬提斯高聲喊喝，指向奧普倫軍陣深處的那面三角旗。「砍斷它！」

「但，兄弟……」

「快去！」聽到瓦林不容置疑的命令，那名年輕的兄弟又猶豫了一下，才不情願地縱馬飛馳而去，立刻就被戰爭的漩渦吞沒了。

瓦林向身邊掃了一眼，看到簡瑞爾也下了馬。他的坐騎已經死在不遠處，這個流浪藝人的腿上被砍了一刀，只能用兵團戰旗撐住身子，愚蠢地揮砍所有靠近他的奧普倫人。瓦林跳到他身邊，躲開刺來的長矛，向一名正舉刀要砍簡瑞爾的騎兵擲去一柄飛刀。鋼刃插進那個人的面頰，他立刻從馬背上翻跌下去。

「簡瑞爾！」瓦林扶住倒下去的簡瑞爾，注意到他蒼白的面孔和痛苦的表情。

「抱歉，大人。」簡瑞爾說道，「我騎馬不像你那麼快……」

瓦林把他拉到一旁，躲開一個猛衝而至的奧普倫人，讓那個人的騎槍空刺到地上。瓦林一劍將槍桿砍成兩段，又回劍在敵人的腿上劃出一道深可見骨的傷口，然後伸手抓住敵人坐騎的韁繩，用力將牠拉停，馬背上的敵人尖叫著飛下了馬鞍。瓦林竭力安撫了一下那匹受驚的戰馬，就把簡瑞爾推上馬背。「回到海灘去，」他命令，「去找姬爾瑪姐妹。」然後他就用劍身拍了一下那匹馬的肋側，讓牠跑起來。流浪藝人在馬背上令人擔心地來回搖晃著，從血肉與金屬的亂流之中直穿而過。

瓦林抓住軍旗，將旗杆插入泥土之中。旗面上的奔狼紋章（注二）在凜冽的晨風中高高飄揚。守住軍旗，他心中想著，露出一絲猙獰而愉悅的微笑。就和肉搏測試一樣。

大約二十碼以外，他看到奧普倫人的陣型突然出現了一陣波動。騎士們紛紛勒住韁繩，讓戰馬朝一側掉頭。一名騎士騎乘高大壯麗的白色戰馬，正揮舞著馬刀，彷彿在要求奧普倫人為他讓開道路，同時還在高聲發出號令。這名騎士披掛白色琺瑯胸甲，上面裝飾著複雜的金色環裝花紋，與依然飄揚在奧普倫軍陣正中心的那面三角形旗幟上的輪狀徽記非常相似。他沒有戴頭盔，下頜留著髫鬚，橄欖色的面孔因爲憤怒而緊繃。奇怪的是，他周圍的奧普倫人彷彿都在努力試圖阻止他衝鋒，甚至有一個人伸出手拉住他的韁繩。但那名白甲騎士凶狠地向他罵了一句，抓住韁繩的奧普倫人立刻縮回了手，臉上全是順從的神情。白甲騎士直衝瓦林而來，只是中途稍作停頓，用刀尖指住瓦林，意思彷彿是向瓦林發起挑戰，隨後便縱馬猛衝過來。

瓦林等待著，劍鋒低垂，雙腿立穩，呼吸緩慢而平靜。白甲騎士正迅速逼近，瓦林已經能看到他怒吼時露出的牙齒，雙眼中燃燒的火焰。憤怒，瓦林回憶起索利斯導師的話，那是多年以前導師給他上的一堂課。憤怒會殺死你。如果你在憤怒中向有充分準備的敵人發動進攻，那麼在你出第一招之前就已經死了。

索利斯一直都是正確的。這個披掛白色鎧甲，騎乘神駿戰馬、英勇無畏，心中充滿怒火的人已經死了。他的勇敢、他的武器、他的護甲都已毫無意義，他在開始衝鋒的那一刻就已經殺死了自己。

發了瘋的老導師倫瑟奧曾經教給過瓦林更加危險的一課：如何擊敗向你衝鋒的敵人。「當你徒步作戰的時候，騎在馬背上的敵人就占據一項優勢，」多年以前，那名眼神混亂的馬廄導師曾經在訓練場上這樣告訴他們。「戰馬。但如果除掉戰馬，他就只是一個人而已。」說完這番話，他就用隨後的一個小時騎馬在整個訓練場上追逐他們，不停地將他們踏倒在馬蹄下。「撲倒打滾！」他一直在用那種尖利而瘋狂的聲音高喊著，「撲倒打滾！」

瓦林一直等到白甲騎士的馬刀距離他只有一臂之遙的時候，才猛地向右側撲倒，躲過了如雷霆般撞擊地面的馬蹄，然後滾身跪立，揮劍劈過白馬的後腿，戰馬一聲嘶鳴，倒在地上，鮮血噴了他一身。白甲騎士還在努力要從馬鐙中掙脫出來的時候，瓦林已經跳上劇烈抽搐的白色戰馬，一劍將騎士的馬刀擋開，然後舉劍猛砍。琺瑯胸甲被劍刃破開，白甲騎士咳出一股鮮血，當場殞命。

奧普倫人全部停止了動作。

他們的確停了下來。高舉過頭的馬刀從他們的手中掉落，衝鋒的騎士驚駭地勒住韁繩。瓦林目光所及之處，每一名奧普倫人都停止了動作，盯著瓦林和白甲騎士的屍體。有一些人就這樣被羽箭射中，或者死在了疾行之狼的斧刃下。

注二　這裡的英文是Hawk，但在整本書前後，瓦林的旗幟都是奔狼旗，只有此處將旗面紋章描述爲Hawk，懷疑爲作者筆誤，因爲瓦林的外號是「雛鷹」。所以將此處將雄鷹紋章改爲「奔狼紋章」。

瓦林向屍體瞥了一眼。被血染紅的胸甲上，被砍成兩半的黃金輪形圖案依舊在逐漸明亮的晨曦中閃爍著暗淡的光芒。也許是個非常重要的人物？

「**艾路印．瑪苛韃**（注三）！」一名失去坐騎的奧普倫人高喊著，在不遠處步履蹣跚地奔跑起來。他一隻手攥緊了受傷的胳膊，淚水從染血的臉上流下。他的聲音中帶著某種遠非憤怒和責罵能夠比擬的情感，那是瓦林幾乎從未聽過的，深深的絕望。

「**艾路印．瑪苛韃！**」在未來的數年中，瓦林將聽到成千上萬的人重複這句話。

那個受傷的奧普倫人正在踉踉蹌蹌地向瓦林跑來，瓦林準備用劍柄將他敲昏。畢竟，這個人已經沒有了武器。但他並沒有發動攻擊，而是搖晃著經過瓦林身邊，撲倒在那名白甲騎士的屍體旁，如同孩童一般抽噎。「艾路印．阿斯特．弗加拉（注四）！」他不住地發出一陣陣哭號。瓦林驚恐地看著那個人從腰帶上抽出匕首，毫不猶豫地刺進了自己的喉嚨，然後就俯臥在白甲騎士的屍體上，鮮血無可遏止地從他的傷口中湧流出來。

這個自殺行爲似乎打破了凍結奧普倫人的魔法。突然之間，瘋狂的吼聲在他們的佇列中響起。每一個人的目光都緊緊地盯住瓦林。馬刀和長矛被紛紛舉起。他們向瓦林湧了過來，殺戮的恨意清晰地顯現在每一張面孔上。

突然之間，彷彿有一千把鐵錘同時敲擊在了一千隻鐵砧上，奧普倫人的佇列再一次崩散。瓦林能夠看到，在奧普倫陣勢背後，士兵被猛烈的衝擊拋向半空。奧普倫人拚命調轉坐騎，迎擊新出現的威脅，但一切都已經來不及了，一枚閃亮的鋼楔狠狠插進了他們的隊伍中間。

一個從頭到腳都被包裹在重甲中的巨大身影，騎乘在高大的黑色戰馬上，在奧普倫輕騎兵之間凶猛地砍殺。他手中的鐵錘化成一片幻影，不斷將人和馬變成殘缺不全的屍體。在他身後，數百名鋼甲騎士也在進行著類似的殺戮。長劍和大錘起落不斷，爆發出令人膽寒的凶猛力量。被激怒的奧普倫人也瘋狂地發動反擊，爲數不少的鋼甲騎士都消失在雜亂的馬蹄中，但奧普倫軍的人數和武器都無法和這股生力軍相比。戰鬥很快就結束了，所有奧普倫人或死或傷，沒有一個人逃走。

黑色戰馬上的高大騎士將鐵錘掛在馬鞍上，催趕坐騎小跑到瓦林面前，掀起面甲，露出一張飽經風霜的寬大面孔。瓦林能看到他的鼻樑曾經斷過兩次，眼睛周圍更是密布歲月留下的深深皺紋。

瓦林莊重地鞠了一躬，「塞洛斯封地領主。」

「瓦林領主。」倫菲爾封地領主向周圍的血汙屠宰場瞥了一眼，大笑了一聲，「我打賭，你從未在見到倫菲爾人的時候這麼高興過，對不對，孩子？」

「的確如此，閣下。」

一名年輕的高個子騎士在封地領主身邊勒住韁繩，英俊的面孔上滿是汗水和鮮血，一雙深藍色的眼睛緊盯著瓦林，清楚地顯示出不言而喻的恨意。

「達耐爾領主。」瓦林向他問好。「我和我的部下都對你和你的父親感激不盡。」

「蘇納，你還活著？」那名年輕騎士應聲道，「至少國王會爲此感到高興。」

「管住你的舌頭，孩子！」塞洛斯喝道，「向你道歉，瓦林領主。這個孩子被寵壞了，這都要怪他的母親和我，他的母親一共爲我生了三個兒子，這是唯一沒有流產的一個。信仰助我。」

瓦林看到了這名年輕騎士在長劍的劍柄上抽搐的雙手，還有染紅他雙頰的熾烈怒火。又是一個

注三 Eruhin Makhtar，奧普倫語。

注四 Eruhin ast forgallah，奧普倫語。

憎恨父親的兒子，瓦林心中想道，這眞是一種常見的病。

「請原諒，閣下。」瓦林再次鞠躬，「我必須去查看一下部下的狀況。」

他大步向海灘走去，不停地邁過已死和將死的人。早晨的太陽已經升起，將光明灑落在被鮮血浸沃的曠野上。瓦林的手再一次摸到那塊藍玉，他將這顆寶石舉起，讓陽光照在它的表面，回想國王將它放進自己手中的那一天。就是從那一天起，達耐爾領主開始恨他，而黎恩娜公主落下眼淚。

那一天，血歌一直沉默著。

「藍玉，香料和絲綢。」他輕聲說道。

第二章

夏季嘉年華中的倫菲爾騎士競技，是不久以前剛剛興起的一種活動，並且很快就受到了廣泛的歡迎。當瓦林向王室帳篷中走去的時候，人群正在爲一場格外精彩的騎士對戰爆發出雷鳴般的歡呼聲。瓦林用兜帽遮住了面孔，以免被人認出，造成不必要的麻煩。在比武場上，一名騎士在一團向四周迸濺的碎木片中飛離馬鞍，他的對手正將斷裂的長矛向人群拋去。

「那個流鼻涕的雜種再也爬不起來了！」一個男人興高采烈地說道。這讓瓦林有些懷疑，人們如此熱衷於觀看這種比賽，是因爲比賽本身很精彩，還是因爲他們能親眼見到貴族老爺變成殘廢。

王室大帳篷入口處的衛兵們都向瓦林鞠了格外深的一躬。對於瓦林拿出的國王令旨，他們只是飛快地掃了一眼，就掀起了帳簾，請瓦林進去。瓦林從北方返回剛剛兩天，但關於他在與羅納人的戰鬥中取得大勝的傳奇故事早已在維林堡家喻戶曉。

取下武器之後，瓦林被引領到王室包廂中，他毫不驚訝地在那裡看到了黎恩娜公主，但只有公主一個人。「兄弟。」她微笑著向瓦林問好，並伸出手讓瓦林親吻。片刻之間，瓦林有些驚慌失措。公主以前從未做過這樣的事，這是一種罕有的恩賜，更何況，他們正在首都民眾的圍觀之中。但瓦林還是單膝跪下，將嘴唇按在公主的指節上。黎恩娜的肌膚比瓦林想像中更溫暖，和她的碰觸讓瓦林內心中感到歡愉，同時也讓他對自己的這種感覺生出氣惱。

「殿下。」瓦林一邊說，一邊站直身子，嘗試以一種平常的語氣說話，卻不是很成功。「我被召喚至您父親的御前……」

公主擺擺手。「他很快就會過來，他似乎是一時找不到喜歡的斗篷。這些日子裡，不穿上那件斗篷，他甚至不會出門。」她向自己身邊的座位指了指。「坐下來好嗎？」

瓦林坐了下去，努力把心思放在騎士競技上。現在，比武場的兩端各排列出一隊人馬，每一隊大約有三十人。一隊人高舉著一面紅白條紋底色，繪著一隻雄鷹的旗幟；另一隊人舉著一面繪有一隻紅色狐狸的綠旗。

「群戰是倫菲爾競技的最高潮。」公主向瓦林解釋道，「紅色狐狸是胡林．班德斯男爵的標誌，那個盔甲上有鏽跡的就是他，曾經是封地領主塞洛斯的首席家臣。鷹旗屬於達耐爾領主，他是封地領主的繼承人。很顯然，這場戰鬥將解決他們兩個之間積存已久的舊怨。」公主從身邊的桌子上拿起一塊白色絲綢手絹。「他們懇求我，如果我認為這兩個白癡哪個更野蠻，就要把這東西送給他。很顯然，他們認為一群大男人穿著鐵片，毫無意義地相互毆打會讓我這個小女子心生澎湃。」

「這實在是錯誤的看法，殿下。」

公主轉向瓦林，露出笑容。「你應該不會犯這種錯誤，兄弟。」

「希望我不會。」瓦林看著雙方騎士列隊整齊，相互致敬，然後全速向對方衝去，一邊將長劍和鐵錘在頭頂揮舞。戰馬和鋼刃狠狠地撞在一起，讓瓦林和公主不由得打了個哆嗦。隨後便是一團混戰，武器不停地對撞。一個又一個騎士翻下馬背。瓦林知道，騎士在這種競技中只能使用武器的鈍面攻擊對方，但大多數人顯然都忘記了這條規矩。現在至少已經有三具被鋼甲包裹的軀體倒在團戰之中，一動也不動。

「這就是戰鬥。」黎恩娜評論道。

「算是戰鬥的一種。」

「那麼，你如何評價他？我說的是封地領主的繼承人。」

瓦林看著達耐爾領主將劍柄敲在一名對手的頭盔上。那個人滑落到被踏爛的泥土中，護面甲裡滲出了鮮血。「他表現得很好，殿下。」

「但我相信不像你那麼好。而且他沒有你的洞察力，也沒有你那麼誠實。女人會因爲他的權勢和財富與他上床，但不會愛上他。男人會爲了薪餉或責任而追隨他，但不會對他忠心。」她停了一下，微微露出一點氣惱的表情，「父親認爲他能夠成爲我的好丈夫。」

「我相信，您的父親一定想要給您最好的——」

「我的父親只想讓我生孩子。他想讓宮殿中充滿姓奧·尼爾倫的小鬼們的尖叫聲。而那些小鬼都會有倫菲爾封地領主的血統。這樣一來，他就能完成自己的聯盟。我所做的一切都是爲了這個王國，我的父親卻只是將我看成一隻產子的母豬。」

「教義要理婚姻卷寫得很清楚，殿下。無論男人女人，都不能違背自己的意願締結婚姻。」

「我的意願，」公主苦苦地笑著，「每個沒有婚姻的年頭都在腐蝕著我的意願。你有你的劍、你的匕首和你的弓。而我僅有的武器就是我的智慧、我的面孔和將從我的子宮裡生出的權力。」

公主直白的內心表露讓瓦林深感不安。爲什麼會這樣？爲公主的現狀感到內疚嗎？不要忘了，瓦林警告自己，不要忘了她是什麼樣的人。不要忘了我們做過什麼。他注意到，公主的視線一直沒有離開比武場上的達耐爾領主，那眼神中全都是估算和評判，厭惡的冷笑隱隱出現在她翹起的嘴角上，幾乎不加掩飾。「殿下，」瓦林說道，「我懷疑您安排這場會面的理由，並不是要詢問我對於一個您根本不打算與之聯姻的男人的看法。也許您找我還有其他問題要探討？」

「如果你說的是守護者屠殺，恐怕我的觀點依然沒有改變，不過我發現了另一個線索。告訴我，你聽說過第七軍團嗎？」

公主緊盯著瓦林的面孔。瓦林知道，如果說謊她一定能看出來。「的確有這樣一個故事。」他聳聳肩，「實際上，它應該是一個傳說。歷史上有一個侍奉信仰的軍團，致力於研究黯影。」

「那麼，你不相信這件事？」

「歷史研究通常都是坎尼斯兄弟的工作。」

「黯影，」公主輕聲品味著這個詞。「眞是個令人著迷的東西。當然，這全都屬於迷信，但它一直頑固地存在於歷史紀錄中。我曾經去大圖書館，索取那裡關於這個議題的全部書籍。結果我在那裡引起了一場小騷動，他們發現絕大部分相關的古卷都被盜了。」

瓦林想到淪亡之城中那些被哈力克兄弟扔進火堆的書。「這個傳說和守護者屠殺有什麼關係？」

「關於那起不幸的事件，已經流傳出了許多故事，我正在盡力收集它們。當然，我這樣做的時候非常小心。這些故事大多都很無稽，每次被轉述，都會增添幾分誇張，尤其是關於你的部分，兄弟。你知道嗎？你單手殺死了十名刺客，而且那些刺客全都裝備著能吸食死者鮮血的魔法武器。」

「我似乎不記得發生過這種事，殿下。」

「我也不認爲你會記得。這些故事也許很荒謬，但它們有一個共同的主題，每一個故事都被黯影所籠罩，其中一些更離奇的故事提到了第七軍團。」

瓦林保持著高度警惕，他無法否認公主犀利的思維，他曾以爲公主只有令人不齒的狡詐，但這一點只是公主所擁有智慧的一面。過去三年中，他曾多次細思哈力克在淪亡之城的供述，竭力想將不同的資訊碎片拼合在一起，但始終一無所獲——守護者顯然背叛了信仰；獨眼的奇異力量；隱藏在赫特司．穆斯托雙眼後面的那個熟悉的聲音。但無論他怎樣努力，也無法看清所有這些事之間的聯繫。只有一種揮之不去的感覺，彷彿就盤旋在他伸手可及的地方，但那又是一個意義深遠的結論，就連血歌也無法觸及其分毫。她能看清嗎？但如果她可以，我又能信任她，把所有這些告訴她嗎？要信任這個女人當然是一件非常荒唐的事。但就算是一個不值得信任的人，也能夠加以利用。

「告訴我，殿下。」他說道，「爲什麼一個對學識充滿熱情的人，會在讀過一本書之後立刻將它投入火中？」

公主帶著兼有嘲弄和探詢的神色皺起眉頭，「這和我們說的事情有關嗎？」

「如果沒有，我會問您嗎？」

「不會。我相信，你不會問我任何沒有必要的問題。」

比武場上，依舊在作戰的騎士數量已經只剩下了十幾個，達耐爾領主現在正與班德斯男爵交手。雖然身上的盔甲已經生鏽，但這位老臣的凶猛力量彷彿沒有受到任何限制。

「如果那個人眞的是有志於學，」公主繼續說了下去，彷彿剛剛和瓦林進行的短暫交鋒從未發生過。「那麼燒毀書籍對他而言就是一樁可怕的罪行。燒書的事件以前也發生過，瘋王拉科瑞爾曾經用維林堡的所有書籍做成著名的大篝火堆。他還宣布，提出任何可供閱讀的內容都是不忠的行爲，將會被處以極刑。幸運的是，第六軍團在不久之後就廢黜了他。不過，拉科瑞爾的瘋狂之中也包含著智慧。一本書的價值在於其蘊藏的知識，而知識永遠都是危險的。」

「所以，燒書的目的就是爲了消除其中危險的知識。」

「也許正是如此。你所說的這個人很博學嗎？博學到何種程度？」

瓦林猶豫了一下，他不願意讓公主知道哈力克的名字，「他曾經是大圖書館的一位學者。」

「那的確是學識淵博。」公主抿了一下嘴唇，「你知道嗎？我從不需要看一本書第二遍，我不需要。我能記住那上面的每一個字。」

平緩的語氣表明公主沒有半點誇張——這點瓦林很清楚，「所以，有同樣技巧的人不需要保留一本書，一本危險的書。讀過之後，他就已經擁有上面所有知識。」

公主點點頭。「也許這個人是以這種方法保存書中的知識，而不是毀掉它。」

那麼，這就是哈力克的任務。他從大圖書館中偷走了黯影書籍。毀掉它們，同時也藏匿起它們裡面的知識——通過閱讀來保存、守護那些知識。但這是爲什麼？

「你不打算告訴我，對嗎？」公主問道，「他是誰，你在哪裡找到的他。」

「只是在一次偶然的機會中，我看到了——」

「我知道，我對你的心意並沒有得到你的回應，兄弟。我知道你對我的評價並不高。但我對於你的評價一直基於一個事實之上，就是你不會對我說謊。你的事實也許很殘酷，但一直都是事實。現在，請把事實告訴我。」

瓦林看著她的眼睛，驚訝地發現那雙眼眸中閃動著淚光。那是眞的眼淚嗎？會是嗎？「我不知道是否能信任妳。」瓦林明白地說道，「我們曾經一同做過一件可怕的事情——」

「我那時並不知情！」她神情激動地小聲說道。她向瓦林附過身，語氣變得格外急迫，「那時，林登帶著他那個遠征馬蒂舍的瘋狂計畫來找我，父親命令我要爲他的忠心而祝福。但我沒有向林登做出任何承諾，我的確愛他，但那是姐妹對兄弟的愛，而他愛我則超過任何姐妹。所以，他只會聽到自己想聽的話。我發誓，我不知道父親的眞實意圖，畢竟你會和他同行，我知道你不可能是一個殺人犯。」淚水湧出公主的眼眸，沿著她完美無瑕的鵝蛋臉滾落，「瓦林，我也對這件事進行過查問。我知道你沒有殺害他，是你讓他跳過恐怖的結束。我告訴你這些事實，是因爲你現在必須相信我，必須留意我的話，**必須**拒絕我的父親今天要你去做的事情。」

「他要我做什麼？」

「黎恩娜・奧・尼爾倫公主！」一個強壯有力的聲音說道。這是一個慣於發號施令的聲音，一個屬於國王的聲音。瓦林已經有超過一年時間不曾見過國王了，現在的國王更上了年紀，臉上的皺紋變得更深，紅銅色的頭髮裡又增添了幾縷灰絲，肩背弓起得更加明顯，但依舊保持著國王的聲音。瓦林和公主立刻站起鞠躬。直到此時，他們才察覺到人群中已然鴉雀無聲。

「奧・尼爾倫王室之女，」國王繼續說道，「統一王國的公主，王位的第二順位繼承人。」一隻遍布赤褐色斑點的纖細手掌從國王的貂皮長袍下出現，指向他們身後的比武場。「妳忘記了自己的責任。」

瓦林轉過身，看到達耐爾領主正單膝跪在王室帳篷前，在他身後，在競技中戰敗的騎士們有的正邁開蹣跚的步伐，有的直接被人抬出決鬥場。身穿生鏽鎧甲的班德斯男爵也是被抬下去的人之一。儘管跪在地上，達耐爾卻一直高昂著頭。他將頭盔夾在身側，雙眼死死地盯著瓦林，目光中閃動著令人不安的強烈恨意。

黎恩娜立刻拭去臉上的淚水，再次鞠躬。「請原諒我，父親。」她故作輕浮地說道，「我已經有很長時間不曾與瓦林領主說過話了……」

「瓦林領主並沒有命令妳傻站在這裡，女士。」

一陣怒意從公主的臉上閃過。但她立刻就控制住自己的情緒，並勉強露出笑容。「當然。」然後她轉過身，舉起那塊絲綢手絹，示意達耐爾領主上前。「閣下，打得很漂亮。」

達耐爾領主僵硬而莊重地鞠了一躬，伸出戴著鐵手套的手，接過了那塊手絹，但不等他來得及親吻公主的手，公主已經將手抽了回去。達耐爾的身子明顯抖動了一下，他後退一步，再一次以憤怒的眼神瞪著瓦林。

「我知道，瓦林閣下，」怒意讓他的聲音不住顫抖，「第六軍團的兄弟禁止接受挑戰。」

「是的，閣下。」

「真是太可惜了。」那名騎士再次向黎恩娜和國王鞠躬，隨後便頭也不回地大步向比武場外走去。

「你似乎已經贏得了那個閃耀男孩的敵意。」國王說道。

瓦林看著國王的眼睛，從那裡面，他看到了記憶中他們第一次達成那份可憎契約時曾經見過的，那種貓頭鷹估量獵物的神情。「我已經習慣承受敵意了，陛下。」

「我們也都像你一樣，不是嗎，女兒？」國王問黎恩娜。

公主面無表情地點點頭，什麼也沒有說。

「也可能她承受的敵意太多了。在她小時候，我一直擔心她的心會變得過於冰冷，讓她無法依附任何男人。但現在，我發現自己反倒希望她的心能再次凍結起來。」

瓦林並不習慣尷尬的感覺，他發現這種感覺很難承受。「您找我有事，陛下。」

「是的。」國王又盯著黎恩娜足足看了一秒鐘時間。「是的，我找你。」然後他轉過身，向帳篷口指了指，「我想讓你見一個人。女兒，請留在這裡，讓那些平民知道，不僅是外表，我們實際上在各方面都要比他們更加優秀。」

公主的聲音中沒有任何感情。「當然，父親。」

瓦林單膝跪下，接住公主伸向他的手，在她溫軟的皮膚上又印下一吻。即使不値得信任，也可以利用。「殿下。」他一邊起身，一邊說道。國王就在身邊，這一點他們兩個都很清楚。「我並不確定您是否正確。」

「正確？」

這樣做在很多方面都是錯誤的，更是嚴重有悖禮儀的行為，但瓦林還是向公主靠近一步，親吻了她的面頰，並在她的耳邊說道：「黯影並非只是迷信，去西城區尋找關於獨眼男人的傳說。」

「你想要測試我嗎，雛鷹？」

他們走在大帳之後，身邊只有兩名衛兵。國王全然不顧腳下泥濘，貂皮長袍的邊緣已經沾上不少汙泥。也許是因為歲月的消磨，他似乎顯得更矮一些，現在他的頭頂只能勉強與瓦林的肩膀齊平。

「測試您，陛下？」瓦林問道。

國王轉過身，面對瓦林。「不要耍我，孩子！」他的目光幾乎穿透瓦林的身體，「不要！」瓦林平視著他的雙眼，也許國王依舊是一隻貓頭鷹，但瓦林已經不再是老鼠了。「我和黎恩娜公主的友誼讓您感到不安嗎，陛下？」

「你和她之間沒什麼友誼。你不能擋住她的視線，這一點你自己也很清楚。」國王側過頭，在沉思中眯起眼睛，「她想要讓你看到那個閃耀男孩，好引發你的嫉妒，對嗎？」

科斯柴特。瓦林回想起公主在奧．海斯帝安的花園裡說出的這個詞。謊言者的攻擊，陰謀中隱藏著陰謀。達耐爾領主只是一個障眼法，是她的父親意料之中的事情。她眞正要說的是：你必須拒絕我父親今天要你去做的事情。

瓦林聳聳肩，「我想應該是如此。」

「你對她說了什麼？我知道你並沒有打算偷一個吻。」

瓦林露出緊張而靦腆的笑容。「我對她說，美豔終將消折。如果有機會，一定要抓緊。」

國王哼了一聲，繼續弓著身子在泥濘中行進。「你不應該如此誘惑她，不應該爲自己樹敵，這是爲了王國著想。你明白嗎？」

「我明白，陛下。」

「她不會嫁給他，對嗎？」

「我對此深表懷疑。」

「我就知道她不會。」國王疲倦而沮喪地歎了口氣。「如果那傢伙沒有那麼白癡就好了。有個聰明的女兒真是一種沉重的負擔，而這樣的頭腦還擁有如此動人的美貌，這實在是有悖於自然。根據我的經驗，真正美麗或者擁有巨大魅力的女人，會遭受惡毒的怨恨。她的母親，我深愛的、已經往生的皇后就是一位著名的美人。她一直都承受著你能想像的所有怨恨，不過天可憐見，她的腦子並不怎麼好。」

這不是敞開心扉，瓦林猜測著，只是另一重面具。他用誠實包裹謊言，只是爲了引誘我落進他的另一個陰謀。

他們來到一輛裝飾華麗的四輪馬車前，雕工精細的木製馬車壁上閃耀著黃金樹葉的光澤，窗簾的材質是黑色天鵝絨，車上拴著一隊四匹斑紋灰馬。國王示意瓦林打開車門，自己爬進車內，還一邊發出吃力的呻吟聲。隨後，他招手示意瓦林上車。在軟皮長椅上坐好後，國王用瘦骨嶙峋的拳頭敲了敲身後的車廂壁。「王宮！不要太快。」

車廂外響起皮鞭抽擊的聲音。四匹灰馬邁開步伐，馬車動了起來。「這是一件禮物，」國王向瓦林解釋道，「這輛車，這些馬，都是奧．特耐爾領主送給我的。你還記得他嗎？」

瓦林回憶起自己在內閣會議大廳中見到的那個衣著講究的人。「內務大臣。」

「是的，他是個卑鄙的小雜種，對不對？他希望我奪取康布雷爾封地領主四分之一的土地，以此作爲對他兄弟叛逆行爲的懲罰。當然，他將不辭辛苦地擔負起管理那片土地的責任，並爲我徵收相應的租稅。我感謝了他的勤謹爲國，並徵收了他的四分之一土地，將上面的租稅全部送給封地領主穆斯托，這應該能讓他享受很長一段時間的墮落和妓女；同時這也是爲了提醒奧．特耐爾領主，眞正的國王是不能被收買的。」

國王伸手到斗篷裡，拿出一隻約有蘋果大小的皮袋子。「拿去。」他將那只袋子丟給瓦林，「知道裡面是什麼嗎？」

瓦林打開袋子，發現一塊藍色的大寶石，上面只有一道灰色的紋路。「藍玉。很大的一塊。」

「是的，這是至今爲止找到最大的一塊，大約七十餘年以前從北境的礦脈中挖掘出來的。那時，我的祖父，第二十代艾瑟雷爾領主在那裡建造塔樓，經營著第一個殖民地。知道它的價値嗎？」

瓦林又向這塊寶石瞥了一眼。燈光在它潤澤的表面映射出一片光華。「値很大一筆錢，陛下。」他抽緊袋口，把袋子還給國王。

那位老者並沒有從斗篷中伸出手。「留著它吧。這是國王送給最有價値的利劍的禮物。」

「我不需要財富，陛下。」我也是不能收買的。

「即使是第六軍團的兄弟，也會在有朝一日發現需要財富的力量。請將它當做一枚護身符吧。」

瓦林將裝寶石的袋子繫在腰帶上。

「藍玉，」國王繼續說道，「是這個世界最珍貴的礦藏，無論哪個國家都很珍視它。奧普倫、沃拉瑞，還有遙遠西方的那些商人國王。它的價值比白銀、黃金和鑽石都更高。而大部分藍玉都是在北境被發現的。當然，王國還有其他財源，像康布雷爾的葡萄酒、艾瑟雷爾的鋼鐵，不只一樣。但我憑藉藍玉才組建起艦隊，並且打造出王國衛軍，這正是維持王國統一的兩根脊樑。高塔領主奧‧邁爾納告訴我，藍玉礦脈已經開始變得稀少了。再過二十年，殘餘的藍玉甚至將不足以支付礦工們的薪酬。到那時我們該怎麼辦，雛鷹？」

瓦林聳聳肩，貿易不是他所熟悉的課題。「就像您說的，陛下，王國還有其他財源。」

「但都不夠。而且如果我向貴族和平民過度徵稅，他們肯定會非常高興地看著我和我的孩子們被吊死在宮牆上。你已經親眼見到了這片土地上有多少麻煩，至少我們現在還有王國衛軍能夠維持它的統一。想像一下，如果這支軍隊消失了，又會有多少人性命不保。不，我們還需要更多，我們需要香料和絲綢。」

「香料和絲綢，陛下？」

「香料和絲綢的主要貿易路線行經艾瑞尼海。香料來自於奧普倫帝國的南方各省，絲綢來自於西方。它們在奧普倫的北方港口匯聚。每一艘在那裡停泊的船隻，都必須向皇帝貢獻賦稅和它們裝載貨物的一部分貨款。奧普倫商人從貿易中牟取暴利，甚至比西方的商人國王更富有，而這些奧普倫商人也都會向皇帝納稅。」

瓦林的不安感越來越嚴重。*希望他所想的不會是那樣。*不管怎樣，瓦林只能試著問道：「您希望將這些貿易引向我們的港口？」

年邁的國王搖搖頭。「我們的港口太少、碼頭也太小。又有太多風暴在我們的海岸肆虐，過於偏北的位置更難以吸引商人的興趣。如果我們想要，就必須奪下它。」

「陛下，我對於歷史所知不多，但想不起奧普倫曾經侵略過王國或者任何一個封地，甚至不曾來我們這裡進行過劫掠，我們和他們之間不曾有過流血衝突。教義要理告訴我們，戰爭只有在保衛家園、生命和信仰的時候才是正義的。」

「奧普倫人是神祇的崇拜者，不是嗎？那個帝國全都是否認信仰的人。」

「信仰只能被接受，而不能被強加給他人，更不能強加給一個帝國。」

「但他們曾密謀將他們的神帶到這裡來，只爲了破壞我們的信仰。他們的間諜無處不在，僞裝成商人，在暗中傳播褻瀆之語，引誘我們的年輕人參與黯影儀式。與此同時，他們的軍隊規模卻日漸膨脹，而且帝國也建造越來越多的船艦。」

「這些是眞的嗎？」

國王微微一笑，貓頭鷹一樣的眼睛閃著光。「它會變成眞的。」

「您認爲整個王國的人都會相信這種空穴來風的指控？」

「人們總是相信他們想要相信的，無論是眞是假。還記得守護者屠殺夜嗎？所有絕罰者和被懷疑是絕罰者的人都在謠言引發的暴動中被殺。給他們正確的謊言，他們就會相信。」

馬車在北城區的鵝卵石路面上轔轔而行，瓦林一言不發地看著國王。他已經知道不久後的未來會發生什麼，而這些事讓他毛骨悚然。只有這一點不是謊言——他眞的打算這麼做。「您想讓我做什麼，陛下？爲什麼要把這些告訴我？」

國王張開他瘦骨嶙峋的手。「當然，我需要你的劍。沒有王國最著名的武士，我該如何發動這場戰爭？如果你拒絕讓信仰之劍落在帝國和絕罰者們的頭頂上，平民們又會怎樣想？」

「您希望我僅憑一紙謊言，就向從未與王國發生過衝突的人群發動戰爭？」

「正是如此。」

「為什麼是我？」

「忠誠是你的力量。」

林登・奧・海斯帝安的面孔浮現，當血液從他脖頸上的傷口流盡時，他的面孔變得像大理石一樣白……「忠誠是你用來將無知者拖進計畫的另一個謊言。」

國王皺起眉頭，流露出怒意，但他很快又笑了一聲。「當然是這樣。你以為王權是為了什麼？」他的笑容很快就消失了，「你忘記了我們訂立的契約。我命令，你服從。還記得嗎？」

「我已經打破了我們的契約，陛下。我並沒有做到您命令我在馬蒂舍森林中要做的事。」

「但林登・奧・海斯帝安還是在來世安息了，是你的刀子送他走的。」

「他那時很痛苦，我必須結束他的痛苦。」

「是的，非常方便的理由。」國王氣惱地揮揮手，顯然已經厭倦了這個話題，「這沒有關係。你已經立下了契約，你是我的了，雛鷹。對組織的從屬只是一個假像，你像我一樣清楚這一點。我命令，你服從。」

「對奧普倫帝國不能這樣，至少要有一個比藍玉短缺更充分的理由。」

「你拒絕？」

「是的。如果有必要，就處決我吧。我不會為自己辯護，但我已經厭倦了您的陰謀。」

「處決你？」賈努斯又笑了一聲，這一次，他的笑聲甚至比第一次還要大。「眞是高尙啊。而且你一定很清楚，我如果這樣做只會在平民中引發叛亂，並挑起和信仰的戰爭。我認爲，我的女兒也會因此對我恨之入骨。」

國王突然拉開了天鵝絨窗簾，表情也變得愉快起來。「啊，諾納寡婦的麵包店。」他又敲了敲馬車頂棚，用國王的嗓音高聲說道：「停下！」

下了馬車之後，他揮手遣開跟上來的兩名騎馬衛兵，一邊像個大孩子一樣笑著對瓦林說：「跟我來，雛鷹。這裡有全城最好的點心，甚至可能是全封地最好的。就縱容一下一個老人的缺點吧。」

諾納寡婦的麵包店裡很溫暖，飄蕩著一股濃郁的烤麵包味。看到國王，這個寡婦立刻從櫃檯後面跑了出來。她是一位身材高大、肌肉粗壯的婦人，雙頰被熱氣熏紅，頭髮上滿是麵粉。「陛下！大人！我這個簡陋的小店眞是有福了！」她一邊大聲說著，一邊笨拙地鞠躬，把驚慌失措的顧客們用肩膀頂到一旁。「快讓開！爲國王讓路！」

「女士。」國王捧起她的手，吻了一下。老闆娘臉上的紅暈立刻加深，「只要有機會享受您的點心，我從不會錯過。而且，瓦林領主更是很少能有這樣的機會，他很少能吃到眞正的蛋糕，對不對，兄弟？」

瓦林察覺到老闆娘的視線牢牢地盯在自己的臉上，正如醉如癡地看著他。還有這裡的顧客，他們全都已經單膝跪下，卻不停地偷瞥著他。瓦林幾乎要因爲這些人諂媚的神情而討厭他們了。「我對於蛋糕的確所知不多，陛下。」他只希望自己的氣惱沒有從聲音中流露出來。

「也許妳能有一個隔間，讓我們可以享受一下妳的作品？」國王向寡婦老闆娘問道，「我不想再這樣打擾妳的生意。」

「當然，陛下。當然。」

諾納寡婦領著他們到了麵包店後面，將他們帶到一個像儲藏室的房間。這裡的架子上擺滿了罐子，靠牆堆放著一袋袋麵粉。房間正中擺放著一張桌子和幾把椅子，桌邊坐著一名身材豐滿的年輕女子。她的身上穿著用廉價衣料做成的俗麗長裙，頭髮被染成了紅色，嘴唇上也塗著大紅的唇膏，胸前領口敞開著。國王走進來的時候，她站起身，以完美的身姿鞠躬。「陛下。」她的音調很粗俗，子音都被省略了，肯定是市井街巷中的粗話。

「德拉，」國王招呼了她一聲，又轉向老闆娘。「我想，就要蘋果餅乾吧，諾納夫人。如果可以，再請給我們來一些茶。」

老闆娘一鞠躬，就從房間裡退了出去，屋門在她身後被重重地關上。國王坐進一把椅子裡，示意那名胸部豐滿的女子起身。「德拉，這位是瓦林．奧．蘇納領主，著名的第六軍團兄弟和王國之劍。瓦林，這位是德拉，不太著名的妓女和我手下技藝高超的間諜。」

那個女人看著瓦林好一段時間，彷彿是在對他進行評估。一抹若隱若現的笑容出現在她的唇邊。「有幸與您相識，大人。」

瓦林點頭回禮，「女士。」

她的微笑變得更加燦爛，「不算是。」

「不必在他的身上浪費妳的花招。」國王勸說道，「瓦林兄弟是信仰的真正忠僕。」

德拉挑起一道描畫過的眉毛，撅起小嘴。「眞可惜。我最好的生意都和組織的人有關。特別是第三軍團，那些書蟲其實都很色。」

「她很討人喜歡，對不對？」國王問道。「一個有著敏銳頭腦，又沒有道德顧忌的女人。只是偶爾脾氣很糟糕。妳刺了那個商人多少刀，德拉？我不記得了。」

瓦林仔細審視德拉的面孔，卻沒能從她淡漠的神色中看出一點情緒的波動。「大約五十多刀吧，陛下。」她向瓦林眨眨眼，「他只想打死我，再操我的屍體。」

「是的，那的確是個變態的混蛋。」國王說道，「但他很富有，而且在法庭中廣有人脈。當我意識到妳會多麼有用之後，就費了不小的力氣安排了妳的『自殺』，然後讓妳出來。」

「對此我一直心懷感激，陛下。」

「妳理應如此。瓦林，現在你看到了，國王的責任就是從臣民中找出擁有非凡才能的人，善加利用。在四個封地中，我安排了幾名像德拉這樣的人，他們全都直接向我報告。因此，他們能夠得到許多黃金，以及因爲保護王國安全而產生的自豪感。」國王似乎突然感到疲憊，他將下巴抵在手掌上，揉搓著迷濛的雙眼，對德拉說：「妳上週的報告，向瓦林領主重複一遍。」

德拉點點頭，開始以嚴肅幹練的聲音說道：「在蒲月的第七天，我正在狂獅酒館後面的巷子裡觀察一棟房子。我知道，那裡有昇華教派的絕罰者頻繁出入。在靠近午夜時分，有一些人進了那棟房子，其中包括一名高個男人，一名女人和一個大約十五歲的女孩。他們三個是一起過來的。他們走進去以後，我通過輸煤管進了那房子的地窖。在地窖裡，我能夠聽到那些人在上面的房間裡舉行異教儀式。大約兩個小時以後，我感覺到他們的聚會快要結束了，就離開地窖，返回到巷子。然後我看到那三個人一同離開。我覺得那個高個男人有些熟悉，便決定跟蹤他們。他們進入了北城區，並在那裡走進了一幢能夠俯瞰望港灣磨坊的大房子。就在那個人走進房子的時候，燈光照亮了他的臉，我認出他是克拉里克．奧．蘇納領主，曾經的戰爭領主和第一王國之劍。」

她漠然地看著瓦林，臉上既沒有恐懼，也沒有擔憂。國王無聊地搔著下巴上的灰色鬍鬚。「知道嗎？我們並非一直都是這樣對待絕罰者的。在我還是孩子的時候，他們就生活在我們之間。我們保持警惕，但可以容忍他們的存在。我的第一位劍術導師就是一名探求者，他是個好人，組織會警告人們提防他們，但從不曾主張禁止他們的活動。畢竟，我們這裡是一片流亡之地。許多個世紀以前，遠方的人們曾因爲我們的信仰和眾神而意欲殺死我們，逼迫我們來到了這裡的海岸。當然，信仰在這裡一直都占據統治地位，是一切信念之首，但其他理念也與我們和平共存。儘管有許多堅守信仰的人不喜歡這種情形，但絕大多數人對此並不在意。然後，血紅之手到來了。」

國王的手移動到覆蓋他脖頸的鉛紅色傷痕上，目光因爲回憶而飄向遠方。「他們稱它爲血紅之手，是因爲它留下的印記，就像利爪刨過你的脖子。一旦這樣的印記出現，你就知道自己已離死亡不遠了。想像一下，瓦林，一片土地僅僅在一、兩個月之內就徹底荒蕪。你所認識的每一個人，無論男女老幼，富有還是貧窮，都沒有區別，他們之中會有一半人離你而去。想像一下，他們在死前會咆哮、掙扎、尖叫，吐出自己的內臟。屍體如同垃圾般被堆積起來，沒有人是安全的，恐懼變成了唯一的信仰。這不可能只是一場瘟疫，絕對不是。這一定是黯影作祟。於是，我們的目光落到了絕罰者們的身上，他們像我們一樣承受災難，只因爲他們的人數更少，所以承受的災難似乎也比較輕。暴民開始在城市和郊野中遊蕩、獵捕、謀殺。一些教派被徹底抹除，他們所相信的東西永遠不復存在；而剩下的教派也都被趕入陰影之中。當血紅之手退去，剩下的便只有信仰和康布雷爾神明了，其他絕罰者都躲藏了起來，在黑暗中繼續他們的崇拜，永遠害怕被發現。」

國王的目光重新變得凌厲，他盯住瓦林，顯示出將一切都納入計算的冰冷神態。「你的父親顯然已經發展出不健康的興趣，雛鷹。」

血歌回來了。歌聲響亮而且淒厲，力量之強達到了最高峰，而其中的含義更是無比清晰。這個房間裡存在著巨大的危險，危險來自這名間諜掌握的情報，來自國王的計畫——但最危險的正是血歌本身，它正告誡瓦林，立刻把這兩個人都殺掉。

「我沒有父親。」瓦林咬著牙說道。

「也許。但你的確有一個妹妹，如果現在就把她送到黑堡，讓第四軍團照管，最後拔出她的舌頭，把她掛在城牆上，畢竟還是有些年輕。當然，她的母親也會被掛在旁邊的籠子裡，沒有舌頭的她們會用沒人能聽懂的聲音相互傾訴，直到飢餓讓她們無法再動彈。然後，烏鴉就會飛來，在她們還活著的時候啄食她們的皮肉。你想要一個更好的理由。現在，你有了一個。」

那雙像他一樣的深褐色的眼睛。一雙小手握著一束冬日花。媽媽說，你會和我們一起住，當我的哥哥……

血歌在咆哮。瓦林的雙手顫抖著。我還從沒殺過女人，他心中想道，也沒有殺過國王。看著這個老人一邊打哈欠，一邊揉搓著痠痛的膝蓋。瓦林知道自己只要伸手過去，就能像折斷一根樹枝一樣擰斷那根脆弱的脖子。那一定會是一件很享受的事情……

他握緊拳頭，讓自己停止抽搐，然後重重地坐在桌邊。

血歌停止了。

「實際上，」國王直起身，「我可能等不到蛋糕端上桌了。盡情享用吧，不要忘記我的好意。」他將一隻枯瘦的手按在瓦林的肩頭。貓頭鷹的爪子。「相信我不必教導你，當守護者亞利恩諮詢你的意見時，你該怎樣說。」

瓦林僵硬地點點頭，拒絕再看國王。他現在只擔心血歌會再回來。

「太好了。德拉，請再留一下。我相信，瓦林領主一定有更多問題要問妳。」

「當然，陛下。」她在國王離開之前又向國王完美地鞠了一躬，瓦林在椅子裡動也不動。

「我能坐下嗎，大人？」德拉問瓦林。

瓦林什麼都沒有說，德拉便坐到了他對面的位子上。「能夠和像您這樣威名遠播的大人談天，實在是我的榮幸。當然，我和許多領主老爺都有過交易，陛下一直都對這些人的生活習慣感興趣，越獸性越好。」

瓦林依然什麼話都沒有說。

「我一直都在懷疑，所有那些關於你的故事都是真的嗎？」她繼續說道：「現在看到你本人，我開始相信它們的確有可能是真的。」她開始等待瓦林的回應，但瓦林只是保持沉默，這讓她漸漸煩躁起來，「那個烤麵包的寡婦還真喜歡在她的點心上花時間啊。」

「不會有點心了。」瓦林對她說，「我也沒有任何問題。他將妳留在這裡，這樣我就能夠將妳殺死。」

瓦林看著她的眼睛，第一次從那裡看到一種真正感情：恐懼。

「毫無疑問，諾納寡婦應該擅長不留痕跡地處理屍體。」瓦林開始詳細向她解釋，「我相信，這些年裡他一定把不少毫無戒心的傻瓜留在這個地方，就像我們兩個這樣的傻瓜。」

德拉的目光向門口閃了一下，又回到瓦林身上。她的嘴唇動了動，硬是嚥回挑釁的言辭，她知道自己不可能與瓦林對抗。「我可不是毫無防備的。」

「妳的內衣裡有一把匕首，背後有另外一把。我認為妳的髮簪應該也很銳利。」

「我一直效忠賈努斯國王，已經有五年時間了……」

「他不在乎。妳知道的事情太危險了。」

「我有錢……」

「我不需要財富。」裝有藍玉的袋子沉甸甸地墜在他的腰間，「完全不需要。」

「那麼，」德拉在椅子裡向後靠過去，讓雙手落在身側，提起裙擺，露出分開的膝蓋。她的臉上又浮現出一抹微笑，但絕不比剛才的笑容更眞誠。「至少對我禮貌一些，先把我上了，不要等到事後吧。」

笑聲在瓦林的唇邊沉寂下來。他將目光別向一旁，雙手交握在桌面上。「我不會殺妳，但這不代表他不會殺妳。妳應該離開這座城市，如果可以，就離開王國，永遠別再回來。」

她緩緩站起身，小心地走到門旁抓住門把。她的另一隻手始終背在身後，毫無疑問，那隻手中握緊一把匕首。在轉動門把手的時候，她又停了一下。「領主大人，您的父親能夠擁有這樣一位兒子，是他的幸運。」隨後，她就飛一般地逃了出去。門板在缺油的鉸鏈中發出吱嘎的響聲，被緊緊關住。

「我沒有父親。」瓦林在空盪盪的房間中輕聲說道。

第三章

離開奧普倫海岸邊的灌木林地，部隊進入了無路可循的遼闊沙漠。強勁的南風將沙子卷起成漏斗狀的塵埃團，如同幽靈一般飄蕩在沙丘上。王國軍沿著沙漠的邊緣向安提許進軍，整支部隊迤邐而行，頭尾之間的距離超過六里。看著這支部隊，瓦林想到自己曾經在一艘來自西方的船上見過一條從籠子裡爬出來的大蛇，牠的身體跨過了整個甲板，鱗片反射著陽光，就像這些士兵手中長矛的矛刃。

瓦林所在的地方是王國軍主隊前方幾裡處一座遍布岩石的高地，他喝著水壺中的水，嘖沫嚼著旁邊一叢沙漠灌木上細小的葉片。芬提斯和他在海灘之戰中活下來的斥候們已經在這座高地紮下營地，正警惕地觀察著東方的地平線。

瓦林想到了兩天以前的那場戰鬥，那個身披白甲的人，還有前來索要他的屍體的那支小隊——那是四名面容剛毅的帝國衛士。他們走出沙漠，要求與戰爭領主見面。奧・海斯帝安騎馬出營，向他們致以問候，身後還跟隨著王國軍的幾位重要人物。他們組成了一支相當莊重的佇列，而奧普倫人只是坐在馬鞍上，對此全不理會。奧・海斯帝安宣讀了國王將安提許、凌尼薛和馬波利斯三座城市併歸王國疆土的詔令，但一名帝國衛士打斷了他。那個身材健壯，頭髮顏色如同灰燼一般的帝國人用幾近完美的王國語說道：「不要再胡言亂語，北方人。我們前來帶走**艾路印**的屍體。把他交給我們或者殺死我們。沒有他，我們不會離開。」

奧．海斯帝安鎮定的表情不見了，面孔因爲憤怒而脹得通紅。「你說的**艾路印**是什麼意思？」

「那個披白甲的人，」瓦林說道。他並沒有被邀請參加這次談判，不過還是走在儀仗隊列的邊緣。他知道，戰爭領主不會想爲了將他趕走而發生爭吵，尤其是在與敵人進行第一次會談的這樣一個重要時刻。「他就是你所說的**艾路印**嗎？」瓦林問那名帝國衛士。

衛士的目光死死地鎖住了瓦林，將他從頭到腳仔細審視了一遍，最後盯在他的臉上。

「是你？你殺死了他？」

瓦林點點頭。另一名帝國衛士怒吼著將馬刀抽出一半，但灰髮帝國人用嚴厲的命令制止他。

「他是誰？」瓦林問。

「他的名字是塞利森．馬克思托．埃魯蘭，」年長的帝國衛士回答道，「**艾路印**，在你們的語言裡是『希望』的意思。他是皇帝選定的繼承人。」

「我們對你們的皇帝深表同情。」戰爭領主順暢地插口，「如此慘痛的損失實在非常遺憾。但我們來到這裡只是爲了取得本應屬於——」

「你們來到這裡只是爲了征服和劫掠，北方人。」灰髮帝國人說道，「而你們在這片土地上只能找到死亡。我們之間不會再有談判，不會再有使者，我們會殺死你們，正如同你們殺死了我們的希望。不要指望會有停戰的一天。現在，把屍體給我們。」

達耐爾領主從一只小瓶子裡喝了一口酒，用它漱漱口，吐在那名帝國衛士的馬蹄前。「他的無禮行爲打破了談判規則，大人。」他對奧．海斯帝安說，「應該剝奪他的生命以作爲懲罰。」

「不，不應該這樣。」瓦林擋在兩隊人馬之間，向帝國衛士說，「我護送你去屍體那裡。」

往屍體前進時，他能感覺到戰爭領主的怒火以及達耐爾領主的恨意，不禁回憶起守護者亞利恩對他說過的話，自戀的人痛恨別人折損他們的榮耀。

帝國衛士們下了馬，將他們的希望之人的屍體抬到一匹馱馬背上。那名灰髮衛士拉緊固定屍體的皮帶，然後轉向瓦林，眼睛裡閃爍著淚光。他用沙啞的嗓音問道：「你的名字？」

瓦林想不出有什麼理由需要隱瞞自己的名字。「瓦林·奧·蘇納。」

「你的好意無法緩和我的恨意，瓦林·奧·蘇納，**艾路印·瑪苛韃**——希望屠滅者。我的榮譽告訴我，應該結束自己的生命，但恨讓我活下來。從現在開始，我每一次呼吸都只有一個目的：將你徹底毀滅。我的名字是奈里森·耐斯特·赫弗倫，帝國衛軍第十縱隊隊長。不要忘記我的話。」

隨後，他便和他的同袍們上了馬，絕塵而去。

有時候，信仰需要我們獻出一切。守護者的話又在瓦林的耳邊響起。那是去年冬天，他與瓦林一同走在被積雪覆蓋的訓練場上，瓦林向他報告了自己對於國王計畫的觀點——當然，他不得不對此表示贊同。那是非常寒冷的一天，甚至在韋月裡，也很少會有這樣的寒冷。學員兄弟們踉蹌著在雪地上奔跑、戰鬥，承受著導師們的藤條。

「這將是一場對我們來說完全未知的戰爭。」守護者說道，他的呼吸在冷風中化成白煙。「我們將做出巨大的犧牲，許多兄弟都無法回來。你明白這一點嗎？」

瓦林點點頭，很長一段時間裡，他一直在傾聽守護者的話，而他已經無話可說了。

「但你必須回來，瓦林。以你最大的力量戰鬥，需要殺死多少人，就殺死多少人。無論你的多少部下、多少兄弟死在那裡，你都要回到王國來。」

瓦林再次點頭，守護者露出微笑。自從許多年以前，瓦林和他在組織總部的大門口初見至今，瓦林終於再一次看到了他的笑容，但這一次的笑容讓他顯得蒼老許多。瓦林注意到他的雙眼和薄嘴唇周圍的皺紋，守護者以前從未顯示過這樣的老態。

「有時候，我會覺得你很像你的母親。」守護者哀傷地說完這句話，就轉身走開了。他高大的身影踏過積雪，腳步沒有半點錯亂。

抓抓邁著大步跑上了高地，四隻爪子掀起了一連串的塵土。牠的嘴裡叼著一隻兔子，一隻腳面很寬的大兔子，顯然是以這裡的灌木爲食。像抓抓一樣，王國衛軍在這裡捕捉了不少獵物，以補充軍糧。獵奴犬將兔子放在瓦林的腳邊，發出了一陣短促、刺耳的吠聲。

「謝謝，笨狗。」瓦林搔了搔牠的脖子。「這個你吃吧。」他揀起兔子，扔下了山坡。抓抓愉快地叫著，蹦蹦跳跳地追了過去。

「我們上戰場時，你通常會把牠留在總部。」芬提斯一邊說一邊坐下來，打開水囊的塞子。

「我覺得牠可能會喜歡新的獵場。」

「他是他們的皇帝的兒子？」芬提斯問，「我是說那個穿白甲的人。」

「皇帝選擇的繼承人。看樣子，皇帝會從他的臣僕中選擇繼承人。」

芬提斯皺起眉頭，「那他又該怎麼選擇？」

「我相信，應該是和他們的眾神有關。」

「我只覺得他應該選擇一個更懂得戰鬥的繼承人，這個傻蛋甚至連在馬背上坐穩都不會。」雖然這位年輕兄弟的口氣很輕浮，但瓦林還是能感覺到他心中的關切，「他根本不需要親自上戰場。」

「不用擔心我，兄弟。」瓦林向芬提斯笑了笑，「我可沒有那麼心事重重。」

芬提斯點點頭，將目光轉向南方遼闊的廣大沙漠。「我真是不知道國王爲什麼想要這種地方，這裡只有沙子和灌木。我們登陸以來，連一棵樹都還沒有見過。」

「我們遵循古老的條約，前來取得屬於我們的東西，並向作惡多端的絕罰者皇帝進行報復。」

「嗯，其實我一直在對此感到奇怪。要知道，我見過的奧普倫人只有碼頭上的那些水手和商人。他們的衣服很好笑，但和其他水手與商人沒有什麼兩樣，這種人所追求的無非是妓女和錢，甚至還比大多數人要更禮貌一點。我想不起我們這邊有哪個笨蛋曾經被他們綁架，或在黯影儀式上被折磨過。當然，我倒過這種霉，但獨眼並不是奧普倫人。」

「你是在質疑國王的旨意嗎，兄弟？」

芬提斯的雙手縮進了斗篷裡。毫無疑問，他又在摸索身上那些傷疤構成的圖案了。「無論是他的話，還是其他某個人的話，如果我覺得不對，我都會懷疑。」

瓦林笑了，「很好，繼續這樣做吧。」

「大人！」一名斥候高喊著，指向東方的地平線。

瓦林來到高地的另一邊，向遠方眺望。太陽炙烤著沙地，讓一股股熱氣不斷升騰。在波動的空氣中，瓦林依稀看到了一點閃光，「我應該注意什麼？」

「我看到了。」芬提斯將他的望遠鏡舉到眼前。這支有鯊魚皮外衣的銅管望遠鏡一定值不少錢，瓦林覺得，自己最好不要去問芬提斯是從什麼地方搞到這東西的。他還記得，將他們送到這片海岸上的那艘梅登尼恩大帆船的船長，隨身攜帶一支一模一樣的望遠鏡。芬提斯在這一點上和巴庫斯很像，他們的盜賊本能在成爲正式兄弟以後並沒有完全消失。

「多少？」

「要知道，兄弟，想要從這麼遠數清他們可不容易。不過，我相信他們至少比我們多出了三分之一，否則我就是一坨狗屎。」

「別想騙我，你知道他在那裡。」戰爭領主陰狠的目光中流露出無限的敵意。

「請問閣下是什麼意思？」瓦林的注意力正集中在他們面前的平原上——成千上萬的奧普倫士兵已經集結成進攻陣型，邁著穩定的步伐，向他們所在的高地逼近過來。戰爭領主命令瓦林將他的兵團在這片高地上展開，並將瓦林的旗幟繫在他們能找到的最高的一根杆子上。在西側山坡上，奧普倫人的視野之外，五千個康布雷爾弓箭手已經做好了戰鬥準備。按照官方的說法，這些弓箭手是穆斯托封地領主對這場戰爭的貢獻，是在「篡位者之戰」以後康布雷爾封地對王國效忠的體現。但實際上，這只是一群需要國王支付傭金的僱傭弓箭手，這支隊伍裡看不到一個康布雷爾貴族。在高地兩旁，王國衛軍步兵團排成了四列橫隊，背後是五千人的尼賽爾輕騎兵隊。尼賽爾人右側是一萬名王國衛軍騎兵，左側則是倫菲爾重甲騎士。在他們身後是來自第六軍團的四個騎兵連隊和瑪律修斯王子所指揮的三個國王騎士衛隊。這是統一王國歷史上規模最大的一支軍隊，他們即將迎接成軍以來的第一次大戰，而戰爭領主的心思彷彿完全不在這上面。

「那個給我留下了這個的雜種，」奧·海斯帝安舉起他的右臂。一個皮帽扣在他光禿禿的手腕上，上面豎著帶倒鉤的槍尖，在正午的陽光下閃閃發光。他的目光死死地盯住瓦林，彷彿完全忘了正在逼近的奧普倫大軍。「奧·山達爾。我知道，你找到他時，他並沒有被什麼想像中的猛獸吃掉。」

戰爭領主竟然將自己也置於這片高地之上，這實在是讓瓦林感到有些吃驚。當然，這裡的確有足以看清敵情的良好視野。但更讓瓦林驚訝的，還是這個傢伙竟然會選擇在這個時候和他算帳，

「閣下，也許這件事可以等到——」

「我知道，我的兒子不是死於爲他解除痛苦的仁慈刀鋒。」戰爭領主繼續說，「我知道是誰想要害他，而且我也知道，你正是那些人的工具。給我記住，我會找到奧．山達爾。我會和他算清這筆帳。我會爲國王贏得這場戰爭，然後就和你算帳。」

「閣下，如果你那時不是一心要屠殺那些無助的俘虜，你就不會失去那隻手，我也不會失去我的兄弟。你的兒子是我的朋友，我結束他的生命，只是爲了讓他不再受苦。國王對我在這兩件事上的表現都很滿意，作爲王冠和信仰的僕人，我對這兩件事都再無他言。」

他們冷冷地對視，怒火讓戰爭領主的面孔抽搐。「願意的話，就繼續躲在組織和國王背後吧。」他咬著牙說道，「等到戰爭勝利，這些都救不了你——無論是你，還是你的兄弟們。組織是王國的一個毒瘤，那些下水道裡出生的渣滓全都爬到了組織的最上層，反而比眞正的上等人——」

「父親！」一個身材頎長，面容清秀的年輕男子打斷了戰爭領主的話。他的面孔已經因爲羞窘而緊緊地繃了起來，他身穿第二十七騎兵團的隊長制服，頭盔上飄蕩一根黑色的長羽毛，一把握柄末端鑲嵌一塊藍玉的長劍緊縛在他的背後。在他的腰間，還佩著一把沃拉瑞短劍。「敵人已經很近了。」艾魯修斯．奧．海斯帝安向正在迅速穿越平原的敵軍一點頭，「他們似乎不打算耽誤任何一點時間。」

瓦林以爲戰爭領主會對他的兒子大發雷霆，但他卻只是懊惱地嚥回了自己的憤怒，儘管還在不停地掀動鼻翼，但他的臉上卻已經顯露出沮喪。最後，他恨恨地看了瓦林一眼，便大步走回自己的旗幟下方。那面旗子上繪著一朵紋路精細的紅色玫瑰——這與它所代表的那個人實在是有著不小的差別。負責保護他的黑鷹緊密地環繞在那面旗幟的兩側，正用充滿懷疑的目光打量周圍的疾行之狼。這兩支兵團一直都對彼此極度仇視，當他們在首都遭遇的時候，曾經將許多酒館和街道變成戰場。在這一次遠征的行軍中，瓦林一直努力保持著他們之間的距離。

「熱天容易讓人情緒激動，閣下。」艾魯修斯說道，瓦林注意到他勉強表達出來的幽默感。得知艾魯修斯加入父親的兵團，瓦林曾經感到深深的失望，他本來期待這位年輕的詩人已經在高岩堡看到足夠的殺戮。這幾年中，他們很少碰面，只有當國王在一些無關緊要的儀式或類似活動中召喚瓦林入宮的時候，他們才可能有機會寒暄幾句。瓦林知道，艾魯修斯恢復了他的創作天賦，現在他的作品已經被廣爲傳頌，許多年輕女士都渴望著能夠與他結交。但那種哀傷的眼神依舊縈繞在他的眼眸中，就像是高岩堡發生的一切在他心中留下的汙漬。

「你應該把胸甲再束緊一些。」瓦林對他說，「還有，你能將那把劍從背後抽出來嗎？」

艾魯修斯強迫自己露出微笑。「一日爲師，終生爲師嗎？」

「爲什麼你要來這裡，艾魯修斯？你的父親強迫你這樣做？」

勉爲其難的笑容從詩人的臉上消失了。「實際上，我的父親說我應該繼續留在紙堆裡，只要有那些出身高貴的蕩婦們陪伴就好了。不過有時候，我覺得只會擺弄文字的自己的確對他有所虧欠。不管怎樣，我總算是讓他相信，一部記錄他豐功偉業、而且由王國最有才華的年輕詩人執筆的傳記，肯定會對我們的家族大爲有益。兄弟，不用爲我擔心，我被禁止前往任何他伸出手時抓不到的地方。」

瓦林看著步步進逼的奧普倫軍隊。代表著不同縱隊的無數面旗幟豎起在行伍之間，如同一片絲綢的森林。他們的軍號與戰歌聲愈發變得響亮，刺耳。「這裡沒有安全的地方，」瓦林向艾魯修斯腰間的短劍點點頭，「還知道怎麼用嗎？」

「我每天都在練習。」

「很好，緊跟在父親身邊。」

「我會的。」艾魯修斯伸出手，「能夠再次與你並肩作戰，這是我的榮幸，兄弟。」

瓦林和他握手告別，看著這位詩人的眼睛，不由得更加用力地握緊他的手，「留在父親身邊。」

艾魯修斯點點頭，最後給了瓦林一個害羞的笑容，便向戰爭領主的隊伍走去。

陰謀中套著陰謀，瓦林回味著戰爭領主的話。賈努斯一定向他承諾，這場戰爭的勝利可以換取我的死亡。我要救我的妹妹，而戰爭領主要為他的兒子復仇。瓦林暗自計算著國王為了將他們送到這片海岸上而布下的諸多契約和騙局。他是如何懇請封地領主塞洛斯帶來這麼多最優秀的騎士，又以怎樣的條件讓梅登尼恩人願意將他的軍隊送過大海？瓦林很想知道，賈努斯是否會迷失在自己編織的羅網裡，這隻蜘蛛會不會放錯某一根絲線？這種猜測很不實際，賈努斯不可能忘記他的種種謀略，正如同黎恩娜公主不可能忘記自己看過的每一個字。瓦林再一次想到守護者，以及他向瓦林下達的命令。與守護者的命令相比，那個老國王的羅網無論再怎樣錯綜複雜，也只是輕如鴻毛。

「**艾路印．瑪苛韃！**」

響亮的喊聲從每一名兵團士兵的喉嚨中發出，足以讓正在前進的奧普倫人聽到，就算是他們的戰爭聖歌和訓導也無法掩蓋。

「**艾路印．瑪苛韃！**」士兵們揮舞著他們的長柄斧，鋼刃閃耀著陽光，依照先前的訓練，異口同聲地喊道：「**艾路印．瑪苛韃！**」在高地的最頂端，簡瑞爾正揮舞著二十尺高的旗杆，奔狼的旗幟迎風飄揚，在整片平原上都能清晰地看到。

「**艾路印．瑪苛韃！**」

接近高地的各個奧普倫縱隊都開始有所反應了。他們的佇列發生了晃動，奧普倫人開始加快了腳步，不再理會佇列中鼓手的鼓點節奏，疾行之狼嘲諷的喊聲正漸漸激怒他們，**「艾路印．瑪苛韃！」**

戰爭領主是對的，瓦林看著徹底失去秩序的奧普倫縱隊，心中想道。現在那些士兵已經徹底離開佇列，正在向瓦林所在的高地猛衝。他們自己的怒吼聲變得越來越猛烈。那名帝國衛士給了我們一件武器——那個稱號。艾路印．瑪苛韃，希望屠滅者就在這裡，看到他的旗幟，來殺他吧。

他們來了。奧普倫人衝鋒的範圍迅速波及到兩旁的縱隊中，士兵破壞了佇列，紛紛跟進。這股瘋狂向後方擴散，越來越多的人忘記自己的陣型和紀律，一股腦地向前方那座山丘撲了過來。

「沒有必要再等下去了，」瓦林對登圖斯說道。瓦林現在正和兵團的弓箭手們在一起，他的弓箭也已經拿在手中，羽箭扣在弦上。「他們一進入射程就放箭，這樣會讓他們跑得更快。」

登圖斯舉起硬弓，仔細地瞄準了敵人，他的部下全部依樣而行。很快，第一波羽箭就離開了弓弦，劃出一條弧線，向正在衝鋒的奧普倫人落了下去，隨後又是一團由兩百枝箭組成的死亡之雲。人們紛紛倒下，一些人又站起來，繼續衝鋒，更多人只是一動不動地躺在原地。瓦林覺得自己彷彿看到有幾個被箭鏃穿透胸口或脖子的人，還在緩緩向前爬行。他迅速地連續射出四箭後，弓箭手們才真正掀起羽箭的風暴。在這一段時間裡，疾行之狼一直在繼續著他們嘲諷的喊聲：**「艾路印．瑪苛韃！」**

當奧普倫人攻上半山腰的時候，至少有一百個奧普倫人死在山腳下，但士氣絲毫沒有消褪的樣子。他們只是進一步加快步伐。現在，高地前面已經聚滿了拚命想要爬上來、殺死希望屠滅者的人。瓦林能夠清楚地看到，完整的奧普倫戰線已經不復存在了。士兵們全都在衝鋒，位於敵陣側翼的縱隊紛紛發生動搖。他們不知道是應該攻擊出現在身邊的王國衛軍，還是隨著人潮一同衝向希望屠滅者所在的山丘。這場仗已經贏了，瓦林意識到，奧普倫軍隊就像是一頭被一捆甘草引誘進屠宰圍欄的公牛。剩下的只是屠殺而已。無論戰爭領主有著怎樣的惡劣品性，他的確很會打仗。

當向前猛衝的奧普倫人潮距離戰爭領主只有兩百步遠的時候，戰爭領主命令他的旗手向埋伏在西側山脊後面的康布雷爾弓箭手下達戰鬥命令。按照事先做好的安排，康布雷爾人手持長弓，跑上山脊，拔起了已經插在山脊沙地中的羽箭，直接開弓放箭。

瓦林曾經和康布雷爾人進行過不少戰鬥，對於他們使用長弓的致命手段有深切的體會，但他還從未見過康布雷爾人的利箭風暴。五千枝箭劃出弧線落進敵陣，空中傳來一陣如同巨蛇喘息聲的巨大嘶鳴，隨後便是驚駭與痛苦的呻吟聲，衝在最前面的奧普倫人在一瞬之間全部倒下了——足有五百或者更多士兵被箭杆釘在了地上。康布雷爾人還在連續不斷地射出箭矢，瓦林頭頂的天空被箭杆遮蔽。瓦林回過頭瞥了一眼，那些康布雷爾人從地上拔箭、拉弓、放箭，一氣呵成的閃電速度讓瓦林不由得感到驚歎。他看到一個人在射出的第一枝箭落地以前，連續向空中送出了五枝箭。

在這場利箭風暴前面，奧普倫人終於放慢了腳步。但他們依舊掙扎著爬過死去和受傷的同袍，同時舉起手臂和盾牌，試圖抵擋這場致命的驟雨，只是這樣的保護措施實在是起不了什麼作用。但他們還在前進，憤怒爲他們提供了源源不絕的動力。一些人的盔甲上豎著不止一枝箭，卻依然在完全覆蓋了地面的屍堆中踉蹌前行。當奧普倫人奮力衝殺到距離山頂只有五十步時，戰爭領主向高地兩側的王國衛軍發出進攻的訊號。王國士兵們在向前平伸的雙排長矛的掩護下，開始一步步擠壓奧普倫人的陣線。奧普倫縱隊發生了波動，但他們很快又重整隊形，穩守住陣線。布置在奧普倫後陣的騎馬弓箭手做出反應，沿著陣線一路馳騁，不停地越過同袍的頭頂，將利箭射向王國衛軍。

在高地的右側，一團塵霧騰空而起——奧普倫騎兵群向王國衛軍的側翼發動了反衝鋒。戰爭領主意識到敵人的威脅，他的旗手立刻發出訊號，示意己方騎兵行動。王國衛軍整齊有序的騎兵陣型發動，與奧普倫騎兵群進行正面對撞。上百支號角一同被吹響，激越的號聲催促著騎兵們往前向敵人衝鋒。一萬匹戰馬撲向迎面而來的奧普倫槍騎兵隊，兩個龐大的軍陣狠狠撞在一起，發出雷鳴般的聲音。透過漫天塵霧，瓦林只能勉強看到那裡激烈的交戰場景——到處都有人仰馬翻，受驚的馬匹在激烈的鋼刃交擊聲中揚起前蹄。揚起的沙塵越來越多，瓦林很快就無法判斷騎兵戰場上的局勢了。不過有一點很清楚，奧普倫人的衝鋒被擋住了，王國衛軍的步兵在繼續從側面壓迫奧普倫步兵縱隊，奧普倫人的右翼陣線開始在巨大的壓力下向內彎曲。

奧普倫軍陣的指揮官太晚採取補救措施，後備步兵縱隊進入戰場，開始加強散亂的戰線。五支縱隊向前挺進，以阻止王國衛軍的衝擊。但一切都已經太遲了，奧普倫陣線變成弓形，劇烈地顫抖著，最終斷裂。王國衛軍殺進突破口，從側後攻擊臨近的奧普倫人，整條戰線在幾分鐘之內分崩離析。戰爭領主準確地把握著戰場上稍縱即逝的戰機，將倫菲爾封地領主塞洛斯的重裝騎士投入戰場。一道由鋼鐵和戰馬組成的雷霆直擊奧普倫軍陣，又在疾行之狼所在的山腳下調轉方向，對聚集在這裡的奧普倫人大砍大殺，完全不在意康布雷爾人持續灑落的箭雨。

高地左側的奧普倫人看到他們山腳下的同袍慘遭屠戮，也無法再守住陣線了，惶恐的情緒抓住了一支縱隊，儘管他們的指揮官拚盡全力想要維持隊形，但士兵們早已紛紛逃散，王國衛軍又殺進這支縱隊潰散後形成的缺口。越來越多的縱隊開始逃亡，戰線徹底崩潰。沒過多久，成千上萬的奧普倫人在平原上奔逃，遮天蔽日的塵沙向戰場投下了厚重的陰影。

在瓦林面前的山坡上，還活著的奧普倫人終於在利箭風暴和倫菲爾騎士的輪番殺戮中開始逃亡，但他們幾乎已經失去奔跑的力氣，許多人只能蹣跚著向山下走去，同時用手捂住流血的傷口或身上突出的箭杆，根本沒有自衛能力，最後只能被倫菲爾騎士們的戰錘和長劍打倒在地。還有一些奧普倫人結成小隊，繼續戰鬥，如同鋼刃和鐵騎洪流中一座座負隅頑抗的小島。但這些小島很快就被淹沒了，沒有一個奧普倫人能衝到與山頂部隊近身肉搏的地方。疾行之狼沒有損失一人。

戰場右側，迅速騰起的沙塵表明了奧普倫騎兵愈加熾烈的怒火。戰爭領主命令第六軍團的騎兵連隊加入戰鬥，身披藍色斗篷的兄弟們很快就被沙塵吞沒。而僅僅數分鐘之後，奧普倫騎兵開始離開巨大塵團，向西疾馳。他們的坐騎肋側滿是汗沫，嘴角甩出了一道道口涎。

先前對王國衛軍側翼發動攻擊的上萬名騎兵中，只有幾百人逃了出去。

瓦林抬頭看了一眼昏暗的太陽。在漫天的塵土中，它只能散發出紅色的光暈。*你將在血色的太陽下見證死亡的收割……*這是他在夢中聽見的一句話。說出這句話的是奈蘇絲．希爾．寧的幽魂。想到自己的未來可能已在夢中顯現，瓦林的胸中掠過一縷極不舒服的寒意。*那具屍體在雪中變冷，那是他曾經愛過的人，是被他殺死的人……*

「信仰在上！」登圖斯在瓦林身邊喊道。他正緊緊盯著面前的戰場，目光中混合著敬畏與厭惡。「我還從未見過這種戰爭。」

「別以爲還能見到這樣的戰鬥。」瓦林搖了搖頭，甩掉縈繞在腦海中的殘夢，「今天與我們作戰的只不過是集結在一起的北部海岸守衛部隊。當皇帝眞正的大軍北上的時候，我可不相信他們還能讓我們如此輕易地取勝。」

第四章

安提許的總督官邸位於一座能夠俯瞰港口，風景如畫的山丘頂部。在那座港口中，進出這座城市的各色商船桅杆組成了一片水中森林。官邸花園中生長著茂密的橄欖樹林，遍及花園各處的林蔭步道兩旁，點綴著金合歡樹和美麗的雕像。這裡的園丁足以組成一支小型部隊，他們的工作並沒有因爲戰爭領主即將成爲這裡的主人而中斷。官邸中其餘的僕從和成員也都一如既往地履行著自己的職責，充分顯示出沉默的奴性。但戰爭領主的不安心態絲毫沒有減弱，無論何時，他的衛士們都用充滿警惕的眼光盯著那些僕人，端到他面前的食物也會先被試吃兩遍。官邸中眾人沉默的服從態度也反映在了大部分城中居民的身上。

當第一批王國衛軍部隊走過這座城市的大門時，數十名傷兵，也就是被後世稱爲「血丘之戰」的戰爭倖存者們，在城門處向王國衛軍發動了一次混亂的進攻。結果當然可想而知。自此以後，安提許城中就再沒有出現過什麼大規模的動亂。安提許總督在與家人一同服毒自盡前，向城中的奧普倫人下達了保持平靜，毋需反抗的命令，城中的奧普倫人顯然都尊奉這個命令。正是這名總督在血丘之戰中負責指揮奧普倫軍隊，他顯然是認爲自己不應該再造成任何屠殺，也不打算帶著更多的鮮血去見他的諸神。

雖然沒有遇到抵抗，但瓦林能感覺到這裡每一個人目光中的憎恨。而他們做事時那種萎靡不振、少言寡語，以及即使是鄰里之間也竭力回避的態度，更讓瓦林感覺到他們內心的羞愧。毫無疑問，這裡的許多人都在血丘失去了兒子和丈夫，現在卻只能將仇恨藏在心底，等待著皇帝必將做出的反擊。這座城市的氣氛顯得異常壓抑，而王國衛軍的惡劣情緒只是讓這種氣氛變得更加糟糕。當他們進入這座城市時，勝利後的喜悅心情便已蕩然無存——戰爭領主決定將受傷最重的人丟棄在戰場上。而且，王國新得到的這座城市也沒有爲他們提供多少戰利品。他們進駐這裡的第二天，城市中心廣場上就豎起了一副絞刑架，上面掛著三具屍體，全部都是王國衛軍。他們的脖子上分別懸掛著一面牌子，宣告他們一個是盜賊，一個是逃兵，還有一個是強姦犯。國王的命令很清楚，他們的任務是占領城市，而不是把城市毀掉。戰爭領主在執行這個命令的時候沒有半點遲疑，更不會有任何仁慈。人們現在都稱他爲「鮮血玫瑰」，這個綽號來自他的家族徽章，其中卻包含著一種極度殘酷的嘲諷意味。看樣子，奧．海斯帝安吸引別人恨意的能耐絲毫不亞於他贏取勝利的手段。

瓦林催趕噴沫走上從官邸大門通向庭院的金合歡林蔭道。到達庭院以後，他下了馬，把韁繩向旁邊的一名馬夫遞過去。那個人只是一動不動地站著，低著頭，目光低垂，皮膚上的汗水被午後陽光照得閃閃發亮。瓦林注意到他顫抖的雙手，便又向周圍掃了一眼。其他馬夫也都以相同的姿勢站立著，拒絕抬起頭來看他或者他的馬，顯然是在等待著抗拒命令可能帶來的一切後果。**艾路印．瑪苛韃**，瓦林想到這個名號，不由得暗自歎息，將噴沫繫到一根杆子上，留出足夠的韁繩長度，讓噴沫能喝到水槽中的水。

理事會議已經在官邸的主廳開始了。這是一個用大理石砌成的巨大廳堂，牆壁上裝飾著嵌花小瓷磚，地面上描繪了奧普倫眾神的各種傳說。像往常一樣，理事會議的討論很快就變成了火氣十足的爭吵。班德斯男爵——瓦林曾經親眼見證他被達耐爾領主在夏季嘉年華上打得失去知覺，現在他又恢復了封地領主塞洛斯首席家臣的職位——正與尼賽爾輕騎兵隊的隊長馬文伯爵相互叱罵。兩個人都邊用手指著對方，一邊拚命想要甩脫身邊同伴的阻攔。「泥腿暴發戶」和「長馬毛笨蛋」之類的髒話從很遠的地方就能聽到。自從血丘之戰後，尼賽爾人和王國軍其餘的部隊之間產生很大的嫌隙。直到敵人已經潰散逃亡，他們的輕騎兵隊才被派上戰場，而且他們對於劫掠奧普倫人的屍體顯然比對追剿殘敵的興趣更大。

「你遲到了，瓦林領主。」戰爭領主的聲音在一片喧鬧聲中響起，爭吵的聲音立刻沉寂下去。

「我要騎馬趕很遠的路，閣下。」瓦林回應道。奧．海斯帝安命令他的兵團駐紮在距離城牆超過十五里的一片綠洲裡。表面上，這樣做是為了保護王國軍下一段進軍路線上的一個重要淡水補給點，但這樣做更是為了防止瓦林長期在城中滯留，可能會引發的市民暴力反抗。而且這樣也能讓戰爭領主有機會在每次召開會議時，對遲到的瓦林進行指責。

「你最好讓馬跑得再快一點。」戰爭領主教訓過瓦林之後，話鋒一轉，「你們鬧夠了，」他對那兩個雖然已經閉嘴，卻還在怒目相視的領主說道，「把力氣留下來對付敵人吧。不用去問班德斯男爵，我不會取消決鬥禁令。現在，回到座位上去。」

瓦林坐到了桌子旁邊的最後一把空椅子上，掃視了一遍理事會的成員。瑪律修斯王子，封地領主塞洛斯和絕大部分軍隊高級將領都在，同時還有一位第六軍團的兄弟。這位兄弟的地位也許不如在座的領主貴族們，但他在組織序列中的位置卻高於瓦林——索利斯導師依舊是那樣削瘦，只是在額頭上多了幾道皺紋，短髮中夾雜了一些灰白。他冰冷的灰色眼睛看著瓦林，目光中沒有溫暖，也沒有敵意。自從利劍測試後，他們在這麼多年中只見過一面。在守護者召喚瓦林，詢問最近發生的羅納人襲擊事件時，他們曾短暫而緊張地交換過一次問候。瓦林知道，索利斯在這次遠征中負責指揮兄弟連隊，但他並沒有去找自己昔日的導師。瓦林害怕當自己見到這位劍術導師時，會再次想起利劍測試，並無法控制怒火。我的妻子，烏爾連．裘拉用最後的氣息說著，我的妻子……

「我將你們叫到這裡來，」戰爭領主對所有人說道，「是為了發布戰役下一階段的命令。」他的聲音中略微帶著一點戲劇化的成分，應該是打算以此強調他接下來的話非常重要。隨後，他又向坐在另一張小桌後面的兒子瞥了一眼，也許是要確保自己所說的每一個字都被記錄下來，但這個動作卻在某種程度上破壞了剛剛營造出來的莊重氣氛。艾魯修斯朝父親微微一笑，又在自己的皮封筆記本上寫下了一、兩行字。瓦林注意到，當奧．海斯帝安轉回身時，艾魯修斯停住了手中的筆。

「我們可能剛剛贏得了王國歷史上最偉大的勝利。」戰爭領主繼續說道，「但只有傻瓜才會以為戰爭已經結束了。如果要完成國王的命令，我們就必須迅速出擊。再過六個月，冬季風暴就將橫掃艾瑞尼海，到時候，我們的補給線將變得極為脆弱。所以，在那之前，我們必須再拿下凌尼薛和馬波利斯。國王已經送來訊息，援軍將在本月到達安提許，一共有七個新組建的兵團——五個步兵團和兩個騎兵團。他們將補充我們的損失，並負責駐守這座城市。等他們一到，我們就繼續進軍。現在的問題在於下一步的進軍方向，而幸運的是，我們已經掌握了新的情報，並能以此制定戰略。」他轉向索利斯，「兄弟？」

索利斯的聲音比瓦林記憶中的更加沙啞，經年累月的高聲怒喝給他的聲音中增添了許多砂礫。「依照戰爭領主的命令，我對凌尼薛和馬波利斯的防禦進行了偵查。從增加的防禦工事規模和部隊數量來看，血丘之戰中敗逃的軍隊應該集中在馬波利斯。它是北部海岸最大的城市，也最有可能被守住。從周圍被荒置的房屋村落狀況判斷，那裡的平民也都入城避難了。這無疑會增加城防部隊的數量，但也會加快城中食物的消耗。與馬波利斯相比，凌尼薛的準備很不充分，我只在那裡的城牆上數到了十幾名哨兵。以及，那裡的駐防部隊只是待在城裡，並沒有出外巡邏，而且城牆的維護程度也很糟糕。不過，凌尼薛人正在補救這個問題。不管怎樣，那裡沒有新構築的防禦工事，城牆周圍的壕溝也沒有進一步加深。」

「聽起來，像是一顆唾手可得的果實，對嗎？」封地領主塞洛斯說道：「那就先是凌尼薛，然後是馬波利斯。」

「不，」戰爭領主說道。他用手指敲著下巴，表現出一副若有所思的神情。不過，他顯然已經在這次會議之前就決定好了戰略，「不。拿下凌尼薛看上去輕而易舉，但這樣會讓我們在行軍途中消耗掉寶貴的數個星期時間。從安提許到馬波利斯的路程是最快的，而馬波利斯才是取勝的關鍵。得不到那座城市，一切努力毫無意義。我們的方向已經很清楚了，必須分頭行動。瓦林領主。」

瓦林看著戰爭領主的眼睛，心中急切地盼望著血歌不要棄他而去。在這樣的時刻，他總是非常想得到血歌的提示。「閣下？」

「你將指揮三個步兵兵團，馬文伯爵的部隊以及五分之一的康布雷爾弓箭手。你要立刻向凌尼薛出發，以迅雷不及掩耳之勢奪取那座城市，並牢牢守住它。瑪律修斯王子和他的衛隊將留在安提許，以王國的法律統治此地。我們的軍隊主力則在等到國王的援軍到達後，立刻向馬波利斯前發。在冬季到來之前，我們將盡數奪下這三座城市。」

片刻之間，大廳裡陷入了令人不安的沉默。不只一位與會人員露出驚訝或困惑的表情，不過，第一個對這一方案表達出異議還是瑪律修斯王子。「當王國衛軍即將進行更大的軍事冒險時，我卻要留在這裡？」

「做出這個決定的不是我，殿下，賈努斯國王在我們上船之前就向我下達過特別命令。如果您想要親眼看看這些命令，我有抄錄好的副本。」

王子緊咬住牙，瓦林能看出來，他用了多大的力氣才控制住自己的怒火和羞恥。過了一會兒，王子用幾乎如同窒息的聲音說，「你認爲瓦林領主能夠用區區八千人就奪取一座城市？」

「一座從各方面來看都缺乏防禦的城市。」戰爭領主反駁，「而且我相信，像瓦林領主這樣功勳卓著的指揮官正應該執行此類任務。」

馬文伯爵咳嗽了幾次，臉脹得通紅。依照尼賽爾人的習慣，他的頭頂被剃得只剩下很短的灰色髮根，再加上掛在殘缺左耳上的那只金環，樣子像是一個十足的強盜，而且大部分部下也都是這副模樣。「閣下，」他向奧．海斯帝安說，「我並非是對瓦林領主不敬，但我想指出，我的位階——」

「與能力和經驗相比，位階並不重要，」戰爭領主打斷了他，「瓦林領主贏得過許多次戰鬥的勝利，而我相信你在他贏得勝利的同時，只不過是在封地中，和那些攔路搶劫的匪幫發生過一些小規模衝突。」

馬文伯爵圓瞪著雙眼。他緊閉著嘴巴，但顯然是被激怒了。

「我無法相信，」瑪律修斯王子說道，「我的父親會支持這樣的計畫。」

「賈努斯國王將這支軍隊的指揮權交給了我，殿下。」奧．海斯帝安被迫保持著禮貌的強調，但他對王子的厭惡早已溢於言表。

爭論還在持續，人們的聲音越來越高。瓦林仔細思考這個方案，根據索利斯的說法，奪取凌尼薛城也許不會是很大的問題，但能否守住它就是另一回事。至今爲止，他們還沒有提及奧普倫的帝國軍。那支軍隊可能已經在北上的路途中，毫無疑問，那會是一支規模龐大的軍隊，然而，只有一條穿過沙漠東部邊緣丘陵地帶的主要道路，可以供這樣一支軍隊行軍——凌尼薛正是這條道路的終點。在奧普倫大軍攻擊馬波利斯前，第一個目標會是凌尼薛。而希望屠滅者的所在位置，更是全部奧普倫人利劍所指的地方。無論怎樣評估，那裡都是兵法中的死地，戰爭領主肯定很清楚這一點。

他除掉了一個與他爭奪功勳的對手，瓦林想道，同時明知奧普倫人會以全部力量攻擊凌尼薛只爲除掉希望屠滅者。而經過一番激戰，奧普倫人的軍隊將被削弱，他則會因爲攻下馬波利斯以及穩穩地守住那座城市而贏得永久的榮耀。而且，把我放在這種自身難保的位置上，他就給了奧普倫人很大的機會，能夠幫助他進行復仇。瓦林皺起眉頭，回憶著守護者的教導，容易遭受攻擊……遠離主力部隊，遠離眾多好奇的眼睛。一個充滿誘惑的目標……

「我相信，這是一個非常優秀的方案。」瓦林輕快的聲音立刻壓下了眾人的爭吵。

瑪律修斯王子驚詫地盯著他，「閣下是什麼意思？」

「戰爭領主奧．海斯帝安必須做出艱難的選擇。但在我們贏得了那樣輝煌的勝利之後，不應該再有人懷疑他的才能了。我們不應該現在對他有所懷疑，我將高興地接受這一項任務，並且……」他充滿敬意地向奧．海斯帝安鞠躬，「感謝戰爭領主給予我的光榮。」

「我相信，你一定已經看出了這個陷阱？」

瓦林從杆子上解下噴沫的轠繩，牽著牠走上碎石鋪成的路面，始終沒有去看索利斯，「這些日子裡，我看到了許多事，導師。」

「兄弟。」索利斯糾正，「如果你堅持，就叫我兄弟指揮官。你稱我爲導師的日子早已過去。」

「但……」瓦林檢查了一下腹帶，又拂去噴沫肋側的灰塵，「那對我來說就像是昨天一樣。」

「你不再是孩子了，兄弟。喜歡生悶氣的小鬼已經成爲王國之劍。」

瓦林的目光猛然轉向索利斯，怒火在他的胸中升騰。索利斯只是和他對視，沒有退卻半步。劍術導師是極少數幾個絕不會害怕瓦林的人之一，瓦林知道，自己應該爲了能有這樣一個人並肩作戰而高興，但利劍測試就像一個詛咒，懸在他們之間。

「我有來自於守護者的命令。」他對索利斯說道，「我相信，你也有你的命令，我只是儘量服從這個命令。」

「守護者只是命令我率領我的部隊參加這場愚蠢的狂歡，但並沒有告訴我爲什麼。」

「眞的？他對我說的卻超過我想要聽到的。」瓦林緊緊盯住索利斯，準備好了觀察索利斯在聽到下面這番話以後會有怎樣的反應，「你對於第七軍團都知道些什麼，兄弟？對於那個等待者，你又能告訴我些什麼？你對於守護者屠殺夜都掌握了什麼樣的情報？」

索利斯眨眨眼。這是他唯一的反應，「沒有。我能說的你都已經知道了。」

「那麼，就讓我自己走進我的陷阱吧。」他將一隻腳伸進馬鐙，翻身上了馬鞍，然後又向索利斯瞥了一眼，卻在劍術導師的臉上看到一種完全出乎他預料的表情：猶疑。最後，瓦林說道：「如果你能再回王國，而我不能，就請告訴守護者，我已經盡力做了能做的一切。守護者們，全部七位守護者們，都應該向黎恩娜公主尋求意見，她才是王國的希望。」

瓦林調轉噴沫的馬頭，縱馬疾馳而去，留下一連串崩散的碎石。他在衝向自己道路的終點。

凌尼薛，我將在凌尼薛得到答案。

「這眞是一個聰明的計畫。」

荷魯斯．耐斯特．亞魯安，凌尼薛城的總督、一個身材肥胖的人，大約五十歲上下，十根短粗的手指上各戴著一枚寶石戒指。現在，他豐腴油亮的臉上盡是恐懼和憤怒混雜的表情。他們在官邸走廊旁的一間小書房中找到他。現在他的手腕多了一道瘀傷，那是芬提斯從他手中奪下匕首時留下的。他並沒有回答瓦林的問話，只是向鋪滿了嵌花瓷磚的地面上啐了一口痰後就閉起眼睛，重重地歎口氣。很顯然，他已經在等待被處死了。

「是個有膽識的傢伙，對不對？」登圖斯評價。

「在城牆上留下一個缺口，」瓦林說，「做出正在修繕的樣子，但在缺口後面布置了尖矛壕溝，只等我們掉下去。很聰明。」

「殺掉我，結束這一切。」那名總督咬著牙說道，「我已經是恥辱之人，沒有必要再被你們用這些無稽之言折磨。」他故意用力吸吸鼻子，然後將鼻子一皺，「北方人的身上都有這股糞味嗎？」

瓦林朝自己骯髒不堪的衣服看了一眼，芬提斯和登圖斯的身上同樣滿是汙漬，同時散發出一股令人窒息的惡臭。「你的下水道需要清理。」瓦林回答，「裡面有幾處已經堵塞。」

總督無力地呻吟了一聲，彷彿如夢初醒，面色變得鐵青。「港口的下水道。」

「是的，在退潮時很容易進入，所需要的只不過是除去入口的鐵柵欄。芬提斯兄弟用了四個晚上的時間，在退潮時爬過沙灘，刮去固定鐵柵的砂漿。」瓦林來到窗前，向主城門上方的塔樓指了指——一支火炬正在黑暗中前後搖擺。「這是我們成功後才會發出的訊號。城牆已經落進我們的手中，你的城防部隊都成了俘虜。這座城市已經屬於我們了，閣下。」

總督緊緊地盯住瓦林，仔細審視他的面孔和衣著。「一名身披藍色斗篷的高大武士，」他眯起眼睛，喃喃地說道，「黑色的眼睛裡閃爍著豺狼般的狡詐。希望屠滅者，」一陣深深的哀傷覆蓋了他的面容，「你給我們帶來了毀滅。當皇帝知道你就在我們的城市之中，他的縱隊一定會將這座城市燒成白地，哪怕只是爲了將你燒死。」

「這樣的事情是不會發生的。」瓦林安慰他，「如果我毀掉國王剛剛得到的領土，國王一定會大發雷霆。」

「你的國王是個瘋子，你是他的一條瘋狗。」

芬提斯怒喝：「小心你的嘴……」

瓦林抬起手，阻止了芬提斯繼續說下去。「如果叱罵我能夠讓你擺脫心中的罪惡感，那麼你儘管這樣做吧。但至少請讓我先提出我們的條件。」

總督困惑地皺起眉頭。「條件，你還要什麼條件？你已經征服了我們。」

「你和你的市民現在已經是統一王國的臣民，也因此擁有一切相應的權利。我們來這裡不是爲了奴役或盜竊。這是一個繁榮的港口，賈努斯國王希望它能夠繼續保持繁榮，並盡可能對現行的管理體制減少干預。」

「如果你們的國王想讓我爲他服務，那他就眞的是瘋了。我的生命就應該就此結束，皇帝肯定會希望我堅守自己的榮譽，他理應得償所願。」

「哈斯塔（注）！」隨著一聲叫喊，一個女孩闖進了這個書房。她差不多十幾歲，身上只穿著一件白色的棉質睡袍，睜大的眼睛裡充滿恐懼，手中握著一把小匕首。芬提斯打算攔截她，但瓦林揮手示意芬提斯退後。女孩一直跑到了總督身邊，用身子擋住瓦林等人，向瓦林揮舞著她的匕首，眼睛裡閃爍著挑釁的光芒。她說話時口音很重，瓦林用了一會兒工夫才明白她在說什麼：「別碰我的父親！」

總督用雙手按住女孩的肩膀，在她耳邊輕聲說了幾句。女孩的身子顫抖了一下，眼睛裡湧出淚水，手中的小刀不住顫抖。瓦林注意到，總督用溫和的話語讓她平靜下來，拿走她手中的小刀，將她抱在自己的懷中，任由癱軟的女孩痛哭失聲。

「在安提許，」瓦林說道，「總督的家人被迫與他一同接受死亡，這片土地真是有一些奇怪的習俗。」

凌尼薛總督用憎恨和戒備的目光瞪了他一眼之後，便繼續安慰他的女兒。

「她多大了？」瓦林問，「她是你唯一的孩子嗎？」

總督沒有回答，只是將女孩抱得更緊。

「她不必害怕我或者任何我的部下。」瓦林對總督說，「他們已經得到命令，要儘量避免流血。他們的行動將被嚴格限制在有限的區域內，不會在街道上巡行。我們會用金錢購買一切食物和商品，如果我的人對你的市民施行暴力，你要立刻向我報告，我會將他處死。你將繼續統治這座城市，照應市民的一切需求。稅金還是會依照現行稅率徵收。我的一名軍官——坎尼斯兄弟——將在明天與你討論相關細節。我們是否能就所有這些事宜達成共識，閣下？」

總督撫摸著女兒的頭髮，微微點了一下頭，慚愧之心讓他的眼睛裡泛出淚水。瓦林充滿敬意地向他鞠躬。「請原諒我們的打擾，我們很快將會再次見面。」

他們向門口走去，就在此時，他受到了重重的一擊。是血歌，如同一柄重錘，砸在他的意識上，那聲音從未如此清晰響亮。瓦林的嘴裡泛起鐵鏽的味道，他舔了舔上唇，察覺到鮮血正從鼻子裡涓涓流出。他感覺到自己的全身在變冷，踉蹌一下，跪倒在地上。登圖斯伸手扶住他，但鮮血已

注 Hasta：奧普倫語中的「父親」。

經濺落在地面的瓷磚上。面頰上濕潤的感覺讓瓦林知道，自己的耳朵也在流血。

「兄弟？」登圖斯的聲音因爲警覺而顯得無比高亢。芬提斯已經快要失去理智了，他拔出長劍，惡狠狠地盯著總督。總督則低頭看著瓦林，目光中交雜著驚駭與疑惑。

瓦林的視野漸漸模糊，總督官邸在他的眼前消失了。迷霧和陰影環繞著他。幽暗之中傳來一種聲音，那是一種有節奏的金屬撞擊岩石的聲音。恍惚之間，瓦林似乎看到一支鑿子在雕鑿一塊大理石。鑿子不停地移動，速度越來越快。任何人都不可能以這樣的速度移動一支鑿子。而一張面孔正漸漸從石頭上浮現出來……

夠了！

這是血歌的聲音，瓦林能憑直覺知道這一點。這是另一首血歌，韻律和他自己的血歌並不一樣。它更強，更具自控力。另一個聲音在他的意識中響起，那張大理石的面孔消失、飄遠，如同風中的細沙。鑿子的聲音停了下來，沒有再響起。

你的歌聲依舊沒有受過訓練，那個聲音說道，這讓你很容易遭到攻擊，你應該保持警惕，並非每一名歌者都是朋友。

瓦林竭力想要回答這個聲音，但話語只是堵塞在他的喉頭。血歌，瓦林意識到，他只能聽到血歌。瓦林拚命凝聚自己的韻律，唱出自己的回答。但他能夠發出的只是一陣微弱而顫抖的警號。

不必害怕，那個聲音說道，當你恢復過來以後，就來找我。我有東西要給你。

瓦林聚集起自己殘存的力量，勉強讓歌聲中出現了一個詞：哪裡？

鑿子和石塊的影像又出現了。但這一次，大理石塊是完整的，那張臉還隱藏在石塊之中。鑿子只是安放在石頭上面，等待著。你知道是哪裡。

第五章

瓦林在一陣比凌尼薛下水道更加惡臭的氣味中醒了過來。某種潮濕而粗糙的東西刮過他的面龐，他感覺到沉重的分量壓在自己的胸口。

「快躲開，你這頭髒畜生！」姬爾瑪姐妹嚴厲的命令讓瓦林猛地睜開眼睛，他發現抓抓正趴在自己面前。看到主人醒來，這頭獵奴犬發出一陣愉快的嚎叫。

「你好，傻狗。」瓦林呻吟著回應道。

「**滾開！**」姬爾瑪姐妹的喊聲讓抓抓急忙跳下床，一邊嗚嗚地抱怨著，一邊縮進角落。抓抓對於這位姐妹總是顯得即敬又怕，也許是因爲姬爾瑪從未流露出半點對牠的畏懼。

瓦林掃視著這個房間，發現這裡只有他躺的床和一張桌子。姬爾瑪姐妹將她的藥瓶和藥匣都放在桌子上。從敞開的窗口外傳來海鷗的叫聲，還有一陣陣混合著鹽和魚腥味的微風。

「坎尼斯兄弟徵用了凌尼薛商人公會的舊事務室。」姬爾瑪姐妹一邊解釋，一邊將一隻手按在瓦林的前額上，又給瓦林把了脈，「城市中所有的道路都通向碼頭，而且這座建築物已經空置了很久。看起來，這的確是一個不錯的指揮總部。你的狗完全發瘋，直到我們讓牠進入這個房間，牠才安靜下來。這段時間，牠一直待在這裡。」

瓦林哼了一聲，舔了舔乾燥的嘴唇。「多久了？」

姬爾瑪用明亮的藍色眼睛看著他，眼神中掠過一絲警惕的神色。然後，她走向桌邊，在一隻杯子裡倒了一種綠色的液體，又在裡面加入了一些白色的粉末。「五天，」她背對著瓦林說道，「你流了很多血。我從未想過，一個人在流了那麼多血後還能活下來。」她發出一陣調皮的笑聲，唇邊帶著一如既往的明媚笑靨，轉回身，把杯子遞到瓦林的唇邊，「把這個喝了。」

藥汁很苦，但並不是很難喝，瓦林覺得自己的疲憊幾乎立刻就消退了不少。五天，他對此全無感覺。沒有任何夢境或幻念遺留在他的腦海裡。失去了五天時間，爲了什麼？那個聲音，另外那首血歌。瓦林依然還能聽到它。雖然微弱，卻持續不斷地召喚著瓦林，而瓦林自己的歌聲正在做出回應。大理石塊和鑿子清晰地留在了他的意識裡。希拉在淪亡之城中說的話變得更清楚了。有其他人和你有著同樣的天賦，他們比你年長，也比你睿智。他們能夠指引你。

「我必須——」瓦林坐起身，想要掀開被子。

「不行！」姬爾瑪的以不容置疑的聲音說道。她豐滿的小手將瓦林推回柔軟的床上。瓦林根本沒有力氣反抗。「絕對不行。你要在這裡好好休息，兄弟。」她拉起被子，嚴實地把被角在瓦林的下巴周圍掖好，「現在城中很平靜。坎尼斯兄弟把一切都處理得井井有條。你不需要擔任何心。」

姬爾瑪直起身。這一次，她的表情顯得格外嚴肅。「兄弟，你知道自己身上發生了什麼事嗎？」

「妳從未見過類似的狀況，對嗎？」

姬爾瑪搖搖頭。「沒錯。我從未見過。一個人如果流血，就一定會有傷口，無論是割傷還是破損。你的身上沒有半點傷損的痕跡，只是在腦子裡有一個腫塊，才會讓你一直流血到幾乎要喪命的程度。不過，你終於挺過來了。現在有不少人都在議論，是總督亞魯安想要用黯影詛咒或者類似的東西殺死你。坎尼斯已經在他的官邸布置了守衛，並且判處幾個人鞭刑，才讓他們安靜下來。」

鞭刑？瓦林想，絕不應該鞭打他們。「我不知道，姐妹，」他誠懇地對姬爾瑪說，「我不知道爲什麼會有這樣的事情發生。」我只知道是什麼造成了這種事。

又過了兩天，姬爾瑪姐妹才允許瓦林下床行動。不過她還是嚴厲地警告瓦林，不得進行任何過度的體力活動，並且每天至少要喝兩品脫的水。一離開病床，瓦林立刻在城門塔樓的最頂端召集一次全體軍官會議，從這裡，他們能夠鳥瞰全城防禦工事的構築進程，人們正忙著挖深環繞城牆的壕溝，修繕已經數十年無人問津的城牆。一重厚重的塵幕遮蔽了所有在加緊施工的地方。

「壕溝完成之後，會達到十五尺深，」坎尼斯說道，「我們現在已經挖深到了九尺。對城牆的修繕速度比較慢，這支小軍隊裡沒有太多技藝嫻熟的石匠。」

瓦林啐出乾燥喉嚨裡的塵土，從水壺裡喝了一口水，然後問道：「還要多久？」他不喜歡自己沙啞的聲音。而且他也知道，現在他的相貌絕對無助於鼓舞軍隊的士氣。他的眼窩深陷，眼睛周圍是一圈盡顯疲態的陰影，蒼白的皮膚上沾滿了冷汗。他能夠看到兄弟們眼中的關切，還有馬文伯爵和其他將領懷疑的神色。他們在懷疑我是否還適合指揮部隊，瓦林自己也很明白，也許他們的懷疑不無道理。

「至少需要兩個星期，」坎尼斯回答，「如果我們能夠從城中招募勞力，速度就會加快。」

「不，」瓦林的語氣格外慎重，「如果我們要統治這個地方，就必須贏得這些人的信任。把鏟子塞進他們的手裡，強迫他們做這種能折斷脊背的苦工絕不會是什麼好事。」

「我的人來這裡是爲了作戰，閣下。」馬文伯爵說道。他的聲音很輕，但瓦林能夠從他的眼神中看出來，他正在權衡利害。「挖土並不是士兵的工作。」

「我要說，這正是士兵的工作，閣下。」瓦林回應道，「至於作戰，他們很快就會有很多戰鬥。告訴所有不願工作的人，我允許他們離開。從這裡只要穿過二十里的沙漠，就能到達安提許。也許他們能在那裡找到一艘回家的船。」

一陣疲憊感掃過他的全身。他靠在城垛口上，以掩飾自己無力的雙腿。在所有盟友和下屬關注的目光中，他覺得指揮官的重擔越發令人厭煩。而血歌還在堅持不懈地召喚他去尋找那個聲音。他知道，那塊大理石就在這座城市中的某個地方，而這只讓他更加氣惱。

「你不舒服嗎，閣下？」馬文伯爵語氣尖銳地問道。

瓦林抵抗著一拳揮在這個尼賽爾人臉上的衝動，轉向布倫．昂特什。這名身材粗壯的弓箭手是康布雷爾弓箭手的指揮官，也是所有指揮官中最沉默寡言的一個，在會議中幾乎從不說話，而且瓦林只要宣布會議結束，他總是第一個離開，表情永遠充滿了戒備。很顯然，他不需要，也不想得到同袍們的贊許和接受。不過，對於被康布雷爾人稱爲「黑刃」的指揮官瓦林，他至少還能將恨意藏在心底。瓦林向他提問，「你的人呢，隊長？有人抱怨工作太重嗎？」

昂特什的表情依舊沒有絲毫改變，而瓦林更覺得他的回答就像是直接引用《十經》。「最誠實的勞動會讓我們更靠近世界之父的愛。」

瓦林「嗯」了一聲，然後轉向芬提斯。「巡邏隊那裡有什麼訊息嗎？」

芬提斯搖搖頭，「沒有，兄弟。附近一直都是安全的，丘陵地帶沒有發現斥候和間諜。」

「也許他們終究還是朝馬波利斯去了。」奧．考德林領主說道。他是第十三步兵兵團的指揮官，這個兵團的綽號是「藍鰹鳥」，因爲他們的胸甲上都繪著碧藍色的羽毛。他是一個身材健壯，卻有些神經質的男人。他的手臂在血丘之戰中折斷，至今還沒有痊癒，只能用繃帶吊在脖子上。在那時激烈的右翼鏖戰中，他損失了三分之一的部下。瓦林覺得他對於即將到來的戰鬥沒有胃口，但沒辦法因此責怪他。

他轉向坎尼斯，「總督那裡情況如何？」

「還算合作，但顯然很不情願。到現在爲止，他還能讓市民保持平靜，並懇求商人公會和市議會保持正常運作。他告訴我，法庭和稅務官們還能維持當前狀況下最好的運作狀態。當然，現在的貿易走勢非常低迷，當我們占領城市的訊息傳播出去以後，大多數奧普倫船隻都離開了港口，剩下的船全部拒絕出航，並威脅說如果我們試圖控制他們的船，他們就放火燒船。沃拉瑞人和梅登尼恩人則似乎都想利用這個機會狠撈一筆，香料和絲綢的價格上漲了很多。也許到了王國那邊，它們的價格就要翻倍了。」

第六兵團指揮官，奧．滕迪爾領主憤恨地哼了一聲。因爲害怕滋生貪腐，所以瓦林禁止王國軍參與當地貿易，這讓軍中幾位對這裡利潤豐厚的貿易垂涎已久的貴族全部大失所望。

「食物儲備呢？」瓦林並沒有以理會奧．滕迪爾。

「相當充足。」坎尼斯向他保證，「至少能應對兩個月的圍城。如果謹愼分配，就能維持更久。這座城市的淡水供給主要來自於城中水井和泉水，所以飲水也不致有所匱乏。」

「前提是城裡不會有人在水源中下毒。」布倫．昂特什說道。

「這一點很重要，隊長。」瓦林向坎尼斯點點頭，「在主要的水井旁布置衛兵。」他站直身子，發現暈眩感已經消褪，「我們三天後再見，感謝你們出席此次會議。」

指揮官們紛紛散去，只留下坎尼斯和瓦林繼續站在城垛後面。坎尼斯問：「兄弟，你還好嗎？」

「只是有一點累。」瓦林看著一望無際的沙漠，遠方的地平線在正午灼熱的空氣中不斷晃動。

他知道，自己總有一天會看到這片大地上布滿了奧普倫人的軍隊。唯一的問題是，他們還有多久就會到來，會不會讓瓦林有足夠的時間完成他的任務？

「你認爲，奧．考德林的猜測會是對的嗎？」坎尼斯推算著，「戰爭領主現在應該在圍攻馬波利斯，那是北部海岸最大的城市。」

「但希望屠滅者並不在馬波利斯，」瓦林說，「戰爭領主正在順利執行他的計畫。當帝國軍對付我們的時候，他將有充足的時間攻占馬波利斯。我們對此不應該抱有幻想。」

「我們會擋住他們。」坎尼斯冷靜而篤定地說道。

「你的樂觀情緒讓你很有信心，兄弟。」

「國王需要這座城市來完成他的計畫。在構建更偉大的統一王國的光榮征途上，我們剛剛踏出了第一步。用不了多久，我們所守衛的這片土地就會成爲王國的第五封地，國王賈努斯和他的後裔將世代守護這個融合爲一體的國家。這裡的人們將擺脫那種愚昧的迷信，以及反覆無常的皇帝的壓迫，所以我們必須守住這裡。」

瓦林竭力想從坎尼斯的話語中分辨出一點諷刺的意思，但他能聽出來的只有那種熟悉的、對國王的盲目忠誠。已經不止一次，他很想將自己與賈努斯歷來見面的詳細經過完整地告訴這位兄弟。不知道當坎尼斯看到這個老人的眞面目以後，是否還能保留自己的忠心。但也像以往每次一樣，瓦林並沒有將這些事說出口。坎尼斯以自己的忠誠確定了自身的意義，給自己披上一層忠誠的外衣，以此來保護自己，對抗外界無數的猜疑和謊言，讓他能一心一意地侍奉信仰。爲什麼坎尼斯會有如此熾烈的忠心，瓦林從來都不明白，但他不願剝去兄弟用以護身的這件斗篷，無論它有多麼虛僞。

「我們當然能夠守住。」瓦林安慰著坎尼斯，同時臉上露出了嚴肅的微笑。只不過這是否能讓未來有絲毫的改變，就是另一回事了。瓦林向城垛口後面的樓梯走去，「我想去城裡轉一轉，現在我還沒有看過這座城市的樣子呢。」

對瓦林的要求，坎尼斯感到很猶豫，但還是不情願地點點頭。「就隨你吧。對了，」他又對剛要從樓梯走下去的瓦林說道，「總督請我們派一名治療師去他那裡，他的女兒顯然病了，當地的醫師沒有足夠能力救治她。我在今天上午派去了姬爾瑪姐妹，也許她能爲我們贏得總督的一些好感。」

「如果我們之中還有人能贏得他的好感，那就一定是姬爾瑪了。向總督傳達我最誠摯的祝願，希望他的女兒早日康復，好嗎？」

「當然，兄弟。」

石匠鋪的門被拉開時，站在門後的那個女人只是帶著赤裸裸的敵意瞪著他。聽到瓦林向她問好時，她光潔的額頭上立刻顯出數道皺紋，一雙深褐色的眼睛也瞇了起來。看上去，她應該是二十八、九歲，深褐色的長髮在腦後被束成一條馬尾巴，沾滿灰塵的皮圍裙遮住了她苗條的身材，在她的身後，傳出有節奏的金屬和岩石撞擊的聲音。

「日安，女士，」瓦林說道，「請原諒我的打擾。」

女子將雙臂抱在胸前，用奧普倫語簡短地應了一聲。聽她的口氣，瓦林認爲這名女子並不打算歡迎他進屋去，請他喝一杯冰茶。

「我……被叫到了這裡。」瓦林繼續說道。看著女人神色嚴厲的雙眼，瓦林不知道她是不是聽懂了。那個女人的雙唇抿成了一條剛硬的細線，一個字都沒說。

瓦林向周圍幾乎空無一人的街道瞥了一眼，心中懷疑自己是不是誤解了血歌的提示。但血歌一直都在催趕瓦林，旋律非常明確，迫使瓦林沿著街道一直走到這裡。當瓦林站到繪有鑿子和錘子的招牌下時，血歌突然便沉寂。瓦林抵抗著硬闖進去的衝動，強迫自己露出微笑。「我有生意要談。」

女人的眉頭皺得更緊。她用帶有濃重口音，但絕無錯誤的言辭說：「這裡不作北方人的生意。」

瓦林感覺到血歌傳來微弱的呢喃，鋪子裡的敲擊聲停了下來。一個男性的聲音開始用奧普倫語說話，那個女人沉著臉，露出氣惱的神情，又瞪了瓦林一眼，才讓到一旁。「小心一點，」當瓦林走進去的時候，她又說道，「如果你偷東西，諸神會詛咒你。」

店鋪裡面的空間很大，天花板很高，大理石地板足有三十步見方。陽光從敞開的天窗中傾洩而下，照亮了一個滿是雕像的房間。這些雕像的高矮大小各不相同，有些只有一、兩尺高，另一些則有真人大小，其中一尊刻畫出一個擁有不可思議強健肌肉的人正在和一頭獅子角力的雕像至少十尺高。這尊雕像散發出強烈的力量感，它細緻入微，又無比精確的每一條曲線都令瓦林感到震撼，彷彿這個巨人和這頭獅子被凍結在他們爆發出最強力量的那個瞬間。不遠處還有另一尊小一些的雕像，那是一個身形與活人相仿的女子，美貌令人流連忘返。她正伸出雙手，做出懇求的動作，姣好的面容卻被固定在一個充滿深沉哀傷的時刻。

「赫利婭，正義女神，正在為她進行的第一場審判而哭泣。」瓦林聽到這句話的時候，血歌也驟然嘹亮起來，但歌聲的含義並不是警告，而是歡迎。說話的人雙手背在身後，圍裙的口袋裡裝著一柄鑿子和一把錘子；個子不高，但非常健壯，裸露的雙臂上全是虯結的肌肉。他的面孔棱角分明，有兩個凸出的顴骨，一雙杏仁形的眼睛，沒被灰塵覆蓋的皮膚閃耀著一種淡淡的黃金色澤。

「你不是奧普倫人。」瓦林說。

「你也不是。」那個人笑著答道，「但我們都到了這裡。」他向那名女子轉過身，用奧普倫語說了些什麼。女子最後瞪了瓦林一眼，便消失在鋪子的後頭。

瓦林向正義女神的雕像點點頭，「她爲什麼這樣哀傷？」

「她愛上了一個凡人，但熾烈的感情促使那名凡人犯下了一樁恐怖的罪行。於是，她對他進行了審判，將他置於地底深處，用鎖鏈將他綁縛在岩石上，讓他的血肉永遠被毒蟲啃食。」

「那一定是一樁很嚴重的罪行。」

「確實如此。那個凡人偷竊了一把魔法利劍，並用這把劍殺死了一位神明。他以爲這位神明是情場上的對手，卻不知，他殺死的乃是赫利婭的兄弟，伊克斯圖斯，夢境之神。現在，每當我們承受噩夢之苦的時候，都是那個死亡神祇的幽影在向凡人復仇。」

「神就是一個謊言。但這的確是一個好故事。」瓦林伸出手。「瓦林・奧・蘇納……」

「第六軍團兄弟，統一王國之劍，現在也是我們這座城市的外國占領軍的指揮官。你實在是一個有趣的人。不過，歌者通常都是很有趣的，歌聲會引領我們走上許多不同的道路。」那個人握住了瓦林的手，「埃姆・霖，謙卑的石匠，爲您效勞。」

「這些全都是你的作品？」瓦林指著那一尊尊雕像問道。

「從某種角度來說，是的。」埃姆・霖轉過身，向鋪子後面走去。瓦林跟隨在他身後，同時還忘我地欣賞著周圍數不清的神奇作品。他覺得，這些雕塑彷彿向他呈現出各種變化無窮的形體和畫面。他問道：「他們全都是神嗎？」

「並非都是。這個……」埃姆・霖在一個半身像旁邊停住腳步，這是一個面容嚴肅的人，有著鷹鉤鼻和深深皺起的雙眉。「坎謨朗皇帝，奧普倫帝位的第一位主人。」

「他似乎顯得很困擾。」

「他有很多煩心的事情。他的兒子在得知自己不會成爲第二任皇帝之後，就企圖殺死他。從人眾中選擇繼位者，當然，這需要眾神的說明，但實在是徹底違背過去的傳統。」

「那個兒子後來如何了？」

「皇帝剝奪他的財富、割掉他的舌頭、刺瞎他的雙眼，然後責罰他像乞丐一樣度過餘生。大多數奧普倫人都認爲他受到了過分的寬待；他們是很好的人，謙恭有禮，待人寬容，但在被激怒的時候，也會變得毫無仁恕之心。你應該牢記這一點，兄弟。」沒有聽到瓦林應聲，他瞥了瓦林一眼，「我必須承認，當你的歌聲將你帶到這裡的時候，我很吃驚。你一定知道，這次入侵註定以失敗告終。」

「最近，我的歌聲……有些不正常，它已經有很長時間沒有給過我提示了。在我聽到你的聲音以前，它已經沉默了超過一年。」

「沉默。」埃姆．霖似乎非常震驚。他盯住瓦林，眼神變得充滿好奇。「那是一種什麼樣的感覺？」他的語氣幾乎可以被稱爲羡慕。

「就像是失去了四肢。」瓦林誠實地回答。直到現在，他才第一次意識到，當歌聲陷入沉寂時，自己有多深的失落感。也是直到現在他才知道，自己已經接受了這個事實——他的歌聲並非是一種災禍。希拉是對的，這是一種贈禮，而他已經開始珍視這種贈禮了

「我們到了。」埃姆．霖張開雙臂，他們已經走進了石匠舖的後屋。這裡有一張大工作臺，上面整齊排列著數量令人驚歎的各種工具：錘子、鑿子，以及瓦林完全叫不出名字來的一些器具。一個梯子架在一塊很大的大理石上，一尊雕像的雛形已經漸漸從這塊大理石中顯露出來了。瓦林看到這塊石頭，立刻吃了一驚——它的鼻子、耳朵、細膩生動的毛髮，還有那雙眼睛，那雙瓦林絕不會

認錯的眼睛。他的血歌清澈而溫暖，彷彿在向久別重逢的老友問好。是那頭狼，那頭在烏立實森林救過他的狼，那頭在第五軍團總部外面發出長嚎，向他示警的狼；從亨娜姐妹的毒刃下救了他一命的狼，更是那頭阻止了他在馬蒂舍森林中成爲殺人犯的狼。

「啊……」埃姆．霖揉搓自己的額頭，表情顯得格外痛苦，「你的歌聲實在很強，兄弟。」

「抱歉。」瓦林集中精神，竭力讓自己的歌聲平靜下來，只過了幾秒鐘，歌聲便完全消失了。

「那是一位神靈嗎？」瓦林問埃姆．霖，同時抬起頭，雙眼緊盯著那頭狼。

「不算是。牠是奧普倫所稱的無名者之一，是神祕之靈。這頭狼出現在許多眾神的故事中，作爲指引者、保護者、戰士或復仇之靈，從不曾有過名字。牠只是一頭狼，同時令人感到恐懼和尊敬。」他專注地看著瓦林，「你以前遇過牠，對不對？你看到的不只是僵死的岩石。」

片刻之間，瓦林懷疑自己是不是對於這個人過於敞開心扉，畢竟，這個陌生人的歌聲曾經差一點殺死他。但他自己的歌聲的確是在歡迎對方，這一點早已壓過了他的懷疑。「牠救過我。兩次讓我免於死亡，一次讓我避開更可怕的下場。」

埃姆．霖的臉上閃過一絲近似於恐懼的神情，但很快就強迫自己露出微笑。「用『有趣』來形容你看來並不算恰當，兄弟。這個是你的。」他指著不遠處的一個工作臺說道。那上面有一塊大理石，石頭上放著一柄鑿子。那是一塊完美的正方形白色大理石，正是埃姆．霖的歌聲將瓦林擊倒時，瓦林在幻象中看到的那塊石頭，瓦林的手指感覺到了它光滑的表面。

「你爲我弄到的這個？」瓦林問。

「我在許多年以前就遇到它了，那時我的歌聲突然變得格外響亮。無論這裡面是什麼，它一定等待了很長時間——等待你讓它獲得自由。」

等待……瓦林將自己的手掌平放在這塊石頭上，感覺到血歌翻湧，也感覺到混合著警告與篤定的韻律。等待。等待者。

他舉起鑿子，試著讓鑿刃碰到石頭。「我從未做過這種事，甚至不能雕刻出一支像樣的手杖。」

「你的歌聲將指引你的雙手，就像我的歌聲指引我的雙手。這些雕像可以說是出自於我的技巧，也可以說是出自於我的歌聲。」

他是對的。歌聲開始在瓦林心中積聚，變得強烈而且清晰，在石塊上爲鋼鑿指引出路徑。瓦林從工作臺上拿起一把木槌，開始敲擊鑿尾，從方形大理石的邊緣打掉一小片石屑。歌聲奔湧，他的雙手移動，埃姆・霖和整個工作間都消失了。眼前的作品徹底將他吞沒。他的腦海中沒有想法、沒有雜念，只有歌聲和石塊。他不知道時間，對歌聲以外的世界全無感覺。直到他的肩膀被用力搖晃，他才恢復了意識。

「瓦林！」巴庫斯看他沒有反應，又用力搖了他兩下，「你在幹什麼？」

瓦林看著自己覆滿灰塵的雙手和握在手中的工具，又注意到自己的斗篷和武器全都被放到了一旁，卻不記得自己在何時取下了它們。他面前的石塊已經發生了巨大的改變，石塊的上半部被大致雕鑿成半球形，而且中心處出現了兩道淺淺的凹痕。一個下巴也隱約出現在石塊的底部。

「你就在這裡敲石頭，沒有武器，也沒有衛兵。」巴庫斯的語氣中，驚駭多過憤怒，「任何經過的奧普倫人都能不出汗就把你打死。」

「我……」瓦林困惑地向他眨眨眼。「我……」他的聲音低了下去。他明白任何解釋都是徒勞。

埃姆・霖和那名替瓦林開門的女子就站在不遠處，那個女人正瞪著巴庫斯帶來的兩名士兵。埃姆・霖則顯得輕鬆許多，只是悠閒地用一塊磨石打磨他的鑿子，並向瓦林投來欽佩的微笑。

巴庫斯向那塊石頭掃了一眼，然後目光又轉回瓦林身上，粗濃的眉毛緊緊擰在一起。「你雕的是什麼？」

「沒什麼。」瓦林拿起一塊亞麻布，蓋住石塊。「你有什麼事，兄弟？」他很難完全壓抑住聲音中的氣惱。

「姬爾瑪姐妹需要你。就在總督官邸。」

瓦林不耐煩地搖搖頭，再次伸手去拿鑿子和木槌。「應付總督是坎尼斯的工作，去找他吧。」

「已經有人去找他了，姬爾瑪也需要你。」

「我想，應該不會是什麼急事……」巴庫斯的手用力地握住了瓦林的手腕，同時湊到瓦林耳邊，悄聲說了四個字。瓦林立刻丟下工具，拿起斗篷和武器，沒有顧及立刻開始怒吼反對的血歌。

「血紅之手。」姬爾瑪姐妹站在官邸大門以內說道。她禁止人們靠近自己、瓦林第一次完全沒有從她的聲音中聽出任何愉快的情緒。她面色蒼白，一雙明亮的眼睛因爲恐懼而變得暗淡，「現在只有總督的女兒發病，但其他人很難避免。」

「妳確定？」瓦林問。

「我們軍團的每名成員在加入組織時，都學習過如何觀察這種病的跡象。毫無疑問，兄弟。」

「妳檢查過那個女孩了？妳碰過她了？」

姬爾瑪無聲地點點頭。

瓦林拚命壓抑緊勒住他胸口的哀傷。現在不是軟弱的時候。「妳需要些什麼？」

「官邸必須被封閉，並派兵守衛，沒有人可以從這裡進出，你必須監視城中是否有出現更多病患。我的護理員知道該如何辨別病狀，所有被發現罹患此症的人都必須被送到這裡來。如果有必要，哪怕是強行押送過來也在所不惜。在處置這些人的時候，必須佩戴面具和手套。你必須封閉整個城市，任何船隻都不得進出，任何車輛都不能離開。」

「這樣會造成恐慌。」坎尼斯警告道，「血紅之手流行的時代，因而死亡的奧普倫人絕不少於王國人。如果消息擴散出去，人們一定會拚命想要逃走。」

「那麼你們就必須阻止他們。」姬爾瑪姐妹一字一字地說道。「我們不能允許這種瘟疫再次蔓延。」她盯住瓦林，「你明白嗎，兄弟？你必須做該做的事。」

「我明白，姐妹。」在悲哀的心緒中，一個模糊的回憶開始浮現——夏琳在高岩堡時說過的話。瓦林一直在努力避免回憶那個時刻，那種失落的感覺實在是太強烈了。但現在，他開始竭盡全力去回想夏琳在赫特司．穆斯托死後的那個早晨說過的話。那名篡逆者的手下用血紅之手在沃恩斯雷夫爆發的虛假訊息引誘夏琳自投羅網。*我當時正在試製一種藥劑……*

「夏琳姐妹，」他說道，「她曾經告訴過我，她有治療這種疾病的方法。」

「也許是有可能的，兄弟，」姬爾瑪答道，「但那還沒有得到實踐與檢驗，而且以我的技巧，也不可能完成那種治療。」

「夏琳姐妹現在哪裡？」瓦林問道。

「我最後得到關於她的訊息時，她正在第五軍團總部。現在她是主治療師了。」

「如果風向有利，只需要二十天的航程。」坎尼斯說，「然後還需要二十天返航。」

「如果是奧普倫船或者王國船，的確需要這麼多時間，」瓦林低聲地喃喃說道。然後，他轉向姬爾瑪，「姐妹，向總督要一份宣告，確認妳的判斷，並命令市民予以協助。坎尼斯兄弟將會將它抄錄多份，在城中各處張貼。」他又轉向坎尼斯，「兄弟，派兵守住城門和官邸。在城牆上增加雙倍崗哨。只在必要的地方才使用我們的人。」他回過頭，看著姬爾瑪姐妹，努力露出鼓勵的笑容，「姐妹，希望是什麼？」

「希望是信仰的核心，放棄希望就是否認信仰。」姬爾瑪的臉上也微微露出了一點笑容，「我的住處有我需要的器具和藥品，請把它們帶來。」

「這件事交給我好了。」坎尼斯應聲道。

瓦林轉過身，快步走上了石板小路。坎尼斯在他身後喊道：「碼頭那裡怎麼辦？」

瓦林頭也不回地說道：「我去碼頭。」

這名梅登尼恩船長身材細瘦，筋骨結實。他和瓦林分坐在桌子兩邊，瘦長的臉上，一雙緊盯瓦林的眼睛裡充滿懷疑。他帶著一副軟皮手套，雙手用力握在一起，放在桌面上。他們所在的地方是舊商人公會的地圖室。房間裡除了他們兩個外，只有芬提斯守在門口。窗外，夜幕正迅速落下，這座城市很快就會進入夢鄉，城中那些幸運的人們要到明天早晨才會知道自己已經大難臨頭。也許這位船長很不喜歡自己和自己的船員突然從床上被拽起來，還不得不脫光衣服，接受姬爾瑪姐妹的護理員的檢查，然後又被帶到這裡，但很顯然，他認爲自己最好不要把心中的氣惱表露出來。

「你是卡沃．努林？」瓦林問他。「紅鷹號的船長？」

那個人緩緩地點了點頭。他的眼睛在瓦林和芬提斯之間不住地來回閃爍，偶爾會在他們的長劍上停留一下。瓦林並不打算讓此人的不安緩解，讓他持續害怕下去有助於實現瓦林的目的。

「人們都說，你的船是這裡最快的。」瓦林繼續說道，「他們還說，你的船是梅登尼恩人建造的船隻中最美麗的。」

卡沃·努林點了一下頭，但並沒有說話。

「你沒有海盜的名聲和欺詐的惡譽，對於一位來自於那個群島區的船長，這可是非比尋常的。」

「你想要什麼？」那個人的聲音嚴厲而且刺耳，瓦林注意到，他繞在脖子上的黑色絲巾邊緣露出了一道白色的傷疤。不管有沒有當過海盜，這個傢伙在大海上一定沒少惹過麻煩。

「我要你拿出最大的能耐，」瓦林不動聲色地說，「趕到維林堡，你最快需要多少時間？」

船長的不安減輕，但臉上依舊布滿了疑雲。「以前十五天就可以趕到，那時尤東諾對北方的海很和善。」

瓦林知道，尤東諾是梅登尼恩人眾多風神中的一位。「現在能更快一些嗎？」

努林聳聳肩，「也許吧。如果船艙是空的，還有，要多幾個人手給我拉帆索。當然，還要向尤東諾獻祭兩頭山羊。」

在危險的航行之前，梅登尼恩人習慣向他們所崇敬的神獻上牲畜作爲祭品。這次協助入侵奧普倫的艦隊在離港前，瓦林親眼見到他們宰殺大量牲畜，當時整個港口的水面都被染成了紅色。

「我們提供山羊。」瓦林向芬提斯打了個手勢，「芬提斯兄弟和我的兩名部下將成爲你的乘客，你帶他前往維林堡，他在那裡會帶另一位乘客上船，然後你就回到這裡。整個航程不能超過二十五天。能做到嗎？」

努林考慮了一會兒，然後點點頭。「也許能做到，但不會是我的船。」

「爲什麼？」

努林攤開雙手，緩緩地摘下了手套，這雙手從手指到手腕，皮膚的顏色都非常斑駁汙濁。「告訴我，旱地佬，」他將雙手舉到瓦林面前，燈光在那一層變形的蠟狀皮膚上不停地閃動，「你有沒有不停地用赤手拍打火焰，但卻只能眼睜睜看著你的母親和妹妹被活活燒死的經驗？」一絲冰冷的微笑扭曲了這個梅登尼恩人的嘴唇，「不，我的船不會供你驅使。奧普倫人稱你爲希望屠滅者，對我而言，你是焚城者的小雜種。其他船主們也許願意爲你的國王作婊子，但我不會。無論你怎樣威脅和折磨我——」

藍玉落在桌上，發出一聲輕響，隨後便飛快地轉動起來。燈光在它表面那一道銀色脈絡上不停地閃爍。卡沃．努林驚異地盯著它，眼睛裡顯露出毫不掩飾的貪婪。

「對於你的母親和你的妹妹，我很抱歉，」瓦林說，「還有你的手。那一定讓你非常痛苦。」他繼續轉動著藍玉，努林的目光始終沒有離開那塊石頭。「但我能感覺到，你終歸還是一個生意人，而感情用事是很難獲取利潤的。」

努林嚥了一口唾沫。他那雙滿是瘡疤的手在不停地抖動著。「我能拿多少？」

「如果你在二十五天之內回來，它就是你的了。」

「你說謊！」

「偶爾會，但不是現在。」

努林的眼睛終於從那塊藍玉上移開了。他緊盯著瓦林。「有什麼可以作擔保？」

「我的話，第六軍團兄弟的話。」

「讓你的話和你的第六軍團都發膿瘡爛掉吧。你們那種崇拜死人的宗教對我毫無意義。」努林戴上手套，皺起眉頭，在心中盤算起來，「我想要一份簽名的保證書，而且要由總督作見證人。」

「總督現在……行動不便。但我相信，商人公會的大宗主會很高興擔當這一職責。這樣可以嗎？」

紅鷹號與瓦林見過的所有船隻都截然不同。它比大多數海船都要小，船身細長，有三根桅杆，而不是尋常海船的兩根。而且只有兩層甲板，船員不超過二十人。

「建造它的目的是用於茶葉貿易，」看到瓦林對這種非同尋常的設計表露出驚訝的神色，卡沃·努林便粗聲粗氣地向他解釋，「茶葉越新鮮，利潤就越高。少量的新鮮茶葉總售價可以達到一大船陳茶的三倍。你越早到達港口，就能掙越多的錢。」

「沒有船槳嗎？」芬提斯問：「我還以爲所有的梅登尼恩船都是有槳的。」

「有的。」努林指了指底層甲板旁封閉的舷窗，「只有在沒風的時候才用得上它們，但北方的海面很少會眞正平靜。不管怎樣，就算是只有一絲微風，這只鷹也能飛起來。」

船長向周圍的碼頭瞥了一眼。目光所及之處，只能看到一排排寂靜無聲的空船和在碼頭上站崗的疾行之狼。水手們被命令要在晚上離開船隻，這個命令在執行的時候遇到了不小的阻力。現在那些水手大概都在附近被嚴加看守的倉庫裡照料著身上的傷口。「在我的記憶裡，凌尼薛的港口從未這樣安靜過。」努林說道。

「戰爭對貿易而言不是好事，船長。」瓦林回應道。

「船隻在前一個月還來往不絕，現在卻只能空蕩蕩地在這裡漂，駕駛她們的水手都被關進了監獄。只有紅鷹號一艘船還能出海……」

「我們必須萬分小心。」瓦林友好地拍了拍他的後背，卻引來一陣恐懼與厭惡的顫慄。「這裡有許多間諜。船長，你什麼時候出發？」

「再過一個小時，等潮頭到位的時候。」

「那我就不耽誤你做準備工作了。」

努林壓抑下冷笑的衝動，點了點頭，然後走上跳板，同時向他的船員們發出一連串夾雜著髒話的命令。

「你認為他知道嗎？」芬提斯問。

「他有所懷疑，但還不知道。」瓦林給了芬提斯一個帶著歉意的微笑，「我應該多派些人跟著你，但這可能會引起更多懷疑。姬爾瑪姐妹的護理員已經告訴你該注意什麼了吧？」

芬提斯點點頭，「脖子腫脹、出汗、暈眩、手臂上生皮疹。如果這些症狀中有一種出現，其餘的症狀也會在三天之內出現。」

「很好。記住，兄弟，如果船上任何人，包括你在內出現血紅之手的症狀，這艘船都不能在維林堡靠岸，也不能在其他任何地方靠岸，明白嗎？」

芬提斯點點頭。瓦林沒有從他的身上感覺到任何恐懼或不甘，血歌只是在唱誦著一種根本性的、不可動搖的信任，一種幾乎無理性的忠誠。許多年以前，那個衣衫襤褸的纖瘦男孩、那個在守護者的房間裡向他哀求援助的男孩已經徹底消失了，他被鍛造成了一個歷練豐富，擁有令人膽寒的技藝，並且對瓦林的一切命令都絕對服從的戰士。有時候，瓦林覺得指揮芬提斯更像是一種負擔，而不是一種幸運。芬提斯是一件使用時必須極度謹慎的武器，一旦出鞘，就再沒有還鞘的可能。

「我……很遺憾不得不這樣做，兄弟。」瓦林說道，「如果能有其他辦法……」

「你還沒有教過我那一課。」芬提斯說。

瓦林皺起眉頭：「哪一課？」

「飛刀，你說過你會教我。我以爲能憑自己學好這一課，但我錯了。」

「到現在爲止，你已經學到很多東西。」強烈的罪惡感突然充斥在瓦林的胸中。到現在爲止，這個盲目相信自己的年輕人已經參加過那麼多戰鬥，受過那麼多傷。芬提斯會走上這條道路，全都是因爲他。「你曾經想成爲兄弟，」瓦林沒能掩飾住聲音中的愧疚，「我們這樣對你，是好的嗎？」

讓瓦林驚訝的是，芬提斯笑了。「對我好？你們什麼時候對我不好了？」

「獨眼給你留下一身傷疤的時候、你在測試中受到傷害的時候，還有跟隨我來到這裡，經歷戰爭與痛苦的時候。」

「如果沒有這些，我又能得到什麼？飢餓和恐懼？或暗巷裡的一把刀子，讓我在污水溝裡流血等死。」芬提斯握住瓦林的肩膀，「現在，我有願意用生命保衛我的兄弟，我也同樣會爲他們而死。現在，我有了信仰。」他的微笑強悍而堅定，顯示著他強烈的信心，「信仰是什麼，兄弟？」

「信仰就是全部。信仰占有了我們，並解放了我們。信仰塑造了我的生命，無論是在這個世界，還是在來世。」瓦林說出這番話的時候，也被自己毫無動搖的語氣吃了一驚。這是屬於他自己的、深入內心的信念。他在這個世界上已經有過這麼多經歷，見識過這麼多神祇，但他脫口而出的這段話中每一個字都浸透了絕對的信心。

我聽過母親的聲音……

第六章

紅鷹號出發的幾天裡，城中的生活迅速變得單調而且緊張。每個早晨，瓦林都會去官邸的大門口，與姬爾瑪姐妹見面。至今爲止，唯一的新發病人只有總督女兒的侍女——這位已屆中年的女病人很可能撐不過一個星期。總督的女兒因爲年輕，還有精力承受病痛的折磨，但很可能也只有一個月左右的時間。

「妳呢，姐妹？」每天早晨，他都這樣問姬爾瑪，「妳還好嗎？」

姬爾瑪總是會露出她明豔的微笑，微微點頭。瓦林很害怕有哪一天，當他沿著這條路走到總督官邸門前的時候，發現姬爾瑪並不在那裡。

出現瘟疫的訊息傳至城中各處以後，整個城市都被恐懼的氣氛吞沒。不過，人們的反應各不相同。比較富裕的市民大多收拾起財物，聚在一起，逃往離家最近的城門，打算離開城市。被攔住後，他們則會企圖依靠威脅或賄賂闖出城門，當賄賂也未能成功的時候，有些人又想趁夜晚率領武裝保鏢和僕人衝出城門，但疾行之狼總是輕鬆地用棒子把這些傢伙打了回去——這是富有遠見的坎尼斯發放給他們，用以應對城中暴亂的武器。這些騷亂並沒有導致任何人的死亡，這一點很幸運，但這座城市的精英階層因此對這些北方人產生了更強烈的恨意，而恐懼更是讓他們陷入了絕望。有一些人在自家門前築起了街壘，拒絕所有來訪者，甚至會用弓箭或十字弩來對付擅自闖入的人。

沒有過多金錢，但生活還算富足的人們也有著同樣的恐懼，但對待這場災變的態度要克制得多。至今為止，他們之中並沒有發生任何騷動，城中的大部分居民都還堅持著日常的生活方式，只不過會儘量減少在街道上的滯留時間，也盡可能不與鄰里來往。儘管心驚膽戰，他們都還是能順從地接受有規律的病症檢驗。現在城中還沒有人患病，不過姬爾瑪姐妹似乎確信，這樣的事情遲早會發生。

「血紅之手通常都是從港口城市開始爆發的。」有一天早晨，她對瓦林說道，「來自於大洋彼岸的船隻將它帶到這裡。毫無疑問，這一次它也是循這條路徑而來。亞魯安總督告訴我，那個女孩很喜歡到碼頭上去，看航船往來。如果你找到新的病例，那最有可能會是一名水手。」

儘管也像城中的人們一樣心存恐懼，但瓦林更擔憂他的士兵們。疾行之狼依然保持著嚴整的紀律，但其餘的部隊卻相當不安分。馬文伯爵的尼賽爾士兵和康布雷爾弓箭手之間已經發生了數次凶狠的鬥毆，雙方都有人受重傷，瓦林不得不對鬥毆中最凶頑的人判處鞭刑。到現在為止，唯一的一批逃兵出自王國衛軍——五名奧．考德林的藍鰹鳥帶著搶來的補給品翻過城牆，希望能回到安提許。瓦林很想讓他們在沙漠中自生自滅，但他知道，必須採取行動，以儆效尤，所以他派遣巴庫斯率領斥候部隊追了上去。兩天以後，他們帶著屍體回來，瓦林命令巴庫斯把這五個人的屍體掛在位於公眾場合的絞刑架上。然後，這些屍體在主城門附近被焚化，這是為了確保讓城牆上的衛兵能夠看到，並將訊息傳達給他們的同袍：任何人都不能離開此地。

到了下午，瓦林會在城牆和城門巡視，與士兵們交談——儘管這些士兵們都不願意面對他。王國衛軍對他保持著嚴格的尊敬，但難免會怕他；尼賽爾人看到他的時候總是面色陰沉，而康布雷爾人則顯然對多次戕害過他們的黑刃充滿厭惡，但瓦林會用大量時間與所有這些人談話，詢問他們的家人，還有他們戰前的生活。士兵們的回答千篇一律，完全都是他們會說給所有指揮官聽的客套話。但瓦林知道，他與這些士兵的隔閡並不重要。他們需要看到他、知道他完全不害怕這場瘟疫。有一天，瓦林在西門附近找到了布倫・昂特什。那名弓箭手正用單手遮擋陽光，凝望著在頭頂盤旋的一隻鳥。

「禿鷲？」瓦林問。

這名康布雷爾指揮官似乎從來不使用正式的敬語，不過這一點絲毫不會讓瓦林感到氣惱。「鷹，」他回答，「我從未見過的一種鷹，看上去有一點像家鄉的迅翼。」

在所有的指揮官中，昂特什對於眼前這場瘟疫的反應最爲平靜。他安慰自己的部下，向他們保證不會有危險，他的話顯然對部下產生了很大影響，他的弓箭手中沒有一個想要逃走的。

「我想要謝謝你，」瓦林說，「你的部下嚴格地遵守了紀律。他們一定非常信任你。」

「他們也信任你，兄弟，就像他們深深痛恨著你一樣。」

瓦林想不出有什麼理由可以反駁昂特什的這句話。他走到昂特什身邊，靠在城垛上，「我必須承認，國王竟然能從你的封地中徵募到這麼多人，這實在讓我感到驚訝。」

「當森特斯・穆斯托坐上封地領主的位子後，他做的第一件事就是廢止法律規定的長弓日常操演以及相應的每月津貼。我大多數部下都是農夫，這份津貼是他們收入中的固定部分，沒有這份津貼，許多人都無法供養他們的家庭。他們也許對賈努斯恨之入骨，但恨不能讓他們的孩子吃飽飯。」

「他們眞的相信，我就是你們的《十經》中所說的黑刃？」

「你殺死了黑箭，還有眞刃。」

「實際上，殺死赫特司・穆斯托的是巴庫斯。而直到今天，我還是不知道我在馬蒂舍森林裡殺死的那個人是不是黑箭。」

那名康布雷爾指揮官聳了聳肩。「不管怎樣，第四經中說，信神的男人無法殺死黑刃。我不得不說，兄弟，你的確和經中的描述很像。至於說使用黯……嗯，誰又能知道呢？」昂特什的表情變得非常謹慎，彷彿在等待著瓦林的責罵或者威脅。

瓦林決定改變一下話題。「那麼你呢，先生。你入伍是爲了你的孩子嗎？」

「我沒有孩子，也沒有妻子，只有弓和身上的衣服。」

「國王的黃金呢？你一定也有這個吧。」

昂特什顯露出焦慮的神情。他將頭轉向一旁，再次開始搜尋天空中的那隻鷹。「我……不小心丟掉了。」

「就我所知，每一個人在入伍的時候都會立刻得到二十枚金幣，這可是很大的損失。」

昂特什沒有轉回頭。「你是不是想從我這裡得到什麼，兄弟？」

血歌發出一陣短促而不安的呢喃——不是那種要瓦林提防襲擊的淒厲警告，更像是在提醒瓦林，面前這個人說了謊話。*他在隱瞞什麼。*「我想多知道一些關於黑刃的事，」瓦林說，「如果你告訴我的話。」

「這就等於你要對《十經》有更多瞭解。難道你不怕自己的靈魂因爲知道太多事情而遭到玷汙嗎？你不害怕自己失去信仰嗎？」

這個康布雷爾人的話喚醒了瓦林記憶中的赫特司．穆斯托，讓瓦林再一次看到了那個篡逆者眼中的愧疚與瘋狂。血歌的呢喃聲變得更加響亮了。*他認識赫特司．穆斯托嗎？他會不會曾經是赫特司的追隨者之一？*「我不覺得有什麼知識能夠玷汙一個人的靈魂，就像我對你們的眞刃說過的，我不可能失去自己的信仰。」

「第一經告訴我們，世界之父的愛是眞理，我們要將這種眞理傳播給任何想要接受它的人。如果你願意的話，可以再來找我，我會告訴你更多東西。」

等到黃昏時分，瓦林總會前往埃姆．霖的店舖。在那裡，埃姆的妻子會瞪大滿含殺意的眼睛替瓦林倒茶，而那名石匠則會傳授瓦林血歌之道。

「在我的族人中，它被稱爲天堂之樂。」有一天晚上，埃姆．霖這樣向瓦林解說。這時他們正在埃姆的工作間裡，啜飲著小瓷杯中的茶水，那頭狼的雕像就在他們身邊。每次瓦林來訪，它都會變得更加眞實完整，讓瓦林不由自主地感到緊張。石匠的妻子從不會讓瓦林走近他們的住宅，每次倒好茶之後，她都會躲進那裡面去。瓦林曾經錯誤地提議由他們自己來倒茶，結果招來了石匠妻子一陣極度憤怒的瞪視。那次，瓦林讓埃姆．霖從他的杯子中啜了一口茶之後，才敢喝下剩餘的茶水——他實在很害怕那個女人在自己的茶杯中下毒。

「你的族人？」瓦林問道。他推測這名石匠可能來自於遙遠的西方。關於那個地方，瓦林的瞭解全都源自於水手們的傳說。在那些充滿幻想的故事裡，遙遠的西方有一片遼闊的大陸，有數不盡的農田和偉大的城市，商人國王是那裡的統治者。

「我出生在青沙郡，偉大的商人國王羅丹對那裡施行仁慈的統治，他很懂得那些非同尋常的天賦的價值。當我的天賦被村中長者知曉的時候，便在十歲時離開家人，被送到國王的宮廷，在那裡接受運用天堂之樂的指導。我記得，那時我非常想家，但從未想過要逃走。按照那裡的法律，兒子叛國，父親也要連坐受罰，我不想讓父親因爲我的悖逆之行而遭受懲罰。儘管我最渴望的莫過於回到他的店舖，再一次雕刻石頭。要知道，他也是一位石匠。」

「在你的家鄉，黯影不是罪行？」

「不是，它被視作一種祝福、一種來自天堂的禮物。一個家庭的孩子如果擁有這種贈禮，這個家庭也將獲得巨大的榮耀。」他的臉上覆蓋了一層陰雲，「至少我聽說是這樣。」

「那麼，你在宮廷中學習操縱這種歌聲的方法？你知道如何使用，知道它是從哪裡來的。」

埃姆．霖露出哀傷的微笑，「這首歌是無法學習的，兄弟，它並非來自於任何地方。它就是你。你的歌聲並非你體內的另一種存在。它就是你。」

「是我的血液發出的歌聲。」瓦林回憶起奈蘇絲．希爾．寧在馬蒂舍森林中對他說過的話。

「我聽過有人這樣描述。所以，用這名字稱呼它相當貼切。」

「那麼，如果這首歌不能學習，他們又傳授了你什麼？」

「控制，兄弟。就像其他所有歌曲一樣，要唱好，就必須勤加練習、不斷研磨，讓它日臻完美。我的導師是一位名叫馨萊的女性長者。她已經非常蒼老，以至於必須被擔架抬著，才能在宮中移動，而且只要是距離她鼻子兩尺以外的東西，她就完全看不見了。但她的歌聲……」這名石匠一邊回想，一邊驚異地搖了搖頭。「她的歌聲就像是烈火，燃燒得那樣耀眼和響亮，讓你完全看不見也聽不見其他任何東西。她第一次對我唱歌的時候，我幾乎昏厥。她發出沙啞的笑聲，稱我為小老鼠，唱歌的小老鼠——這就是我們的語言中埃姆．霖的意思。」

「聽起來，她是一位嚴苛的導師。」瓦林作出評論，同時不由得想起了索利斯導師。

「是的，她很嚴厲，她實在是有太多東西要教給我，卻已經沒有多少時間。我們所擁有的這種贈禮非常罕見，兄弟。馨萊侍奉過商人國王羅丹和他的父親，在她漫長的人生中，一直未曾遇過另外一位歌者，我是她唯一的接班人。她的教導嚴格而且充滿痛苦，她不需要棍棒責打我，她的歌聲就足以傷害我。我們的教學從眞相探知開始——兩個人被帶到我們面前，其中一個犯下了某種罪行，每一個都聲稱自己無辜，而她則會問我其中哪一個有罪。一開始，我經常會判斷錯誤。而我每一次犯錯，她的歌聲都會像帶著火焰的鞭子一樣抽擊在我的身上。她總是對我說：『眞相是歌聲的核心，小老鼠。如果你無法聽到眞相，你就什麼也聽不到』。

「當我掌握了傾聽眞相的技藝之後，課程就變得更加複雜了。她會將某種象徵物交給一名僕人，比如一件珍貴的珠寶或者裝飾品，命令僕人將這件物品藏到宮中的某個地方。如果我沒有在日落之前找到它，那名僕人就能得到這件寶物，我則會因爲失去這件寶物而受到懲罰。後來，她又安排許多人聚集在庭院裡，用最大的聲音說話，其中有一個人的袍子裡藏著一把匕首。而我在她的歌聲刺穿我如同那把匕首刺穿我們的主人之前，只有五分鐘的時間能設法把這個匕首找出來。她每時每刻都在提醒我，我的一切都是屬於主人的，辜負主人將給我帶來永恆的羞恥。」

「那位商人國王會利用你的歌聲？」

「確實如此。貿易是遙遠西方的生命血脈，那些在貿易中取得成功的人都會成爲強者，甚至是人民的君主。而成功的貿易需要情報，尤其是那些被人們當做祕密的情報。」

「你曾經是一名間諜？」

埃姆．霖搖了搖頭，「我只是在爲更強大和更富有的人們充當見證人。一開始，羅丹會讓我坐在王座大廳的一角，與他的孩子們一同玩耍。如果有人問及我的身分，我會被說成是國王的被監護人，王室遠親的一名孤子。在街談巷議中，大多數人相信我是他的私生子，王室中一個不重要、但依舊得到尊榮待遇的成員。在我玩耍的時候，人們不斷來到國王面前，帶來各種不同程度的虛僞禮數，眞實的敬意和憾恨，而所有這些，都不過是一些毫無價値的泥垢，白白玷汙了國王的宮廷。我注意到，這些人的衣著越華貴、隨從隊伍越龐大，他們帶來的請願或宣告就越是卑微空洞。而羅丹從不會怠慢他們之中的任何人，並且會爲了不能提供更爲盛大的歡迎而向他們致以歉意。國王總是要和這些人寒暄過一個小時或更久以後，他們走進王宮的眞正原因才會被說明，而幾乎總是關於錢。有些人想要向國王借錢，另一些人則是欠國王的錢，而他們所希望的無非都是得到更多的錢。在他們交談的時候，我就會傾聽。最終，國王友好地送客人離開，答應很快會給他們答覆，並爲了不能立刻回應他們的要求而深表歉意。然後，他就會問我天堂之樂在剛才的交談中有怎樣的反應。

「我那時還只是一個男孩，完全無法理解這些事情到底有多麼重要。但我的歌聲不需要知道一個人爲什麼會說謊或者布設騙局，爲什麼要在微笑和誠惶誠恐的尊敬後面隱藏恨意。當然，羅丹知道爲什麼，他也知道這些人的道路前方應該是財富還是損失，或者是劊子手的斷頭臺。

「我就這樣一直生活在商人國王的宮廷中，跟從馨萊學習，向羅丹稟明眞相。我沒有什麼朋友，身邊只有一些被特別任命的護衛，他們大多是一些愚鈍的人，一些抱著盲目的樂天心態的孩子。他們來自地位較低的商人家族，是家人用金錢在宮廷中爲他們買到一席容身之地。過了一段時間，我才明白，這些人能夠被安排在我的身邊，正是因爲他們心智愚鈍，不夠聰明、狡詐。頭腦聰慧的朋友們會讓我也隨之變得聰明，讓我認爲這種奢華富足的愉悅生活不過是一個裝飾華美的籠子。而我只是籠中的一名奴隸。

「當然，我會得到獎勵。成年之後，青年人的欲望便占據了我，不管我想要女孩還是想要男孩，想要美酒還是各種各樣能夠讓人快樂的藥劑，我都能得到滿足。不過這些都無法影響我聽到自己的歌聲。當我年紀太大，無法和羅丹的孩子們玩耍的時候，我就成爲了他的一名抄寫員。每一次國王的會議中至少都會有三名抄寫員，似乎沒有人會注意到我的筆跡是如此笨拙，甚至常常難以識別。籠中的生活是簡單的，包圍我的高牆將這個世界的紛擾全部擋在外面。那時，馨萊去世了。」

石匠的目光飄向了遠方，似乎迷失在了回憶裡，全身被一層哀傷覆蓋。

「聽到另一名歌者的死亡之歌，對任何歌者而言都絕不是簡單的事。那歌聲是如此巨大，讓我覺得整個世界都無法承受它。那是充滿極度憤怒與悲憾的淒嚎，甚至讓我失去知覺。有時候，我覺得她是想將我一起帶走。她這樣做並非是出於怨恨，而是出於對我的責任。聽到她最終的歌聲，我明白了，她對於羅丹的忠誠是一個謊言，是一個最大的謊言。在她教導我的這麼多年裡，她一直將這個祕密隱匿在她的歌聲以外，而她最後的歌聲讓我聽到了一個奴隸因爲無法逃出主人的囚籠而發出的淒厲怒吼。她不想把我一個人丟下，所以她用歌聲讓我看到一幅畫面：一個村莊，只剩下廢墟和黑煙，到處都是屍體。那是我的村子。」

他搖了搖頭。滲透在他聲音中的強烈哀傷讓瓦林意識到，自己是第一個聽到這故事的人。「我太傻了，」過了一會兒，埃姆．霖才繼續說道，「沒能明白，當無人知曉我的贈禮存在時，這份贈禮才是最有價值的。只有羅丹和將被我取代的那位老人才能知道我是誰。我記得所有那些被馨萊用於教導我的人，所有那些受到懷疑的罪犯和僕人。那麼多年的時間裡，他們一定有幾百甚至幾千人。我明白了，這些知道我贈禮的人也都不可能活下來。我殺死他們，僅僅是因爲他們見過我。

「當我從馨萊將我帶入的昏迷中甦醒過來時，發現自己的靈魂中正有一種新的知覺在燃燒。」他轉向瓦林，眼睛裡閃爍著一種怪異光澤，就像是一個人在回憶自己的瘋狂。「你懂得恨嗎，兄弟？」

瓦林想到了自己的父親消失在迷霧中的那個早晨，以及黎恩娜公主的淚水和自己想要折斷國王脖子的衝動。「我們的信仰要理告訴我們，恨是靈魂的負擔。我發現這種對恨的評述非常真實。」

「它的確會沉重地壓在一個人的靈魂上，但也能讓你得到自由。我用恨意武裝了自己，開始注意羅丹讓我參與的每一場會議的內容，一絲不苟地記錄這些會議中的對話。我開始瞭解他所統治的國土有多麼遼闊，知曉他所擁有的千艘船艦，以及他所覬覦的其餘成千上萬船隻。我知道了那些出產黃金、寶石和礦石的礦脈位於何處。還有他眞正的財富所在——大片良田，其中出產的小麥和水稻成就了他的大宗貿易。我一邊學習，一邊尋找，在我所記錄的檔案中仔細查驗這張巨大的貿易網中是否存在瑕疵。隨後的四年裡，我便在這樣的學習與尋找中度過，宮廷的奢侈生活對我已失去了誘惑。我的那些守衛——現在我知道了，他們不過是看守我的獄卒——並沒有認爲我新出現的這種好學心態有什麼危險性。而這段時間裡，我的歌聲都準確無誤地辯別出國王所需要的眞相，我也總是如實將歌聲告訴我的一切轉述給羅丹，讓他能洞察每一個騙局、每一點祕密。而每一個陰謀和詐術被揭穿時，他對我的信任也就更多一點。漸漸地，我不再只是他的鑒僞師，我成爲了他最信任，最可以託付祕密的人。我知道了更多情報，對於他的網路，我也掌握了更多的絲線。我一直在搜索、在等待，卻始終沒有任何收穫。商人國王對自己的生意瞭若指掌，網路也是完美無瑕的。無論我對他說出什麼樣的謊言，都會立刻露出破綻，而那也就是我被處死的時刻。

「有時候，我也曾想過用一把匕首刺穿他的心臟。畢竟，我有充分的機會可以這樣做。但我還年輕，儘管心已經被憎恨浸透，但卻依舊對生命充滿渴望。我是一個懦夫、一名囚犯。因爲知道囚禁自己的牢獄是多麼巨大廣博，於是我的處境變得更加糟糕。絕望開始讓我的心潰爛，我再一次開始沉溺於享樂，在酒精、藥劑和肉體中尋求解脫。如果不是那些外國人的到來，我很快就會在那種奢靡墮落的生活中死去。

「我在羅丹的宮殿中生活了許多年，卻從未見過一個外國人。當然，我聽過關於他們的故事，在那些奇異的故事裡，白色和黑色皮膚的人們從東方來到這裡。他們是如此野蠻卑鄙，甚至他們的存在本身就是對商人國王所統治疆域的侮辱。我們之所以能夠容忍，只是因為他們帶來了價值不菲的貨物。這支前來與羅丹交易的隊伍在我眼中是完全陌生的，他們身穿奇裝異服，一口我完全無法理解的語言，而他們在禮儀上的笨拙無知更是令人無法接受。但讓我感到無比驚愕的是，他們之中有一個女人，一個擁有歌聲的女人。

「在此之前，女人之中，只有國王的眾位妻子、女兒和侍妾能夠出現在他的面前。在我的故鄉，女人不能參與生意經營，也被禁止擁有財產。通過介紹，我知道這個女人擁有高貴的血統，拒絕與她見面將是對其族群的嚴重侮辱。這些外國人能帶給國王的利潤一定非常豐厚，所以羅丹才會允許這個女人進入他的覲見大廳。

「當時，那支外國使團的其他成員正逐一被引薦給國王，我卻早已無心去聽他們在說些什麼。那個女人的歌聲充斥著我的意識，我情不自禁地盯住了她。兄弟，那真是一位美麗超凡的女子，只不過她的美麗正如同一頭獵豹的美麗，雙眼光彩明亮，黑色的頭髮像是閃閃發光的烏木。當她聽到我的歌聲，便露出了殘忍而愉悅的微笑。

「『看樣子，這頭斜眼的豬也擁有一位歌者』，她的歌聲這樣說道。伴隨著這個訊息的空洞笑聲讓我全身顫抖，我能感覺到她的強大，她的歌聲比我的更強。馨萊也許能與她匹敵，但我絕對不行。小老鼠孤立無援地與一隻貓對峙。『我很想知道，你能告訴我些什麼』。她在我的腦海中歌唱著，歌聲一直深入我的內心，輕鬆而粗魯地闖進我的記憶，拽出我的全部憎恨和圖謀。我背叛的欲望似乎讓她異常欣喜，我能清楚地感覺到她強烈的歡悅之心。『評議會還告誡我，這麼做非常困難』，她的想法清楚地從她的歌聲中表達出來。那時候，她的目光停留在我的身上。『如果你想要這個商人國王死掉，就告訴他，拒絕我們的條件』。然後，一切都消失了，她離開了我的意識，只留下一種令人骨髓發冷，又無從置疑的信心。如果羅丹拒絕這個使團的提議，她便要殺死羅丹——這就是她跟隨使團而來的任務。她想要殺死羅丹，談判的結果對她而言毫無意義。她跨越半個世界，就是爲了品嚐鮮血的味道，而且絕不會放棄這個機會。」

埃姆．霖的面孔因爲回憶起痛苦的事情而緊繃。「有時候，歌聲會讓我們觸及其他人的意識。過去那些年裡，我一定已經碰觸過成千上萬個人的意識，但我從未遇過像這個女人一樣黑暗汙濁的思想。在那以後的許多年中，我都會做噩夢，看到屠殺、凌虐，尖叫的面孔，在恐懼中僵硬的人臉，屬於男人、女人和孩子的臉龐。我覺得自己要瘋了，直到我發現，是她將一些記憶留在了我的意識裡。她這樣做可能是因爲不在乎我是否會知道她的殘暴，也可能是因爲她本性中的惡意。歲月洗去了這些恐怖回憶中的絕大部分，但即使是現在，我仍然會在某個夜晚尖叫著驚醒。我的妻子則會緊緊摟住泣不成聲的我。」

「她是誰？」瓦林問，「她來自何處？」

「當時介紹人所說的名字只是一個謊言，在我聽到她的歌聲以前就已經感覺到了這一點。她留給我的回憶中也沒有任何與姓名和家族有關的線索，至於來自何方，那時對我並沒有任何意義。不過，那個使團向羅丹傳達了來自於沃拉瑞帝國至高評議會的問候。根據我現在對沃拉瑞的瞭解，我相信她的家最有可能就在那裡。」

「那你照做了嗎？有沒有告訴你的商人國王，拒絕使團的提議？」

埃姆．霖點了點頭。「沒有絲毫猶豫。讓我驚訝的是，經歷過那個恐怖的女人之後，我的恨意依然沒有絲毫減弱。我告訴羅丹，這些外國人的口中盡是謊言。他們無非是打算用詭計耗盡商人國王的財產，同時將財富斂入他們的行囊中。實際上，我幾乎不明白他們提出了什麼條件，也猜不出他們的話是眞是假。但像以往一樣，國王相信我的結論。」

「那個女人照她說的去做了嗎？」

「一開始，我以爲她背叛了我。羅丹在第二天上午向使團做出了答覆。在那之後，那些外國人就乘船離開。羅丹則顯得身體健康、神色如常，而且無論怎麼看，都像是會一直這樣健康下去。失望和恐懼壓垮了我，這是我第一次向商人國王說謊。我的謊言肯定會被他發現，隨之而來的就是淒慘的死亡。一個月過去了，我的心中充滿憂愁，同時還要掙扎著壓抑住恐懼，而羅丹慢慢地病了。一開始並沒有什麼值得擔心的症狀，只不過是輕微但持續不斷的咳嗽。當然，沒有人敢明說他身體有恙。然後，他的臉色變得越來越蒼白，雙手也開始顫抖。幾個星期之內，他就咳出了鮮血，並且開始間歇性地胡言亂語。當他死去的時候，只剩下了一堆包在皮膚裡的骨頭，連自己的名字都不記得了。我對他沒有半點憐憫。

「當然，他有一名繼承人。那是他的第三個兒子，馬羅。他的兩個哥哥在剛剛成人的時候就因爲缺乏羅丹的聰慧而被悄然毒死。馬羅則完全繼承乃父之風，非常聰明，受過極高等的教育，擁有坐上商人國王寶座所需要的全部狡詐和冷酷。但讓我喜出望外的是，他並不知道我的贈禮。羅丹的疾病讓他沒能來得及向兒子講明我在宮廷中的角色。對馬羅而言，我只是父王特別信任的一名祕書，而他有自己的屬下爲他效命。所以我得到了一個在宮廷倉庫中保管圖書的工作，搬出了原先華美的寓所，所得的報酬也只有原先的零頭。很顯然，人們都以爲我會因爲失去寵信、潦倒落魄而自殺，就像羅丹許多被踢下榮華之位的僕人們一樣。但我只是離開了王宮，告訴宮門口的衛兵，我要去城裡辦些事情，當我走出去的時候，那名衛兵甚至沒有多看我一眼。那時我二十二歲，終於成爲了一個自由之人。那是我人生中最甜蜜的一刻。

「自由改變了我的歌聲，讓它在空中翱翔，尋找各種精彩新奇的事物。我跟隨著它的韻律，走出了羅丹的王國。它指引我到了一座高處在群山之上的小村莊，在那裡找到一位石匠。他沒有兒子，也沒有學徒，便答應將手藝教給我。我的學習速度非常快，相信這一定讓他感到困擾。而且我的作品更是個個都精美異常，當他終於把全部技藝都傳授給我、我打算離開的時候，他明顯鬆了一口氣。

「歌聲指引我來到一座港口，我從那裡乘船來到了東方。在隨後的二十年中，我四處遊歷、工作，從城市到城市、從集鎮到集鎮，將我的印記留在房舍、宮殿和廟宇中。我甚至在你的王國中生活了一年，為一名尼賽爾領主的城堡雕刻滴水石首。我一直過著無欲無求的生活，當飢腸轆轆的時候，歌聲自然會指引我找到食物和工作；在我憂心忡忡的時候，它又會指引我找到和平與寧靜。我從未懷疑過它，從未反抗過它。五年以前，它指引我來到這裡，遇到了我最美好的妻子舒愛拉，那時她正辛苦地維持著先父的店舖。她的技巧很好，但富有的奧普倫人都不喜歡和女人做交易。從那之後，我就在這裡紮下了根。我的歌聲再也沒有要我離開過。對此，我滿懷感激。」

「即使現在歌聲也沒有催促你離開？」瓦林感到有些驚詫，「即使在血紅之手已經滲透進這座城市之後？」

「當你得知這種病出現在這裡的時候，你的歌聲有向你吼叫嗎？」

瓦林回憶起自己在想到姬爾瑪姐妹的命運時那種絕望的心境，但他也意識到，血歌那時並沒有向他提出任何警告。「不，沒有。這是否意謂著這裡並沒有危險？」

「很難說。歌聲的意思應該是——無論出於什麼樣的原因，這裡就是我們應該在的地方。」

「這是……」瓦林尋找著合適的詞彙，「我們的命運？」

埃姆．霖聳聳肩，「又有誰能知道呢，兄弟？對於命運，我所知不多，但畢竟在一生中已經見到了太多反覆無常和出乎意料的事情，這些都讓我無法懷疑命運的存在。我們走著自己的路，但歌聲的確在指引我們。記住，你的歌聲就是你。你能夠詠唱它，也能聽到它。」

「我該怎樣做？」瓦林向前傾過身子，聲音中充滿了求知的渴望，這種急迫的語氣甚至讓他自己也感到尷尬和不安，「我該如何詠唱？」

埃姆．霖指了指自己的工作臺。瓦林未完成的雕刻依然擺放在那裡，顯然在瓦林第一次來訪之後就沒有動過。「你已經開始了。我懷疑，你其實已經詠唱很久了，兄弟。那歌聲能夠讓我們使用許多種不同的工具：筆，鑿子……或者劍。」

瓦林低頭瞥了一眼自己的劍。現在它正靠在桌邊，他一伸手就能拿到。*這些年裡我一直都在這樣做？憑藉歌聲在我的生命中殺出一條血路？所有那些流淌的鮮血和被奪走的生命，只是一段歌曲的旋律？*

「爲什麼你一直沒有完成它？」埃姆．霖問道，「爲什麼不完成這個雕像？」

「如果我再次拿起槌子和鑿子，就會一直工作到將這個雕像完成，才將工具放下。而我們現在的環境需要我時刻全神戒備。」瓦林知道，這並不是全部的答案，那漸漸從岩石中浮現出的五官給瓦林帶來了一種令他困擾的熟悉感。儘管還無法辨認，但已經足以讓瓦林判斷出，最終從石塊中出現的將是一張他認識的面孔。雖然這種想法有悖於常理，但瓦林的確有些慶幸血紅之手的出現，這讓他有理由拖延那張面孔出現的時間。

「對自己的歌聲聽而不聞是不明智的，兄弟。」埃姆．霖警告瓦林，「還記得當我第一次召喚你的時候，對你造成的傷害嗎？你覺得爲什麼會有那樣的傷害？」

「我的歌聲沉默了。」

「正確。它爲什麼會沉默？」

國王脆弱的脖子……那名妓女危險的祕密……「它要我做一些事，一些可怕的事。當我無法去做的時候，我的歌聲就陷入沉默。那時還以爲它拋棄了我。」

「你的歌聲是你的守衛，也是你的指引。沒有了它，你在其他有著同樣能力的人面前就會格外脆弱，比如那個沃拉瑞女人。相信我，兄弟，你絕不會希望在她面前無力自保。」

瓦林看著那塊大理石，目光緩緩掃過那張尚未成形的臉。「等紅鷹號回來，我就完成它。」

紅鷹號離開的二十天後，水手們發動了暴亂。通過精心策劃的襲擊，他們打破了設在倉庫區的臨時監獄，殺死衛兵，衝向碼頭區。坎尼斯立刻採取應對措施，調動兩個連隊的疾行之狼守住碼頭區，並命令馬文伯爵的士兵封鎖周圍的街區。進攻碼頭區的水手在紀律嚴整的疾行之狼面前敗下陣來，又回頭想進入城市，卻被爬上屋頂的康布雷爾弓箭手射倒數十人。坎尼斯選在此時命令反擊，當瓦林趕到現場的時候，短暫又血腥的反抗已經快要結束了。

瓦林發現坎尼斯正在與一名高大的梅登尼恩人作戰，那名大漢揮舞著一根做工粗糙的大棒子，想要攻擊坎尼斯。而那名身形靈巧的兄弟則在他身周躍動，閃電般的劍刃在對手手臂和臉上留下一道道傷口。「投降吧！」坎尼斯發出命令的同時又揮劍劃過他的前臂，「全都結束了！」

但疼痛只是讓那個梅登尼恩人更加憤怒，讓他以加倍的力量揮舞大棒，但坎尼斯凶險的舞蹈讓他只能砸到空氣。瓦林抻出硬弓，搭上一枝箭，從四十步外一箭射穿了那個梅登尼恩人的脖子。這對他而言可以算是很不錯的一箭了。

「現在不是手下留情的時候，兄弟。」他一邊對坎尼斯說著，一邊邁過那個梅登尼恩人的屍體，拔出長劍。不到一個小時的時間，一切都結束了。將近兩百名水手被殺死，至少有同樣數量的水手負傷。疾行之狼損失了十五個人，其中也包括那個曾經被稱作「巧指」的扒手，他是在馬蒂舍森林裡被挑選出來參加突襲戰的那三十個人中的一個。王國軍將那些水手趕回到了關押他們的倉庫裡，瓦林則將沒有被殺死的船長們反綁雙臂，帶到碼頭區。他們大約有四十人，全都是飽經風霜、面色剛強的老船員。瓦林讓他們在碼頭上一字排開，跪在自己面前，這些人大多抬起頭盯著瓦林，臉上顯露出陰鬱的恐懼或帶著公然的挑釁。

「你們的行爲愚蠢而又自私，」瓦林對他們說道，「如果你們上了船，就會將瘟疫帶到上百個其他港口去。我在這場可悲的戰鬥中損失了優秀的部下，應該把你們全部處以死刑，但我不會這樣。」他指了指聚集著大量本城商船的港口。「他們說，船長的靈魂都在船上。你們殺死了我的十五名部下，我要求得到十五個靈魂作爲報償。」

整個過程耗費了很長時間，王國衛軍用划槳小艇將船隻拖曳到港口外的海面上，拋錨泊穩，在甲板上灑滿瀝青，將燈油潑在船帆和索具上。最後，登圖斯的弓箭手用一陣火箭完成了工作。日落時分，十五艘船燃燒起來。高大的火焰將灰燼如同噴泉一般送上繁星滿布的夜空，照亮了周圍方圓十幾里的海水。

瓦林審視著這些船長，悲痛之情刻在他們飽經風霜的面孔上，有些船長的眼睛裡甚至閃爍著淚光，這都讓瓦林感到一陣陰沉的快感。「如果再重複這種愚蠢的行爲，我就把剩下的船都燒掉，並且在燒船之前，我還會把你們和你們的船員全都綁在桅杆上。」

早晨的時候，瓦林發現站在官邸門口的變成了亞魯安總督，沒有見到姬爾瑪姐妹，他的心彷彿也被冰冷的爪子握緊了。

「我的姐妹呢？」他問道。

總督曾經紅潤豐滿的面孔早已因爲擔憂和突然的消瘦而拉了下來，不過他的身上並沒有顯示血紅之手的症狀。他的眼神裡充滿戒備，聲音顯得格外呆板。「她在昨天晚上過世了，比我的女兒和她的侍女都要快得多。我記得，我的母親說過，這種病在許多年以前就是這個樣子。有人能堅持幾天，甚至幾個星期，另一些人卻在幾個小時之內就不行了。你的姐妹不讓我靠近我的女兒，堅持單獨照顧她。房子裡她們所在的那一片區域甚至成爲我和僕人們不得進入的禁區。她說，這樣做是有必要的，爲的是阻止疾病傳染。昨天晚上，我發現她癱倒在臺階上，幾乎失去知覺。她禁止我碰觸她，自己爬回我女兒的房間……」看到瓦林陰沉下來的面孔，總督的聲音也消失了。

「昨天，我還和她說過話。」瓦林笨拙地說道。他在總督的臉上尋找一切蛛絲馬跡，希望是總督錯了，卻只找到了小心翼翼的遺憾表情。終於，他又忍不住用滯澀的聲音問了一個多餘的問題，「她死了嗎？」

總督點點頭，「侍女也死了。不過我的女兒還堅持著。按照你的姐妹的指示，我們焚燒了她們的屍體。」

瓦林發現自己攥緊了官邸大門的鑄鐵欄杆，連指節都變成了白色。姬爾瑪……星眸的姬爾瑪。

只是幾個小時的時間就死去了，永遠消失在火焰裡。那時，我正在對付那些白癡的水手。

「她有說什麼嗎？」瓦林又問道，「有沒有任何遺言？」

「她走得非常快，閣下。她要我叮囑你，一定要按照她所說的去做，並說你將在來世與她再見。」

瓦林緊盯著總督的面孔。這個人在說謊。姬爾瑪什麼都沒有說，她只是病了，然後就死了。不過，他發現自己還是很感激總督的謊言。「謝謝你，閣下。你需要些什麼嗎？」

「還需要一些藥膏，好應付我女兒的皮疹。也許還要幾瓶葡萄酒，它們能讓僕人保持快樂。我的庫存已經不多了。」

「我會給你帶來。」瓦林將雙手從大門上拽下來，轉身打算離開。

「昨晚在海面上燃起了大火。」總督又說道。

「水手暴動，想要逃走。我燒了一些船，作爲對他們的懲罰。」

瓦林以爲總督會給他一些警告，但總督只是點了點頭，「算是一種適中的應對手段。不過，我建議你要爲此對商人公會做出一定補償。我無法離開這裡，他們是這座城市裡唯一對人們擁有權威的機構了，最好不要惹惱他們。」

悲痛的心情讓現在的瓦林更傾向於鞭打每一個敢向他大聲吼叫的商人，但他並沒有因爲悲痛而變得徹底盲目，所以他知道，總督的話是明智的。「我會的。」不知爲什麼，他又停下腳步，感覺自己有必要說些什麼，用以回報總督善意的謊言，「我們不會在這裡待太長時間，閣下。也許只有一、兩個月了。當皇帝的大軍到來的時候，這裡將被鮮血和火焰覆蓋。我們很快就會離開，而這座城市將再次屬於你。」

總督的表情中混雜著迷惑與憤怒，「那麼，以眾神的名義，你們又爲什麼要到這裡來？」

瓦林望著眼前的城市。早晨的陽光正照射在房屋和空曠的街道上。更遠處，海面閃耀著點點金光，白色的海浪不斷地向岸邊湧來，碧藍的天空中沒有一絲雲彩……姬爾瑪姐妹死了，與成千上萬的人一起走了。很快，又會有成千上萬的人去他們那裡。

「有些事，我不得不做。」說完這句話，他就走掉了。

在港口入口處左側的防波堤盡頭有一座燈塔，瓦林在那座燈塔上找到了登圖斯。登圖斯坐在燈塔小屋的平頂上，兩條腿垂在屋簷外，一邊喝著一瓶「兄弟的朋友」，一邊眺望海面。他的弓躺在一旁，箭囊已經空了。瓦林坐到了他身邊，登圖斯把酒瓶遞了過來。

「你到這裡來不是為了聽我們往生的姐妹說話。」瓦林喝了一小口，將瓶子還給登圖斯。混合著紅花的白蘭地如同一股烈火，一路燒下他的喉嚨。

「我只是想說說自己的話，」登圖斯嘟囔著，「她能聽到我。」

瓦林向燈塔下面瞥了一眼，在那裡，許多海鷗的屍體正在水中漂盪，全都是一箭斃命，「看樣子，海鷗也聽到了你的話。」

「練習一下而已，」登圖斯說，「畢竟只是些骯髒的食腐鳥，讓人無法忍受。這幫該死的傢伙實在是太吵了。我的叔叔葛洛管他們叫拉屎鷹。他是一個船員。」他悶笑了一聲，又喝了一口酒，「昨天晚上我可能把他殺了。我總是記不起那個雜種到底是什麼模樣。」

「兄弟，你到底有多少叔叔？我一直對此感到好奇。」

登圖斯的臉上出現了一層陰雲。很長時間裡，他一個字都沒有說，但當他最終開口的時候，那種黯然的聲音是瓦林從未聽過的。「沒有。」

瓦林困惑地皺起眉頭。「你那個鬥狗的叔叔？還有那個教你弓箭的——」

「我的弓箭是自學的。我們的村子裡有一位獵人大師，但他不是我的叔叔，那個鬥狗的蠢蛋也不是我叔叔。他們都不是。」他向瓦林瞥了一眼，露出哀傷的微笑。「我親愛的老媽是村裡的妓女，兄弟。她要我叫那些來我們家的男人叔叔，讓他們對我好，否則就別想上她的床。畢竟，他們之中的任何人都有可能是我的父親，雖然我從來不知道是他們之中的誰。但對我來說，這連狗屁都不如，他們只是一群不值一提的混蛋。

「不管是不是妓女，我母親一直都在竭盡全力地照顧我。我從未餓過肚子，而且總是有衣服和鞋子穿。村子裡的其他孩子都過得沒有我好。成爲妓女小雜種已經夠糟糕了，而成爲受嫉妒的妓女小雜種就更糟了。所有人都知道，我的父親可能是村子裡三十多個男人中的任何一個，所以其他孩子都叫我『誰的雜種』。當我第一次聽到這種稱呼的時候，大約是四歲。『誰的雜種？誰的雜種？你從哪裡搞到的鞋子，誰的雜種？』一年又一年，這個名字被不斷提起。有一個小子，拜博叔叔的男孩，那個卑鄙的小混球總是第一個這樣喊。有一天，他和他那幫人開始朝我扔東西，他們扔過來的東西裡面有一些非常鋒利，我身上被砸出了許多傷口。這讓我非常生氣，於是我拿出了弓，一箭射穿了那男孩的腿。看著他一邊流血，一邊哭嚎著四處亂爬的樣子，我可沒有什麼抱歉的意思。那之後——」他聳聳肩，「我就沒辦法留在那裡了。沒有人會喜歡一個妓女的雜種，一個危險的雜種。於是，我母親替我收拾好行李，送我來組織。我還記得當大車把我帶走時她的哭聲，之後，我就再也沒有回去過。」

看著登圖斯大口喝下瓶子裡的烈酒，瓦林驚訝地發現，他竟然顯得這樣蒼老。深深的皺紋出現在他的額頭上，鬢角處的短髮中已經有了早衰的灰色，連年的戰爭和艱苦生活摧折了他的青春；而姬爾瑪姐妹的離去造成的哀痛更是溢於言表，在所有的兄弟中，姬爾瑪一直都和他最親近。等我們回到王國後，我會請求守護者替他在組織總部安排一個職位。瓦林做出這樣的決定，卻又意識到，他們都極有可能再也見不到王國了，而他不得不做的事情只是更可能讓登圖斯得到一個血腥的結局。他再一次想起正在埃姆‧霖的舖子裡等待著的那塊大理石。他知道，自己已經耽擱得太久。現在，他應該完成自己來到這裡的使命。如果能夠在奧普倫軍隊到達前做成這件事，也許還能再避免一場屠殺——只要他願意付出相應的代價。

他站起身，碰了碰登圖斯的肩膀，以示告別。「我還有事情……」

登圖斯疲憊的眼睛中忽然閃耀起興奮的光芒，他伸手指向遠方的海平線。「船帆！你看到了嗎，兄弟？」

瓦林用手掌遮在眉毛上，向海面望過去。那只是非常模糊的一個小點，海天之間的一點灰色。但毫無疑問，那是一片船帆。

紅鷹號回來了。

努林船長是第一個走下跳板的，他滿是皺紋的削瘦面孔上盡是疲憊，但眼睛裡閃耀著勝利的光彩，還有貪婪的欲望——瓦林第一次見到他的時候，就記住了這種眼神。「二十一天！」他欣喜若狂地喊道，「沒想到在一年中這麼晚的時節還能做得到。但尤東諾聽到了呼喚，送給我一陣好風。如果不是要在維林堡耽擱那麼久、帶上那麼多乘客，本來十八天就能回來了。」

「那麼多乘客?」瓦林問道。他的目光一直鎖定在跳板上,等待一位身材苗條,深褐色頭髮的女子出現在他面前。

「一共九個人。必須承認,我完全不理解為什麼一個頭頂勉強只到我肩膀的女孩,需要七個男人護衛。」

瓦林的目光轉向船長,皺起眉頭。「護衛?」

努林聳聳肩,朝跳板指了一下,「你自己看吧。」

一個身材極為魁梧的男人走下了跳板,他有一張粗蠻的方形面孔,望向瓦林和周圍的疾行之狼時,陰沉的臉上滿是慍怒之色。而更加令人不安的是,他披著代表第四軍團的黑色長袍,腰間佩著一把劍。

「瓦林兄弟?」他用刻板而缺乏禮貌的聲音問道。

瓦林點點頭,越來越強烈的不安打消了他向來人致以問候的心情。

「兄弟指揮官伊爾提斯,」這個黑袍男人做了自我介紹,「隸屬第四軍團信仰衛隊。」

「從未聽說過。」瓦林對他說,「夏琳姐妹和芬提斯兄弟在哪裡?」

伊爾提斯兄弟眨眨眼,顯然不習慣這種無禮的態度。「囚犯和芬提斯兄弟都在船上。我們有一些問題要討論,兄弟。我們要做出一些必要的安排——」

瓦林只聽到了一個詞。「囚犯?」他的聲音很輕,但他已經完全意識到了這其中的可怕意涵。伊爾提斯又眨了眨眼睛,怒容消褪成不確定的皺眉。瓦林又問道:「什麼……囚犯?」

木板吱嘎作響的聲音讓瓦林轉頭向船上望過去,又是一名肋下佩劍的第四軍團兄弟。他的手中牽著一根鐵鍊,鐵鍊的另一端緊鎖著一名深褐色頭髮年輕女子的手腕。夏琳的面色比瓦林記憶中更加蒼白，身形也更加瘦弱，只有當他們目光相遇的時候，綻放在臉上的明媚笑容依然如昔。另外五名兄弟隨她走上了碼頭，隨後便在她兩旁展開隊形，用不帶任何信任的冰冷眼神看著瓦林和疾行之狼。最後一個下船的是芬提斯，他的臉上滿是羞愧，甚至不敢抬頭看瓦林一眼。

「姐妹。」瓦林向夏琳走去，卻發現伊爾提斯突然擋在了自己面前。

「囚犯被禁止與信仰之人交談，兄弟。」

「別擋我的路！」瓦林命令道。他的每一個字都格外清晰有力。

伊爾提斯的臉色明顯變白了。但他並沒有挪動腳步。「我有我的命令，兄弟。」

「這是怎麼回事？」怒火在瓦林的胸中不斷升騰，「爲什麼我們的姐妹被這樣鎖住？」

在伊爾提斯身後，夏琳抬起帶著鐵銬的雙手，面色哀傷而凝重。「很抱歉，又讓你看到我身負鐵鍊……」

「不經許可，囚犯不得說話，」伊爾提斯猛然轉向夏琳，高聲吼道，同時猛力一拽鐵鍊，鐐銬摩擦著夏琳的肌膚，讓她痛得打了個哆嗦。「囚犯不得以異端或叛逆之辭玷汙信仰之人的耳朵！」

夏琳的目光向瓦林閃動了一下，懇求道。「求求你，不要殺死他！」

第七章

瓦林知道，她很生氣，瓦林從未見過她如此嚴厲的表情。當他們向總督官邸走去的時候，她沉重的藥品箱完全壓在瓦林的肩膀上。

「我沒有殺死他。」瓦林實在受不了這種讓人透不過氣來的沉默，只好主動開口。

「因爲芬提斯兄弟阻止了你。」夏琳瞥了他一眼。

當然，夏琳是對的。如果不是芬提斯的阻止，瓦林會在碼頭上把伊爾提斯兄弟一拳拳揍死。當瓦林的第一拳把那個人砸得趴倒在地上的時候，其餘的第四軍團兄弟都不明智地伸手去拿自己的武器，卻立刻被周圍的疾行之狼繳械，只能站在原地，無助地看著瓦林的拳頭不停地砸在伊爾提斯血汙變形的臉上。夏琳的苦苦哀求完全進不了他的耳朵，最後還是芬提斯強行把他拉到了一旁。

「這是怎麼回事？」瓦林怒吼著，一下子甩脫了芬提斯，「你怎麼能允許這樣的事情發生？」瓦林從未見過芬提斯有過如此羞愧和悲苦的表情，「守護者的命令，兄弟。」他低聲囁嚅著。

「不好意思！」夏琳用力抖動手中的鐵鍊，狠狠瞪著瓦林，「你認爲我會放任兄弟不管，讓他失血而死嗎？」

隨後，她便開始給兄弟指揮官伊爾提斯治傷，並命人把她的箱子從船上抬下來，將香膏和藥油塗抹在他的傷口上，然後縫合瓦林將他的額頭按在路面的鵝卵石上狠狠撞擊時造成的傷口。自始至終，她一句話都沒有說，靈巧的雙手如同瓦林記憶中那樣，以極高的效率完成工作。但她一舉手一投足都流露出一股鋒銳之氣，顯示出壓抑在心中的憤怒。

她不喜歡看到這種事，瓦林明白，她不喜歡看到我殺人。

「把這些人關到監獄裡去，」他向第四軍團的兄弟們一揮手，對芬提斯說道，「如果他們惹麻煩，就抽他們鞭子。」

芬提斯點點頭，又猶豫了一下，「兄弟，關於這位姐妹——」

「我們以後再談，兄弟。」

芬提斯又點點頭，轉身去處理囚犯的事情了。

不遠處，努林船長清了清喉嚨，「什麼事？」瓦林問道。

「你說過的話，大人。」那個筋骨如鐵的船長說道。剛才那個暴力場面顯然把他嚇到了，但他還是決定要堅持一下，強迫自己正視瓦林噴火的眼睛，「我們的契約，就是在見證人面前簽下的那一份。」

「哦，」瓦林把腰帶上那只盛著藍玉的袋子扯下來，扔給努林，「有錢別亂花。軍士！」

一名疾行之狼軍士立正高喊道：「大人！」

「將努林船長和他的船員與其他水手關押在一起。仔細搜索整條船，確保沒有人藏在其中。」

軍士敬了一個軍禮，隨即便向疾行之狼大聲喊出了命令。

「關押，大人？」努林不情願地從緊攥在手心裡的藍玉上抬起眼睛，「但我還有緊急事務——」

「我相信你一定有緊急事務，船長。但血紅之手已出現在這座城市之中，所以你們只能繼續在這裡停留一段時間了。」

船長眼睛裡的貪婪突然就變成了純粹的恐懼，他迅速後退了幾步。「血紅之手？這裡？」

瓦林轉回頭看著夏琳。這時夏琳已經完成縫合，正在用一把小剪刀剪斷最後的線頭。「是的，」瓦林喃喃地說道，「不過，我相信你們不會在這裡耽擱太久。」

「我曾經對你說過，」夏琳在通向總督官邸的路上突然停住腳步，「只要我在這裡，就不會有人死去。我是認眞這樣說的，瓦林。」

「我很抱歉。」瓦林爲自己話中的眞摯吃了一驚。他傷害了她，他打在伊爾提斯身上的每一拳，都彷彿是打在她的身上。最可怕的是，他讓她看到了一個殺手。

她歎了口氣，些許憤怒之情從她的臉上流露出來。「和我說血紅之手，已經有多少人去世了？」

「至今爲止，只有姬爾瑪姐妹和總督官邸的一名侍女。總督女兒命懸一線，現在可能也過世了。」

「沒有其他病例？這座城中沒有其他地方出現病人？」

他搖了搖頭，「我們一直嚴格執行姬爾瑪的每一點指示。」

「那麼，也許正是因爲她迅速採取了措施，才拯救了這座城市。」

他們來到官邸的大門前，一名衛兵敲響了門鈴，叫來總督。在門外等待的時候，瓦林看著官邸昏暗的窗戶。自從姬爾瑪姐妹過世之後，這個地方就呈現一種慘澹的氣氛，而無人整理花園的日漸破敗，也讓這種氣氛變得更加沉重。瓦林甚至有些懷疑，這座官邸或許再也不會有人出來應門了，也許血紅之手終於徹底占據了這幢巨大的宅邸，讓它變成一副空殼，只等待著要將它燒成空地的火炬落下。瓦林慚愧地發現自己幾乎希望一切能就此結束，也許這樣，這座城市其餘的部分就不會再有新的疫情爆發，而夏琳也就不需要親身涉險。

「那位就是總督嗎？」夏琳問道。

「是的，」看到亞魯安總督圓胖的身子從官邸中走出來，瓦林那令自己也感到羞恥的希望隨之消失。「他恨我們，但愛他的女兒。所以我才能讓他獻出這座城市。」

「你將他的女兒作爲人質？」夏琳驚訝地看他，「信仰在上，這場戰爭把你變成了一個怪物。」

「我絕不會傷害她——」

「不要再說了，瓦林。」夏琳搖搖頭，厭惡地閉起眼睛，轉過頭不再看瓦林，「求求你，不要再說了。」

他們肅立在冰冷的沉默中，等待總督走近。衛兵們也都小心翼翼地把目光別向一旁，瓦林感覺到夏琳如同刀刃般鋒利的憤怒。總督來到他們面前之後，瓦林爲他們做了介紹，並用鑰匙打開了大門上的掛鎖。「她變得更加虛弱了，」亞魯安拉開大門，聲音因爲同時充滿了希望和絕望而變得格外混亂。「她昨晚還能說話，但今天早晨……」

「那麼，我們最好不要耽擱了，大人。能幫我拿一下這個嗎？」

瓦林把箱子放下，夏琳姐妹和總督一同把它抬起來，向官邸走去。夏琳甚至沒有向他道別。

「要多長時間，姐妹？」他問道。

夏琳停下腳步，回頭瞥了一眼，臉上全無表情。「藥劑需要數個小時的時間進行準備。但只要給病人施藥，效果馬上就會顯現。明天早晨再來吧。」說完，她又轉過了身。

「爲什麼妳會戴上鐐銬？」瓦林急忙又問道，「爲什麼妳要受到監押？」

夏琳沒有回頭，她回答的聲音是如此微弱，瓦林差一點就沒有聽到。「因爲我曾試圖救你。」

瓦林遣走了衛兵，開始靜靜地等待。他點燃一堆篝火，用斗篷裹緊身子。正漸漸逼近的冬季替

迎面撲來的海風添加了一股股寒意。瓦林回想著夏琳的話語，腦子裡只有她發怒的表情。*我曾試圖救你……*

當太陽逐漸隱沒在地平線以下的時候，芬提斯出現了。他坐到瓦林對面，向篝火中添加了一些木柴。瓦林抬頭瞥了他一眼，但什麼都沒有說。

「兄弟指揮官伊爾提斯死不了，」芬提斯說道。他故意讓自己的語氣顯得很輕鬆，「不過他實在很可憐，現在還沒辦法動下巴，所以沒辦法說話，只能哼聲和呻吟。我相信這是件好事，我在船上的時候眞是聽夠了他的胡說八道。」

「你說過，是守護者命令你不得干涉第四軍團如此對待夏琳。」瓦林問道：「這是爲什麼？」

芬提斯的表情非常痛苦。他顯然知道，瓦林絕不會喜歡聽到他即將說出的話。「夏琳姐妹被定罪爲王國的叛徒和信仰的絕罰者。」

*夏琳被關進了黑堡。*這個念頭讓愧疚和憂慮齧咬著他的心，*她在那裡受了什麼樣的苦？*

「我們一靠岸，我就直接去找了守護者愛蕾菈，」芬提斯繼續說，「就像你叮囑我的那樣。她聽過我的講述後，我們一起去見守護者亞利恩。只有他能夠說服國王，將姐妹從王宮中釋放出來。」

「王宮？她不在黑堡？」

「當第四軍團剛逮捕她時，她的確是被關押在黑堡，但黎恩娜公主把她弄了出來。聽說公主直接闖進黑堡，要求組織的兄弟釋放那名姐妹，由她來監管。當時黑堡的典獄官以爲她在執行國王的命令，便把夏琳姐妹交給她。有謠傳說守護者奧·滕德思在得知此事之後，幾乎氣得發瘋。但那時他已經無能爲力了。不管怎樣，夏琳姐妹依舊是一名囚犯，只不過換了一個條件比較好的監獄。」

「她到底做了什麼，會被認爲犯下了叛國罪，而且竟然還成爲信仰的絕罰者？」

「她反對這場戰爭，而且不只一次。她不斷向任何願意聽她說話的人表達反戰情緒。她說，這場戰爭的基礎是謊言和與信仰背道而馳的邪念，你和我們所有人都被毫無緣由地送上了毀滅之路；如果這只是某個無名之輩的胡言，也許還沒什麼。但她在首都的貧民區中有很高的聲望，廣受貧苦人們的愛戴。畢竟她在那裡救助過不少人，所以那些人都聽她的話。看樣子，無論是國王還是第四軍團，都不喜歡她說的每一個字。」

這同樣涉及到那個老傢伙的陰謀嗎？瓦林心中生出狐疑。也許，賈努斯知道他與夏琳的關係。而逮捕夏琳只是另一種向他施壓的手段。不過，瓦林又覺得這種事不太可能，賈努斯已經確保了瓦林的服從，看起來，夏琳被逮捕只是因爲國王的恐懼——他的戰爭不能被反對的聲音破壞。瓦林很清楚國王的殘忍，但公開逮捕一名受到大批國民愛戴的第五軍團姐妹，與賈努斯喜愛的那種精妙陰毒的手段截然不同。他一定嘗試過其他辦法，瓦林得出結論，其他逼迫夏琳沉默或者收買她的忠誠的辦法。但夏琳和我不同，她有足夠的力量抵抗賈努斯。

「國王只同意夏琳身負鐐銬離開王宮，而且必須有衛兵隨時看守她。」芬提斯繼續說道，「未經許可，夏琳不能與任何人說話。」芬提斯從斗篷裡拽出一只信封，把它交給瓦林，「具體要求都寫在這裡。守護者亞利恩說，我們應當仔細閱讀……」

瓦林把信奉扔進了火裡，看著帶有國王印章的蠟封冒出氣泡，在火焰中開始流動。

「國王在信中宣布了夏琳姐妹無罪，並命令立刻將她釋放。」他用不容置疑的口氣對芬提斯說道，「同時，國王還對她多年來爲王國和信仰所做的貢獻表示感謝。」

芬提斯的目光向已經變得焦黑的信封掃了一下，隨後就再沒有多看它一眼。「當然，兄弟。」他緊張地動了動身子，顯然正爲了是否應該再說些什麼感到躊躇。

「還有什麼事，兄弟？」瓦林疲憊地問道。

「就在我們準備離開的時候，有一個女孩來到了碼頭，問我能不能把這個給你。」芬提斯的手再次從斗篷裡伸出來，遞給瓦林一只白紙小包。「她很漂亮。看到她我差點就後悔加入組織。」

瓦林接過紙包，打開它，看到了兩片被藍色絲帶繫在一起的薄木板。木板中夾著一朵被緊緊壓在白色紙片上的冬日花。「她有說什麼嗎？」

「她只說，要我替她謝謝你，但也沒有說要謝你什麼。」

瓦林驚訝地發現一絲微笑出現在自己的唇邊，「謝謝你，兄弟。」他重新將絲帶繫好，把木板放進自己的口袋裡。「有沒有帶點吃的過來？我快餓死了。」

芬提斯跑下了他們所在的山丘，半個小時後，他帶著坎尼斯、巴庫斯和登圖斯回來。他們都帶著食物和被褥。

「已經幾個星期沒有看著星空睡覺了，」坎尼斯說道，「我還真的挺想念這種感覺。」

「哦，是嗎，」巴庫斯慢吞吞地嘟囔著，鋪開了他的被褥，「我的後背倒是真想念硬梆梆的土地和突然落下的大雨。」

「難道你們要擅離職守嗎？」

「所有那些事我們都打算先扔到腦後去，大人，」登圖斯回答道，「打算抽我們的鞭子嗎？」

「這要看你們替我帶的東西好不好吃。」

他們在火上烤著山羊肉，傳遞著麵包和棗子。登圖斯打開一瓶康布雷爾紅酒，遞給身邊的人。「這是最後一瓶了。」他的聲音充滿了遺憾，「出發之前，我讓加力斯軍士打包了二十瓶。」

「在戰爭期間，男人似乎總是會喝更多的酒。」

「當然會是這樣。」巴庫斯咕噥著。

有那麼一段時間，一切都彷彿回到了許多年以前。那時，胡崔爾導師會率領他們進入樹林，在那裡野營。男孩們圍坐在篝火邊，分享著故事和笑話。只不過現在篝火旁的人少了許多，他們的嬉笑也滲透著一點苦澀的滋味，就連他們之中最年輕老實的芬提斯也是一副玩世不恭的樣子。他將來自王國的訊息帶給了他們——國王正努力爲王國衛軍增加更多的兵團，地牢又一次變得空空如也。

「那些割喉搶劫犯都準備著要被別人割開喉嚨了。」

「這種安排很合適，」坎尼斯說，「那些破壞王國的和平的人都應該做出補償，還有什麼補償方式比爲王國而戰更好呢？我必須說，那些匪徒的確能成爲優秀的士兵。」

巴庫斯很贊成這番話。「沒有幻想，沒有期待。如果一輩子都沒有過什麼好日子，那麼士兵生活也不算很糟糕。」

「去問問被我們丟在血丘的那些可憐雜種，他們有多喜歡士兵生活吧。」登圖斯說道。

巴庫斯聳聳肩。「士兵的生活很可能就是以士兵的身分死去。至少他們還能獲得軍餉，我們又能得到什麼？」

「我們得到侍奉信仰的機會，」芬提斯插口道，「這對我來說已經足夠了。」

「啊，你無論是心靈還是身體都很年輕。再過一、兩年，等你變得和我們一樣的時候，你就會懂得如何用兄弟的朋友讓自己不再去想這些討厭的問題。」巴庫斯將酒瓶倒豎起來，發覺最後一滴酒也被倒空了，不由得皺了皺眉，「信仰在上，我眞希望自己喝醉了。」他哼了一聲，把酒瓶扔進黑暗中。

「難道你不相信信仰嗎？」芬提斯繼續說道，「我們到底在爲了什麼而戰？」

「只要我們繼續戰鬥，國王就能讓稅金加倍。哦，天眞的孩子。」巴庫斯從斗篷裡拿出一瓶兄弟的朋友，往嘴裡猛灌了一口，「這樣好多了。」

「這麼說不對，」芬提斯反駁道，「的確，我們全都知道，那些關於奧普倫人偷小孩的故事全都是狗屎，但我們把信仰帶到了這裡，不是嗎？這些人需要我們，所以守護者才會派我們來到這裡。」他的目光猛地轉向瓦林，「是這樣吧？」

「當然是這樣，」坎尼斯用從未改變過的篤定語氣對他說，「我們的兄弟以最純潔的行動，實現著最根本的目標。」

「純潔？」巴庫斯發出一陣長聲大笑，「這種事有什麼純潔可言？有多少人因爲我們變成沙漠中的屍體？又有多少人因爲我們變成了寡婦、孤兒和殘廢？這個地方又算是怎麼回事？你以爲血紅之手在我們占領這裡後出現，會是一種巨大的巧合嗎？」

「如果是我們帶來了血紅之手，那麼我們早就病倒了，」坎尼斯毫不客氣地反駁道，「有時候你眞是滿嘴胡話，兄弟。」

瓦林在他們鬥嘴的時候回頭看了一眼官邸。官邸樓上的一扇窗戶中亮起了昏暗的燈光，模糊的影子正在百葉窗後晃動，很有可能是夏琳正在那裡工作。突然之間，瓦林的心頭充滿了關切。夏琳正身陷險境，如果她的治療失敗了，她便毫無掩護地暴露在血紅之手面前，就像姬爾瑪姐妹一樣。他等於是親手把她送上了死路……她是那麼生他的氣。

瓦林站起身前進，雙眼緊緊盯住了那扇閃動著黃色燈光的方形窗戶，無助和愧疚的感覺攪動著他的心弦。他發現自己已經掏出鑰匙，想插在能打開官邸大門的掛鎖上。*如果她成功了，官邸就沒有危險了，如果不成功，我更不能留在這裡，丟下她一個人死去……*

「兄弟？」坎尼斯的聲音中充滿了警告的意味。

「我必須……」血歌在瓦林的腦海中發出尖嘯，瓦林一下子跪倒在地。只是因爲雙手握緊了鐵門，他才沒有癱軟下去。他感覺到巴庫斯強壯的雙手把他撐了起來。

「瓦林？那種病又來了嗎？」

儘管劇痛不斷戳刺著大腦，瓦林至少還能以自己的力量保持站姿。他的嘴裡沒有鮮血的味道。他揉了揉鼻子和眼睛，確認這些地方也沒有流血。和那次不一樣，但這的確是埃姆·霖的歌聲。一種極度令人不安的感覺擊中了他，他掙脫巴庫斯的雙手，目光轉向黑暗的城市。他立刻就看到了——一團明亮的火焰在工匠街區中躍起。埃姆·霖的店鋪燃燒起來了。

當他們趕到的時候，烈火已經升騰到了半空，店鋪的屋頂完全不見了。一股股黑煙在大火中翻滾。猛烈的熱浪甚至讓他們無法接近距離店鋪十碼內的地方。一隊市民正把從附近水井中打上來的水潑到火頭上，但這樣做實在沒有什麼效果。瓦林在人群中奔跑，發瘋一般地尋找著。「石匠在哪裡？」他喝問道，「他還在房子裡嗎？」

人們紛紛從他面前退開，每一個人的臉上都寫滿了恐懼和憎惡。瓦林讓坎尼斯去詢問眾人石匠的情況，有幾隻手指了指不遠處的一群人。埃姆·霖躺倒在街道上，頭枕在妻子的大腿上，他的妻子已經淚流滿面，石匠的臉上和手臂上滿是青紫色的燒傷。瓦林跪倒在他身邊，用手輕輕觸碰他的胸口，感覺到他依舊還有呼吸。

「滾開！」石匠的妻子一拳打在瓦林的下巴上，把瓦林推到了一旁。「別碰他！」這名女子的臉上滿是黑灰，而且因爲哀傷和憤怒而變成了鐵青色。「都是你的錯！你的錯，希望屠滅者！」

埃姆．霖咳嗽起來，躺在地上的身子抽動著，努力想要多吸進一些空氣。終於，他的眼睛眨動了兩下，睜開了。「諾拉蘭，」（注一）他的妻子抽噎著，把他抱得更緊，「伊哈尼．埃爾馬許。」（注二）

「要感謝無名者，而不是眾神。」埃姆．霖喘息著說道。他看到瓦林，便示意瓦林靠近過來，在瓦林耳邊悄聲說道，「我的狼，兄弟……」剛說到這裡，他的眼皮抖動兩下，又失去了知覺。瓦林看到他平穩起伏的胸膛，不由得鬆了一口氣。

「把他抬到商人公會，」他命令登圖斯，「給他找一個治療者。」

當埃姆．霖被士兵抬走時，他的妻子握著他的一隻手，緊緊跟在他身邊。「他們找到了做這件事的凶手。」坎尼斯朝另一群人指了一下。瓦林疾步衝了過去，擠進人群，只看到一具躺倒在碎石路面上的屍體。他踢了那具屍體一腳，讓它翻轉過來，這才看到一張完全陌生的青腫面孔，奧普倫人的臉。

「他是誰？」瓦林問道。他的目光掃向人群。坎尼斯向市民們翻譯了他的問題。過了一會兒，一個膚色黝黑的人走上前，說了些什麼，同時一直在不安地覷著瓦林。

「這名石匠在本地很有威望，」坎尼斯向瓦林轉譯道，「他的作品被人們認爲是神聖的。這個人不可能得到寬恕。」

注一 Nuralah!，奧普倫語。

注二 Erha ne almash，奧普倫語，可由埃姆．霖的回話推測出意指「感謝眾神」。

「我問他是誰。」瓦林咬牙說道。

坎尼斯用不算流利，但相當準確的奧普倫語向這個人強調了瓦林的問題，那個人卻只是茫然地搖搖頭。坎尼斯又向周圍的人們重複了一遍問題，同樣沒能得到一個確切的答案。「這裡似乎沒有人知道他的名字，只知道他是某幢大房子裡的一名僕人。幾個星期前，他在企圖闖出城門的時候頭上挨了一記。從那以後，他就變得不一樣了。」

「他們知道他爲什麼要這樣做嗎？」

對於這個問題，眾人紛紛給出了一致的答案。「當時人們看到他手舉著火把，站在街上，」坎尼斯說道，「大喊著斥責那名石匠是叛徒。看樣子，石匠和你的友誼引起了一些很不好的議論，但沒有人想到會出這種事。」

瓦林繼續審視著人群，血歌在給他指引。威脅並沒有消除，幕後黑手還在這裡。

房屋倒塌的聲音讓瓦林的目光回到了店鋪上，隨著火焰吞噬了木質樑柱，店鋪的牆壁也坍塌，店鋪中的眾多雕像展現在人們面前——諸神、英雄和帝王們一動也不動地站立在暴烈的火焰中，顯得格外肅穆寧靜。人群中嘈雜的議論聲被充滿敬畏感的沉默取代，不只一個人開始低聲念誦禱詞。

它不在這裡了。當瓦林意識到這一點的時候，汗水立刻從他的眉間滲出來，他又向前幾步，仔細在火焰中搜索。那頭狼已經走了。

清晨時分，瓦林正在廢墟中搜索。大理石雕刻的眾神除了被煙火熏黑以外，並沒有什麼損傷，它們都在用冷漠的眼神看著翻檢灰燼的瓦林。市民和趕來的士兵向火場潑了無數桶水，但大火依舊燒了好幾個小時才漸漸熄滅。在確認過周圍的房屋不會被火勢波及之後，瓦林命令眾人停止救火，任由火焰將殘存的房屋燒盡。當黎明的曙光將城市照亮的時候，瓦林便開始在石匠舖的殘骸中尋找那個至關重要的祕密。最後，他找到的只有黑灰和幾塊不成形狀的大理石。哀傷的血歌一直刺痛他的頭顱。沒有，這裡從來就沒有過。

「你看起來很累了。」夏琳站在他身邊，身上披著灰色的斗篷，面龐顯得格外蒼白。從廢墟中升起的灰煙在她的身邊盤繞。她臉上依舊帶著戒備的表情，但已不再有憤怒，只有深深的疲憊。

「妳也一樣，姐妹。」

「藥物生效了。那個女孩再過幾天就能完全恢復。我認爲，我應該讓你知道。」

「謝謝妳。」

夏琳點了一下頭，動作微小得幾乎難以察覺。「危險還沒有徹底過去，我們還需要提防更多的病例出現，但我有信心控制住任何程度的瘟疫爆發。再過一週，這座城市就能再次開放了。」

她轉頭望向周圍的廢墟，彷彿第一次注意到身邊的雕像。很快的，她的目光停在那個男人與獅子搏鬥的巨大雕像上。

「瑪圖奧，勇氣之神，」瓦林告訴她，「他與無名雄獅的戰爭摧毀了整個南部平原。」

夏琳伸出手，撫過這位神明前臂上不可能存在於現實世界的強悍肌肉。「眞美。」

「是的，非常美。我知道妳很累了，姐妹。但如果妳能照看一下雕刻出這件作品的那個人，我將不勝感激。他在這場火災被嚴重燒傷。」

「當然，我可以在哪裡找到他？」

「在碼頭附近的商人公會，我已經在那裡爲妳準備了住所。我會帶妳去。」

「我相信自己可以找到。」夏琳轉身打算離開，卻又停住腳步，「亞魯安總督和我說了你占領這座城市的那個夜晚，還有你是如何讓他願意合作的。我覺得，之前的那些話有些過於嚴厲。」

夏琳看著瓦林的眼睛，瓦林的心中再一次感覺到那種熟悉的疼痛。但這一次，這種痛楚讓他感到溫暖，驅散了血歌哀婉的旋律，讓他的嘴角露出一絲微笑——只有往生者知道，他實在是沒什麼值得一笑的事情。

「依照國王的命令，妳已經得到釋放，」瓦林說道，「芬提斯兄弟帶來了王命。」

「眞的？」夏琳挑起一道眉弓，「我能看看那份王命嗎？」

「很不幸，我把它丟掉了。」瓦林朝周圍煙塵彌漫的火場指了指，作爲解釋。

「你似乎從未做過這種蠢事，瓦林。」

「不，我經常會犯傻，無論說話還是做事。」

彷彿在回應瓦林的話，一抹微笑照亮了夏琳的臉。但她很快就轉過了頭。「我要去照顧你那位藝術家朋友了。」

七天以後，城門打開了。瓦林同時命令釋放水手，但一次只能放出一船的人。不出所料，絕大部分船隻都選擇乘著最早的潮頭出港，紅鷹號就是第一批離開的航船之一，努林船長發瘋一般地催趕著他的船員，彷彿害怕瓦林會在最後一分鐘要回那塊藍玉。

一些富有的市民也選擇離開，他們害怕血紅之手不會那麼快消失。瓦林只攔住了埃姆．霖店鋪縱火犯之前的老闆。那是一名香料商人，身上的衣服非常華貴，卻骯髒不堪。瓦林審問他的時候，他正在東門衛兵的監押之下，顯得異常惱恨焦急。他的家人和僕人們都站在一旁，馱馬隊馱著他的各種財貨。

「我只知道人們都叫他『木匠』，」那名商人說道，「我不可能清楚記得我的每一名僕人，我付錢給人們是爲了讓他們記住我。」這個傢伙的王國語毫無瑕疵，但瓦林不喜歡他聲音中的那股傲慢。不過，瓦林能夠清楚地察覺到他的恐懼，所以壓抑下抽他一巴掌，讓他懂得好好說話的衝動。

「他有妻子嗎？」瓦林問道，「有家人嗎？」

那名商人聳聳肩，「我想應該是沒有，他沒工作的時候總是在雕刻木頭神像。」

「我聽說他受了傷，頭上被砸了一下。」

「那天晚上，我們大多都受了傷。」商人挽起絲綢袖子，露出前臂上縫合的傷口，「你的人揮起棒子來眞夠狠的。」

「那個木匠受得傷很重。」瓦林執意要把這件事問清楚。

「他在頭上挨了一記，那時看上去很嚴重。我的人把他抬回屋裡時，他已經失去了知覺，那時我們都以爲他要死了。他就這樣又躺了幾天，幾乎沒有呼吸。然後，他就醒過來了，而且完全恢復了健康。我的僕人們認爲這是眾神的奇跡，是爲了獎勵他雕刻那麼多神像。他醒來的第二天早晨就走掉了，而且從醒過來到離開，他一個字都沒有說過。」這名商人回頭瞥了一眼正在等待他的家人，顫抖的雙手明確地表現出了他的焦慮和恐懼。

瓦林退到一旁，對商人說道：「我知道你不是縱火案的同謀，祝你一路順風。」

那名商人已經一邊邁開了步伐，一邊大聲喊喝著，帶領他的逃難隊伍上路。

*他就這樣又躺了幾天。*瓦林思考著這句話，同時感覺到血歌的騷動。在血歌的韻律中，清晰地

表達出那種似曾相識的熟悉感覺。他意識到，自己正在摸索某件事，某個關於他一生中那無數神祕事件的答案。但這一次，他同樣無法眞正抓住那個答案，挫敗感充斥在他的心中。血歌發生了動搖。那歌聲就是你，埃姆．霖這樣對他說，你能夠詠唱它，也能聽到它。瓦林開始努力平復自己的心情，希望能更清晰地聽到歌聲，將自己的精神集中在那首歌上。那歌聲就是我，我的鮮血，我的需要，我的追尋。歌聲在他體內膨脹，在他耳邊咆哮，如同一種極不和諧的情緒，模糊的影像閃電般在他的意識中閃動，完全無從捕捉。曾被說過和未曾被說過的話含混不清地在他的腦海中冒出，謊言和眞實糾纏在一起，變成了混亂的大漩渦。

我需要埃姆．霖的指導，瓦林心中想著，竭力將精神集中在血歌上，迫使意識裡紛亂的喧囂變得平穩清晰。歌聲再一次膨脹，隨後終於平靜下來，變成一個清楚的音符。那塊大理石一閃而過，鑿子依舊由一隻看不見的手指引著，以現實中不存在的飛快速度落在石塊上。那張臉浮現出來，五官漸漸清晰……然後，一切都消失了，石塊變成了黑色，崩碎散落在石匠家的廢墟中。

瓦林走到旁邊的一個臺階前，重重地坐了下去。看樣子，他只有一個機會知道那塊石頭中所包藏的資訊。這一段樂章已經結束，他需要一個新的旋律。

第八章

他在午夜時分被叫到城門口，簡瑞爾．諾靈跛著腳來到他在商人公會的房間，將他喚醒。

「大人，平原上有幾十個騎馬的人，」這個流浪藝人說道，「坎尼斯兄弟要你儘快去看看。」

瓦林迅速背好劍，騎上噴沫，幾分鐘就飛馳到了城門。坎尼斯正在那裡調遣更多弓箭手登上城牆。他們沿著階梯來到城牆上。在那裡，一名馬文伯爵的尼賽爾士兵指著城外的平原說道：「大人，有將近五百人。」他的聲音因爲警覺而顯得格外尖銳。

瓦林拍拍他的肩膀，讓他平靜下來，隨後走到垛口後面，俯身望去——城外果然有一小群重甲騎兵，天上的新月在他們身上灑下了一層淡藍色的鋼鐵光暈。這支隊伍的首領是一個身披生鏽盔甲，高大魁梧的傢伙。他正抬頭瞪著城上的人。「你們要不要打開該死的城門？」班德斯男爵問道，「我的人都餓壞了，屁股都要長水泡了。」

卸下鎧甲之後，男爵的身形小了一點，但依舊粗壯得令人吃驚。「呸！」在充作餐廳的商人公會大廳裡，他將一滿口葡萄酒啐到了地板上，「奧普倫馬尿，難道你們沒有康布雷爾酒來招待貴客嗎，閣下？」

「很遺憾，我的兄弟和我把庫存消耗光了，男爵。」瓦林回答：「對此，我感到很抱歉。」

班德斯聳聳肩，向桌子上的烤雞伸出手，撕下一支雞腿，大嚼起來，「看樣子，你讓這個地方大致保持完整，」他一邊嚼著滿嘴的雞肉，一邊說道，「當地人似乎不怎麼敢打仗。」

「實際上我們成功地偷取了這座城市。這裡的總督是一個實際的人，整個過程幾乎沒有流血。」男爵的面孔變得嚴肅，他沉默片刻，才將嘴裡的食物用酒沖進肚子，然後又伸手拿了更多的食物。「馬波利斯可不一樣，我還以爲那裡會永遠燃燒下去。」

瓦林愈發感到不安。這名男爵的突然出現本身就讓人心神不寧。看樣子，他帶來了很糟糕的訊息。「戰鬥不順利嗎？」

班德斯哼了一聲，又給自己倒了一杯酒。「我們用攻城器械在城牆上猛砸了四個星期，才敲出一個缺口。每天晚上，他們都會從城裡殺出來——拿著匕首的小部隊會溜過我們的戰線，割開人的喉嚨，刺破水桶。每一個該死的晚上都是一場讓人無法入睡的折磨，只有往生者才知道我們到底失去了多少人。戰爭領主派遣整整三個兵團殺進那個缺口，大約只有五十人回來，而且全都負了傷。奧普倫人在城牆的缺口處設下了鋪滿長釘的陷坑，當王國衛軍被困在陷坑中的時候，他們又向坑中滾進浸滿油脂的柴草球，接著弓箭手用火箭點燃了那些草球。」他停了一下，閉上眼睛，全身微微打了個哆嗦，「就算是在三里之外，也能聽到那裡傳出的尖叫聲。」

「城市沒有被攻占嗎？」

「哦，它被占領了。一次又一次地被占領，就像一個廉價的妓女。」班德斯打了個嗝。「鮮血玫瑰舔乾淨傷口，又開始執行自己的計畫。實際上，我認爲他對城牆缺口的進攻本身就是一個大規模的騙局，一種有意識的犧牲——爲了讓奧普倫人相信，他們的敵人有個白癡統帥。兩個晚上後，他又在缺口對面擺開了四個兵團，做好進攻準備。與此同時，他派遣其餘全部的王國衛軍步兵，用雲梯爬上了東側城牆。他賭的是奧普倫人會將兵力集中在城牆缺口的部位，不會有足夠的軍隊守衛東側城牆。最後結果證明，他是對的。戰鬥持續了一整夜，我們付出了高昂的代價。但到了清晨時分，城市落進了我們的手裡。或者說，是城市殘存的部分。」

班德斯陷入沉默，只是一個勁地吃著眼前的食物。瓦林沒有再打擾他，讓自己的目光停留在男爵那套一直都帶著鏽跡的盔甲上。這是瓦林第一次仔細觀察這身盔甲。他注意到，這些鋼製甲片並非受到鏽跡的汙損，表面閃耀著一層光澤。那些鏽跡本身彷彿構成了一種奇異的蠟狀圖案。

「這是被畫上去的。」瓦林大聲說道。

「嗯？」班德斯朝自己的盔甲瞥了一眼，咕噥著，「哦，那個。一個人應該有屬於自己的傳奇，你不這麼想嗎？」

「鐵鏽騎士的傳奇？」瓦林問道，「我大概只聽過這個故事的名字，閣下。」

「哈，那是因爲你不是倫菲爾人。」班德斯笑了，「我的父親是一個喜好熱鬧、心地善良的傢伙，但他太喜歡骰子和婊子，所以只留給了我破敗的家業和一副生鏽的鎧甲。而我則必須穿戴這副鎧甲回應領主的詔令，奔赴戰場。幸運的是，我的父親也傳給了我一些使用長矛的技巧。所以我能夠通過每一場戰爭和錦標賽來提升地位。我被人稱爲鐵鏽騎士，人們喜愛我，因爲我像他們一樣貧窮。這副鎧甲成爲了我的標誌，人們很容易就能在混戰之中找到我，農民們更容易向我發出歡呼。當有了足夠的資金，能僱傭一些部下的時候，這些部下也更容易在戰場上聚集到我身邊。」

「那麼，這已經不是最初的那副甲冑了？」

班德斯會心一笑，「信仰在上，早已不是了，兄弟！那套盔甲在多年以前就鏽得毫無用處。不管怎樣，就算是最精良的盔甲，也很少能連續使用數年時間，戰爭和許多因素都會折損它們的壽命。我們倫菲爾人有一句俗語：如果你想要比領主更富有，那就作一名鐵匠好了。」他咯咯地笑著，又給自己倒了一杯酒。

「男爵，你爲什麼要來這裡？」瓦林又問道，「你帶來了戰爭領主的訊息嗎？」

男爵的表情再次變得嚴肅，「是的，我還帶來了自己和部下。三百名騎士和兩百名武裝扈兵，還有隨行的侍從。如果你願意接受我們的話。」

「非常歡迎你和你的部下，但封地領主塞洛斯不需要你的力量嗎？」

班德斯將酒杯放到一旁，重重地歎了口氣，直視瓦林的雙眼。「我被封地領主解除了效忠義務，兄弟。這不是第一次，但我懷疑這是最後一次了。戰爭領主命令我將我的指揮權交給你。」

「你和封地領主發生衝突了？」

「不，不是和他。」班德斯緊緊地咬著牙，雙唇間顯示出一道剛硬的線條，瓦林感覺自己最好不要再提起這件事。

「戰爭領主有什麼話給我？」

班德斯從襯衫口袋裡掏出一只用火漆封住的信封，扔在桌面上。「我知道信裡的內容，所以你就不用費力去讀了。給你的命令是固守這座城市，抵擋即將到來的敵軍。從馬波利斯派出的巡邏隊發現了一支規模龐大的奧普倫軍隊正在向北行進，他們似乎打算繞過馬波利斯，全力進攻凌尼薜。」他又猛灌了一口酒，抹抹嘴，重重地呼出一口氣，「兄弟，我的建議是，徵集這裡的商船，將你的部隊送回王國。我們不可能打敗那麼大規模的軍隊，守住這個地方。」

「至少十個縱隊的步兵，五個縱隊的騎兵，還有來自於帝國南方行省的蠻人部隊。一共有將近兩萬人。」班德斯的聲音很輕鬆，但所有人都能感覺到他輕佻語氣背後的沉重。瓦林在商人公會中召集了指揮官會議，他已經命令坎尼斯從這座城市的檔案館中，找出奧普倫北部海岸最大、最精確的地圖。

「我一直以為皇帝會派來更多軍隊，」坎尼斯說，「皇帝麾下應該有無以計數的士兵。」

「的確會有更多軍隊殺來，兄弟，」班德斯向他保證，「這只不過是先鋒部隊，我們在馬波利斯圍城戰中抓獲的為數不多幾名俘虜，都很高興地向我們證實了這一點。正向這座城市進軍的部隊是奧普倫軍隊中的菁英，是皇帝最優秀的步兵和騎兵，全都經歷過與沃拉瑞人的邊境戰爭，是久經沙場的老兵——但也不要低估那些野蠻人，他們是天生的戰士。據說，他們總是因為一些微不足道的衝突而彼此征戰不休，但全都像崇拜神明一樣崇拜皇帝。當皇帝召喚他們投入戰爭時，他們會欣然將彼此之間的血海深仇放在一邊，並肩殺向皇帝的敵人。看樣子，他們很喜歡痛宰敵寇的感覺。」

「他們有多少攻城器械？」瓦林問。

班德斯點點頭，「一共十臺，遠比我們的更高大強悍，能把犛牛大小的石塊扔出超過三百步。」

瓦林向桌子周圍瞥了一眼，審視了一下眾位指揮官的反應。馬文伯爵嚴格地控制著自己的表情，似乎唯恐自己會洩露出任何情緒，並因此破壞他一直小心翼翼地保持著的高貴儀態。奧・考德林兵團長緊握著他剛痊癒的手臂，面色明顯變白，一層薄薄的汗水開始從他的上嘴唇冒出來。奧・

滕迪爾兵團長似乎陷入了沉思，只是不停地搓著下巴，雙眼望向遠方。瓦林覺得，他正在計算是否應該爲了安全逃脫而丟棄安提許的全部戰利品。只有布倫·昂特什似乎完全沒有受到影響，他將雙臂抱在胸前，看著班德斯，臉上稍帶著一點感興趣的神情。

「我們還有多長時間？」坎尼斯問男爵。

「索利斯兄弟把他們的位置指明在這裡。」班德斯用手指敲了鋪在桌面的地圖上，指出馬波利斯西南方大約六十里處的一個點。「這大約是十二天前的事情。」

「這種規模的軍隊一天不可能行進超過四十五里，」馬文伯爵故意用一種深思熟慮的語調說道，「在沙漠中會更慢。」

「也許我們還有兩個星期。」考德林兵團長說道。他的聲音稍稍提高了一點，咳嗽了一聲之後，他才繼續說道，「閣下，我們還有足夠的時間。」

瓦林皺起眉頭看著他，「足夠的時間做什麼？」

「當然是疏散。」奧·考德林的眼睛順著桌邊掃了一圈，似乎是在尋求支持。「我知道，現在港口中已經沒有足夠的船隻能帶走全部軍隊了，但高級指揮官還是能輕鬆脫身。士兵們可以從陸路前往安提許——」

「我們接到的命令是守住這座城市。」瓦林對他說。

「對抗兩萬人？」奧·考德林發出一陣短促而歇斯底里的笑聲，「我們的部隊只有他們的三分之一。而且他們全是菁英部隊。這樣做就是在發瘋——」

「奧·考德林兵團長，我就此解除你的指揮權。」瓦林向門口點點頭，「離開這個房間。等到早晨，你會被護送到港口，在那裡乘船前往王國。不過會後你要留在自己的寓所中，我不希望士兵們被你的懦弱所影響。」

奧．考德林後退著站起身，彷彿是被重擊了一下，甚至說話也變得結巴。「這……這是毫無根據的侮辱，我的兵團是國王授予我——」

「出去。」

這名張惶失措的兵團長最後向在座的將軍們瞥了一眼，發現他們要不面無表情，要不就強自壓抑著心中的不安。終於，他向門口走去。瓦林對將軍們說道：「如果還有人建議撤退，也會得到同樣的處置。相信諸位都能理解。」

他將注意力轉回到地圖上，完全沒有理會將軍們眾口一詞的應和。這時，他再次因為這一地區的貧瘠而感到震撼，對於像安提許、凌尼薛和馬波利斯這樣三座大型城市，竟然可以在如此人跡罕至的沙漠邊緣存在感到驚訝。這裡只有沙子和灌木，就像芬提斯所說的那樣，我們登陸以來，我連一棵樹還沒有見過呢……「沒有樹。」

「閣下？」班德斯男爵問道。

瓦林沒有回答，只是將注意力集中在地圖上。一個想法出現在他的腦海——伴隨血歌的細微呢喃聲——中，逐漸孕育成一個計策。當他的目光落在這座城市南邊大約九十里以外的一個標示上時，腦海中的想法也迅速變得清晰。那是被小片棕櫚樹林環繞的一個小池塘。「這是什麼地方？」他問坎尼斯。

「萊倫綠洲，兄弟。南方商路中唯一小有規模的水源。」

「這就意謂著，」馬文伯爵說道，「奧普倫軍隊在北上的路上一定會停駐於此地。」

「你打算在這個水源中下毒嗎，閣下？」奧．滕迪爾問道，「這個主意很不錯，我們可以用牲畜的屍體毀掉那個水源——」

「我不打算做這種事。」瓦林繼續讓血歌完善自己的計畫。這樣要冒太大的風險，而代價……

「我們應該封鎖這座城市，閣下。」馬文伯爵打破了沉默。瓦林這才意識到，他已經有好幾分鐘不曾說話了。「南行的商隊一定會將我們的軍隊數量告知敵人。」

「自從血紅之手的威脅解除後，人們一直成群結隊離開。」瓦林說，「如果奧普倫指揮官還沒有對我們的數量和備戰情況有全面的瞭解，我一定會感到驚訝。而且，讓他發現我們的弱小實際上對我們是有利的。過分自信的敵人很容易變得粗心而莽撞。」

他最後看了地圖一眼，視線便離開桌面。「班德斯男爵，請接受我的歉意，儘管你剛剛一路風塵僕僕來到這裡，但我還是不得不要求你重新跨上馬鞍——你和你的騎士們要做好明天出發的準備。」他又轉向坎尼斯，「兄弟，讓斥候隊在淩晨集結，由我親自指揮。我不在城中的時候，城中的一切事務由你負責。一定要竭盡全力挖深環城壕溝，並將它的寬度加倍。」

「你打算用幾百人伏擊兩萬人的軍隊？」馬文伯爵用難以置信的口氣問道，「你想要得到什麼樣的後果？」

瓦林正大步走向門口，「沒有刃的斧頭只不過是一根棒子。」

在北方沙漠的內陸地區，沙子堆積成爲高大沙丘，如同在風暴中凍結的金色海洋，在沒有一絲雲彩的天空下一直延伸到遠方的地平線。熾烈的陽光讓白晝行軍變得不再可能，他們不得不在夜間行進，白天只能用帳篷遮擋陽光的曝曬。騎士們都在低聲抱怨，戰馬也不停地嘶鳴，因爲這惱人又完全陌生的炎熱而蹬著蹄子。

「眞是一幫吵鬧的傢伙。」登圖斯在出發後的第二天說道。

瓦林朝一群騎士瞥了一眼。他們正在玩著骰子，同時還吵鬧不休，彼此推來打去。不遠處，另一名騎士正在大聲訓斥侍從，指責他沒有將胸甲打磨得足夠光亮。瓦林很清楚，這些騎士很不擅長祕密行動。他願意用這些人去交換一個連隊的第六軍團兄弟。但他沒有兄弟的部隊，而且需要騎兵來完成這次的任務。

「不會有問題的，」瓦林對登圖斯說道，「他們只需要進行一次衝鋒。」不過，我可不知道那之後還會有多少人活下來。

「如果遇到巡邏隊該怎麼辦？」芬提斯問，「奧普倫人如果不知道用遊騎兵隊警戒側翼，那他們就眞的是徹頭徹尾的傻瓜。」

「那裡距離凌尼薛還很遠。我希望他們沒那麼聰明，知道在這裡就提高警惕；就算他們眞的有那麼聰明，我們也只會在那裡滯留一天時間，但不能放過任何發現我們的巡邏隊。希望他們不會在晚上的時候發現我們，然後趁黑夜溜掉。」

又走了兩個晚上，綠洲才出現在他們的眼前。沙丘之間，被烤熱的空氣抖動著，讓綠洲彷彿閃爍不定。這片綠洲的規模讓瓦林吃了一驚。他本以爲這裡只會有一片池塘和幾棵棕櫚樹，但實際上，他看到了一座被青蔥密林圍繞的小湖，就如同一顆令人無法抗拒的藍綠色寶石。

「沒有奧普倫人的影子，兄弟。」芬提斯已經率領斥候隊駐馬於一座沙丘的腳下，他的目光不停地掃過整片綠洲。「看樣子，我們搶到了他們前面，就像你推斷的那樣。」

「商隊呢？」瓦林問他。

「周圍十里之內都不見人影。」

「我們趕往淩尼薛的路上也幾乎沒有看到商人的影子，閣下。」班德斯男爵說道，「戰爭對貿易來說從來都不是好事。當然，除非你販售的是鋼鐵。」

瓦林審視著沙漠。他的目光落在西方六里外、一座幾乎有山峰那麼高的沙丘上。「那裡，」他伸手一指，「我們在那座沙丘的西坡宿營，不能生火。男爵，如果你的人能夠把聲音壓低一些，我將不勝感激。」

「我會盡我所能，閣下。但你知道他們不是農民，我不能像你對部下那樣抽他們鞭子。」

「也許你眞的應該抽他們一頓，」登圖斯提出了自己的建議，「這樣他們才能知道，他們血的顏色和農民是一樣的。」

「等奧普倫人到了，他們會流很多血。」班德斯毫不客氣地回嘴，已經脹紅的面孔現在更是紅得發紫。

「夠了，」瓦林打斷了他，「登圖斯兄弟，和芬提斯兄弟一起負責紮營。盡可能儲備多一點水，不要留下任何痕跡。我希望敵人只會把你們當做幾個星期以前經過的香料商隊。」

又過了兩天，皇帝的軍隊出現了——一股直衝天際的煙塵從南方地平線上升起。瓦林、芬提斯和登圖斯趴在一座高聳的沙丘上，觀察逐漸靠近綠洲的敵軍。首先出現的是騎兵，小批遊擊騎兵後面跟隨著長長的雙列騎兵縱隊。瓦林點數了一下，大約相當於四個槍騎兵兵團和相同數量的弓騎兵部隊。這支部隊的紀律和行動效率都令人歎爲觀止。他們以超乎尋常的速度紮好了營寨，一個小時之內，帳篷和篝火坑已經出現在棕櫚樹林中。他從芬提斯那裡借來望遠鏡，點數出那支部隊裡的軍官和士官——他們正在布置崗哨，在營地周圍構築起一道控位精準，密不透風的警戒線。瓦林則趁機逐一記下他們強悍而具威嚴的面容。的確是經驗豐富的精兵，瓦林很後悔沒能在離開之前向夏琳道別，他們最後一次分別的時候，瓦林能夠從她凝視自己的目光中感覺到一絲溫柔，但他還是有很多事要向她解釋。

他將望遠鏡從綠洲中移開，開始觀察從南方升起的第二股煙塵。奧普倫步兵的長槍在沙漠熱風中不斷搖曳，正變得越來越清晰，讓人感到沉重的壓力。

又過了一個多小時，步兵隊伍才進入綠洲，開始紮營。索利斯導師的估算是相對保守的，這支步兵隊實際上有十二個縱隊，現在綠洲中至少有三萬奧普倫精兵。這讓瓦林用了一秒鐘時間思考了一下，是不是奧·考德林兵團長的提議才是正確的。

「看到那裡了嗎？」芬提斯從望遠鏡後面抬起眼睛，向遠處一指，「也許是他們的戰爭領主？」

瓦林接過望遠鏡，朝芬提斯所指的方向望過去。綠洲北邊搭起了一頂大帳篷，一隊士兵正豎起一面紅色旗幟，旗上繪著兩把交叉在一起的黑色馬刀。監督這些士兵的是一名高個子的男人，身披黃金斗篷，膚色黝黑、面容剛毅，髮絲間已夾雜灰色。奈里森·耐斯特·赫弗倫，帝國衛軍第十縱隊隊長。他來履行許下的諾言了。

瓦林看著那名隊長轉過身，向一個身材矮狀，腿明顯有些跛的人鞠了一躬。那個人剃光了頭頂，膚色屬於北方行省的橄欖色。他身穿一套老舊但很實用的鎧甲，腰間佩著一口騎兵馬刀。他聽赫弗倫做簡短的報告，然後揮手打斷赫弗倫說話，便轉身向帳篷走去，沒有再多看赫弗倫一眼。

「不，那個瘸子才是戰爭領主。」瓦林說道。他注意到赫弗倫雙肩微微下垂，略顯倦怠。但他很快又挺直身體，大步離開。羞恥，瓦林做出推斷，因爲你失去了希望之人，所以你的勸諫也不再受到重視。我倒是很想知道，你有怎樣的建議？派遣更多巡邏隊？更多衛兵？更重視希望屠滅者的狡詐？他不會聽的，對不對？自從離開凌尼薛以來，瓦林第一次感覺到自己的心情變得輕鬆。

當攻城器械出現在瓦林視野中的時候，時間已經接近黃昏。瓦林一直還保留著渺茫的希望，也許班德斯在轉述索利斯的報告時還是有所誇大。但現在他知道了，男爵所說句句屬實。王國衛軍在這次遠征中也帶來了攻城器械——能夠將石塊和火球投擲到城牆和城內的投石器及弩砲——但即便是王國軍中最大和做工最爲精巧的攻城器械，也無法與皇帝派遣來摧毀凌尼薛城牆的裝置相媲美。它們在牛群拖曳引起的塵沙中漸漸顯露出形狀，沉重長大的擺臂隨著路途的顛簸而微微搖晃。

護送這些器械的大約有三千人，從鬆散的隊形和雜亂的著裝來看，他們顯然就是班德斯所說的部落野蠻人。從鮮紅色絲衣和藍色羽毛頭飾，到肅穆拙樸的黑色或藍色長袍，不同的習俗造就了他們差異巨大的衣飾。他們的武器和護甲同樣各不相同，瓦林發現了幾個裝備胸甲和鏈甲衫的人，但大部分野蠻人身上都沒有護甲，唯一的護具只有手中裝飾著種種神祕印記的木製圓盾。他們的武器似乎主要是長矛，也有一些人的腰間佩著鋸齒形狀的鐵製刀劍，或頂端豎起可怕長釘的棍棒或戰錘，以及匕首和短劍。

瓦林看著牛群將戰爭器械一直拖曳到綠洲的南部邊緣。趕牛人準備把牛群領到水邊去，部落野人在那些高大的器械周圍紮營。

「兄弟，想要碰到那些大傢伙，我們可是要砍倒不少野人。」登圖斯說道。

「如果我們的計畫成功，就不必和他們戰鬥。」瓦林將望遠鏡交回給芬提斯，「我們去把馬匹準備好。等月亮升起來的時候，我們就出發。」

有一件事，瓦林完全不感到驚訝，那就是噴沫非常不適合充任馱馬。當瓦林試著將布包放到牠的背上時，這匹公馬將牠的壞脾氣發揮得淋漓盡致。四隻堅硬的馬蹄不停地猛踏地面，給瓦林的腳趾和腳掌帶來了很大的威脅。瓦林不得不耗費寶貴的幾分鐘時間，對噴沫進行哄騙、威脅，又用糖塊收買，才終於讓這匹烈馬平靜下來，放好裝備。這時，明亮的新月已經在他的頭頂升起了。

「眞奇怪，你爲什麼要一直留著這頭猛獸。」登圖斯說道。因爲用布巾捂住了下半張臉，他的聲音稍稍有些模糊。

「牠是一名鬥士。」瓦林回答道，「這一點足以彌補所有毛病。」瓦林掃視了一遍已經集結完畢的斥候隊伍。每一個人都穿著樣式相仿的白色棉布長袍——穿行於沙漠之中或前往北海岸各港口，進行香料以及其他各種貨物貿易的商人都會穿這樣的衣服，每一匹馬背上都捆紮著包裹。包裹中凸起盛放香料的紅陶圓罐的輪廓。只不過今晚，這些罐子裡放著其他貨物。瓦林知道，他們很難蒙混過有經驗的眼睛，馱馬太過高大，穿著有太多不合適的地方，更不要說很多藏在包裹中的武器隱隱約約凸出了一些輪廓。但黑夜能夠幫助他們騙過敵人，而且敵人能作出反應的時間絕對不多。瓦林希望，這些準備應該已經足夠。

他又向北方瞥了一眼，商路在沙丘之間迤邐蜿蜒，一直通向綠洲。在月亮的照射下，這片沙漠顯得格外奇異。沙子被月光塗成了銀色，再加上沙漠夜晚特有的寒意，整個沙漠彷彿變成一片雪原。瓦林再一次回想起那個已經半被遺忘的夢，奈蘇絲．希爾．寧那冷酷的玩笑，一具屍體在雪地中逐漸冷去……

「兄弟？」芬提斯的聲音打破了他的遐想。

瓦林搖搖頭，讓自己的視野恢復清晰。他轉向斥候隊，提高了聲音，「你們全都知道，今晚的任務至關重要。完成任務之後，立刻全速奔向凌尼薜，絕不要回頭。他們會像餓狼一樣對我們窮追不捨，所以，千萬不要遲滯不前，無論發生什麼事。」

然後，他轉向北方，拽起韁繩，「來吧，你這個騾子。」

他們點燃火把，邁著穩定的步伐向攻城器械走去，一邊用記住的奧普倫話向守衛綠洲南部邊緣的部落野人打招呼。這些部落成員全都個子很高、身材削瘦，留著短短的鬍鬚，皮膚如同拋光的紅木。他們用色澤深淺各異的紅色布匹包裹身體，披掛著一些用象牙雕刻而成的甲冑，每個人的手裡都拿著一杆鋸齒狀矛鋒的長矛。瓦林在觀察他們的營地時就注意到了這種武器，很顯然，他們對瓦林率領的這一群人充滿疑心，但並沒有過分警惕。看到這一小群陌生人的出現並沒有在敵營中引起騷動，瓦林鬆了一口氣。五名部落成員走上前，擋住了瓦林的道路。他們平舉長矛，不過並沒有對瓦林表現出多少威脅的意味。

「尼赫哈！」（注一）登圖斯向這些部落眾問好。除了坎尼斯之外，他是瓦林身邊奧普倫語最好的人。不過他的奧普倫語說得並不流暢。在離開凌尼薜之前的數個小時裡，坎尼斯曾經對他的奧普倫語進行了一番惡補，但他依然不太可能唬弄土生土長的帝國北方人。所以另一件對他們來說很幸運的事，就是這些部落群眾都來自於南方行省，有可能並不瞭解帝國北疆的子民有什麼樣的口音。

一名部落成員困惑地搖了搖頭，用自己的語言對他的同伴說了些什麼，他的同伴也只是不知所謂地聳了聳肩。

「安提許。」登圖斯說了一個商人經常會說的詞，拍拍胸口，然後向偽裝的馱馬隊揮了揮手，

「奧特薛。」（注二）——香料。

剛才那個說話的部落成員從登圖斯身邊走過，雙眼仔細地審視著這支「商隊」。他來到瓦林面前，毫不理會瓦林友好的點頭，只是仔細端詳著噴沫。看到這匹戰馬腿上和肋側的無數傷口，他瞇起了眼睛。

一聲吶喊從另一名部落成員的口中發出。瓦林面前的這個人快步後退，雙手握緊長矛，伏低身子，擺出戰鬥姿態。瓦林以安撫的姿態舉起雙手，指向西方。那名部落成員冒險回頭瞥了一眼，不由得困惑地站起了身——大量火把出現在沙漠中，大約有三百餘點火光在黑暗中閃動，一陣陣愈發響亮的騎兵衝鋒聲和號角聲也隨之而來。

部落成員轉身面向自己的同伴，張開嘴想要發出命令，卻被瓦林的飛刀刺穿後頸，當場斃命。弓弦的彈響和飛刀的呼嘯交織在空氣中，斥候隊早已抽出武器，解決了剩下的哨兵。

「熄滅火把！去攻城器械那裡！」瓦林一邊呼喊，一邊牽著噴沫，全速疾奔。

當他們闖進敵營時，戰爭的喧囂已然響起。班德斯男爵的騎士們一鼓作氣攻入部落成員匆匆組成的防線，雷霆般的馬蹄聲很快就被戰馬嘶鳴和鋼刃交擊的聲音所取代。部落戰士從四面八方聚攏，高舉兵刃加入戰鬥，戰吼和凶戾刺耳的部落號角聲正在召喚他們全力反撲。當瓦林的小部隊衝到營地裡面時，大多數野蠻人都跑去抵擋倫菲爾重甲騎士，所剩不多的幾個人很快就被砍翻在地。

他們殺到攻城器械前面的時候，守在這裡的只剩下負責照管器械的工匠們。他們大多是身穿皮

注一 Nirehl ahn，奧普倫招呼用語。

注二 Onterish，奧普倫語的香料。

革工作服的中年人，手中除了專業工具以外，幾乎沒有武器。瓦林看著這些沒有想到要逃走的人，不由得感到有些抱歉。他殺了一個向他揮起大槌的工匠，又讓另一個人只能緊緊握住自己被砍斷一半的手。

「離開這裡！」瓦林向那個人發出命令，同時還劍入鞘，從噴沫背上解下那只裝滿陶罐的包裹，取出其中的陶罐。被砍傷的工匠滿臉驚駭地看著他，直到因爲過度失血而倒在沙地上。瓦林罵了一句，沒有再去理會那個人，只是以最快的速度打開包裹，將裡面的罐子向距離他最近的攻城器械拋了過去。陶罐在牢固的木質框架上撞得粉碎，透明的黏性液體迅速覆蓋了攻城器械。瓦林迅速用光了半側包裹中的陶罐，將另外半側包裹拖到另一架攻城器械旁邊。芬提斯已經向這架器械上澆了不少燃料，現在這個年輕人的嘴角露出了狼一樣的笑容。

「一定會很壯觀吧，兄弟。」

「一定會的。」瓦林將另外半側包裹中的陶罐全都扔了出去，然後查看了一下部下們的行動成效。看到十架攻城器械周圍全是碎陶片，他感到非常滿意。「好的，這樣足夠了！」他喊道，「把火點起來！」

他們後撤到大約二十碼以外，瓦林把那個受傷的工匠也一併拉了出來。他不希望這個無辜的人被活活燒死。登圖斯和芬提斯抽出他們的弓，被點燃的火箭劃著弧形曲線，向攻城器械飛去。火焰立刻就從燈油中竄了起來。很快的，十座火山開始在營地中間發出響亮的咆哮，眨眼間，火焰已經吞沒了巨大的木製機械。固定機械的繩索和釘榫紛紛崩散，投石器頎長的擺臂如同森林大火中的松樹，轟然倒塌。

熾烈的火焰照亮了營地西側仍然在拚死奮戰的敵對雙方，但班德斯男爵很快就召集人馬，開始撤退。而殺紅了眼的部落成員不打算放走他們。瓦林看到幾名騎士從馬背上被拖了下來，還在徒勞地掙扎著，但死亡很快就帶走了他們。

瓦林跨上噴沫，抽出長劍，向斥候隊喊道：「全速奔向城市！」

「你呢，兄弟？」芬提斯問。

瓦林向戰場點點頭。「男爵需要援助，我去幫他們。」

「讓我……」

瓦林用不容置疑的目光盯住芬提斯，「帶著你的人回家，兄弟。」

芬提斯狠狠咽下無疑是異常苦澀的話語，點點頭，「如果你兩天之內沒有回來——」

「那麼我就不會回來了。你要轉告坎尼斯兄弟，一切由他全權指揮。」瓦林一催噴沫，全速向戰場馳去。胯下的戰馬感覺到激戰將至，全身的肌肉都繃緊了。瓦林沿戰場邊緣前進，向沒有戒備的部落成員驟然發動猛攻。當他們向他聚集時，又立刻轉頭離開。他不斷重複著這一過程，希望將這些野蠻人的怒火吸引到自己的身上，減輕騎士們的壓力。「艾路印．瑪苛韃！」他不停地高呼著，希望這些部落人眾能夠知道這個稱號的意思。「我是艾路印．瑪苛韃！來殺我啊！」

至少有一部分人清楚地懂得這個詞。他們開始瘋狂地向他撲來，不用心瞄準，就向他擲出長矛和手斧。一個部落成員以驚人的速度緊追在瓦林身後，當瓦林再次調轉馬頭時，他躍上了噴沫的後背，高舉起長釘棍棒，卻又一個筋斗翻倒在沙地上——一枝利箭射穿了他的身體。

「我想，我們不應該耽擱太長時間，兄弟。」登圖斯一邊呼喊，一邊又開弓射出另一枝箭，然後催馬疾馳在瓦林身邊。不遠處的一名部落成員轉了一個圈，倒在地上。

「我想，我應該已經命令你返回城市了。」瓦林喊道。

「不，你的命令是給芬提斯的。」登圖斯又射出一箭，然後躲過一柄長矛，「我們眞的得走了！」

瓦林向敵人的主陣瞥了一眼，看到一個盔甲被染成紅色的高大身影正策馬離開戰場——男爵是他部隊中最後一個脫離戰鬥的人，他向西方一指，倫菲爾騎士們全部調轉方向，催趕坐騎以更快的速度向遠方飛馳而去。吞噬攻城器械的大火讓他們在沙地上投下了長長的影子，隨著他們消失在沙漠之中，這些影子也不見了。

他們整夜向西奔馳，在太陽升起時轉向北方；直到陽光的炙烤開始讓馬匹步伐不穩，兩個人才下馬，繼續牽著馬匹步行前進。他們已經卸下坐騎身上一切多餘的負重，拋棄了鎧甲，只保留武器和剩餘的飲水。

「沒有他們的影子。」登圖斯用手遮住眼睛，搜索著南方的地平線，「現在還沒有。」

「他們會跟上來的。」瓦林向他保證。他將一只水囊遞到噴沫的嘴邊，噴沫把水囊叼在嘴裡，幾口就將裡面的水嚥進了喉嚨。瓦林不知道他的馬在這樣的炎熱中能夠堅持多久，對於出生北方的動物來說，沙漠環境實在是太過殘酷了。現在噴沫的肋側已經沾滿了汗沫，平時明亮而多疑的眼睛現在也只是疲憊地眨動著。

「如果運氣好的話，他們只會追蹤男爵的足跡。」登圖斯繼續說道，「畢竟他們的足跡比我們的要明顯多了。」

「我認爲昨晚已經把運氣用盡了，你覺得呢？」瓦林等到噴沫把水喝光，才重新拉起韁繩，「我們要繼續前進。如果我們無法在這樣炎熱的天氣中騎馬，他們一樣也不能。」

接近黃昏的時候，他們終於看到了追兵。雖然還只是遠方地平線上的一小片塵土，但他們絕對不會看錯。

「也許還有四十多里？」登圖斯看著敵人揚起的沙塵，猜測著。

「應該是將近三十里。」瓦林跨上了馬鞍。噴沫惱怒卻有氣無力地打了一個噴嚏，讓瓦林心疼得瑟縮了一下。「看樣子，他們還是能在這種天氣裡騎馬。」

他們整夜都在慢跑，隨時小心不要讓坐騎倒下，同時不停回頭查看南方的情況。他們能看到的只有沙漠和滿天繁星，但兩個人都清楚，追兵正在一里一里地向他們靠近。

黎明時分，北方海岸出現在他們的視線之中。赤裸的沙漠上漸漸出現了稀疏的灌木叢，只要再向東跑十幾里，凌尼薛的白色城牆就會在晨光中熠熠生輝。

「兄弟。」登圖斯輕聲說道。

瓦林向南方望去，他們身後的煙塵現在變得更大了，塵沙中的騎兵已經清晰可辨。瓦林向前俯下身，拍了拍噴沫的脖子，悄聲在牠耳邊說道：「抱歉。」然後，他挺起腰，用力猛踢這匹馬的肋側。登圖斯和他同時飛馳起來，瓦林本以爲噴沫已經沒有什麼力氣奔跑了，但奮蹄疾奔的噴沫卻猛地仰起頭，發出可能是喜悅，也可能是憤怒的嘶鳴，彷彿這種全速飛奔讓牠擺脫了一副沉重的枷鎖。噴沫的蹄子激起一路的塵沙，轉眼間，登圖斯和他竭力掙扎的坐騎就被拋在後面。跑出十餘里之後，瓦林不得不勒住韁繩，等待登圖斯追上來。他們跑上了一小片能夠俯瞰平原的高地，凌尼薛清晰地出現在他們眼前。城門大開，一隊騎兵正魚貫而入。陽光照射在他們的鋼甲上，閃耀起點點星光。

「看樣子，男爵成功折返了。」瓦林對剛剛拉住韁繩的登圖斯說。

「很高興他們能回來。」登圖斯打開一只水囊，將清水澆在臉上。瓦林看到追兵正從他們身後疾馳而來，距離只剩幾乎不到三里。他的判斷是對的，他們來不及逃進城中。

「聽我說，」瓦林下了馬，「我的馬更快，而且他們想要的是我。」

「別傻了，兄弟。」登圖斯疲憊地說。他從馬鞍上取下弓，搭上一枝箭，調轉馬頭，面對著那群即將殺來的騎兵。瓦林知道，自己沒辦法阻止他。

「很抱歉，兄弟。」瓦林的聲音中充滿了愧疚，「這場愚蠢的戰爭，我……」

但登圖斯並沒有在聽他說話，只是目視南方，皺起眉頭，一絲困惑的神情出現在他的眉宇之間。「我還真不知道那幫人把這東西也帶來了。真是個大傢伙，不是嗎？」

瓦林順著他的目光望過去，感覺到血歌開始激烈地動盪，彷彿是認出了什麼。而他的眼睛很快就捕捉到了那頭灰色巨狼，牠正坐在距離他們不遠的地方，用一雙波瀾不驚的眼睛瞪著瓦林。瓦林清晰地回憶起他們在烏立實森林的第一次相遇。

「你能看到他？」瓦林問登圖斯。

「當然。誰看不到牠？」

血歌開始咆哮，發出穿透瓦林神經的警告。「登圖斯，上馬，向城市跑。」

「我哪裡也不去——」

「有事情要發生了！拜託你，快走！」

登圖斯還想爭辯，但他的目光被另一樣東西吸引住了。那是一團巨大的黑雲，在南方的地平線上升起，一直上升到距離地面至少有三里高的天空中。它氣勢洶洶地翻滾著，遮住了陽光，向凌尼薛城橫掃而來。沙丘一座接一座地消失，全部被它吞進飢餓的肚子裡。

一枝箭射在幾步以外的沙子裡。瓦林轉過身，看到他們的追兵距離他們已經不到五十碼了。這一隊騎兵至少有一百人，他們一邊疾馳，一邊對瓦林和登圖斯拉開弓弦。看樣子，他們是拚命想要在沙塵暴到來之前結束這場追擊。

「上馬！」瓦林高喊著，牽住登圖斯的韁繩，同時猛踢噴沫的肋骨，兩匹馬同時飛奔起來。利箭如同雨點一般落下的時候，他們已經跑下高地，向凌尼薛城沒命地全速奔逃。他們才跑出三分之一的路程，風暴便已追上了他們。沙粒擊打著他們的面頰和眼睛，如同一群群凶殘的鋼針。登圖斯的坐騎在狂暴的沙塵中揚起前蹄，把韁繩從瓦林的手中猛地拽走，登圖斯一人一馬全部消失在盤旋的紅色塵霧中。瓦林想要呼喚他，但一張嘴，卻立刻嗆了滿滿一嘴沙粒。他只能竭盡全力遮住面孔，趴伏在噴沫的背上，任由噴沫在風暴中盲目前衝。

在絕望中，他撲向血歌，竭力讓血歌恢復平靜，控制它，引導它的旋律，吟唱它。一開始，血歌中只有他剛剛看到那頭狼的時候所爆發出來的刺耳尖嘯、只有災禍降臨的警告，但隨著瓦林堅持不懈地表達自己的意志，血歌的困惑逐漸開始消散，在瓦林腦海中咆哮的風暴裡，幾個清晰的音符逐漸成形。登圖斯！他吼叫著，全力拚殺，將血歌投入到沙塵暴中。找到他！

歌聲再次發生改變，更多的音符跳躍。血歌的音韻變得和諧悅耳，幾乎呈現出一種寧和靜謐的感覺，但其中又滲透出另一些東西。那是一種如此陌生的旋律，讓瓦林完全不知所措。但同時，瓦林又如同頭頂被人猛擊一拳，頓時醒悟了過來。*這不是我的歌聲！這不是任何人的歌聲！*

誰？他用歌聲問道，你是誰？

另一個歌聲再次發生改變，全部韻律都消失了，取而代之的是一聲失去耐心的嗥吼。

求求你！瓦林懇求著，我的兄弟……

那頭狼的吼聲變成了瓦林腦海中的吶喊，強有力的喊聲足以讓瓦林在馬鞍上感到一陣暈眩。噴沫嘶鳴著，警惕地高揚起頭。瓦林挺起身子，感覺鮮血從鼻子裡湧出。不！他將自己能找到的每一點力量都投入到歌聲之中，瘋狂地吼叫著，我不想要你的幫助！（注三）

霎那之間，風勢開始減弱，凶狠抽打瓦林面孔的沙暴消散成一陣柔和的氣流，風中的沙粒緩緩落下，如同一千個人悄聲細語。透過漸漸散去的塵霧，瓦林看到一名騎士的影子就在不到十碼之外。登圖斯背上的長劍明確無疑地出現在瓦林的眼前，瓦林呼出了長長一口氣，催馬小跑過去，伸手拍了拍兄弟的肩膀。

「現在可不是耽擱的時候，兄弟……」

登圖斯的身子在馬鞍上一斜，重重地倒在地上。他圓睜雙眼，臉上呈現出一種瓦林早已熟悉的蒼白。殺死他的那枝箭從他的胸前突出來，鍛鋼倒刺上沾染了鮮血。

後來，人們告訴他，他一直靜靜地坐在馬背上，一動也不動，就像埃姆·霖的雕刻，出現在驀然退去的沙塵暴中。當城頭上的哨兵發出喊聲的時候，坎尼斯發狂般地命令城門重新開啓。奧普倫追兵只是被風暴打散，正迅速恢復士氣，向彷彿已經凝固的希望屠滅者逼近。一名奧普倫騎兵縱馬衝到了距離瓦林不到二十碼的地方，在戰馬上伏低身子，拉開弓弦，凶狠的面容上閃耀著憎恨與勝利的光芒。布倫·昂特什跳上城垛，一箭射穿了那名騎兵的胸口，又高喊著向他的弓箭手下達了命令。千枝利箭從城頭升起，如同黑色的冰雹，落在奧普倫人的頭頂上。一陣齊射過後，將近百名騎兵便紛紛倒地。

瓦林對此一無所知。他的眼前只有登圖斯，只有他鬆弛且毫無表情的臉，還有那只箭頭，在血汙中依舊閃爍著金屬的光澤。城牆上有無數聲音在向他呼喊，但他什麼都聽不到。坎尼斯和巴庫斯衝出打開的城門，跌跌撞撞地跑到瓦林身邊，也同時駭然地頓住腳步。瓦林聽不到他們的哀戚和問話。登圖斯和這枝箭……

「瓦林。」

這是他唯一能夠聽到的聲音。夏琳來到了他身邊，伸出手，握住他的手腕。瓦林的雙手卻只是攥緊了韁繩，十指指節變得雪白。「瓦林，求你，不要這樣。」

瓦林低頭看著她，沐浴在她同情的目光中。那種熟悉的痛楚驅散了他的麻木，恍惚之間，他極度渴求夏琳的愛撫，卻又無法逃脫讓他感到絕望的羞恥。

「我是一個殺人犯。」從他口中落下的每一個字都精確得令人膽寒。

「不……」

「我是一個殺人犯。」他輕輕將夏琳的手拽開，踢了一下噴沫，引導牠穿過城門，走進城中。

注三　瓦林此時已經醒悟，這場沙塵暴正是無名巨狼爲了救他而發動的。但瓦林也因此和兄弟走失，所以瓦林急切地要求巨狼不要再以這種方式幫助他。這裡的「幫助」所指便是此事。

第九章

他在房間裡呆了兩天時間，和衣倒臥在床上。簡瑞爾不斷敲門，然後把食物留在門外，他全然不予理會。坎尼斯、巴庫斯和芬提斯輪流來到門外喊他，他也幾乎聽不到。他感覺不到困倦，感覺不到飢渴。在他的意識中只有登圖斯和那個箭頭還有那首歌，那頭狼強大而未知的歌聲依舊震耳欲聾地回蕩在意識中。還有，就是那個理所當然又那個充滿恨意的眞相——我是個殺人犯。

他還記得，當他去找登圖斯，要登圖斯參加這個任務時的情景。「你是我們最優秀的騎射手……」他才剛開口，登圖斯已經在收拾自己的物品了。

「諾塔比我更優秀。」登圖斯一邊說，一邊掛好弓弦。

「諾塔死了。」

登圖斯只是微微一笑。直到此時，瓦林才意識到，自己的兄弟從來沒有相信那個關於諾塔的謊言。他還知道多少？他還保守著什麼祕密？登圖斯所知道的一切都在一瞬間灰飛煙滅，被一個陌生人射出的一枝箭帶走了，也許那個人以爲他殺死了希望屠滅者。瓦林很想知道，那個人死在康布雷爾人的箭雨中時，是否在人生的最後時刻感到無比欣喜？也許他堅信眾神將歡迎他成爲天堂的英雄，而他的失望一定也會極爲可怕。

直到第二天臨近黃昏的時候，他的注意力才終於被一陣抓門聲吸引，隨之而來的是一聲哀傷的嗚咽。瓦林眨眨眼，用模糊的眼睛盯著這個昏暗的房間，手指摸索著下巴上的短鬚，聞到了自己身上的臭氣。「我需要洗個澡。」他喃喃地說著，站起身，拉開房門。

抓抓毫不費力地壓倒了他，滿是倒刺的狗舌頭舔著他的面頰和下巴，向他傳達出壓抑已久的關愛。「好了，笨狗！」瓦林呻吟著，花了些力氣才推開這頭獵奴犬。「我沒事。」

「真的？」夏琳正站在門口，雙臂交叉在胸前。她的表情就像瓦林記憶中他們第一次見面時那樣嚴肅冷峻，「你看起來實在是太糟糕了。」

她轉過身，走下樓梯。幾分鐘之後，她就端著一盆冒著熱氣的清水和一塊毛巾回來了。她關上門，坐到床上。瓦林脫去上身的衣服，開始擦洗身體。抓抓的頭靠在夏琳的膝蓋上，任由夏琳搔著牠耳後的皮毛。瓦林能感覺到女孩的目光落在自己的軀幹上，他知道，夏琳正在細看他的每一道傷疤。他也感覺到了夏琳的哀傷。「這是我應得的，姐妹。」他一邊說，一邊伸手去拿剃刀。「所有這一切，而我應該受到的懲罰還不止這些。」

「那麼，你恨你自己？」夏琳的聲音中蘊含著一絲憤怒。也許她對瓦林毆打兄弟指揮官伊爾提斯的憤恨還沒有完全消褪？

「我做的那些事。這場戰爭……」瓦林的聲音低沉了下去。他閉起眼睛，停頓了片刻，才在臉上塗抹肥皂泡，將剃刀舉到下巴旁。

「給我，」夏琳站起身，走到他面前，從他的手裡接過剃刀。「你一直都沒有睡，現在你的手很不穩定。」她拉過一隻凳子，讓瓦林坐下，「不用緊張，我已經這樣做過很多次了。」瓦林不得不承認，一定有很多理髮師羨慕夏琳使用剃刀的技巧。鋒利的刀刃分毫不差地掃過他的皮膚，這雙屬於治療師的手溫柔又靈活。片刻之間，瓦林沉浸在她的芬芳與撫摸之中，悲傷和自我厭棄的情緒消失在這種從未有過的親密關係裡。瓦林知道，自己應該讓她停下來，這樣是不合適的，但他已經深陷其中無法自拔。

「好了，」夏琳向後退去，看著他，面露微笑，伸出一根手指撫過他的下巴。「現在好多了。」一陣突然的衝動在他的心中爆發，只想再一次將夏琳拉到身邊，但他只是伸手拿起毛巾，抹去下巴上殘存的肥皂泡沫。「謝謝，姐妹。」

「登圖斯兄弟是一個好人，」夏琳說，「我很難過。」

「他是一個妓女的兒子，在一個所有人都恨他的地方長大，他在這個世界上最合適的角色莫過於爲組織戰死。不過，妳是對的，他是一個好人，應該有更長久的生命和更好的死法。」

「爲什麼你要到這裡來，瓦林？」她的聲音很輕，其中的怒意已無影無蹤，卻浸透了哀傷，「我知道，你厭惡這場戰爭。你的技藝就像我的一樣，不應該被用在這場戰爭中。我們應該侍奉信仰，抵抗貪婪和殘忍。而我們在這裡又能抵抗什麼？國王用什麼承諾或者威脅才強迫你來到這裡？」

瓦林想要說謊，想要繼續隱瞞所有的祕密，就像這麼多年以來一樣。但這種想法已經變成了一陣無力的耳語，一種與他形同陌路的告誡，輕易就被他心中那股向夏琳傾訴的渴望打敗。如果不能擁有她，至少能在對她的信任中得到一些安慰。「國王發現我父親成爲絕罰者。我相信應該是昇華者教派，儘管我對那種宗教並不瞭解。」

「我們在將自己奉獻給信仰的時候，就已經拋棄了一切血脈束縛。」

「我們能做到嗎？妳能做到嗎？妳的感情被寄託在了別的地方，姐妹，在妳長大的那些街道中、在妳竭盡全力想要救助的那些乞丐中。我們眞的能把一切都拋在身後嗎？」

夏琳閉起眼睛，低垂下頭，沒有說話。

「很抱歉，」瓦林說道，「妳的過去是屬於妳自己的。我並不想——」

「我的母親是個賊。」夏琳睜開了眼睛，與瓦林對視。一種陌生的嚴厲語氣出現在她的聲音中，「她是那一區中最好的扒手。她的手像閃電一樣快，從富商手指上摘下戒指的速度比蛇叼住老鼠還要快。我不知道我的父親是誰，她說我的父親是一名士兵，死在戰場上。但我知道，她在學會這種手藝之前當過妓女。知道嗎，她也把這種手藝傳授給了我，她說我有一雙能做這種事的手。」夏琳看著自己的兩隻手，那些靈巧纖細的手指緊緊攥在一起。「她說，我是她可愛的小賊。有這個手藝，就不必去做妓女。

「結果，我並不是她所想的那種小賊。一個胖胖的老富翁和他同樣肥胖的年老妻子抓住了我，那時我正要偷走那個胖婦人的胸針，富翁用他的手杖打我，我媽媽用刀刺了他。『沒人能打我的夏琳！』她那時說道。她本可逃走，但留了下來。」夏琳用雙臂環抱住自己，「她是爲了我才留下來的。當衛兵們趕來時，她還在刺那個富翁。他們在第二天吊死了她，那時我十一歲。

「媽媽被吊死之後，我只能坐在絞刑架旁等待死亡。知道嗎？我那時已經沒辦法再偷東西了，就是不能偷了，而那是我唯一會做的事。沒有了媽媽、沒有了生意，我完了。又過了一天，在清晨時分，一位身穿灰袍的美麗女士，問我是否需要幫助。」

瓦林不記得自己是如何將她拉近的，只能感覺到她的頭枕在自己的胸膛上。她屏住呼吸，努力不讓眼淚落下來。「我很難過，姐妹……」

夏琳深深地吸了一口氣，止住抽泣，抬起頭，一絲狡猾的微笑出現在她的唇邊。她悄聲說道：「我不是你的姐妹。」然後，她便將雙唇印在了瓦林的唇上。

「你身上……」她舔了舔他的胸口，「全是沙子和汗的味道。」她又皺了皺鼻子，「還有一股煙火的氣味。」

「抱歉……」

她輕聲一笑，抬起頭親吻了他的面頰，將自己赤裸的身體緊貼在他的肌膚上，繼續將頭靠在他的胸前。「我又沒有說這樣不好。」

瓦林的雙手撫摸著她纖巧光滑的肩膀，發出一聲愉悅的歎息。「我聽說，必須親身體驗這件事，才能知道它眞正的喜悅。」

「我聽說，眞正忠誠於信仰的人，不會受到這種喜悅的引誘，」她又一次親吻了他。這一次，她吻得更久，還用舌頭撬開了他的雙唇，「看樣子，傳言並非完全可信。」

他們又在一起躺了幾個小時，以火一般的熱情做愛，親密無間地相互呢喃。抓抓一直趴在門外，讓任何來訪的人望而卻步。夏琳的肉體不斷地給瓦林帶來觸電般的奇妙感受，當他在她的身體裡衝刺時，她的氣息吹拂在他的脖頸上，讓他感到自己被驚奇與歡愉淹沒。他的心並沒有擺脫悲痛與罪惡感，而且很清楚那道房門之外有什麼在等待著。但在他的記憶中，此時此刻，也許是有生以來第一次感受到了眞正的快樂。

黎明時分，些微的陽光透過百葉窗照進室內，瓦林能夠清楚地看到她的面龐。她撐起身子，臉上帶著寧靜幸福的微笑。「我愛妳。」瓦林對她說，手指穿過她的髮絲，「我一直都愛著妳。」

她用鼻子蹭他，手指玩弄著他胸口和腹部堅硬的肌肉。「眞的嗎？我們已經分別這麼多年。」

「我不相信這樣的愛會消褪。」瓦林握住她的手。他們的手指緊扣在一起。「黑堡。妳……他們傷害妳了嗎？」

「如果恐懼也是一種折磨的話，那也許是我在黑堡中受到的唯一傷害。我在黑堡只待了一夜，但我在那裡聽到了很多聲音。」她微微打了一個哆嗦，瓦林吻了一下她的額頭。

「很抱歉，我必須知道妳的遭遇。妳說的話一定有著沉重的分量，所以才會讓國王和守護者滕德思如此憂慮。」

「瓦林，這場戰爭絕不僅僅是一個錯誤。它玷汙了我們的靈魂，無論從任何一方面來講，都有悖於信仰。我必須將這一點說出來，否則不會有人講出這個事實，甚至守護者愛蕾菈也不會，儘管我爲此一再懇求她。一開始，我站在市集廣場上，向所有願意傾聽的人高聲宣講。讓我驚訝的是，眞的有人願意聽我說話，尤其是在那些貧困的街區。我的話被記錄下來，被第三軍團使用的那種油墨和印刷的設備大量複製，做成小冊子，在越來越多的人群中傳播。人們都稱這種小冊子爲『結束戰爭，拯救信仰』。」

「聽起來很有趣。」

「謝謝。又過了兩個星期，他們找到了我，伊爾提斯兄弟和他的人帶著國王的逮捕令闖進第五軍團總部。你一定已經看到了，伊爾提斯兄弟並不是那種和善的人，他非常高興地向我詳細描述了黑堡的狀況。那一晚，我一直沒能睡著，耳朵裡只有持續不斷的尖叫。當牢門打開的時候，我差一點因爲恐懼而暈倒。但走進來的是黎恩娜公主，她爲我帶來了新衣服和由她監管我的國王諭令。」

黎恩娜。這又牽連到了怎樣的陰謀？「那麼，我欠了她一份人情。」

「我也是。如此仁慈而勇敢的靈魂實在是少見。她確保我得到我所需要的一切，一個屬於我自己的漂亮房間，還有書籍和紙張。我們在她的祕密花園中交談許多個小時。知道嗎？我覺得她有一點孤獨。當我因爲你的召喚而離開時，她甚至哭了。她還要我向你轉達她最溫暖的問候。」

「她真是好心。」瓦林很想改變話題，「賈努斯向妳提出過什麼條件嗎？我知道他一定會努力用某種契約束縛住妳。」

「實際上，我只遇到過他一次，衛隊長斯莫倫將我帶到了國王的房間。這些日子裡，城市和宮殿中都在流傳著關於他身體欠佳的謠言。我親眼看到了他灰暗的皮膚、鬆垂在骨骼上的肌肉。也許是某種消耗體力的疾病加快了他衰老的速度，我提出要爲他檢查一下身體狀況的建議，但他說自己的身體還很好。那之後，他只盯著我看了一會兒、問了我一個問題。我回答之後，他就笑著命令衛隊長帶我回到黎恩娜公主的寓所。那是一種哀傷的笑聲，充滿了遺憾。」

「他問了妳什麼？」

夏琳跪了起來，被單從她的身上滑落，露出苗條的胴體，眼眸閃爍著光亮。瓦林意識到，她正在哭。「他問我是不是愛你。我說是的。我愛你。」她顫抖的十指撫摸著瓦林的面頰，「我愛你。那時候，當你要我和你一起走的時候，我就應該緊緊地跟隨著你。」

就是那天早晨，守護者屠殺夜剛剛結束，他在她治療的痛楚中醒來。她拯救了他的生命。「我還以爲那是一個夢。」

「那是我們一起做的一個夢，」正在愛撫瓦林的雙手突然停住。夏琳的聲音中流露出猶豫的神情，「一個我們還可以一起做下去的夢。王國中已經沒有我的容身之地了，而我還想好好看看這個世界，我們可以一起去看看它。也許能找到一個地方，那裡沒有國王、沒有戰爭，人們不會爲了信仰、神和金錢而彼此殺戮。」

瓦林將她擁入懷中，緊緊抱住，重新將兩個人的體溫融合在一起，用力嗅著她頭髮的香氣。「有些事，我一定要在這裡了結。有些事註定會發生。」

他感覺到夏琳身體的僵硬。「如果你是要贏得這場戰爭，那麼你一定明白，這是一個愚蠢的希望。帝國綿延萬里，疆域從沙漠一直延伸到雪峰。這裡的士兵比天上的繁星還要多。就算你打退一支軍隊，皇帝又會派來另一支軍隊，永遠都會有新的敵人向你殺來。」

「不，我說的不是戰爭，而是守護者給我的任務。我很想逃離，但我不能。等這一切都結束，我們的夢想就會完全屬於自己。」

夏琳將雙唇貼到他的耳邊，悄聲說道：「你承諾？」

「我承諾。」瓦林以自己的全心全意真誠地說。他不明白，爲什麼這個承諾還是那麼像謊言。走廊中傳來的一陣咆哮打破了眼前的寧靜。隨後是簡瑞爾．諾靈膽怯的呼喚聲透過獵奴犬的怒吼和屋門，傳入瓦林的耳中。

夏琳用雙手捂住嘴唇，壓抑自己的笑意，然後迅速縮進被單裡。瓦林穿上緊身褲，拉開屋門問道：「什麼事？」

「城門口有一個奧普倫人要求您出去和他交戰，大人。」簡瑞爾的目光從瓦林的臉上飄開，向房間裡瞥了一眼，然後又牢牢地盯住還在低吼的抓抓。「昂特什隊長建議一箭把他射死，但坎尼斯兄弟認爲您也許想讓他活著。」

「這個奧普倫人，他看上去是什麼樣子？」

「個子很高大，頭髮有些發灰。穿著就像在海灘上和我們交手的那些騎兵，但身體狀況不是很好。看樣子，他剛剛在馬鞍上經歷過一段相當辛苦的路程。畢竟，我覺得這片沙漠有些太大了。」

「他帶著多少人？」

「沒有，大人。只有他一個人。儘管這很難以置信。」

「告訴芬提斯兄弟，召集斥候隊。並通知坎尼斯兄弟，我會直接去城門。」

「大人。」

瓦林已經關上門，開始穿衣服。

「你打算去和他對戰？」夏琳從被子下面探出頭，問道。

「妳知道，我不會的。」瓦林套上襯衫，俯下身，吻了她，「我需要妳爲我做些事。」

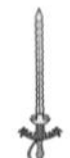

奈里森．耐斯特．赫弗倫隊長無力地坐在馬鞍上，沒有刮鬍子的臉上盡顯疲態。但是當城門大開，瓦林出現在他面前時，他疲憊的神色立刻被冷酷與滿足的神情所取代。

「找到勇氣來面對我了，北方人？」他向走進過來的瓦林喊道。

「我別無選擇，我的士兵正在失去對我的尊敬。」瓦林的目光越過隊長，望向空曠的沙漠，「你的軍隊在哪裡？」

「那就是一個懦夫率領的一幫蠢貨！」赫弗倫恨恨地說道，「他們根本不知道該做些什麼。眾神詛咒艾維倫，這個沙漠生出的渣滓。皇帝一定會砍下他的腦袋。」他緊緊盯著瓦林，目光中閃動著毫不掩飾的憎恨。「但我會先殺掉你，希望屠滅者。」

瓦林側頭，「如你所願。介意下馬來嗎？還是你想要被別人說，你占據了不公平的優勢？」

「我不需要優勢。」赫弗倫有些艱難地下了馬鞍，沙粒從他的衣服上灑落，他的馬彷彿鬆了一口氣般放了個響屁。瓦林猜他已經有好幾天沒下馬了——他的兩條腿鬆弛了片刻，才重新繃直。

「來，」瓦林拿下扛在肩頭的水囊，先拔下塞子喝了一口，「先解解渴，以免人們說我占了便宜。」他重新扣好塞子，把水囊扔給赫弗倫。

「我不需要你任何東西。」赫弗倫說。但瓦林看到了他在接住水囊的時候，手是怎樣顫抖的。

「那麼，就留在這裡爛掉吧。」瓦林轉身要走。

「等等！」赫弗倫打開水囊，喝了起來。他喝光了整整一囊水，然後把水囊丟在一旁。「我們已經無話可說了，希望屠滅者。」他抽出馬刀，雙腳擺成戰鬥姿勢，然後又抹掉突然出現在眉毛上的汗水。

「很抱歉，隊長。」瓦林對他說：「我爲你們的希望之人感到抱歉、爲我們來到這裡感到抱歉、爲了我不能讓你死得其所感到抱歉。」

「我說過，不要再說話了！」赫弗倫向前邁出一步，將馬刀後收，準備突刺，卻又突然停住動作，困惑地眨了眨眼，而他的兩隻眼睛已然失去了焦距。

「兩份纈草，一份王冠根和一撮遮掩味道的甘菊。」瓦林舉起他替換下來的水囊塞，而另外那只塞子裡正放著夏琳準備的安眠藥。「抱歉。」

「你……」赫弗倫向前踉蹌幾步，便癱倒在地上，「不！」他嘟囔著，拚命想要把身體撐起來，「不……」但又掙扎了幾下，他就一動也不動了。

瓦林向守衛大門的尼賽爾士兵喊：「給他找個舒適又逃不出來的地方，繳掉他所有武器。」芬提斯帶著斥候隊趕到了。他在城門口勒住韁繩。「看樣子，不會有戰鬥了。」他衝著正被尼賽爾人抬走的赫弗倫說道。

「我已經奪走他太多東西。」瓦林回答道，「他的軍隊還沒有出現。繞到西方去，看看你是否能找到他們的蹤跡。」

「你認爲他們會直撲安提許？」

「可能是那裡，或者殺回馬波利斯。在城外只能停留一天，決不能心存僥倖，如果你們被發現了，就立刻全速逃回來。」

芬提斯點點頭，催馬飛馳而去。斥候隊緊隨在他身後。瓦林看著他們向西方飛馳，竭力忽略掉血歌不安而且微弱的顫音。

黑夜降臨，芬提斯還沒有回來。瓦林在城門頂端等待，雙眼遠眺沙漠，再次驚歎於這片無比清澈的天空。數不清的星星正在被夜色染成漆黑的沙漠上空閃耀。

「你很擔心他。」夏琳出現在他身邊，手指輕輕撫過他手背，然後才將雙臂收回長袍下面。

「他是我的兄弟。」瓦林說道，「那位隊長還在睡嗎？」

「就像一個孩子。任何在沙漠中連續跋涉幾天，又沒喝過多少水的人都會像他一樣。」

「等他醒來以後，不要太靠近，他一定會非常惱怒。」

「他極度痛恨你，」夏琳的聲音因爲抱憾而變得沉重，「他們全都是這樣。這裡的人，儘管你爲他們做了那麼多……」

「我殺死了他們的皇位繼承人，率領一支外國軍隊占領了他們的城市。就我所知，可能還給他們帶來了血紅之手。就讓他們保留這份恨意吧，這是我應得的。」

夏琳向他靠近一步，朝附近的衛兵投去警惕的一瞥。不過看樣子，衛兵更在意自己指甲下面的沙粒。「那位石匠傷勢恢復得不錯，但他的睡眠品質很差，燒傷依舊讓他感到痛苦。我竭盡所能緩解他的傷痛，但他卻依然會在睡夢中發出悲苦的呼號，說著各種語言，其中大部分我從未聽過，但也有一些是我們的語言。」她的眼神顯得格外專注，其中帶著疑問的神情，「他說的一些事……」

瓦林揚起一道眉毛，「他說了什麼？」

「他提到一首歌，還有一匹從岩石中雕刻出來的活狼，一個邪惡恐怖的女人。他還說過你，瓦林。也許他只是在胡言亂語，是藥劑和疼痛讓他產生了幻覺和噩夢，但他的話還是嚇壞了我。你知道，我不是一個容易害怕的人。」

瓦林伸出手臂，抱住她的肩頭，將她拉進懷中，絲毫不在意她用警惕的目光瞄著的那名衛兵。

「這又有什麼關係？」他問道。

「你的位置，你在這裡的角色。」

「如果他們願意，儘管去胡鬧，把我趕下臺好了。」瓦林故意提高聲音，讓那名衛兵能聽到。那個人的眼神一直躲避著瓦林。如果瓦林對士兵傳閒話的習慣判斷得沒錯，等到明天早晨，流言蜚語就會充滿所有軍營，但他發現自己現在絕不介意有這樣一點閒話。

「別這樣。」夏琳想從瓦林的懷中掙脫出來。她顯得很緊張，同時又努力壓抑著笑意。

那名衛兵清清喉嚨，瓦林轉過頭，看到他正用手指向沙漠，「部隊回來了，大人。」

城門開放，斥候隊疲憊地小跑入城。瓦林的神經立刻繃緊——芬提斯並不在隊伍中，「我們找到奧普倫大軍的時候，他們距離安提許已不到三十里了，大人。」哈爾金軍士喊道。他是芬提斯的副手，「芬提斯兄弟已經向瑪律修斯王子發出警告。他命令我們將訊息帶回給您。」

瓦林拍拍夏琳的手，大步向馬廄走去，同時回頭高喊：「去找巴庫斯兄弟和坎尼斯兄弟來！」

第十章

「嗯，原來是這樣。」巴庫斯說道。

「聰明，」坎尼斯喃喃地說，「看樣子，我們低估了奧普倫人。」

一股濃煙從安提許城中升起，在清晨的天空中格外顯眼。成百上千的屍體散布在城牆外的曠野中，許多雲梯搭在城牆上，如同靠在牆邊的柴枝。透過濃煙，瓦林能看到一面軍旗正在微風中飄揚，紅色旗面上繪著交叉的黑色馬刀，正是瓦林在綠洲中看到的那面旗幟。奧普倫戰爭領主沒有圍城，而是發動全部力量，直接猛攻，不惜付出巨大的代價，只爲皇帝奪回這座城市。安提許被攻陷了。瑪律修斯王子和芬提斯要不是死了，就是被當作俘虜。

我是一個殺人犯……

「我們不能讓士兵知道這件事。」坎尼斯說：「這會嚴重打擊士氣……」

「不，」瓦林說：「要把事實告訴他們，他們知道我不會對他們說謊，信任比恐懼更重要。」

「他應該能殺出來。」巴庫斯猜測著，但聲音中並沒有多少信心，「也許能找到一條船。」

瓦林閉起眼睛，竭力讓自己的思緒平靜下來，試著將血歌投向遠方，就像他在沙塵暴中失去登圖斯時那樣。音符平穩固定，其中沒有答案。「他不在這裡。」瓦林悄聲說道。希望在他的心中湧起，他的腦中有一個稍微瘋狂的想法——他們可以等到夜深時，想辦法翻過城牆，在戰爭的殘跡中尋找芬提斯。但他很清楚，這樣做最有可能的結果是葬送自己的性命。*但如果他不在這裡，又會在*

哪裡？他是不會拋棄王子的。

「遊騎兵。」坎尼斯指著城外的一片平地說道。在那裡，一隊騎兵正快馬加鞭向他們所在的位置奔來，一路上揚起了濃重的塵雲。

「至多十幾人。」巴庫斯從馬鞍上取下斧頭，打開覆蓋斧刃的皮套。「算是對王子和我們兄弟的一點賠償。」

「別管他們。」瓦林拽起噴沫的轡繩，從城牆前調轉過馬頭，「我們走。」

又一個月過去了，他們只是在等待著風暴的到來。瓦林努力地訓練士兵，直到他們因爲精疲力竭而癱倒在地，確保每一個人都知道自己在城牆上的位置，有足夠的能力履行自己的職責，至少能在第一波攻擊中生存下來。他感覺到他們的恐懼和越來越強烈的怨恨情緒，但並沒有對這種情緒變化做出更多回應，只是加倍嚴苛地訓練他們、以更嚴格的紀律約束他們。讓他感到驚訝的是，士兵們對他依舊敬畏有加，而且沒有任何一名士兵叛逃。即使在巴庫斯從馬波利斯返回，帶來了那座城市也已被攻陷的訊息之後依然如此。

「那裡幾乎變成廢墟。」這名身材魁梧的兄弟一邊下馬，一邊說道，「有六段城牆被徹底摧毀，半數房屋陷入火海。我完全數不清城外到底駐紮了多少奧普倫人。」

「俘虜的情況如何？」瓦林問。

巴庫斯平日裡愉快的面容變得嚴肅冰冷。「城牆上有許多長矛，許多許多長矛。每一根長矛頂端都插著一顆頭顱。我沒有看到活著的俘虜。」

戰爭領主……艾魯修斯……索利斯導師……

「我們眞是一幫蠢貨，竟然讓那個老雜種把我們扔到這裡。」巴庫斯還在說話。

「休息一下吧，兄弟。」瓦林對他說。

一到晚上，夏琳就會來找他。他們那時便共浴愛河，在親密愛人的身體中尋找幸福與慰藉，然後，他們會緊擁在一起，度過整個夜晚。有時候，夏琳會暗自哭泣，並竭力掩飾自己的抽噎。「不要這樣，」瓦林悄聲對他說，「過不了多久，一切就都能結束了。」

再過一會兒，她的啜泣聲就會慢慢消失，又會緊緊抱住他，急切而渴望地用嘴唇撫過他的每一寸面頰。她，就如同這座城市中所有的人一樣，知道有什麼即將到來；奧普倫人將如狂濤一般衝破城壁，瓦林和其餘所有王國的武裝臣民都將死於此地。

「我們可以離開，」有一天晚上，夏琳哀求著說，「港口裡還有船，我們可以揚帆遠航。」瓦林的手撫過夏琳柔順的眉毛，秀美的面頰，還有精緻的下頷。這種撫摸的感覺實在是太美妙了，瓦林能夠感覺到她的顫抖，隨後有一股暖流湧上她的肌膚。「記住我的承諾，我的愛。」他一邊說，一邊將一滴淚水從她的眼角抹去。

第二天早晨，正當他在城頭巡視的時候，坎尼斯給他帶來了訊息，有王國船隊進入了港口。

「多少艘船？」

「將近四十艘。」他的兄弟對此絲毫不感到驚訝。他似乎從不認爲國王會讓他們孤立無援地在這裡度過冬天，「我們將得到增援。」

「軍隊中有一些傳聞，」坎尼斯對瓦林說道。這時，他們正在碼頭上看著第一艘船駛過防波堤，進入港口。坎尼斯的語氣很不安，但很堅決，「是關於夏琳姐妹的。」

瓦林聳聳肩，「應該會有吧，我們幾乎沒怎麼遮掩。」他向坎尼斯瞥了一眼，看到兄弟如此心神不寧，而自己是這樣輕率，不由得感到有些懊悔，「我愛她，兄弟。」

坎尼斯躲避著他的目光，說話的聲音愈發沉重。「根據信仰原則，你現在不是我的兄弟了。」

「太好了。儘管免我的職吧，我很高興能把這座城市交給你——」

「你的職位是兵團長兼這座城市的指揮官。授予你這一職位的是國王，而不是組織。我沒有權利罷黜你。我能做的只有將你的……罪行報告給守護者，由他來對你進行判決。」

「如果我能活到接受審判的話。」

坎尼斯朝正在靠近的船指了指，「我們得到援助，國王沒有辜負我們。我想，還能再活上一段時間。」

瓦林能看到，這支艦隊中其餘的船隻正在更遠處的波濤間緩緩搖動。他們為什麼要在那裡耽擱？瓦林心中感到疑惑。當第一艘船更靠近的時候，瓦林明白了。這些船的吃水線很高——船上並沒有載運援軍。

水手們將纜繩扔給碼頭上的士兵，當士兵將船纜在碼頭上繫好後，跳板便迅速從舷側伸了下來。瓦林本以為會有某位資深的王國衛軍兵團長走下跳板，但他卻驚訝地看到一名身穿華服的王國貴族，邁著不太穩定的腳步來到岸上。瓦林用了一會兒工夫才從自己的記憶中找到這個人的名字——科爾登．奧．特耐爾，一度是王室內務大臣。跟隨在奧．特耐爾身後的那個人還不算出乎瓦林的預料，他的身材很高，皮膚爲深紅木色，穿著樣式簡單的藍白色長袍，留著修剪整齊的鬍子。

「瓦林閣下。」奧．特耐爾向上前問好的瓦林鞠了一躬。

「閣下。」

「請允許我介紹梅魯林．耐斯特．維蘇斯領主，奧普倫皇帝大檢察官，現在是覲見賈努斯國王的大使。」

瓦林向那名高個子男人鞠了一躬，「檢察官，是嗎？」

「這種翻譯並不算非常貼切，」梅魯林．耐斯特．維蘇斯用幾近完美的王國語回答。他的聲音寒冷如冰，眼睛則如同掠食獸一樣審視瓦林。「更準確地說，我是皇帝施行正義的工具。」

瓦林不清楚自己爲什麼突然開始大笑。他用了很長時間才將笑聲止住，恢復了嚴肅的神情，轉頭對奧．特耐爾說道：「你一定給我帶來了王命吧？」

「對你來說，這些命令已經很清楚了吧？」奧．特耐爾很緊張。他的上唇滲出了一層汗水，雙手緊緊按在身前的桌面上。但他又顯得非常驕傲——因爲能夠親身經歷這個重要的歷史時刻，也許正是這分驕傲才讓他能夠克服心中的恐懼，將國王的命令傳達給這樣一個如此著名的危險人物。

瓦林點點頭，「非常清楚。」他們正在商人公會的議事大廳裡。加上那個身材頎長的奧普倫大檢察官，這裡一共只有三個人。因爲沒有見證人，奧．特耐爾有些氣惱。他一再向瓦林詢問，爲什麼沒有一名書記員爲這次會議做紀錄，而瓦林完全沒有回答這個問題的意思。

「我帶來了國王的書面令旨。」奧·特耐爾拿出一隻皮夾子，從裡面取出一束帶有國王印章的文件，「如果你想要……」

瓦林搖了搖頭，「我聽說國王的身體不太好。是他親手把命令交給你的嗎？」

「嗯，不是。黎恩娜公主已經被任命為內侍總管，直至國王恢復健康。」

「不過他的疾病還不至於讓他無法發布命令吧？」

「在我看來，黎恩娜公主是一位細心又盡責的女兒。」維蘇斯領主插嘴，「也許這能給你一些安慰——當她轉述父親的旨意時，我能察覺到她的不情願。」

瓦林發現自己還是無法壓抑住發笑的衝動。「她一直都在玩科斯柴特，不是嗎，閣下？」

維蘇斯眯起眼睛，嘴唇因為憤怒而扭曲。他在桌子後面傾過身子，「我不明白你的意思，你這無知的野蠻人。我也不在乎你想要說什麼，你的國王已經下了命令，你是否要遵從命令？」

「呃，」奧·特耐爾清了清嗓子，「黎恩娜公主也讓我帶來了你父親的訊息，閣下。」瓦林犀利的目光讓他結巴了一下，但他還是鼓足勇氣，說了下去，「看樣子，他的身體也很不好。公主告訴我，年齡帶來的各種問題都出現在他的身上。不過，她希望你能知道，她正在竭盡全力維持他的健康。你的父親還是很有希望的。」

「你知道她為什麼會選擇你嗎，閣下？」瓦林問道。

「她一定是認可我為王國做出的卓越貢獻——」

「她選擇你是因為如果我殺了你，王國也不會有任何損失。」隨後，瓦林就轉向了那個奧普倫人，不再看奧·特耐爾，「去外面等著。我還有事情要和維蘇斯領主討論。」

等到房間裡只剩下瓦林和這名奧普倫大檢察官以後，瓦林便能夠清楚地感覺到這個人火一般的憎恨——他的眼睛裡正閃耀著這種火光。奧．特耐爾也許會爲了能參與這個重要的時刻而沾沾自喜，但瓦林能看出來，維蘇斯領主根本不在乎歷史，他要的只有公正，或者只是復仇的欲望？

「我聽說，希望之人是一個好人。」瓦林說道。

維蘇斯的眼睛裡精光閃爍，他的聲音如同堅硬的銼刀。「你絕對不可能明白，你殺了一個多麼偉大的人、從我們這裡奪走了什麼。」

瓦林還記得那個身披白甲，以笨拙的姿態向他衝鋒的騎士。那個絲毫不顧及自身安危，輕易赴死的傢伙。這就是偉大嗎？當然，那個人很有勇氣，或者他就是眞的以爲虛僞的眾神會保護自己。不管怎樣，混亂的戰場不可能讓他有任何餘裕欣賞敵人或多做思考。希望之人只不過是他必須殺死的一個敵人，雖然瓦林爲此感到遺憾，但無法在自己的回憶中找到因而產生的愧疚。在這件事上，血歌也始終都保持著平靜。

「在這場戰爭開始的時候，我有四位兄弟，」他對維蘇斯說道，「現在，一個死了，另一個失陷在戰場。剩下的兩個……」他的聲音低了下去。剩下的兩個……

「我不在乎你的兄弟，」維蘇斯回應道，「皇帝的仁慈實在是讓我感到苦惱。如果我有這樣的能力，我一定會把你們整支軍隊都剝了皮，趕進沙漠裡，讓禿鷲吃光你們。」

瓦林直視著他的眼睛，「如果有人膽敢阻撓我的人平安返回——」

「皇帝的諭旨已經傳達，被記錄在案，有人見證。它是不能違背的。」

「這樣做會違抗眾神的意志嗎？」

「不，會違抗法律。我們是一個遵從法律的帝國，野蠻人。就算是我們之中最有權勢的人，也受到法律的約束。皇帝諭旨所秉承的就是法律的力量。」

「看樣子，我別無選擇，只能相信這個了。我要求你記錄下一件事——在我們占領這裡的時期，亞魯安總督沒有為我們的軍隊提供任何幫助，他自始至終都是皇帝忠誠的僕人。」

「我相信，總督會給出他自己的證詞。」

瓦林點點頭，「很好。」然後他從桌邊站起身，「那就在明天黎明時分，主城門以南三里。我相信，這附近一定有奧普倫軍隊在等待你的訊息。今晚你最好去他們那裡。」

「如果你以為我會允許你離開我的視——」

「你想要我用鞭子把你轟出這座城嗎？」瓦林的語氣很溫和，但他知道，這個奧普倫人能夠聽出他是認眞的。

維蘇斯的五官顫抖著，同時顯露出憤怒與恐懼。「你知道有什麼在等著你嗎，野蠻人？等你落在我的手裡——」

「我只能信任你的皇帝諭旨，你也只能信任我的話。」瓦林轉向門口，「有一名帝國衛軍的隊長正處在我的羈押之中，我會讓他護送你離開。請在一個小時內出城。儘管帶奧．特耐爾一起走。」

瓦林讓士兵在城中的主廣場集結。倫菲爾騎士和隨扈、康布雷爾弓箭手、尼賽爾人和王國衛軍全都整齊列隊，等待著他的訓示。瓦林一直都不喜歡當眾演講，現在也只想把該說的話說清楚。

「這場戰爭結束了！」他站在一輛大車上面，用全軍都能清楚聽到的洪亮聲音說道，「賈努斯國王陛下在三個星期以前與奧普倫皇帝達成協議，我們受命退出這座城市，返回王國。現在，帶我們回家的船隻已經停泊在港口。你們將按連隊次序前往港口，只能攜帶行李和武器，任何人的身上都不能有奧普倫財物，否則將被立即處死。」他掃了一眼整個軍陣，沒有人歡呼慶賀，幾乎每個人臉上都只有驚訝和寬慰。「我代表賈努斯國王感謝你們的效忠。現在，稍息，等待下一步的命令。」

「眞的結束了？」巴庫斯向跳下大車的瓦林問道。

「都結束了。」瓦林回答道。

「是什麼讓那個老蠢貨終於放棄了？」

「瑪律修斯王子死在安提許，軍隊主力在馬波利斯被摧毀，王國中則是麻煩不斷。我相信，他想要盡可能保住自己剩下的軍隊。」

瓦林注意到不遠處的坎尼斯。現在軍中所有的人都開始在放鬆的氣氛中談論各種話題，坎尼斯可能是唯一保持沉默的人，清秀面孔上帶著困惑和只能被描述成悲哀的表情。「看起來，不會有更偉大的統一王國了，兄弟。」瓦林用溫和的聲音說道。

坎尼斯的目光飄向了遠方，彷彿還身處在震驚之中。「他並沒有犯錯，」他輕聲說道，「絕不會犯錯……」

「我們要回家了！」瓦林將雙手按在他的肩頭，用力搖晃著他，「再過幾個星期，你就能回到組織總部了。」

「讓組織總部見鬼去吧，」巴庫斯說，「我要去離港口最近的酒館，留在那裡，直到這場該死的鬧劇變成一場噩夢。」

瓦林用手拍了拍他們兩個的肩膀，「坎尼斯，你的連隊上第一艘船。巴庫斯，你上第二艘船。我會留下來，確保其餘的人依照順序上船。」

奧．特耐爾領主選擇登上第一艘回家的船，而不是繼續等待，迎接這個歷史時刻的最高潮。當瓦林在跳板前攔住他的時候，他僵硬的面孔上滿是忿恨。「在到達王國之前，不要和我的兄弟提起合約的內容。」他又回頭瞥了一眼站在船首的坎尼斯，坎尼斯的表情還是那樣孤獨而又絕望。這場戰爭奪走了太多東西，他們失去了摯友和兄弟，而坎尼斯則失去了他的幻想，那關於賈努斯的偉大事業的迷夢。瓦林不知道，當坎尼斯知道合約的全部內容，他心中的絕望是否會變成恨意。

「好吧，」奧．特耐爾急忙應道，「還有什麼事嗎，閣下，我能不能走了？」

瓦林覺得自己應該給黎恩娜公主送去一些訊息，卻發現自己無話可說。令他驚訝的是，正如同他不覺得殺死希望之人讓他感到愧疚，他對於公主也沒有一絲怒意。

他退到一旁，爲奧．特耐爾讓出道路，又向坎尼斯揮揮手。很快，跳板就被抽起，航船離開了碼頭。坎尼斯有些心煩意亂地也揮了兩下手，便轉身走開了。「再見，兄弟。」瓦林悄聲說道。

隨後離開的是巴庫斯。他大聲喊喝著，催趕士兵上船，卻又無法掩飾他從馬波利斯返回之後，就再沒有擺脫過的那種陰鬱眼神。「快點，腿快一些，你們這幫傢伙，妓女和酒保可不會永遠等下去。」當瓦林走過來的時候，他的僞裝差一點徹底裂開，只得繃緊面孔，努力壓抑住淚水，「你不會和我們一起走，對不對？」

瓦林微笑著，搖了搖頭，「我不能，兄弟。」

「夏琳姐妹？」

他點點頭。「有一艘船會將我們送去西方。埃姆．霖知道這個世界上有一個安靜的角落，我們能在那裡過上和平的生活。」

「和平。我倒是很想知道那會是什麼樣子，你覺得你會喜歡那種生活嗎？」

瓦林笑了。「我不知道。」他伸出手，但巴庫斯沒有握住，反而狠狠地擁抱了他。

「有什麼訊息要帶給守護者嗎？」兩人分開之後，巴庫斯又問道。

「告訴他，我決定離開組織。不過他可以留下要給我的那份硬幣。」

巴庫斯點點頭，舉了舉那把充滿恨意的斧頭，便大步走上跳板，再也沒有回頭瞥上一眼。當船隻起錨離崗的時候，他一動也不動地站在前甲板上，就像是埃姆．霖的一尊雕像——一位偉大高貴的戰士被凍結在岩石之中。在隨後的歲月中，瓦林都將他想像成這時的樣子。

瓦林一直站在碼頭上，看著所有人離開。奧．滕迪爾連打帶罵地催趕著他的兵團上船，在他登船的時候，總算還記得以最簡略的方式向瓦林鞠了一躬。瓦林剝奪了他在這場戰爭中牟利的機會，看樣子，他肯定是不會原諒瓦林。馬文伯爵的尼賽爾人爭先恐後地上了船，毫不掩飾想要回家的欲望。當他們的船出港的時候，有幾個尼賽爾人還打趣地大聲向瓦林道別。伯爵本人則顯示出非同尋常的愉悅表情，現在一切贏得榮耀的機會都煙消雲散了，而他也不會再有任何敵視瓦林的理由。「我在戰場上失去的人還不如在士兵鬥毆中失去的多。」他一邊說，一邊向瓦林伸出一隻手，「我的封地欠你一份感謝，閣下。」

瓦林握住了他的手，「你現在打算做些什麼？」

馬文聳聳肩，「回去追捕盜匪，等待下一場戰爭。」

「那麼，還請見諒——我希望你這次會等待很長一段時間。」

伯爵笑了一聲，邁步上船，從他的部下手中接過一瓶葡萄酒。當船隻破浪而行的時候，尼賽爾人都開心地歌唱起來：

沙漠的熱風鞭打我胸膛，
但我們已回到閃光的海上，
甩掉熱砂，乘風破浪，
帶著可愛的生命，我們揚帆遠航。

班德斯男爵和他的騎士們扛著卸下的盔甲登船，在所有部隊之中，他們的表情變化是最複雜的。有幾名騎士因爲失去了心愛的戰馬而痛哭失聲，因爲他們被迫將戰馬留在奧普倫。而另一些騎士顯然已經喝醉了，一直肆無忌憚地大笑著。

「沒有了盔甲和戰馬的騎士是不是顯得很淒慘？」班德斯問道。他的鏽痕戰甲被一名倒楣的侍從扛在肩頭，那名侍從踉蹌了幾次，才成功地把戰甲扛上船。

「他們是優秀的戰士，」瓦林對他說：「沒有他們，這座城市可能早就被攻陷，我們之中任何人都不可能回家。」

「確實。當你回到王國的時候，我希望你能來看看我。我家永遠都歡迎你。」

「我會的，而且樂意之至。」他握著男爵的手說道，「你應該知道，奧．特耐爾帶來了關於馬波利斯之戰的詳細訊息。看樣子，戰爭領主和另外幾個人在城牆被攻破的時候成功殺到了港口。大約五十人逃走了，封地領主塞洛斯不在其中，但他的兒子是那些人中的一個。」

男爵發出嚴厲的笑聲，面容也變得嚴肅。「害蟲總是能找到活下來的辦法。」

「請原諒我，男爵，但在馬波利斯到底發生了什麼讓封地領主將你驅逐？你從未告訴過我。」

「當我們終於殺進城裡的時候，發生了可怕的屠殺。倒在我們刀刃之下的不僅是奧普倫士兵，女人和孩子們……」他閉上眼睛，歎了口氣，「我發現達耐爾和他的兩名騎士正在強姦一個女孩，而那個女孩父母的屍體就躺在旁邊，她至多也不過十三歲。我殺死了另外那兩個騎士，就在我打算閹掉達耐爾的時候，封地領主的戰錘打倒了我。『他是個渣滓，這一點沒有錯』，第二天，封地領主這樣對我說，『但他也是我唯一的兒子』。所以，他把我派到了你這裡。」

「返回家鄉以後一定要多加小心，我不覺得達耐爾領主是個寬宏大量的人。」

作為回應，班德斯露出一個凶悍的微笑。「我也不是，兄弟。」

柯瑞尼克軍士、加力斯和簡瑞爾．諾靈是最後離開的疾行之狼。瓦林與他們逐一握手，感謝他們所做的貢獻。「還不到十年，」他對加力斯說：「但如果你希望得到釋放，我有權給你自由。」

「我們在王國見，大人！」加力斯敬了一個最標準的軍禮，大步向船隻走去。柯瑞尼克和諾靈也快步跟上了他。

康布雷爾弓箭手是最後一支登船的部隊，瓦林本來提議讓他們在倫菲爾人之前上船，這樣他們就不會擔心陰險的黑刃會將他們丟棄在奧普倫。但讓他驚訝的是，布倫．昂特什堅持要讓其他部隊先走。瓦林懷疑康布雷爾人可能是打算對他進行伏擊，畢竟，現在碼頭上只剩下他和一千名將他視為神之敵人的士兵。但他們全都按照次序上了船，登船過程中沒有出現任何麻煩。絕大多數康布雷爾人要不是故意對他視而不見，就是謹慎而帶有敬意地向他點點頭。

「他們感謝你拯救了他們的生命。」昂特什看出了瓦林的想法，「但如果讓他們把謝意明說出來，他們寧可去死。我也是。」他鞠了躬。瓦林意識到，這是昂特什第一次對他這樣做。

「這沒什麼，隊長。」

昂特什直起身，向正在等待他的航船瞥了一眼，再次盯住瓦林。「這是最後一艘船，大人。」

「我知道。」

昂特什揚了揚眉毛，彷彿明白了什麼，「你不打算返回王國。」

「我在其他地方還有事情要做。」

「你不應該在這裡逗留，這裡的人們會帶給你的只有淒慘的死亡。」

「在你們的預言中，這就是黑刃的結局嗎？」

「不是。他受到一名女巫的引誘，那名女巫擁有從空氣中引發火焰的力量，並因此成爲女王，他們一同對這個世界造成了巨大的破壞，最終，他們因爲罪孽深重而飽受痛苦，直至女巫的火焰將他徹底吞沒。」

「嗯，至少我還有這樣一段經歷可以期待。」他也向昂特什鞠躬還禮，「祝你好運，隊長。」

「我還有一件事要告訴你，」昂特什一直都毫無表情的面孔忽然嚴肅起來，「我並非一直都在使用『昂特什』這個名字。我曾經有另一個名字，一個你知道的名字。」

血歌開始奔騰，但並非是提出警告，而是一種清晰嘹亮的勝利呼號，「和我說吧。」

埃姆．霖的燒傷已經痊癒，但嚴重的傷疤必將伴隨他一生。一大片褶皺和汙濁的瘢痕組織覆蓋了他右側的面頰和脖子，在雙臂和胸口上有著同樣醜陋的斑痕。儘管如此，他依舊像以往一樣和藹可親，不過，聽到瓦林的請求，他的臉上還是流露出明顯的哀傷。

「是她拯救我，悉心照料我。」石匠說道，「要我做這種事……」

「如果是你的妻子，你會怎樣做？」瓦林問。

「我會依從我的歌聲，兄弟。你呢？」

瓦林回憶起昂特什說話的時候，血歌發出那種純粹的、勝利的音符。「我還從未這樣貼近過我的歌聲，」他看著石匠的眼睛，「你會滿足我的請求嗎？」

「看樣子我們的歌聲同調了，那麼，我大概別無選擇。」

夏琳敲敲門，走了進來，手中端著一碗湯。「他需要吃東西，」她把那只碗放到石匠的床邊，然後轉向瓦林。「你需要幫我打包行李。」

瓦林按了一下埃姆．霖的手，以這種方式向他致謝，然後就跟隨夏琳離開了房間。夏琳住進姬爾瑪姐妹曾經使用過，位於公會一樓的房間裡。現在，她正忙著將數量眾多的藥瓶和藥匣分揀歸類。「我把你的東西收拾到一個小箱子裡。」她一邊和瓦林說著，一邊走到置物架前，手指掃過一排小瓶子，取出了其中一些，將其餘的留在原位。

「我只有這些東西。」瓦林從斗篷中取出一隻小包，遞給夏琳，芬提斯交給他的兩片薄木板被包裹在希拉的手絹裡，「我知道，這算不上一份禮物。」

夏琳輕輕把手絹解開，看到手絹上繁複美麗的圖案，她的手停了下來，「真漂亮啊。你是從哪裡得到這個的？」

「一位美麗的女士送我的禮物，以表達她的謝意。」

「我應該嫉妒她嗎？」

「不用。我懷疑，她距離我們已經有半個世界之遠，而且嫁給了一位英俊的金髮青年。我們都認識他。」

夏琳打開那兩片木板，「冬日花。」

「是我的妹妹送我的。」

「你有一個妹妹？親妹妹？」

「是的，我只遇到過她一次。那一次，我們在談論花朵。」

夏琳握住他的手，他感覺到對這位女子強烈的渴望，洶湧激蕩的感情幾乎使瓦林忘了自己對埃姆・霖的請求，忘了守護者和這場戰爭、這整個悲哀又被鮮血浸透的故事——他幾乎全部忘了。

「亞魯安總督已經安排好了船隻，不過我們還有幾個小時，」瓦林走到她收拾藥劑的桌邊，坐下去，打開了一瓶葡萄酒。「這很可能是這座城市裡最後一瓶康布雷爾紅酒了。妳願意和前任第三十五步兵團長、王國之劍和第六軍團的兄弟共飲一杯嗎？」

夏琳挑起一道眉弓。「我在想，是不是不小心把自己給了一個酒鬼？」

瓦林擺開兩個杯子，在裡面倒了數量不少的紅色液體。「小姑娘，喝一杯而已。」

「是，大人。」夏琳以嘲弄的語氣，故作卑微地應了一聲，坐到瓦林對面，伸手拿起一個杯子，「你告訴他們了？」

「只有巴庫斯知道，其他人都以爲我會乘最後一艘船離開。」

「我們還是可以回去，等到戰爭結束……」

「妳已經無法在王國容身了，這是妳自己說的。」

「但你失去的太多了。」

瓦林將手伸過桌子，握住她的手。「我什麼都沒有失去，反而得到了一切。」

夏琳微笑著，吮了一口酒。「守護者給你的任務呢？你完成了嗎？」

「還沒有。等到我們離開的時候，它就會完成了。」

「你現在能告訴我了嗎？我是不是終於可以知道了？」

瓦林捏捏她的手，「我想不出爲什麼不能告訴妳。」

那一天很冷，比往年的韋月都要冷。守護者亞利恩站在訓練場的邊緣，看著豪林導師教導一隊學員兄弟使用棍棒。根據他們的年齡和相對較小的隊伍規模，瓦林判斷他們已經在總部生存了三年。更遠處，發了瘋的倫瑟奧導師正在教另一隊男孩騎馬，尖利的喊喝聲被寒風送出很遠。

「瓦林兄弟。」守護者向他問好。

「守護者，我請求您允許第三十五步兵團於冬季在此駐紮。」依照守護者的堅持，每一次這支兵團返回組織總部的時候，瓦林都要正式提出這種駐紮要求，這已經成爲了他們之間的一種儀式。儘管資金和裝備全部來自組織，但組織依舊承認這支兵團隸屬王國衛軍。

「許可。尼賽爾的情況如何？」

「很冷，守護者。」他們用了將近三個月的時間，在尼賽爾和康布雷爾的邊境追獵一個野蠻而狂熱的拜神團體，那些人自稱爲眞刃之子。他們有一個很惡劣的習慣，就是綁架並強迫尼賽爾人的孩子接受他們的信仰，那些孩子之中有許多因爲無法承受各種虐待而屈服，另一些則因爲太過倔強或麻煩而被直接殺掉。瓦林一直在尼賽爾南部的丘陵和山谷中追擊他們，戰鬥很艱苦，但兵團還是對那個團體造成沉重打擊。當他們最終在一道溪谷中被逼入絕境的時候，已經不到三十人了，他們立即殺死手中剩餘的俘虜——一對幾天以前剛從一幢尼賽爾農舍中偷出來，分別只有九歲和八歲的姐弟——然後就一邊向他們的神祇高聲祈禱，一邊朝疾行之狼放箭。瓦林讓登圖斯和他的弓箭手射死了他們每一個人。對此，瓦林絲毫不覺得自己的良心有受到譴責。

「傷亡如何？」守護者問道。

「死了四個，有十個人受傷。」

「眞是遺憾。你對那些人有了什麼瞭解，那些眞刃之子？」

「他們自認爲是赫特司．穆斯托的追隨者。許多康布雷爾人都相信那個人是他們的《第五經》中所預言的眞刃。」

「啊，是嗎？似乎康布雷爾現在正有一部《第十一經》廣爲傳播，他們也稱之爲《眞刃之書》，其中講述了那名篡逆者的生平和殉難。康布雷爾主教們斥責其爲異端僞經，但許多他的追隨者都會大聲誦讀這本書。世事一直都是如此，燒掉一本書，它的灰燼就會孳生出一千本。看樣子，因爲殺死了一個瘋子，我們又爲他們的宗教培養出一群瘋子。很諷刺，你不覺得嗎？」

「是的，守護者。」瓦林猶豫了一下，才鼓起勇氣，打算說出不得不說的話。但就像以往一樣，守護者已經在他之前把話說出了口。

「賈努斯國王想要我支持他的戰爭。」

眞的有什麼事能讓您驚訝嗎？瓦林心中暗想。「是的，守護者。」

「告訴我，瓦林，你相信奧普倫間諜潛藏在每一條街巷中，正在暗中進行準備，好讓他們的軍隊能順利入侵我們的國土嗎？」

「不，守護者。」

「你相信奧普倫絕罰者在綁架我們的孩子，在醜惡到無以言喻的拜神儀式中玷汙他們嗎？」

「不，守護者。」

「那麼，你是否認爲王國未來的財富與繁榮，完全繫於占據艾瑞尼海岸邊的三座奧普倫貿易港口？」

「我不這樣認爲，守護者。」

「但你還是要請求我支持國王？」

「我是來請求您的指引。國王用我的父親和我父親的家人威脅，以確保我服從他的命令。但我知道，即使是讓成千上萬人死在一場毫無意義的戰爭中，我依舊無法保全他們。一定有辦法改變國王的想法。也許我們能向他施加壓力。如果組織全體口徑一致——」

「各軍團齊心協力的時代早已過去了。守護者滕德思渴望著與悖逆者的戰爭，就如同酒鬼渴望著啤酒。第三軍團的兄弟完全沉浸在他們的書冊之中，只會用冰冷超然的態度看待世事。第五軍團遵循著他們的傳統，絕不參與政治。至於第一軍團和第二軍團，他們只關心自身的靈魂與往生者的交流，對凡塵俗務早已不再留意。」

「守護者，我從許多事情中知道，還有另外的軍團，那個軍團的力量可能比前六軍團的力量合在一起更加巨大。」

瓦林以爲守護者會流露出驚駭或警惕的神情。但亞利恩只是微揚了一下眉毛。「看起來，今天是一個揭穿所有祕密的日子，兄弟。」他將纖長的十指攏在一起，收進長袍中，轉過身，向前方一擺頭，「來吧，和我一起走走。」

他們在沉默中並肩前行，一步步踩碎腳下的霜雪。訓練場上不斷傳來吶喊聲、叫疼聲和勝利的歡呼，這些聲音幾乎和瓦林記憶中一模一樣，心頭不由得湧起一陣懷舊之情。在這裡度過的童年充滿了痛苦，讓他失去了很多，但那是一段單純的時光。那時，他的生命中還沒有國王的陰謀和關於信仰的祕密，更不曾籠罩這麼多陰影和困惑。

「你是怎麼知道這個的？」守護者終於開口了。

「我在北方遇到了一個人，組織的兄弟，而他所隸屬的軍團早已被認為是信仰中的一段神話。」

「他和你說了第七軍團？」

「我對他進行了一些逼問，不過並沒有得到多少資訊。他向我確認了第七軍團一直存在，而且這是全部守護者都知道的祕密。不過，因為第四軍團和我們之間剛剛產生的隔閡，我懷疑守護者滕德思對此事還一無所知。」

「他的確是不知道，而且我們應該竭盡全力確保他不知此事。你同意嗎？」

「當然，守護者。」

「你對於第七軍團都知道些什麼？」

「黯影之於第七軍團正如同戰爭之於我們，醫療之於第五軍團。」

「沒有錯。不過我們在第七軍團的兄弟姐妹並不會屈服於黯影，他們自視為危險與奧祕知識的監護人和實踐者，而這些知識往往是無法用名稱或類別這樣的世俗概念來定義。」

「他們會利用這些知識來幫助我們嗎？」

「當然，他們一直持續這樣做，直到今天。」

「我在北方遇到的人對我說起信仰的內戰，第七軍團內部有人因為他們的力量而墮落。」

「墮落，或者受到引誘，又有誰能知道？很多東西都隨著那段消失的歲月一同逝去了。現在我們只知道，最好將第七軍團成員所擁有的知識隱藏起來，憑藉那些知識，他們進入了來世，接觸到那裡的一些東西。那裡存在著某個靈魂，或者說是某個擁有強大力量的險惡怪物，它幾乎摧毀了我們的信仰和王國。」

「但它被打敗了？」

「『受到遏止』也許更加確切。但它依舊潛藏在那裡，在來世之中。它在等待。有人服從它的命令，依照它的指示實行陰謀，進行殺戮。」

「守護者屠殺夜。」

「這只是其中一例。」

瓦林回想起自己在首都地下與獨眼的對峙，以及獨眼在芬提斯的胸前刻畫下那些複雜圖案時對芬提斯說的話。「等待者。」

這一次，守護者露出了明顯的驚訝神情，「你一直都在調查這件事，對不對？」

「他是誰？」

守護者停了一下，轉頭看著訓練場上的男孩們，「也許是倫瑟奧導師，也許他在這些年中表現出的瘋狂僅僅是對眞實意圖的一種僞裝。或者是豪林導師，他從未提起過身上的那些燒傷是怎麼來的。或者，就是你？」守護者盯住瓦林的目光中顯示出一種令人不安的專注。「畢竟，你可能擁有最優秀的僞裝。戰爭領主的兒子，無論何時都具備著超人的勇氣和完美無瑕的表現，受到信仰的眷顧。還可能有比這個更好的僞裝嗎？」

瓦林點點頭，「的確，唯一更好的僞裝就只有您了，守護者。」

守護者緩慢地眨眨眼，轉頭繼續前行。「我的意思是，他藏匿得太好，第七軍團的一切手段和努力都沒能揭穿。他可能是組織中的一名兄弟，或者是你軍團裡的一名士兵。甚至可能是一個與組織全無關係的人。預言都過於模糊，無從參考，但有一點非常清楚：等待者的目的是摧毀組織。」

瓦林困惑地皺起眉頭。信仰是不接受預言的，預言者和他們幻象只屬於虛妄的宗教，屬於沉浸在迷信之中，無視智慧的拜神者和絕罰者。「守護者？您說預言？」

「許多年以前，第七軍團就向我們預言了等待者的存在，他們之中有人擁有占卜未來的天賦。或者，按照他們的說法，能夠一瞥塑造未來的變幻雲影。他們看到的幻影很少能形成可以識別的影像，而能達成一致的影像更是少之又少。但他們全都同意兩件事：第一，我們只有一次機會發現等待者；第二，如果我們失敗，組織便註定將要覆滅。沒有了組織，信仰和王國也會毀於一旦。」

「但我們還是有機會阻止？」

「是的，一次機會。最後一個在這件事上做出預言的兄弟，已經是一個世紀前的故人了。據說，當他陷入恍惚的時候，他會寫下自己的幻象，筆跡比這片土地上最優秀的書記員還要精準美麗，但當他脫離恍惚狀態時，根本不懂閱讀和書寫。在死前不久，他再一次索取紙筆，寫下了很短的一段話：『當一位國王派遣他的軍隊在沙漠驕陽下作戰，戰爭便會揭開等待者的面具。他將圖謀兄弟的死亡，卻也許會找到自己的』。」

兄弟的死亡……

「你在學員時期就曾兩次死裡逃生。」守護者繼續說道，「我們相信，這兩次的凶手都是潛藏於來世的那股險惡力量的爪牙。不知為何，它極度渴望置你於死地。」

「如果等待者就藏在組織內部，為什麼他不曾殺掉我？」

「或者是因為沒有機會，或者是因為這樣做將使他暴露自己，而他還有很多事要做。但在混亂的戰場上，萬千死人之中，他也許能得到很好的機會。」

瓦林感覺到一陣與訓練場上吹來的冷風毫無關係的寒意。「國王的戰爭就是我們的機會？」

「唯一的機會。」

「僅僅是爲了百年以前的一個人寫在紙上的一段預言，您就願意讓組織投入戰爭？」

「在你經歷過、瞭解過那麼多事情之後，你眞的還會懷疑這一點嗎？不管我們支援與否，這場戰爭都會爆發。國王已經對此傾盡全力，不容別人勸阻。」

「如果這樣的戰爭爆發，王國無論如何都會崩潰。」

「如果這場戰爭沒有爆發，王國也必將覆亡——不是再一次分裂成相互爭鬥的封地，而是徹底毀滅。大地將被燒焦，森林化作灰燼，所有的人，無論是王國人、賽奧達人還是羅納人，都將死去。你覺得我們還能怎麼做？」

「那時我什麼話都說不出來，」瓦林對夏琳說道。他的拇指輕輕撫過夏琳柔嫩的手掌。「他是對的。他所說的很恐怖，令人心寒，但他是對的。他告訴我，這將是一場我們從未經歷過的戰爭。我們將做出巨大的犧牲。但我必須回去，無論部下和兄弟們犧牲了多少人，當我完成任務的時候，必須返回王國。當我們分別的時候，他告訴我，我讓他想起了我的母親。我常常感到好奇，他們是如何相識的？現在，我想大概永遠也找不到答案了。」

夏琳的頭枕在桌上，閉住了雙眼，嘴唇微張，一隻手依舊拿著瓦林給她的那個酒杯。「兩份纈草，一份王冠根和一撮掩飾味道的甘菊，」瓦林輕撫著她的頭髮，「請不要恨我。」

他將夏琳裹在她的斗篷中，將那塊手帕和木板也都放進斗篷裡，抱著她來到了港口。她在他的臂彎裡，是那麼輕，那樣柔弱。埃姆．霖正在一艘大型商船的旁邊等待。他的妻子舒愛拉緊抓著他的手，緊繃面孔，壓抑著眼眶中的淚水，投向這座城市的目光中依舊充滿訣別的苦澀。畢竟，她很可能再也無法見到自己的故鄉了。亞魯安總督正在和這艘船的船長商談，這名身材壯碩，來自西方的船長在看到瓦林的時候立刻顯露出警覺的神色，或許他也是那些在水手暴動之後被迫觀看燒船的船長之一，瓦林想不起他的面孔。但他很快就結束了和總督的討價還價，快步上了跳板。

「價錢已經談好了，」總督對埃姆．霖說，「他們會直接駛往西方，第一站是……」

「最好不要讓我知道。」瓦林插口道。

埃姆．霖走上前，從瓦林的懷中接過夏琳，用石匠特有的強壯臂膀輕鬆地將她抱起。

「告訴她，他們殺死了我。」瓦林說，「就說在船隻出港時，皇帝衛士們追趕過來，殺死了我。」

石匠不情願地點了一下頭。「如歌聲所願，兄弟。」

「她可以留在這裡，」亞魯安總督說道，「畢竟是她拯救了這座城市，她不會有危險的。」

「你眞的認爲維蘇斯領主會有和你一樣的感激之心嗎，總督？」瓦林問他。

總督歎了口氣。「也許不會。」他從自己的腰間拿出一個皮袋，遞給舒愛拉，「等她醒來的時候，請把這個交給她，並向她致以我的謝意。」

那個女人點點頭，最後用充滿恨意的目光瞪了瓦林一眼，又望向城市，眼睛裡重新泛起淚光。終於，她轉過身，大步登上了跳板。

瓦林伸出手，用手指梳理夏琳的頭髮，竭力將她沉睡中的面容烙印在自己的記憶中。「好好照顧她。」他對埃姆．霖說道。

埃姆．霖微微一笑，「我的歌聲不會給我別的選擇。」他轉身要走，卻又猶豫了一下，「兄弟，我的歌聲中並沒有告別的音符。我只能相信，終有一日，我們還會重行聚首。」

瓦林點點頭，向後退去，和總督站在一起，看著埃姆．霖帶夏琳上船、看著大船離開碼頭，隨海潮駛向港外，招展的風帆鼓滿了北風，將她帶走。在他的眼中，白帆最後變成地平線上一個模糊的小點，接著完全消失了。剩下的只有大海和冷風。

瓦林解下自己的長劍，遞給亞魯安。「總督，這座城市是你的了，我受命要等待還在城牆外的維蘇斯領主。」

亞魯安看著這把劍，卻沒有要接過它的意思。「我會爲你說情。在皇帝的宮廷中，我還是有一些影響力的。皇帝的仁慈盡人皆知……」但他沒能把話說完，也許他自己也聽出了這番話有多麼空洞。過了一會兒，他再次開口道，「感謝你拯救了我的女兒，閣下。」

「收下它，」瓦林堅持，再一次舉起那把劍，「我寧可讓它屬於你，而不是維蘇斯領主。」

「如你所願。」總督用圓胖的雙手接下長劍。「我就不能爲你做些事嗎？」

「我確實需要你幫忙，就是我的狗……」

第五部

在週期更長的棋局中，謊言者的攻擊或者以上列出的其他開局都會失去效力。這時，科斯柴特的複雜性才會完全顯現出來。隨後的各章節將會探討長棋局中最有效的策略。我們從「弓箭手之鞭」開始。這個名字來自於奧普倫馬弓手所採用的一種策略。正如同「謊言者攻擊」一樣，弓箭手之鞭目的在於誤導對手，但它也包含著創造未知機會的潛在可能性。一名技藝高超的棋手能以更具進攻性的策略，同時針對兩個目標下子，讓對手無視他的終極目標，直到最好的戰機浮出水面。

——《科斯柴特的規則與策略》，作者佚名

統一王國大圖書館藏書

Ω維尼爾斯的紀錄

「然後呢？」

奧．蘇納在講述過與總督最後的對話之後，就陷入了沉默。聽到我的問題，他只是反問道：「然後什麼？」

我壓抑下氣惱的情緒。我已經越來越清楚地看到，這個北方人藉由惹惱我得到不小的樂趣。「後來又發生了什麼？」

「後來的事情你都知道。我在城牆外等待，清晨時分，維蘇斯領主率領一隊帝國衛軍前來將我逮捕。瑪律修斯王子毫髮無傷地被交還給王國，賈努斯在那之後不久就死了。你們的史籍以矯飾過度的文字描述了對我的審判。我還能告訴你什麼？」

我意識到，他是正確的。根據已有的史料推測，他的確已經把全部的故事都告訴了我，並向我提供了之前完全未知的大量資訊，澄清了這場戰爭的源頭，以及王國發動戰爭的各種因素。但我堅信，他還向我隱瞞了許多事情。他的故事還遠遠不完整——對此我確信無疑。我仔細回憶他的聲音出現波動的地方，也許那只是一些微小的波瀾，但已足以讓我相信，他將一些話嚥回了肚子裡，也許那些話裡就包藏著他不願揭示的事實。當我看著自己床鋪周圍鋪滿船板的紙張，以及這些紙上密密麻麻的文字時，我感覺自己獲得了一筆財富。但是，當我想到爲了確認這些敘述的眞僞，爲了充實和證明這樣一個故事，我還需要做多少工作，進行多少廣泛和深入的研究，心情不由得又陰沉下來。我不由得開始思考，**在所有這些文字中，事實到底藏在何處？**

「那麼，」我收集這些紙張，小心地將它們按照次序排列。「這就是這場戰爭的答案？只是因爲一個絕望的老人的愚蠢妄念？」

奧·蘇納已經躺倒在他的床鋪上，雙手疊在腦後，眼睛望著艙頂，嚴肅的目光已飄向遠方。他打了個哈欠。「我能告訴你的只有這些，閣下。現在，希望你能允許我休息一下。明天，我將面對自己註定的死亡，我希望能夠以飽滿的精神迎接它。」

我瀏覽著紀錄，用筆標記出我懷疑他有所保留的段落。令我感到沮喪的是，我發現這樣的段落比我預想中的更多，其中甚至還有幾處自相矛盾的地方。「你說過，你後來再沒有遇到過黎恩娜公主，」我說道：「但你又說，公主曾出現在賈努斯將你扯進他的戰爭陰謀中的那場夏季嘉年華上。」

他歎了口氣，繼續盯著艙頂說道：「我們只禮貌性地互致了問候，我不認爲這是值得提到的大事。」

我的腦海中忽然出現了一段模糊的記憶，那是在我爲了撰寫這場戰爭的歷史而進行研究工作時，獲得的一點資訊殘片。「那名石匠呢？」

我捕捉到了他極爲短暫的猶豫，但這已經讓我知道了許多。「石匠？」

「那名在凌尼薛成爲你朋友的石匠，他的房子也因爲你而被焚毀。我對你占據那座城市的時期進行過研究，幾乎所有凌尼薛人都知道你和這個石匠的故事。但你完全沒有提到他。」

他在床舖上翻了個身，聳聳肩。「算不上什麼友誼。我想讓他爲城市廣場雕刻一尊賈努斯的石像，以此來證實他對這座城市的所有權。當然，那名石匠拒絕了，但這並沒有阻止某個人燒掉他的房子。我相信，他和她的妻子在戰爭結束時離開了這座城市。以當時的狀況看，他們自然會這樣做。」

「那麼，你那位阻止血紅之手毀掉這座城市的信仰姐妹呢？」我變得更加惱怒，「她又怎麼樣了？我訪問過的凌尼薛人告訴我許多關於她的善行，還有她與你親密無間的故事。有些人甚至認爲你們是一對愛侶。」

瓦林疲憊地搖搖頭。「這太荒謬了。至於她的下場，我相信她已經隨軍隊返回了王國。」

他在說謊，我對此確信無疑。「如果你根本不想把事實都告訴我，爲什麼又要和我講這個故事？」我逼問道，「你覺得我是個傻瓜嗎，希望屠滅者？」

奧·蘇納嘿嘿一笑，「認爲自己不是傻瓜的人往往都是傻瓜。讓我睡一覺吧，閣下。」

自從二十年前的大火之後，梅登尼恩人花費巨大的力量重建了他們的首都，讓它比舊都更加宏大華美。也許他們是打算用土木工程的成就，向自己往日的敵人發出挑釁。這座城市坐落在梅登尼恩列島中最大的一座島嶼——伊爾戴拉島環繞島南岸寬闊的天然良港上。從很遠的地方就能看到一片片光芒閃耀的大理石牆垣和紅瓦屋頂，以及裝飾在這些房屋之間，工藝精美的高大圓柱——它們是島民供奉他們眾多海神的紀念碑。我在史籍中讀過，勇猛狠毒不亞於瓦林．奧．蘇納的其父克拉里克．奧．蘇納在率領大軍登陸這座島嶼之後，是如何給梅登尼恩帶來了烈火與毀滅，又如何命令士兵將這些立柱一根根推倒。那場浩劫中的倖存者曾經描述王國衛軍向立柱頂端的雕像小便，沉醉在鮮血和勝利之中，大聲呼喊：「神就是謊言！」而城市則在他們周圍被熊熊火海吞沒。

無論奧．蘇納的父親在這裡犯下多少罪行，奧．蘇納現在都沒有表現出任何懺悔的意思。他眺望著正迅速靠近的城市，手握那柄令人憎恨的長劍，俯身在船舷欄杆上，全然不理會身邊正在忙碌的水手，只有臉上稍稍顯露出一點對這個陌生國度的興趣。晴朗的天空中看不到雲彩，船隻輕盈地滑過平靜的水面。船帆已經收起，水手們正在水手長嚴厲的喊喝聲中拖曳著長長的船槳。

我也走到了船欄邊，但並沒有和他互致問候。我的腦子裡依舊盤旋著許多問題，但心中卻泛起了寒意——因爲我知道，他是絕不會再給我任何答案了。無論他告訴我這個殘缺不全的故事是爲了什麼目的，他也已經不會再向我多說一個字。昨晚我幾乎沒有合眼，一直在回想他的故事，希望發現一點答案，但只是又找到更多問題。我有些懷疑他這樣做是在對我進行報復，畢竟在我對這場戰爭的歷史紀錄中，幾乎每一行都充滿對於他和他士兵的嚴厲譴責。當然，我絕不可能對他有任何好感，但也知道他並非那種睚眥必報的人。他肯定是一個致命的敵人，卻有著相當的器量。

「你還能使用它嗎？」我最終打破了沉默。

他瞥了一眼手中的劍。「我們很快就能知道了。」

「列島之盾堅持要進行一場公平的決鬥。我相信，他們會給你幾天時間進行訓練。畢竟你在這些年裡一直缺乏鍛煉。現在你的狀態很難成爲一名值得敬畏的對手。」

他的黑眼掃過我的臉，眼神中略帶著一點打趣的意味。「是什麼讓你認爲我缺乏鍛煉？」

我聳聳肩。「這五年裡，你在一座牢房中能做什麼？」

他轉回頭看著城市。當他回答我這個問題的時候，微弱的聲音差一點就被海風吞沒。

「歌唱。」

當我們這艘船在碼頭上拋錨繫纜的時候，整座港口便漸漸安靜下來。每一名搬運工、漁夫、水手、賣魚婦和妓女都停住了手中的動作，向焚城者的兒子望過來。港口中的氣氛壓抑得令人窒息，就連不斷在港口上空盤旋的海鷗，彷彿也在這種無以言喻的沉重恨意中徹底消失。人群中似乎只有一個人完全沒有沾染這種情緒，那是一個身材高大的人，正站在跳板盡頭，張開雙臂，擺出歡迎姿勢。他的臉上帶著燦爛的笑容，完美的牙齒在陽光下閃閃發亮。

「歡迎，朋友們，歡迎！」他用渾厚豐沛的男中音喊道。

下船之後，我細看這個人。他生得虎背狼腰，穿著華貴的藍色絲綢襯衫，腰間垂著一把金柄馬刀，一頭蜂蜜色的長髮如同獅鬃一般在海風中飄動。一言以蔽之，他是我見過的最英俊的人。和奧．蘇納不同，他的外表與傳說中描述得一模一樣，不等他自我介紹，我已經知道了他的名字：埃瑟蘭．厄爾．奈斯塔，列島之盾，希望屠滅者的對手。

「是維尼爾斯大人嗎？」他向我問好，伸出大手握住我的手，「很榮幸見到你，閣下。你的歷史著作在我的書架上一直都被擺放在最顯眼的位置。」

「謝謝，」我轉過頭，看著奧．蘇納走下跳板，「這位……」

「是瓦林．奧．蘇納。」厄爾．奈斯塔幫我補充了後半句話，並向希望屠滅者深深鞠躬，「在見到你之前，你的大名已經如雷貫耳——」

「我們什麼時候決鬥？」奧．蘇納打斷了他。

厄爾．奈斯塔稍稍瞇起了雙眼，但他的微笑沒有絲毫變化。「三天以後，閣下。如果你認爲這樣合適的話。」

「不合適。我希望儘早結束這場鬧劇。」

「我知道你在過去的五年中因爲皇帝的安排而日趨衰弱，難道不需要時間恢復體力和技藝嗎？如果人們說我太過輕易地取得勝利，我只會感覺有辱榮譽。」

看著他們彼此對視，我不由得爲這兩個人的巨大差異而感到驚訝。儘管他們體型大致相當，厄爾．奈斯塔動人心魄的陽剛之美和如陽光般閃耀的笑容，本應徹底壓倒瓦林那張由剛硬稜線構成的面孔。但希望屠滅者的身上有著某種東西，讓他足以和這位島民壓倒性的氣勢分庭抗禮。這是一種不容小覷、與生俱來的力量。我能清楚地看到厄爾．奈斯塔的笑容漸漸變得後繼乏力，他的眼睛開始仔細地從頭到腳打量這名對手。我當然知道這是爲什麼，希望屠滅者是他所面對過最危險的人，他也很清楚這一點。

「我可以向你保證，」奧．蘇納說道，「絕不會有人說你輕鬆贏得一場勝利。」

厄爾．奈斯塔點了一下頭，「那麼，就明天吧。」他朝不遠處的那些人指了指。那是一群眼神凶悍的水手，身上佩戴著各式武器。他們全都惡狠狠地瞪著希望屠滅者，眼睛裡燃燒著不加掩飾的敵意。「我的船員將護送你們前往寓所，我建議你們不要在路上多做停留。」

「愛梅倫女士在哪裡？」看到厄爾．奈斯塔轉身打算離開，我急忙問道。

「正舒適地住在我家，你明天就能見到她。當然，她要我代她向你表達最熱情的問候。」

這是一個赤裸裸的謊言，我倒是很想知道愛梅倫是如何對他提起我的，以及他們之間又達成了多麼緊密的合作關係。這種關係會不會已經超越了兩個同仇敵愾的夥伴？

我們的寓所是位於城中心附近的一座被煤煙熏黑的尖頂磚房，精緻的房屋結構和地面上已經破碎不堪的彩色瓷磚說明這裡曾經居住著相當有身分的人。「船主埃瑟蘭的房子。」一名水手粗聲粗氣地回答了我的詢問，「他是列島之盾的父親。」說到這裡，他停住話音，瞪了奧．蘇納一眼，「他死在那場大火裡。列島之盾命令我們不許修繕這幢房子，以免他和我們會忘記那時發生過什麼。」

奧．蘇納似乎並沒有認眞聽水手的講解，他的目光在那些灰黑色的殘垣斷壁上遊移，流露出一種怪異的疏離眼神。

「食物已經準備好了，」那名水手又對我說，「都在廚房裡。廚房在地下室，從這道樓梯就能過去。我們會守在外面，有什麼事就叫我們。」

我們在餐廳的一張巨大桃花心木桌子上用餐。在如此破敗的一幢房子裡卻有這樣一件完美貴重的傢俱，這種景象實在是有些令人詫異。我在廚房裡找到乳酪、麵包和各種熟肉，還有一些非常醇香的葡萄酒。奧．蘇納認出這種酒來自康布雷爾南部的葡萄園。

「爲什麼他們稱他爲列島之盾？」他一邊問，一邊給自己倒了一杯水。我注意到他完全沒有碰酒。

「在你的父親來訪之後，梅登尼恩人認爲他們需要加強自身的防禦。每一名船主都必須捐出五艘船，組成艦隊，持續在列島之間巡航。而指揮這支艦隊的光榮船長就被稱爲列島之盾。」我停頓了一下，小心地看著他，「你認爲，你能戰勝他嗎？」

瓦林掃視著這座餐廳，最後目光停留在一片已經剝落大半的壁畫上，無論那幅畫過去是在描繪著什麼，曾經豔麗鮮活的色彩都已經被黑色的火痕覆蓋，再也看不出原本的樣貌。「他的父親是一個富有的人，從帝國聘請畫家，將這個家庭描繪在牆壁上。列島之盾有三個兄長，但他知道，父親愛自己遠勝過他們。」

他的聲音中有一種令人不安的篤定意味，甚至讓我開始懷疑，我們正坐在這一家人的幽靈之中。「你能從一幅褪色的繪畫中看出很多東西。」

他放下杯子，推開食碟。我不知道這會不會是他的最後一餐，但他對這頓飯的確沒有多少興致。「既然我已經給你講了我的故事，你還打算做些什麼？」

你給我講的故事根本就不完整，我這樣想著，卻說道：「這個故事讓我有了很多新的思維。不過，就算我將它公諸於世，我也不認爲會有多少人認爲這場戰爭只是一個老傻瓜自欺欺人的莽撞行爲。」

「賈努斯是一個陰謀家，一個騙子，偶爾還是殺人犯。但他眞的是傻瓜嗎？在那場充滿憎恨的戰爭中，有那麼多鮮血被黃沙吸乾，那麼多財富化爲塵土。但我依舊無法確定，這到底是不是某個更龐大陰謀的一部分，某個異常複雜，我根本無法理解的終極陰謀。」

我不由得說道：「當你談論賈努斯的時候，描述的是一個年邁而且陰險的老人，但我在你的聲音中聽不到任何憤怒。你似乎並不恨這個出賣了你的人。」

「出賣我？賈努斯唯一忠誠的只有他的王國，一個由奧·尼爾倫家族永遠統治的統一王國。這是他唯一眞正的野心，因爲他的所做作爲恨他，就如同因爲蠍子螫了你而恨蠍子。」

我喝乾杯中的酒，伸手去拿酒瓶。我發現這種康布雷爾的果汁酒很對自己的胃口。而且突然之間，我很想要喝醉。我在今天感受到的壓力和明天那場血腥的決鬥讓我覺得肚子很不舒服，只希望能在酒精中尋得慰藉。我以前見過死人，那些都是被皇帝判處死刑的罪犯和叛國者。但無論面前這個人讓我的心中燃燒著怎樣的憎恨之火，我發現自己已經不再渴望看到他在暴力中殞命。

「如果你明天贏得勝利，你會做什麼？」我問道，同時察覺到自己的聲音已經有一點模糊，「你會回到王國嗎？你是否認爲瑪律修斯國王會歡迎你回去？」

他從桌邊站起身，「我知道我在這裡不會有勝利，無論明天發生什麼。晚安，閣下。」

我重新斟滿杯子，聽著他爬上樓梯，向一間臥室走去。我驚歎於他竟然能夠在這種時候睡得著，如果沒有美酒的幫助，我今晚可能又要輾轉難眠。同時我也知道，他一定會睡得很香，不會被恐怖的噩夢驚擾，不會因罪惡感而煩惱。

「你會恨他嗎，塞利森？」我大聲問道，心中希望他的靈魂也在這幢房子裡，「我覺得你不會。毫無疑問，你只會再構思一首詩。你很喜歡你那些舞刀弄劍的粗魯同伴，但你永遠都不是他們的一員。你學會他們的技巧，學會騎馬，學會用他們給你的那把馬刀耍出漂亮的花樣。但你絕對沒有學會如何戰鬥，對不對？」淚水溢出我的眼眶。這就是我，一個喝醉的小文人，在一屋子的靈魂面前痛哭流涕，「你絕對沒有學會如何戰鬥，你這個該死的傢伙。」

對於有點才學的訪客，梅登尼恩群島上具有吸引力的名勝並不算很多。不過有一道風景不可不看，那就是一些大島沿岸爲數眾多又令人驚歎的廢墟遺址。儘管規模和原先的作用各不相同，它們卻顯示出統一的設計風格和建築結構，清楚地表明它們屬於同一個古代文明，一個擁有複雜與典雅美學觀的古老民族，與現今這片群島上的居民全然不同。

在這些偉大的文明遺跡中，最令人歎爲觀止的範例之一，就是距離梅登尼恩首都大約六里的圓形階梯劇場。它位於這座島嶼南部的海岸邊，直接從帶有血紅脈絡的黃色大理石崖壁中雕鑿出來，形成了山壁之間的一片半碗狀的低窪地帶。也正因爲如此，儘管居住在這裡的島民已經過多次更迭，每一代新居民都會拆除先人的建築，作爲自己營建新家的材料，但這座劇場卻始終都能倖免於難。在這裡，位於錯落有致的半環形階梯座位中心的，是一片寬闊的橢圓形舞臺。毫無疑問，這裡曾經上演過偉大的演講、詩歌和戲劇，曾經爲比現代人更加有文明有智慧的觀眾帶來無數歡樂。但如今，這座圓形劇場成爲現任島民完美的審判場，用以處死罪大惡極之人，或者圍觀決鬥者拚殺至死。

天剛剛破曉，我們就被列島之盾的船員們喚醒。他們解釋，我們最好能在城中居民醒來之前穿過這裡的街道和海港，否則梅登尼恩人對焚城者孽種的恨意很可能會導致意外發生。

正如同我所預料的那樣，奧．蘇納沒有顯露出任何憂慮或焦躁之情，我們只是靜靜地等待著太陽爬上半空中。他坐在圓形劇場最低的一層臺階上，長劍靠在身旁，眼望大海。儘管晴朗的天空預示今天不會有雨，強勁的海風還是不斷從南方吹來。

我很想知道，奧．蘇納是否認爲這是他死去的好日子。

愛梅倫女士在距離正午還有一個小時的時候到來，陪同的是兩名列島之盾的船員。像往日一樣，她只穿著簡單樸素的黑白長袍，姣好的面容並沒有胭脂和珠寶的妝點。除了手指上那枚藍寶石戒指，身上沒有任何能表明身分的痕跡。不管怎樣，她與生俱來的高貴與風度絲毫未變。當她大步走進橢圓形的劇場時，我站起身，莊重地向她鞠躬，「愛梅倫女士。」

「維尼爾斯大人。」她的聲音也如同我記憶中那樣豐潤優美，稍稍流露出自幼生長在皇室中的人所特有的那種抑揚頓挫的韻律。我再一次被她的美貌所震驚——那光潔無瑕的皮膚，豐滿紅潤的嘴唇和明亮如星的綠色眼睛。長久以來，她一直被視作奧普倫女性的完美典範，她的貞潔美德絲毫不遜色於她的明豔動人，此外她還擁有高貴的血脈，從孩提時代就受到皇帝的喜愛，在宮廷中與皇帝親生的兒子們一同接受教育。除了姓氏不同，她早已成爲皇帝的女兒。

當塞利森接受命運的召喚時，他們毫無異議地結爲夫妻。畢竟，除了希望之人，還有誰能配得上她？

「您還好嗎？」我問道，「相信您沒有受到苛待吧。」

「俘獲我的人有著慷慨的情懷。」她的目光轉到希望屠滅者身上，我再一次看到巨大而冰冷的恨意汙損了她完美的面容，就如同她以前每次提及希望屠滅者一樣。奧．蘇納向緊緊盯住他的女士略一點頭，臉上露出一點好奇之色。

「沒有衛兵跟隨？」愛梅倫女士說道。

「這名囚犯已經向皇帝作出承諾，他會接受列島之盾的挑戰。皇帝認爲沒有必要派遣衛兵。」

「我明白了。我的兒子還好嗎？」

「非常好。我最近一次見到他的時候，他正在快活地玩耍。我知道，他急切地等待您回去。我們人同此心。」

她的眼睛向我閃動，雙眸中燃燒著幾乎和盯住希望屠滅者時完全一樣的恨怒之火。我發現，我無法直視這雙眼睛。**她一直都知道**，我回想，**那麼，她憑什麼不會恨我呢？**

「當我回到帝國之後，我的兒子和我將繼續平靜的隱居生活，」愛梅倫女士對我說道：「我不想返回宮廷，也不會期待有人感謝我終於爲丈夫贏得正義。」

我重重地歎了口氣，「那麼，傳聞是眞的了？眼前的狀況是您一手造成的？」

「梅登尼恩人同樣想要得到正義。列島之盾親眼見到了他的父母和兄長被活活燒死，毋需多費口舌，我便得到了他的幫助。這些北方人有一種罕見的本領，那就是讓所有人都恨他們。」

「您眞的相信，您的恨能夠隨他一同被埋葬嗎？如果不能呢？那時又要如何才能尋得安慰？」

她的綠眼睛瞇了起來，「不要向我說教，書記員。你是一個無神論者，我們都知道。」

「那麼，您現在是要向眾神尋求安慰了？如果知道您要向冷酷的岩石祈求饋贈，塞利森一定會落淚——」

她的藍寶石戒指在我的面頰上留下了一道割痕，被狠摑一掌的我稍稍踉蹌一步。她是一個強壯的女人，而且這一掌絲毫未留餘地。「不許說我丈夫的名字！」

我捂著流血的臉，許多話語同時湧上心頭，許多充滿惡意的可怕言辭，將會用血淋淋的事實把她的心撕裂。但看著她熾烈的雙眼，我感覺到那些言辭全部死在我的胸中，我的憤怒萎縮下去，被海風吹得無影無蹤，取而代之的是深深的憐憫和遺憾——我知道，這種感情會永遠埋藏在我的靈魂之中。

我又莊重地向她鞠躬。「很抱歉讓您感到難過，女士。」然後，我轉過身，向坐在臺階上的希望屠滅者走去，坐到他身邊，如同兩個正在等待宣判的罪人。

「如果你願意，我可以為你把這道傷口縫起來。」奧．蘇納看我用一塊蕾絲手絹捂住面頰，便對我說道，「否則它會留疤的。」

我搖了搖頭，看著愛梅倫女士坐到了對面的第一層臺階上，並刻意躲避我的目光。「這是我應得的。」

列島之盾在隨後不久也出現了，他率領一個連隊的持矛水手，這些武裝水手很快就環繞著橢圓形的決鬥場排開佇列。毫無疑問，他要確保周圍的觀眾不會插手幫助他進行這次復仇。現在，這些觀眾正在占據臺階上的一個個座位。他們的情緒與其說是緊張，不如說是做好了慶賀的準備。許多雙眼睛都緊盯在奧．蘇納的背上，不過並沒有人喝罵呼吼。我有些懷疑，列島之盾早已對這些人發布了命令，要他們至少維持表面的文明。

這是多麼荒謬的一場喜劇，我心中想道，**赦免一個人已經犯下的罪行，只為了讓他因為自己不曾參與過的事情接受懲罰。**

最後到來的是船主們——八名穿著與眾不同的中年或老年男子。我相信他們的衣著應該就是這個列島上的華服，他們是這片群島上最富有的人。能夠進入梅登尼恩統治議會的唯一評判標準就是一個人所擁有的船隻數量，而這種形式簡單的統治手段令人驚訝地實行了四個世紀，並且直到今天都成效卓著。他們在看臺中央的大理石高臺上落座——八張碩大而舒適的橡木椅子已經在那裡爲他們擺好了。

只有一名船主依舊保持著站姿。他是一個身材細瘦，筋骨結實的男人，衣著比他的同僚更加樸素。八個人之中只有他戴著軟皮手套。我感覺到身邊的奧．蘇納動了一下，「卡沃．努林。」他說道。

「紅鷹號的船長。」我想起來了。

他點點頭。「看起來，藍玉讓他買了不少船。」

努林一直等待人群中的嘈雜聲音漸漸平息，他毫無表情的目光在瓦林身上停留了片刻，然後才提高聲音說：「我們來此見證一場決鬥，船主議會莊重地認可這場決鬥是公平而且合法的，今日在此地的任何流血行爲都不會受到懲罰。誰是挑戰者的代言人？」

一名列島之盾的水手邁步上前。這是一名身材魁梧的蓄鬚男子，頭頂包著藍色頭巾，這表明他的身分是大副。「是我，大人。」

努林的目光轉向了我。「誰爲被挑戰者代言？」

我站起身，走到決鬥場中央。「是我。」

沒有聽到我在回話中使用敬稱，努林的表情出現了一絲波動，但他很快就繼續說了下去。「根據法律，我們必須詢問當事雙方，這場對決是否能夠以不流血的方式解決。」

那名大副首先說了話。他提高聲音，向著觀眾而不是船主們說：「我船長的榮譽受到嚴重的玷汙。儘管他天性愛好和平，但被殺害的親人們正在哭訴著要求得到正義！」

觀眾紛紛發出附和的吼聲。就在這吼聲即將積聚成憤怒的浪濤時，卡沃．努林用嚴厲的目光將它壓了下去。他又低頭望向我，「被挑戰者希望和平解決此一紛爭嗎？」

我回頭瞥了奧．蘇納一眼，發現他正抬頭望著天空。順著他的目光，我看到一隻鳥在天空中盤旋。從翼長判斷，那是一隻海鷹，牠在無雲的晴空中翱翔，被懸崖中上升的熱氣流高高托起，飛越在萬物之上，俯視著我們這場骯髒的公開謀殺。

現在我已經明白，這只是一場謀殺，這裡根本不存在任何正義。

「閣下！」卡沃．努林催促道。他的聲音因爲氣惱而變得嚴厲。

我看著那隻鷹收起翅膀，衝下崖壁。眞的很美。「快點結束這一切吧。」我說完，就轉身回到我的座位上，甚至沒有再回頭瞥上一眼。

當我走回來的時候，奧．蘇納的臉上出現了好奇的表情，也許我拒絕參與這場鬧劇的表演讓他感到有趣。後來，在我更加迷惑的時候，曾思考過，他這時的表情裡是否還有一點欣賞、些許敬意。當然，這種念頭實在很荒謬。

「決鬥者就位！」卡沃．努林宣布道。

奧．蘇納站起身，拿起他那把令人憎恨的劍。當他將手放在劍柄上時，出現短短一瞬間的猶豫。在他拔劍出鞘的前一刻，我注意到他靈動輕巧的手指。現在，他的臉上已經沒有半點愉悅的神情，黑色的雙眼彷彿吞噬掉鋼刃上閃爍的陽光。我完全無法讀懂他現在的表情。一秒鐘之後，他將劍鞘放在我身邊，朝決鬥場中心走去。

列島之盾也向前走過來，手中握著出鞘的馬刀，蜂蜜色的頭髮用一根皮帶繫在腦後，身上只穿著簡單的棉布水手襯衫，鹿皮緊身褲和結實的皮靴。儘管是最樸素的衣著，穿在他身上卻彷彿是王子的禮服，遠比那些船主身上的華服更有光彩，顯示出他莊重高貴的氣質、強健優雅的體魄；正如同一頭獅子，在為自己遭受摧殘的自尊尋求正義的裁決。他在港口上顯露出的愉悅表情早已蕩然無存，盯住奧．蘇納的時候，他就如同一頭冷酷的食肉野獸，正在對獵物做出評價。

奧．蘇納在他的對面站定，穩穩地與列島之盾對視，身上閃耀起同樣輕鬆而犀利的氣勢。他手中長劍低垂，雙腳與肩同寬，後背微微弓起。

卡沃．努林再次提高聲音。「開始！」

不等努林的喊聲消失，一切就已經發生了。無論是我還是觀眾，都只能在片刻之後才意識到發生了什麼。奧．蘇納開始移動，我從未見過任何人能以這樣的方式移動，就像那隻鷹撲下崖壁，又像我們在離開凌尼薛的時候，那些逆戟鯨衝出海面叼走鮭魚——幻影一閃即逝，隨後便是金屬相撞的清澈激鳴。

列島之盾的馬刀一定是用品質極高的鋼鐵鍛造的，豐沛悠遠的金屬呼嘯聲隨著馬刀一直飛到決鬥場對面，只留下赤手空拳的列島之盾依舊站在決鬥場中央。

全場一片寂靜。

奧．蘇納站直身子，向列島之盾露出一絲凶悍的微笑。「你握刀的方式不對。」

列島之盾的面孔出現一陣痙攣，也許是因爲憤怒，或者是因爲恐懼。但他很快就控制住自己的情緒。他拒絕乞求活命，只是一言不發地等待死亡。

「你的房子裡曾經充滿歡笑。」奧．蘇納對他說，「當你的父親從遠方的海岸邊帶著禮物和冒險故事回來的時候，你會和兄長們聚集在他的身邊，聽他說話，爲了他的寵愛而喜悅，渴望擁有像他一樣的男子氣概。但他從未告訴過你們，他所進行的殺戮——誠實的水手從他的船上被丟進水中餵食鯊魚、還有在他襲擊王國的南方海岸時被他強姦的女人們。你愛你的父親，但你愛的是一個謊言。」

列島之盾露出牙齒，臉上充滿了凶殘的恨意，「結束這一切吧！」

「這不是你的錯，」奧．蘇納繼續說道，「你只是一個男孩。那時你根本無能爲力，應該逃走……」

列島之盾的鎮定碎裂了。他從雙唇間爆發出一陣怒吼，猛地向前撲去，雙手伸向奧．蘇納的喉嚨。這個北方人向側邊邁開一步，閃過列島之盾的攻擊，回手一掌拍在他的額頭上。

列島之盾當場倒在地上，再也沒有動彈一下。

奧．蘇納轉過身，走回自己的座位，拿起劍鞘，還劍入鞘。觀眾開始有了反應，大部分人都是滿臉驚駭。但我能感覺到，憤怒的情緒正在人群中滋長。

「這場挑戰還沒有結束，瓦林閣下！」卡沃．努林在越來越高的喧囂聲中喊道。

奧．蘇納轉過身，走到愛梅倫女士面前，對帶著驚訝表情和暴烈怒火緊盯著他的愛梅倫說道：「女士，您準備好離開此地了嗎？」

「這場決鬥必須以死亡作爲終結！」努林喊道，「如果你讓這個人活下去，你就是在全體島民的眼前永遠剝奪了他的榮譽。」

奧．蘇納以優雅的姿勢向愛梅倫女士鞠躬，然後從她面前轉開。

「榮譽？」他向努林問道，「『榮譽』只是一個詞。不能吃，也不能喝。而我去過的所有地方，人們都在無休止地談論它。不同地方的人在說到它的實際含義時，都會講一個不同的故事。對奧普倫人而言，它就是責任；倫菲爾人認爲它等同於勇氣；而在這個島嶼上，它似乎意謂著殺死一個被指控有罪之人的兒子，或者是在一場鬧劇未能按計劃演出之後，殺死一個無力自保的人。」

雖然讓人覺得不可思議，但是當奧．蘇納說話的時候，觀眾們的確安靜了下來。他的聲音並不是很大，不過圓形劇場的結構讓現場所有的人都能清楚地聽到他說話。不知爲何，人群中憤怒和無處發洩的殺戮欲望也漸漸平息。

「我並不會爲我父親的行爲進行辯解，但也不會對此表示悔悟。他奉他的國王之命，燒毀一座城市，這是錯誤的，但我並沒有參與其中。不管怎樣，讓我的血在此地流淌，對於一個已經死去三年的人來說是毫無意義的。他平靜地死在了床上，有妻子和女兒陪伴在身邊。沒有人能對一具早已在火焰中焚化的屍體復仇。現在，遵守邀我來到此地時所做的承諾，或者殺死我，結束這一切吧。」

我的目光轉移到持矛衛兵身上，看到他們正在交換著猶豫的眼神，並用警惕的目光在觀眾群中掃視。而觀眾們越來越響亮的議論聲中更是充滿了困惑。

「殺死他！」喊話的是愛梅倫女士。她已經站起身，正大步走向奧．蘇納，像指控罪犯一般伸手指著他，面容因憤怒而扭曲，「殺死這個野蠻的殺人犯！」

「妳在這裡沒有發言權！」努林以斥責的口吻對她說道，「這是男人的事情。」

「男人？」愛梅倫刺耳的笑聲幾近於歇斯底里，她轉向努林，「這裡唯一的男人大仇未報，已經昏倒在地上。懦夫，我只能這樣稱呼你們。瀆神的海盜渣滓！你們承諾給我的正義在哪裡？」

「我們承諾給妳一場決鬥。」努林對她說。然後，這位船主轉頭看著奧．蘇納。過了很長一段時間，他才抬起頭，望向人群，提高音量，「決鬥已經得出結果。確實，我們是海盜，眾神眷顧我們，整個海洋都是我們的獵場。同時，祂們更賜予我們法律，讓我們能統治這片島嶼。這法律必須在萬事萬物中得以貫徹，否則就是一紙空文。依照法律的規定，瓦林．奧．蘇納是此次決鬥的獲勝者。他在群島上不曾犯下罪行。因此，他可以自由離開。」說完，努林又轉向愛梅倫女士，「我們是海盜，但不是渣滓。而妳，女士，也可以自由離開。」

我們到達了防波堤的盡頭，被告知在這裡等待，他們會安排我們登上港口中爲數不多的外國船隻中的一艘。一支規模龐大的長矛衛兵隊伍環繞在港口周圍，他們的任務是阻嚇任何想要在最後一刻進行復仇的梅登尼恩人。不過根據我在決鬥被判定結束時，對那些觀眾情緒的判斷，梅登尼恩人現在心情上更多的是失望，而不是憤怒。那些衛兵完全不理睬我們。很明顯，沒有人會給我們送行。必須承認，和這兩個人待在一起實在很尷尬。愛梅倫女士不停地在碼頭上來回踱步，雙臂緊緊抱在胸前，奧．蘇納則靜靜地坐在一只香料桶上。而我，只能祈禱海潮快來，儘快離開這個地方。

「還沒有完，北方人！」愛梅倫女士在沉默中徘徊了一個小時後突然爆發。她走到瓦林面前只有幾步遠的地方，惡狠狠地瞪著瓦林，「不要以爲能夠擺脫我。這片土地還不夠遼闊，無論你藏到什麼地方——」

「這是一件可怕的事情，」奧．蘇納打斷了她，「當愛變成恨。」

愛梅倫怨毒的面容突然凝固，彷彿面前的仇敵剛剛刺了她一刀。

「我曾經認識一個人，」奧．蘇納繼續說，「他愛著一個女人，非常非常愛。但他還有任務要完成，他知道，這個任務將讓他付出生命代價。如果那個女人留在自己身邊，很可能也會隨他一同死去。所以，他欺騙了她，將她送到很遠的地方。有時候，這個男人會努力將自己的思戀送過海洋。他想看看他們曾經共同擁有的愛是否變成了恨，但只聽到她的奉獻之心遠遠傳來的回音——她在這裡拯救了一條生命，在那裡完成了一樁善舉，但這一切就像一支曾猛烈燃燒過的火焰，剩下的只是裊裊青煙。於是，他開始思考，她眞的恨我嗎？畢竟，要求她的原諒實在是太過艱難。在兩個愛人之間……」他的目光從愛梅倫轉向了我。「背叛永遠都是最可怕的罪行。」

我面頰上的割傷又開始像火燒一般疼痛。愧疚和悲傷隨著潮水般的記憶在我的胸中激蕩。塞利森第一次來到宮廷的時候，他的微笑便帶來了陽光。皇帝賜予他榮耀，讓他在宮廷中接受教育。對我來說，這是非常重要的一段歲月。我曾看著他磕磕絆絆地演習宮廷禮儀，聽他在深夜朗誦新詩。當愛梅倫向他表達心意的時候，我曾有過那樣強烈的妒意。當他爲了我寧可放棄愛梅倫的陪伴時，我心中又同時交雜著勝利的喜悅和羞愧、不安。直到他的死亡……那時我以爲，無盡的哀傷註定會將我徹底吞沒。

我知道，這一切都被奧·蘇納看在眼中。不知爲何，我覺得似乎任何事情都逃不過他的眼睛。

奧·蘇納站起身，向愛梅倫女士走去，愛梅倫不由得開始顫抖。我知道，那不是因爲她的恨，而是因爲恐懼。這個北方人還看到了什麼？他還會說什麼？他跪在她的面前，用清晰、莊重的聲音說道：「女士，我向您致以誠摯的歉意，因爲我取走了您夫君的生命。」

又過了片刻，愛梅倫才控制住自己的恐懼。「你會交出你的性命作爲補償嗎？」

「我不能，女士。」

「那麼，你的道歉就像你的心一樣空洞，北方人。我的恨意沒有分毫消減。」

他們爲奧·蘇納找到了一艘來自北境的船，這種來自統一王國最北端聚落的船隻可以在梅登尼恩的海面上停泊——這是他們的同胞無法得到的權利。對於北境，我聽過一些傳聞，也讀過一些相關的文字記載，我知道那裡居住著許多截然不同的種族。所以，當看到這艘船上的水手都如同帝國西南行省的人們一樣，有著深色皮膚和寬闊的臉龐時，我完全不感到驚訝。我與奧·蘇納一同走到這艘船的泊位旁，只留下愛梅倫女士一個人僵直地站在防波堤盡頭。她只是盯著大海，再也沒有對這個北方人說過一個字。

「你要留意，」我在跳板前對奧·蘇納說道，「她的仇恨絕不會結束在這裡。」奧·蘇納回頭看了動也不動的女士，遺憾地歎息一聲，「那麼，她就是個可憐人。」

「我們本以爲送你到這裡，就是讓你踏上死路。但我們所做的一切卻讓你得到了自由。當然，相信你也很清楚我們的用意。只是誰也沒有想到，厄爾·奈斯塔根本沒機會與你較量。你爲什麼不殺死他？」

他的黑眼睛看著我的眼睛，那種我已經熟悉的目光穿透了我，彷彿在探索我的靈魂。

「在審判中，維蘇斯領主問我，我一共殺過多少人，我實在是沒有辦法回答。我的手上有太多的血，好人的、壞人的，懦夫的、英雄的，盜賊的和……詩人的。」他的目光低垂下去。我不知道他這樣是不是在向我道歉，「甚至還有朋友的。我只爲此感到噁心。」他低下頭，看著手中收在鞘內的劍，「我希望再也不會把它拔出來。」

他沒有再耽擱，沒有向我伸出手，也沒有一句道別的話，只是轉過身，走上了跳板。船長向他深深鞠躬。無論是他，還是他的船員們，在面對這個人的時候，臉上都只剩下敬畏之情。這個北方人的傳奇已經廣爲流傳，即使是這些遠離王國核心地帶的人們也耳熟能詳。對他們而言，他的名字顯然具有非同尋常的意義。**未來會有什麼在等待著他？**我不由得心中暗想，**在一個他早已不是凡人的王國中**。

航船在一個小時後離開了港口，甚至還有一半貨物沒能裝載上船，被留在碼頭上——他們急於帶著最重要的收穫離開。我和愛梅倫女士一同站在防波堤的盡頭，看著希望屠滅者揚帆遠航。最初的一段時間裡，我還能看到他高大的身影屹立在船頭。我依稀覺得他也許會回頭向我們瞥上一眼，甚至可能向我們揮揮手。但距離已經太遠，我不可能看得清了。一離開港口，那艘船立刻張滿了風帆，很快就消失在港口的岬角之外，全速向東駛去。

「您應該忘記他，」我對愛梅倫女士說，「復仇的執念會毀了您。我懇求您，回家去，把兒子好好養大。」

我驚駭地看到她在哭泣，淚珠一顆顆從她的眼中滾落，但她的臉上依舊沒有任何表情。她的聲音很輕，卻還是那樣凶狠。

「除非眾神將我帶走。但即使到了那時，我也會讓我的復仇透過紗幕，回到塵世。」

第一章

他騎上噴沫，一直沿著海岸向西前行，在一座頂上生有衰草的巨大沙丘背後宿營，撿拾沙灘上的流木搭了一個篝火堆，並用沙丘上的枯草引火。這些草莖早已被海風吹乾，燧石打出的火星剛落在上面就被點燃。篝火很旺、很明亮，灰燼被熱氣捲起，如同螢火蟲飛進夜幕剛剛落下的天空中。遠方，凌尼薛城的燈光則彷彿更加明亮，他能聽到音樂和許多人同聲慶賀的呼喊。

「我們給他們帶來了那麼多。」他一邊對噴沫說著，一邊把糖塊遞到戰馬的嘴邊。「戰爭、瘟疫和連續幾個月的恐懼。真難以相信，他們竟然會那麼高興地趕我們走。」

也許噴沫還是不懂得什麼諷刺。牠氣惱地大聲打著響鼻，猛地甩起了頭。「等等。」瓦林抓住韁繩，解開轡頭，從噴沫的背上卸下馬鞍。卸去了一身的馬具，噴沫在沙丘上大步慢跑起來。牠揚著頭，踢起一團團沙塵，瓦林看著牠在沙海中遊戲。這時天空更加黑暗，明亮的滿月升起，將沙丘染上了一層熟悉的銀藍色光彩。就像冬日的積雪。

當最後一點陽光徹底消失時，噴沫小跑著回到瓦林身邊，期待地站在篝火光亮的邊緣。牠是在等待每晚固定的餵食刷洗，然後被攔索絆住蹄子。「不，」瓦林說，「我們的關係已經結束了。該是你離開的時候了。」

噴沫不確定地嘶鳴，前蹄不停地踢著沙子。瓦林向牠走過去，拍了一下牠的肋側，又迅速閃到一旁，躲開噴沫報復的前蹄。噴沫發出憤怒的嘶吼，露出了牙齒。

「走吧，你這個壞脾氣的畜生！」瓦林叫喊著，向遠處一指，「走！」

噴沫走了，在銀藍色的沙海幻影中飛奔而去，夜空中不斷回蕩著牠告別的嘶叫聲。「走吧，你這匹該死的老馬。」瓦林微笑著悄聲說道。

現在他已經沒什麼事情可以做了。所以，他坐了下來，烤著火，回憶起在高岩堡的城牆上，他看著登圖斯縱馬向城門跑來，身邊卻沒有諾塔。那時他知道，一切都要改變了。諾塔……登圖斯……失去了兩個兄弟，而且還要再失去一個。

稍有改變的風帶來了微弱的汗味和海水氣味。他閉起眼睛，聽到腳步輕輕落在沙子上的聲音從西邊靠近，並沒有刻意躡足潛蹤。他為什麼要這樣？畢竟，我們是兄弟。

他睜開眼睛，看到一個人站在面前。「你好，巴庫斯。」

巴庫斯頹然坐在篝火旁，將雙手伸向火焰。他肌肉發達的雙臂赤裸，身上只穿著棉布背心和緊身褲，腳上沒有靴子，頭髮已經被海水粘在一起，身上唯一的武器就是那把斧頭，用皮帶繫在背後。「信仰在上！」他咕噥著，「自從馬蒂舍之後，我還沒有這麼冷過。」

「一定游得很辛苦吧。」

「沒錯。意識到你騙了我的時候，我們距離海岸已經有九里遠了，兄弟。我用了不小的力氣勸說船長，他才願意把他的小船駛回到岸邊。」他搖晃了一下腦袋，水滴從他的長髮上飛散出來。「和夏琳姐妹一起去西方。我還真的以為你會放過一個自我犧牲的機會。」

瓦林看著巴庫斯的雙手，儘管空氣冷得足以讓他的呼吸變成白煙，但那雙手卻沒有絲毫顫抖。

「這是一筆交易，對嗎？」巴庫斯繼續說道，「我們得到活命，他們得到你？」

「還有瑪律修斯王子可以回到王國。」

巴庫斯皺起眉頭，「他還活著？」

「爲了能讓你們老老實實出城，我沒有把這件事說出來。」

他魁梧的兄弟又咕噥起來：「他們還有多久就會來找你？」

「等太陽再露出來。」

「那還有足夠的時間休息。」他從背上解下斧頭，放在身邊，「你覺得他們會派多少人來？」

瓦林聳聳肩，「我沒問。」

「要對付我們兩個，他們最好派一整個兵團來。」他抬頭看著瓦林，突然露出困惑的神情，「你的劍呢，兄弟？」

「我把它交給亞魯安總督了。」

「這可不是聰明的主意，那你打算如何戰鬥？」

「我不會。根據國王諭令，我會向奧普倫人自首。」

「他們會殺了你。」

「我不這麼想。根據康布雷爾神的第五經，我還要殺很多人呢。」

「呸！」巴庫斯向火焰中啐了一口。「預言都是胡扯，是拜神者的迷信。你奪走了他們的希望之人，他們肯定會殺了你。問題只是他們會用多少時間徹底了結。」他看著瓦林的眼睛，「我不能眼看著他們抓走你，兄弟。」

「那就離開吧。」

「你知道，我不能這樣做。難道你不覺得，我已經失去了夠多兄弟？諾塔、芬提斯、登圖斯……」

「夠了！」瓦林嚴厲的聲音撕裂了夜幕。

巴庫斯警惕地向後仰起身子，又困惑地說道：「兄弟，我——」

「不要說了。」瓦林審視著面前這個人的臉，打起十二分精神，尋找面具上的裂縫，尋找這副故作鎮定表情中最微弱的波瀾。但他看到的是一副完美的僞裝，沒有驚慌、沒有惱怒。瓦林努力控制著自己的憤怒，他知道這只會要了自己的命。

「爲了這一刻，你已經等待了這麼久，爲什麼不讓我看到你眞實的面孔？路已經走到盡頭了，說一句眞話又何妨？」

巴庫斯顯露出毫無瑕疵的困窘與憂慮，「瓦林，你還好嗎？」

「昂特什隊長在離開之前告訴了我一些事。你想要聽聽嗎？」

巴庫斯不確定地攤開雙手，「如果你願意說的話。」

「看樣子，昂特什並不是他眞正的名字。當然，這並不奇怪。我相信許多受雇的康布雷爾人都會認爲有必要使用一個假名，可能是因爲害怕以前犯下的罪行暴露，可能是因爲羞於接受我們的金幣。但讓我驚訝的是，我們都聽過他的另一個名字。」

面具上依然沒有裂縫，除了一位眞正兄弟的關心。

「布倫．昂特什曾經牢牢地被他的神控制，」瓦林對他說，「那時他是那樣虔誠，甚至不惜爲神而殺人。他聚集起一夥人馬，他們都渴望用異教徒的血來爲他們的神增添榮耀。他率領這夥人去了馬蒂舍森林，在那裡，他們之中絕大多數都死在我們的手中，這讓他開始質疑自己曾經堅信的東西，讓他拋棄了那個神，接受了國王的黃金，並把它送給那些因他而死的人們的家庭。然後，他希望在一場異國的戰爭中迎接死亡，並徹底忘記自己在馬蒂舍贏得的名字：黑箭。布倫．昂特什曾經是黑箭。他向我保證，他從未得到封地領主簽署的自由通行憑證，他的部下也沒有這種東西。」

巴庫斯一動也不動，臉上的表情都消失了。

「你還記得那些信嗎，兄弟？」瓦林問。「你在我殺死的那名弓箭手身上找到的信，那些讓我們與康布雷爾開戰的信。」

那只是他頭部角度的一點變化，肩膀的一點挪移，嘴唇上一條新的曲線，但突然之間，巴庫斯不見了，如同一團煙霧隨風而去。當他再次開口的時候，瓦林毫不驚訝地聽到一個熟悉的聲音，那兩個死人曾經發出的聲音。

「你眞的以爲你要侍奉一位火焰女王嗎，兄弟？」

瓦林心像石塊一樣一直沉了下去。他本來還有著一個渺茫的希望，也許是他錯了，昂特什在說謊，他的兄弟依舊是那位隨著清晨的海潮漸漸遠去的高貴戰士。而現在，幻影已然消失，只剩下他們兩個留在海岸邊，等待著即將到來的死亡。「有人和我說，還有別的預言。」瓦林回答道。

「預言？」那個曾經是巴庫斯的怪物咬著牙，發出一陣刺耳的醜陋笑聲，「你知道得太少了。你們只不過是一群瞎子，想要摸索出智慧的眞形，卻只是寫下了一堆胡言亂語。你們稱那些爲典籍，卻不知那只是因爲瘋狂和對力量的渴望而生出的胡言亂語。」

「荒野測試。你是在那時占據他的？」

那個怪物用巴庫斯的面孔露出笑容。「他拚命想要活下去。找到簡尼斯的屍體對他來說本來是一份生命的贈禮，但他所謂的兄弟情誼太強烈了，這讓他無法去做必須要做的事。」

「他發現簡尼斯的時候，簡尼斯已經凍僵了，身上沒有穿斗篷。」

那個怪物又笑了。笑聲粗礪殘忍，彷彿正在享受著某種殘酷的事情。「他同時找到了簡尼斯的身體和靈魂。簡尼斯還活著，被凍得半死，但還有呼吸。他悄聲向巴庫斯求救。當然，巴庫斯已經無能爲力。而他那時是那麼餓，飢餓會對一個人做出奇怪的事情，提醒他，他只是一隻動物，需要進食的動物。而肉就是肉。這種誘惑讓巴庫斯感到噁心，飢餓卻逼迫他跨越瘋狂的邊緣。於是，他在雪中躊躇，躺下等死。」

赫特司．穆斯托，獨眼，那個將埃姆．霖的房子燒毀的木匠，他們全都有過瀕死的經歷。「死亡就是你的通道。」

「他們召喚我們，那種喊聲會穿越令人憎恨的虛空。瀕死的靈魂發出哀傷的呼喚，就像一隻迷途的羔羊引來餓狼。並非所有靈魂都能被占據，只有那些擁有惡念種籽和力量贈禮的靈魂才可以。」

「巴庫斯沒有惡念。」

又是一陣邪毒的笑聲，「我還沒有遇過心中沒有惡念的人。巴庫斯只不過將那粒種籽深深地藏在心底，甚至連他自己也不知道那種籽存在。但它依舊如同靈魂中的一條蛆蟲，引發膿瘡，等待滋養，等待著我。知道嗎？一切都是因爲他的父親。那個將他趕走的父親，那個憎恨並嫉妒他的贈禮的父親。那個父親看到了他的孩子能夠用金屬造就怎樣的奇跡，便渴望得到這種力量。對我們這些擁有贈禮的人來說，世界就是這種樣子。你不同意嗎，兄弟？」

「你一直都是他？從那以後，他說的每一句話，做的每一件事，每一次慷慨豪俠的行爲都是你做的？我不相信那全都是你。」

怪物聳聳肩，「隨你相信什麼。他們瀕臨死亡，我們占有他們，從那一刻開始，他們就是我們的了。我們知道他們所知道的一切，所以要保持僞裝非常容易。」

血歌悄然響起，那是一個微弱卻又猛烈激蕩的音符。「你在說謊。赫特司．穆斯托就沒有完全受到你們的控制，不是嗎？所以你殺死了他，爲了阻止他將你僞裝成神的聲音對他說出的那些謊言告訴我。當你們去刺殺守護者愛蕾菈的時候，你們控制了三個人，但他們只能分別發動攻擊。毫無疑問，你們在第四軍團總部刺殺守護者柯林的時候，力量被嚴重消耗。我不相信你們能一次完全控制超過一個人的心智。而且我敢打賭，你們的控制是能夠被打破的。」

怪物低下巴庫斯的頭，「戰爭視覺實在是一種強大的贈禮。你很快就會接近死亡，我們中的一個將占有你。黎恩娜愛你，瑪律修斯信任你。還有誰比你更合適指引他們度過即將到來的艱難歲月？我很想知道，你的心中又藏著怎樣的惡念？也許是你的索利斯導師？賈努斯和他無窮無盡的陰謀？還是組織本身？畢竟，是他們派你來到這裡，爲的是把我引出來。這樣做也讓你徹底失去了你愛的女人。你能告訴我，你的心中沒有惡念嗎，兄弟？」

「如果你們想要的是我的歌聲，爲什麼之前想要殺死我？在奔跑測試中派遣僱傭兵在烏立實森林伏擊，又派遣亨娜姐妹在守護者屠殺夜進入我的房間。」

「我們爲什麼要使用雇傭兵？亨娜的任務是臨時安排的。那時我們認爲你那晚在第五軍團總部會造成很大的麻煩，而且當時還不知道你能爲我們提供的力量。順便說一句，她要我代她向你問好，很抱歉她不能前來。」

瓦林在血歌中尋求指引，卻只感覺到一片沉默。這個怪物沒有說謊。「如果不是你，那又是誰？」瓦林的聲音低了下去。一個念頭突然出現在他的腦海中，它來自血歌的一陣急切的和絃：在淪亡之城中，哈力克兄弟的恐懼。你來這裡是爲了殺我嗎？「第七軍團。」他高聲地喃喃說道。

「你眞的認爲他們只是一幫無害的神祕主義者，只知道侍奉你們荒謬的信仰？他們有他們的計畫、他們的爪牙。如果你成爲障礙，不要以爲他們會在殺你的時候會有半點猶豫。」

「那麼，爲什麼從那之後就沒有再攻擊過我？」

怪物動了動巴庫斯的身子，似乎很難掩飾自己的不安。「他們在好整以暇，等待機會。」又是一個謊言，血歌證實了瓦林的判斷。那頭狼，第七軍團派遣他們的傭兵來殺我，但狼殺死了他們。他們是否將此視為某種黯影的祝福？認為瓦林·奧·蘇納受到他們所畏懼的力量保護？又是問題。就像以往一樣，總是會有更多的問題。

「你曾經是個人嗎？」瓦林問道，「你有名字嗎？」

「名字對於生者意謂著很多，但對於已經感受過虛空中無盡深寒的我們來說，那只不過是小孩子的一種幻想。」

「所以，你們曾經活過，你們有一副本屬於你們自己的身軀。」

「一副身軀？是的，我有過一副身軀。它被荒野撕裂、被飢餓吞噬、被無所不在的恨意追趕。我的身軀來自於一個被強姦的母親，他們稱我的母親是女巫，我們被趕了出去，因為她的贈禮能夠改變風。那個算是我父親的男人說了謊，他說是那個女人使用黯影強迫他與她交媾，還說當法術消褪的時候，他就拒絕和她在一起。他更是謊稱那個女人會利用贈禮讓莊稼腐敗，以此作為報復。他們用石塊和爛臭的汙物將我們趕進森林，在那裡，我們像動物一樣生存，直到飢餓和寒冷從我身邊將她奪走。但我活了下來，更像一頭野獸，而不是一個男孩。我忘記了語言和傳統，忘記了一切，只剩復仇。最終，我得到了它，毫無缺憾。」

「『他召來閃電』，」瓦林引誦道，「『點燃了村莊。人們逃向河邊，但他用暴雨衝擊河道，直到堤岸崩裂，將人群衝走。但他的復仇並沒有結束。，他從遙遠的北方召喚來一股強風，把水中的村民凍結成冰塊』。」

怪物露出一個微笑，令瓦林感到膽寒的是，那個微笑中並沒有殘忍凶惡。那是一個美好回憶所引起的微笑。「我依然能看到他的臉，我的父親，被凍結在冰中，從河底深處向上望著。我朝那張臉撒了尿。」

「女巫的私生子，」瓦林悄聲說道，「這個故事至少在三個世紀以前就有了。」

「時間就像你的信仰一樣荒謬，兄弟。在虛空之中，你能同時看到一切的宏大和渺小，在一瞬之間感覺到恐懼和驚奇。」

「那是什麼樣子？你一直在談論的那個虛空？」

怪物的微笑再一次變得殘忍。「你的信仰稱它爲來世。」

「你說謊！」瓦林怒喝。但這一次，血歌中沒有任何聲音。「來世是一個充滿了無盡和平，完美智慧和崇高統一的地方，那裡生活著往生者永存不滅的靈魂。」

怪物的嘴唇扭曲片刻，然後開始大笑，充滿愉悅感的洪亮笑聲在沙灘和海面回蕩。在這笑聲中，瓦林感覺到自己的手正渴望著靴子裡的匕首，他困難地抵抗著這種衝動。現在還不行……

「哦，」怪物搖搖頭，用拇指抹去眼角的淚水，「兄弟，你眞是個徹頭徹尾的傻瓜。」他向前附過身，曾經屬於瓦林的兄弟的面孔，被沙沙作響的篝火映上一層紅色的面具，「**我們就是往生者！**」

瓦林等待著血歌的呼吼，卻只聽到一片冰冷的沉默。這不可能，這是褻瀆信仰的話語，但這個怪物的話裡沒有謊言。「往生者在來世等待著我們。」瓦林背誦著，同時又痛恨自己聲音中的絕望，「靈魂因爲他們生活的充實和美好而變得豐富，他們會獻上智慧和激情……」

怪物再一次發笑，幾乎按捺不住自己的愉悅之情。「智慧和激情。虛空中的靈魂沒有什麼智慧和激情，我們只不過是一群野狗。我們飢餓，所以我們吞食。死亡就是我們的鮮肉。」

瓦林緊緊地閉住眼睛，繼續自己的背誦，言辭飛快地躍出他的雙唇。「何爲死亡？死亡只是通向來世的門戶。它是結束，也是開始。畏懼它，並歡迎它……」

「死亡帶給我們新鮮的，可以指揮的靈魂，更多能夠因我們的意志而動作的軀體，滿足我們的欲望，實現『祂』的計畫……」

「沒有了靈魂的軀體會怎樣？那只是腐敗的血肉，僅此而已。將愛人的軀殼投入火中，以紀念他們的過世……」

「身軀就是一切。沒有了身軀的靈魂只是廢物，一個關於生命的可憐回音……」

「我聽到了母親的聲音！」瓦林站起身，手中握緊匕首，彎腰作出戰鬥姿態，雙眼緊盯著篝火對面的怪物。「我聽到了我母親的聲音。」

曾經是巴庫斯的怪物緩緩地站起身，舉起斧頭。「有時，這種事情的確會發生。那些擁有贈禮的人能聽到我們，能聽到靈魂在虛空中呼喚，但那些往往都只是關於痛苦和恐懼的短促迴響。知道嗎，這就是你們的信仰的起源。幾個世紀以前，一個擁有非凡贈禮的沃拉瑞人聽到了虛空中無數聲音的呢喃。在那些聲音中，他明確無疑地分辨出死去妻子的聲音。於是，他將這個訊息傳播出去──在每日被憂傷與勞累懲罰的生活之外，還有另外一個世界，這實在是一個偉大而又神奇的訊息。人們傾聽他的布道，流言如同野火一般擴散。於是，你們的信仰開始了，一切都建立在這個謊言之上：只要在今生恭順爲奴，在來世就能得到獎勵。」

瓦林努力壓抑著自己的困惑。他希望血歌在此時發聲，向他證明這個怪物所說盡是謊言，但他同時又在阻止自己奢求這種事情。木頭在火焰中嗶啵作響，海浪拍打海岸，發出毫無感情的隆隆聲。巴庫斯看著他，眼神冰冷漠然，如同一個陌生人。

「那是什麼計畫？」瓦林問道，「你剛才說『他的計畫』？他又是誰？」

「你很快就會遇到祂了。」曾經是巴庫斯的怪物雙手緊握住斧柄，將斧頭舉起。月光照亮了斧刃，「這是我為你打造的，兄弟，或者可以說，是我允許巴庫斯製造它，他一直都是那麼渴望著鐵錘和鐵砧，所以，儘管他一直很堅強地抵抗著我，但在我除去他對自身欲望的抗拒之後，他還是屈服了。很美麗，不是嗎？我用那麼多種不同的武器殺了那麼多人，但我必須承認，這件武器是最好的。有了它，我能輕鬆地將你帶到死亡邊緣，就像是使用外科醫生的刀。你會流血，你會失去知覺，而你的靈魂將會觸及虛空。祂會在那裡等你。」怪物的微笑變得愈發凶殘，卻又流露出一點惋惜，「你眞的不應該丟下你的劍，兄弟。」

「如果我沒有，你就不會這麼願意和我交談。」

怪物的微笑消失。「談話結束。」

他躍過火焰，將戰斧高舉過頭，露出牙齒，發出充滿憎恨的咆哮。一頭黑色巨獸在半空中撞上了他，利齒刺穿了他的手臂，撕裂了他的肌肉。他們一同跌落在篝火上，激烈地纏鬥著，火焰四處紛飛。瓦林看到那把狠毒的斧頭被舉起，又落下，一次、兩次。聽到獵奴犬被擊中時發出的怒吼。然後，那個曾經是巴庫斯的怪物從火堆的殘跡中站了起來，頭髮和衣服還在燃燒。他的左臂垂掛在身側，幾乎被抓抓的利齒徹底咬斷，但右臂依舊完整，手中還拿著那把利斧。

「我要總督在天黑時放了牠。」瓦林對怪物說道。

怪物發出痛苦與憤怒的咆哮。斧刃劃出一道銀色的弧形幻影，瓦林從斧刃下撲過，刺出匕首，穿透怪物的胸膛，向心臟插去。怪物再次發出咆哮，以非人類的速度揮動斧頭。瓦林只好將匕首留在他的胸口，抓住揮來的斧柄，回手對怪物的面孔狠狠砸了一拳，又狠狠踢在他的腹部。怪物卻幾乎沒有踉蹌，立刻用一記頭槌將瓦林撞翻，讓他躺倒在地。

「有些關於巴庫斯的事情我還沒有告訴你，兄弟！」怪物跳到瓦林面前，再次舉起斧頭，「當你們一同訓練的時候，我一直都讓他隱藏實力。」

瓦林翻滾到一旁。斧刃只擊中了沙子，瓦林一腳踢中了怪物的額頭。當怪物甩甩頭，擺脫疼痛，轉過身來的時候，瓦林已經跳起身。斧刃再次揮空，瓦林則竄過戰斧劃出的弧線，抓住怪物胸前的匕首，完成突刺，然後退步疾閃，讓斧刃從面前不到一寸的距離劃過。

曾經是怪物的巴庫斯緊盯著他，身子一動也不動，只有臉上露出驚駭的神情。煙霧從他被燒傷的地方冒起，鮮血從他的殘臂落到沙子上。他丟下斧頭，完好的右手捂住正在衣服上迅速擴大的紅色汙漬。然後，他盯著覆蓋了滿手的黏稠血漿，緩緩跪倒。

瓦林從他身邊走過，從沙子裡拿起那把斧頭，竭力抵抗著用手握住它時產生的厭惡感。*所以我才會一直這樣恨它？因爲這才是它最終的目的？*

「幹得好，兄弟。」曾經是巴庫斯的怪物露出血汙的牙齒，展現了一個帶著絕對惡意的笑容。「也許下一次你殺我的時候，我會有一張你更喜愛的面孔。」

斧頭很輕，顯得那麼不自然。當他將斧頭舉起、揮落的時候，它只發出了最細微的清嘯。斧刃切穿皮膚和骨骼，就如同穿過空氣一樣輕鬆。曾經屬於他兄弟的頭顱滾落在沙地上，沒有任何動靜。

瓦林將斧頭扔到一旁，從殘存的火灰中拉過抓抓，用沙子熄滅牠依舊在緩慢燃燒的皮毛，撕開襯衫，包裹住牠肋側深深的傷口。獵奴犬嗚咽著，舌頭無力地舔著瓦林的手。

「抱歉，傻狗。」他的視野被淚水模糊，他的聲音也變得哽噎，「我很抱歉。」

他分別埋葬了他們。不知為什麼，他覺得這樣做才是對的。對於巴庫斯，他沒有說任何話。因為他知道，自己的兄弟在許多年以前就死去了，而且他已經不再確信自己說出悼詞時，是否會覺得那只是一段謊言。當太陽升起的時候，他拿起斧頭，走到海岸邊。清晨的潮水正迅速襲來，浪濤咆哮，在岬角上撞得粉碎。他舉起斧頭，驚訝地發現，自己對這件武器的厭惡感已經消失。隨著打造它的那個人的死亡，曾經汙染它的黯影似乎也消散了，現在，它只是一件普通的金屬器物。做工精緻，在太陽下閃閃發光，但依舊只是一塊金屬。瓦林用自己最大的力氣將它擲向大海，看著它在空中翻滾，光芒閃爍，最終落入波濤之間，濺起一個小小的水花。

他在海水中清洗了身子，回到自己臨時搭建的營地中，盡可能用沙子覆蓋住血跡，然後朝大路走去，徒步返回凌尼薛。他大約提前一個小時來到了約定的會面地點。沙漠的溫度正在迅速上升，他坐到一塊路碑的旁邊，等待著。

當他坐下時，血歌再次響起。這是一段全新的旋律，比以前更加強壯、清晰。當他的思緒在腦海中轉動時，發現血歌的韻律也會隨之改變。回憶抓抓最終的嗚咽時，血歌變得哀傷；而重新思考與那個曾經是巴庫斯的怪物的戰鬥時，血歌又變得激昂嘹亮。

隨著許多音韻、影像、聲音和感覺紛至沓來——瓦林知道，這些都並不是屬於他自己的。

他生平第一次明白，他真的控制了自己的歌聲。他終於在歌唱了。

在一個並不存在的角落裡，有某種東西正在嚎叫，向一隻看不見的手乞求原諒；但那隻手卻會施加無盡的痛苦懲罰，並且絲毫不會受到仁慈或怨恨的干擾。

在遙遠北方的一座宮殿裡，一位年輕的女子正在思考，該如何向自己回家的兄弟致以問候。一篇謹慎編織的辭藻中極盡精確地混合著哀痛、遺憾和忠誠。感到滿意之後，她放下手中的鵝毛筆，要侍女去取來茶點。當她確信只有自己一個人的時候，便將完美無瑕的面龐埋入手掌，開始哭泣。

西方，另一位年輕女子凝視著遼闊的海洋，卻拒絕流淚。她的手中握著兩片包在一塊精緻手帕裡的木板，在她的身下，海水拍打著船身，白色的浪花一直飛上半空。她的手渴望將這只小包裹扔進波濤。怒火在胸中燃燒，讓她感到無以逃避的強烈痛苦，讓她痛恨被這痛苦激起的思念，和對復仇的渴望——這是她無法理解，更是從不曾感受過的。她身後傳來一陣痛苦的喊聲，她轉過身，看到一名從帆索上掉落的水手倒臥在甲板上，緊握住自己的斷腿，用她聽不明白的語言瘋狂咒罵著。

「躺下不要動！」她發出喝令，跑到水手身邊，同時將木板和手帕收回斗篷裡。

在另外一片海洋的另一艘船上，一個年輕人巍然不動地端坐著，面孔如同一副冰冷的面具。雖然沒有任何動作和話語，包圍他的人卻因他而生出巨大的恐懼。那些人的主人已經下達了明確的命令——無論是誰，只要引起這個人的興趣，都只會立刻死在當場。儘管這個年輕人像石雕一般紋絲不動，但在他的襯衫下面，胸膛上的傷疤卻燃燒著持續而強烈的痛楚。

瓦林將歌聲集中成一個純粹的音符，讓它飛越阻隔在他與那個年輕人之間的沙漠、叢林和海洋：我會找到你，兄弟。

那個年輕人的身子僵硬了一下，那令人膽寒的目光在一瞬之間離開了那些看守的人。隨後，他又返回先前毫無動作和表情的狀態中。

幻象和歌聲都消失了，只有瓦林繼續坐在驕陽之下。塵沙從東方升起，很快的，一支騎兵部隊就出現在塵霧之中。跑在隊伍最前面的，正是身材高大的檢查官維蘇斯，他拚命抽打坐騎，急切地渴望著奪取他的榮耀。

《血歌首部曲：黯影之子》全書完

附錄I：人物身分

統一王國

奧．尼爾倫王室

賈努斯．奧．尼爾倫：王國國王
瑪律修斯．奧．尼爾倫：賈努斯之子、王國王子、王位繼承人
黎恩娜．奧．尼爾倫：賈努斯之女、王國公主

蘇納，貴族

克拉里克．奧．蘇納：第一王國之劍、國王軍隊的前任戰爭領主
瓦林．奧．蘇納：克拉里克之子，第六軍團兄弟
愛蘿妮絲．迪耐爾：克拉里克的私生女

邁爾納，貴族

梵諾斯·奧·邁爾納：王國之劍，北境的高塔領主

黛倫娜·奧·邁爾納：羅納人的棄兒，梵諾斯的繼女

山達爾，貴族

亞提斯·奧·山達爾：統一王國內閣首席大臣

諾塔·奧·山達爾：第六軍團兄弟，亞提斯之子，瓦林的同袍

海斯帝安，貴族

拉克希爾·奧·海斯帝安：國王的第二十七騎兵團長，後來成爲國王軍隊的戰爭領主

林登·奧·海斯帝安：國王的第三十五步兵團長，拉克希爾之子，瓦林的朋友

艾魯修斯·奧·海斯帝安：詩人和拉克希爾的次子

信仰各軍團

第六軍團

甘奈・亞利恩：第六軍團守護者，瓦林的上級

索利斯：第六軍團的劍術導師和兄弟指揮官，瓦林的主要導師

坎尼斯・奧・尼薩：第六軍團兄弟，尼薩家族的第三子，瓦林的同袍

巴庫斯・結舒亞：第六軍團兄弟，一名尼賽爾鐵匠之子，瓦林的同袍

登圖斯：第六軍團兄弟，瓦林的同袍

芬提斯：街頭的小混混，扒手，後來成爲第六軍團兄弟，瓦林的朋友

馬克瑞：第六軍團兄弟，以擅長追蹤而著稱，後來成爲兄弟指揮官

倫瑟奥：馬匹導師

柴科利爾：犬舍導師

胡崔爾：狩獵導師

傑斯汀：鍛造導師

第五軍團

愛蕾菈・奧・蒙玳：第五軍團守護者

夏琳：第五軍團姐妹，瓦林的朋友，後來成爲主治療師

姬爾瑪：第五軍團姐妹，隨同第三十五步兵團行動

哈林：第五軍團的骨科導師

瑟林：第五軍團的年長兄弟，第五軍團總部的守門人

其他

抓抓：沃拉瑞獵奴犬，瓦林的朋友

噴沫：脾氣暴躁的戰馬，瓦林的坐騎

尼卡．斯莫倫：國王騎兵衛隊第三連隊長

森特斯．穆斯托：酒鬼，康布雷爾封地的繼承人

赫特司．穆斯托：森特斯的弟弟，被稱爲眞刃

拉特克．奧．莫納爾：統一王國內閣財政大臣

丹德利什．亨崔爾：第三軍團守護者

滕德思．奧．佛恩：第四軍團兄弟，異端裁判理事會成員，後來成爲第四軍團守護者

麗埃薩．伊恩寧：第二軍團守護者

塞洛斯．林奈爾：倫菲爾封地領主，賈努斯的封臣

達耐爾．林奈爾：塞洛斯之子，倫菲爾封地繼承人

班德斯：騎士，倫菲爾男爵，塞洛斯屬臣

加力斯：爬牆高手，盜賊，後來成為第三十五步兵團軍士

簡瑞爾．諾靈：曾經的吟游詩人學徒，後來成為第三十五步兵團旗手

布倫．昂特什：奧匹蘭戰爭時期的康布雷弓箭手隊長

馬文伯爵：奧匹蘭戰爭時期的尼賽爾輕騎兵隊指揮官

埃魯蘭．瑪克斯托．賽蘇斯：皇帝

塞利森．瑪克斯托．埃魯蘭（*Eruhin*，希望之人）：埃魯蘭繼子，被選定的皇位繼承人

愛梅倫．納速爾．艾勒斯：塞利森的妻子

維尼爾斯．亞力舍．桑梅倫：帝國史官

奈里森．耐斯特．赫弗倫：帝國衛軍隊長

荷魯斯．耐斯特．亞魯安：林奈什城總督

梅魯林．耐斯特．維蘇斯：帝國大檢察官

埃姆．霖：來自於遙遠西方的石匠

附錄II：科斯柴特的規則

科斯柴特由兩名玩家在一塊有一百格位的棋盤上進行。

每一名玩家在棋局開始的時候擁有：國王、將軍、學者一只，商人兩只，盜賊三只，槍騎兵四只，弓箭手五只和長矛兵八只。

棋局開始時，玩家能將任一枚棋子，放在棋盤上最靠近自己的三排格位中的任何一格。

隨後對手玩家也可以選擇一枚棋子，放在最靠近自己的三排格位中任何一格上。

全部棋子都以此法依次放置。

然後，放置第一枚棋子的玩家走出第一步。

如果某一枚棋子所在的格位被對方棋子進駐，那麼這枚棋子就被俘獲。

若某一方的皇帝被俘獲，或者皇帝成爲這一方在棋盤上唯一棋子，那麼對方玩家獲勝。

任何棋子所在格位如果與學者鄰接，這枚棋子即受到保護，無法被俘獲。

學者能夠朝任何方向移動一到二格。

皇帝能夠朝任何方向至多移動四格。

將軍能夠朝任何方向至多移動十格。

弓箭手能夠朝垂直或水準方向至多移動六格。

盜賊能夠朝任何方向移動一格。被盜賊俘獲的棋子能夠供擁有此盜賊的玩家使用。

長矛兵能夠朝垂直或水準方向至多移動二格。

槍騎兵能夠朝對角方向至多移動十格。

商人能夠朝任何方向移動一格，或者沿水平、垂直或對角線方向移動到與皇帝相鄰接的空位上，前提是這條路徑上沒有其它棋子。

中英名詞對照表

A

Ahm Lin　埃姆・霖
Alltor　奧托爾
Alornis　愛蘿妮絲
Alpiran　奧普倫，奧普倫語
Alucius　艾魯修斯
Artis Sendahl　亞提斯・山達爾
Ascendants　昇華者
Aspect of the Sixth Order　第六軍團守護者
Aspect Silla Colvis　守護者希爾萊・科維斯
Asraelin/Asrael　艾瑟雷爾
Atheran EllNestra　埃瑟蘭・厄爾・奈斯塔

B

Barkus Jeshua　巴庫斯・結舒亞
Baron Bander　巴隆・班德斯
Baron Hughlin Banders　胡林・班德斯男爵
Battle Lord　戰爭領主
Battle of the Hallows　神聖戰役
Battle Sight　戰爭視覺（血歌別名）
Beltrian　貝特里安
Bendra　貝恩妲
Beral Shak Ur　伯勞・沙・烏爾
Beyond　來世
Black Arrow　黑箭
Black Boar　黑野豬
Blackhawks　黑鷹
Blackhold　黑堡
Blood Rose　血玫瑰
Bloody Boars　血野豬，第三十步兵團
Bloody Hill　血丘
Blue Jays　藍鰹鳥
Bluestone　藍玉
Book of Prophecy　預言之書
Bowman's Switch　弓箭手之鞭
Brak　布雷克
Bren Antesh　布倫・昂特什
Brinewash River　鹽灘河
Broken　崩碎
Brother Commander　指揮官
Brother Commander Artin　指揮官亞丁
Brother Innis　因尼斯兄弟
Brother Nolnen　諾爾恩兄弟
Brother Sellin　瑟林兄弟
Brother Shasta　沙司塔兄弟
Brother Sonril　桑銳兄弟

Brother Yallin Heltis 亞林・何提斯兄弟
Brother Yelna 伊爾納兄弟
Brother's Friend 兄弟的朋友

C

Caenis Al Nysa 坎尼斯・奧・尼薩
camomile 甘菊
Captain Hintil 辛提爾隊長
Captain Nirka Smolen 隊長尼卡・斯莫倫
Captain of the Tenth Cohort of the Imperial Guard 帝國衛軍第十縱隊隊長
Cardurin 卡杜林
Carlist 卡利斯特
Carpenter 木匠
Carval Nurin 卡沃・努林
Catechism of Charity 要理慈善卷
Catechism of Devotion 要理奉獻卷
Catechism of Joining 要理婚姻卷
Chamberlain 內侍總管
Chief Gaoler 典獄長
Chief Judge 首席法官
Circle 環形廣場
City Burner 焚城者
City of Linesh 凌尼薛城
Commander Lilden 里爾登指揮官
Conclave 守護者會議
Corlin Al Sentis 柯林・奧・森提斯
corr-tree oil 科爾樹油
Corvien River 科威恩河
Council Chamber 內閣會議大廳
Council for Heretical Transgressions 異端裁判理事會
Council of Ministers 內閣大臣
Count Marven 馬文伯爵
crown root 王冠根
Cumbraelins/Cumbrael 康布雷爾人
Curlis 克利斯

D

Dahrena 黛倫娜（梵諾斯的女兒）
Dark 黑影
Dark-afflicted Deniers 黑暗絕罰者
Darkblade 黑刃
debating hall 辯論大廳
Dendrish Hendril/Hendrahl/Dendrahl

丹德利什・亨崔爾
Dentos　登圖斯
Departed　往生者
Derla　德拉
Derv　德維
Dipper　巧指
Drak　德拉克
Drax　德拉克斯

E

Elera Al Mendah
愛蕾菈・奧・蒙玳
Eltrian　艾日
Emperor Aluran　埃魯蘭皇帝
Emperor Cammuran
坎謨朗大帝
Eorhil Sil　伊歐荷・希爾
Erinean Sea　艾瑞尼海
Erlin Ilnis　厄爾林・伊尼斯
Eruhin　希望之人
Eruhin Makhtar
艾路印・瑪苛韃
Eternal Fields　永恆聖地
Everen　艾維倫

F

Factor　貿易商
Faith and the Realm
信仰與王國
Faith Protection Company
信仰衛隊
Fantis　範提斯
Far West　西方
Fast　飛馳
Fast Hands　快手
Feldrian　菲日
Fief Lord　費弗領主
Fief Lords　封地領主
fire berries　火漿果
First Minister to the King
首席大臣
First of the Learned
首席博學士
First Sword of the Realm
王國第一利劍
first War of Uniication
第一次統一戰爭
Fleet Lord Al Junril
艦隊領主奧・瓊里爾
Fleet Lord Merlish
艦隊領主梅力什
Frentis　芬提斯

G

Gainyl Arlyn　甘奈・亞利恩
Gallis the Climber　壁虎加力斯
Gerish　格里什
gold crowns　金克朗
gourd　葫蘆
governor　總督
Governor Aruan　政務官亞魯安

Governorship　總督
Grand Master of the Merchants Guild　宗主（商人公會）
Grand Prosecutor of the Alpiran Empire　奧普倫皇帝大檢察官
Great Library　大圖書館
Great Northern Forest　北方林海
Greenwater Ford　綠水灘
Greypeaks　灰色群山
Groll　葛洛
Growler　狂嚎

H

Harin　哈林
Haris Estian　哈里斯・埃斯迪安
Harlick　哈力克
he Emperor's Edict　皇帝的諭令
Hebril River　荷布理河
Heldrian　赫日
Henna　亨娜
Hentes　赫特司
Hentes Trueblade　赫特司・眞刃
Hera Drakil　赫萊・達齊爾
Herlia　赫利婭
Hetril　赫提爾
High Council　至高評議會
High Keep　高岩堡
High Priestess　聖女
High Priestess　聖女祭司
Hilla Justil　海拉・朱斯蒂爾
hirtyith Regiment of Foot　第三十五步兵團
Holus Nester Aruan　荷魯斯・耐斯特・亞魯安
honoured servant of the Emperor　皇帝陛下光榮的僕人
Hope Killer　希望屠滅者
House of Hurnish　赫尼什家族
House of the Sixth Order　第六軍團總部
Hunsil　胡希爾
Hunter's Arrow　獵人箭簇
Hunter's Call　獵人呼喚（血歌別名）
Hutril　胡崔爾

I

Ice Horde　寒冰部族
Ildera　伊爾戴拉
Ildera Vardrian　伊爾黛拉・瓦迪安
Ildrian　伊日
Illiah　伊莉雅
Iltis　伊爾提斯
Imperial Chronicler　帝國史官
Imperial Guard　帝國衛隊

Inish　印尼什
Islands　群島
Ixtus　伊克斯圖斯

J

Janril Norin、Noren
簡瑞爾・諾靈
Jenislasur　金月
Jennis　簡尼斯
Jentil Al Hilsa
金提爾・奧・希爾薩
Jesseria　傑西里亞
Jimnos　吉姆諾斯
Joffril root　蕎芙根

K

Kalus　卡魯斯老頭
Kelden Al Telnar
科爾登・奧・特耐爾
Kerlis the Faithless
無信者柯力斯
Keschet　科斯柴特
Kigrian　克日
King Janus　賈努斯國王
King Lakril the Mad
瘋國王拉科瑞爾
King's Edict　國王法令
King's Foresters　王室護林人
King's Horse Guard
國王騎兵衛隊
Kinlial　金萊奧

L

Lady Emeren　愛梅倫女士
Lake Rihl　里爾湖
Lakrhil Al Hestian
拉克希爾・奧・海斯帝安
Lartek Al Molnar
拉特克・奧・莫納爾領主
Leandren temples
黎恩德倫神廟
Legion of the Wolf　野狼軍團
Lehlun Oasis　萊倫綠洲
Lesander　萊珊德
Liar's Attack　謊言者的攻擊
Liesa Ilnien　麗埃薩・伊恩寧
Linden Al Hestian
林登・奧・海斯帝安
Lonak　羅納人
Lord Al Cordlin　奧・考德林
Lord Al Genril
奧・根里爾領主
Lord Al Trendil　奧・滕迪爾
Lord Darnel　達耐爾領主
Lord Kralyk Al Sorna
克拉里克・奧・蘇納
Lord Marshal　元帥
Lord Merulin Nester Velsus
梅魯林・耐斯特・維蘇斯領主
Lord of Justice　司法領主
Lord Sentes Mustor

森特斯・穆斯托領主
Lord Verniers　維尼爾斯大人
Lord Verniers Alishe Someren
維尼爾斯・艾立許・桑梅倫爵士

M

Mah- Lol　馬羅
Maiden　處女星座
Makril　馬克瑞
Mandril Al Unsa
曼崔爾・奧・安薩
Marbellis　馬波利斯
Marelim Sil　馬利姆希爾
Margentis　瑪根提斯
Marlian Orchids　瑪麗安蘭花
Martil Al Jelnek
馬提爾・奧・傑耐克
Martishe　馬蒂舍
Martual　瑪圖奧
Master Benril Lenial
本瑞爾・蘭尼奧兄弟
Master Checkrin　查克林導師
Master Chekril　柴科利爾導師
Master Grealin　格雷林導師
Master Haunlin　豪林導師
Master Henthal　亨薩爾導師
Master Intris　印崔斯導師
Master Jeklin　傑克林導師
Master Jestin　傑斯汀導師
Master Sergeant　士官長
Master Smentil　斯門提爾導師
Meldenean　梅登尼恩
Merchant King Lol- Than　羅丹
Mikehl　米凱爾
Minister of Works
王室內務大臣
Mistress　仕子
mistress of curatives　主治療師
Morvin　莫芬
mourning locket　哀悼徽章
Music of Heaven　天堂之樂
Mysteries　秘儀

N

Nameless　無名者
Neliesen Nester Hevren
奈里森・耐斯特・赫弗倫
Nersus Sil Nin
奈蘇絲・希爾・寧
Nillin　尼淩
Nilsael/Nilsaelin　尼賽爾
Nortah Al Sendahl
諾塔・奧・山達爾
North Star　北極星
Northern Reaches　北境
Northern Road　北方大道
Northman　北方人
Northmen　北方人
novice brothers　學員兄弟

O

old Bess　老貝絲
Old Songs　古歌
Ollanasur　敖月
Onasur　昂月
One Eye　獨眼
Onterish　帝國語中香料的意思
Oprian　歐日
Order of Contemplation and Enlightenment　思考與教化之軍團
Order of Healing　治療之軍團
Order of the Body　肉體之軍團

P

Prensur　蒲月
Prince Malcius　瑪律修斯王子
Princess Lyrna Al Nieren/Neiren　黎恩娜・奧・尼爾倫公主
province of Chin- Sah　青沙郡

Q

Queen of Fire　火焰女王
Quester　探求者

R

Rampant Lion tavern　狂獅酒館
Ranger　遊俠
Rannil　蘭尼爾
Realm Guard　王國衛軍
Red Falcon　紅鷹
Red Hand　血紅之手
Red Knife　紅刃
Rellis　雷利斯
Renfaelin Lord Theros　倫菲爾領主塞洛斯
Rensial　倫瑟奧導師
Rerien Alturs　瑞林・奧托爾斯
Retrian　雷日
rib spreader　肋骨擴張器
Royal Guard　王室衛隊

S

Saltroth Al Jenrial　紹托斯・奧・金里爾
Scholar　學者
Scratch　抓抓
Seaspite　怒海號
Seliesen　塞利森
Sella　希拉
Seordah　賽奧達
Seordah Sil　賽奧達希爾
Sergeant Halkin　哈爾金
Sergeant Krelnik　柯瑞尼克軍士
Shade Bloom　陰翳花
Shadow of the Raven　渡鴉之影
SHALMASH　沙瑪什
Shield　鋼盾
Shield of the Isles　列島之盾
Shin-La　馨萊
Ship Lord Otheran　航船領主歐瑟蘭

Ship Lords　船主們
Ship Lords Council　船主議會
Shoala　舒愛拉
Sim　希姆
Singer　歌者
Sister Gilma　姬爾瑪姐妹
Sister Sherin　夏琳姐妹
Sixteenth Regiment　第六軍團
Slasher　砍刀
Snout　大嘴
Snowdance　雪舞
Sollis　索利斯
Song of the Wind　風之歌
Spit　噴沫
sugar cane　蜜糖草
Summer of Fire　夏季烈火
Summertide　夏令日
Summertide Fair　夏季嘉年華
sun vane　太陽標
Sunterin　桑月
swift- wing　迅翼
Sword of the Realm　王國之劍

T

Tam　塔姆
Temple of the Goddess Muisil　穆熙爾
Ten Books　十經
Tendris Al Forne　滕德思・奧・佛恩
Test of Knowledge　知識測試
Test of the Bow　弓術測試
Test of the Horse　騎術測試
Test of the Melee　肉搏測試
Test of the Run　奔跑測試
Test of the Sword　利劍測試
Test of the Wild　荒野測試
The Book of the Trueblade　真刃之書
The Great War of Salvation　偉大的拯救之戰
the One Who Waits　等待者
the Stag　牡鹿星座
the Sun and the Moon　太陽與月亮
the Sword　寶劍星座
The Teeth of Moesis　莫伊西斯之牙
The Warrior’s Lament　戰士輓歌
Thirteenth Regiment of Foot　第十三步兵軍團
Thirtieth Regiment of Foot　第三十步兵團
Tower Lord　高塔領主
Twenty-seventh Cavalry　第二十七騎兵團

U

Udonor　尤東諾

Ulnar　烏爾納
Uncle Bab　拜博叔叔
Unfaithful　悖逆者
Unified Realm　統一王國
Untesh　安提許
Urlian Jurahl　烏爾連・裘拉
Urlish　烏立實

V

Vaelin Al Sorna　瓦林・奧・蘇納
valerian　纈草
Valin il Sorna　瓦林・伊爾・蘇納
Vanos Al Myrna　梵諾斯・奧・邁爾納
Varin　維林
Varinshold　維林堡
Verlig　維力格
Verniers　維尼爾斯
Verulin　維魯林
Volarian slave-hounds　沃拉瑞獵奴犬

W

war- cat　戰貓
Warding's Night　守護之夜
Warnsclave　沃恩斯雷夫
Wars of Unification　統一戰爭
Watcher's Bend　望人灣
Weaver　編織者
Wensel Isle　溫瑟島
Werlishe Valley　維力舍山谷
Weslin　韋月
Western Road　西方大道
west-Renfaelin　西倫菲爾
widow Nornah's bakery　諾納寡婦的麵包店
winterblooms　冬日花
Winterfall　冬幕節
Witch's Bastard　女巫私生子
Wolfrunners　疾行之狼
World Father　世界之父

Y

yallin root　煙蒜根
Young Hawk　雛鷹（瓦林的外號）

BEST嚴選 064

血歌首部曲：黯影之子（下）

原著書名／A Raven's Shadow Novel: Blood Song
作　　者／安東尼・雷恩
譯　　者／李鏞
企劃選書人／周岑霓
責任編輯／周岑霓

行銷企劃／周丹蘋
業務企劃／虞子嫺
行銷業務經理／李振東
總 編 輯／楊秀真
發 行 人／何飛鵬
法律顧問／台英國際商務法律事務所　羅明通律師
出版／奇幻基地出版
城邦文化事業股份有限公司
台北市 104 民生東路二段 141 號 8 樓
電話：(02)25007008　傳真：(02)25027676
網址：www.ffoundation.com.tw
e-mail：ffoundation@cite.com.tw
發行／英屬蓋曼群島商家庭傳媒股份有限公司城邦分公司
台北市 104 民生東路二段 141 號 11 樓
書虫客服服務專線：(02)25007718・(02)25007719
24 小時傳真服務：(02)25170999・(02)25001991
服務時間：週一至週五09:30-12:00・13:30-17:00
郵撥帳號：19863813　戶名：書虫股份有限公司
讀者服務信箱 E-mail：service@readingclub.com.tw
歡迎光臨城邦讀書花園　網址：www.cite.com.tw
香港發行所／城邦（香港）出版集團有限公司
香港灣仔駱克道193號東超商業中心1樓
電話：(852)25086231　傳真：(852)25789337
e-mail : hkcite@biznetvigator.com
馬新發行所／城邦（馬新）出版集團
【Cite(M)Sdn. Bhd】
41, Jalan Radin Anum, Bandar Baru Sri Petaling,
57000 Kuala Lumpur, Malaysia.
Tel: (603) 90578822　Fax:(603) 90576622
email:cite@cite.com.my
封面設計／林紘立
排　　版／浩瀚電腦排版股份有限公司
印　　刷／高典印刷有限公司
■2014 年（民 103）11月27日初版一刷

售價／380元

國家圖書館出版品預行編目資料

血歌首部曲：黯影之子 / 安東尼・雷恩（Anthony Ryan）著；李鏞譯 - 初版 - 台北市：奇幻基地出版：家庭傳媒城邦分公司發行；民 103.11
面：公分. -（BEST嚴選：64）
譯自：A Raven's Shadow Novel: Blood Song
ISBN 978-986-5880-77-4（下冊：平裝）
873.57　103014029

ISBN　978-986-5880-77-4

廣　告　回　函
北區郵政管理登記證
台北廣字第000791號
郵資已付，免貼郵票

104台北市民生東路二段141號11樓

英屬蓋曼群島商家庭傳媒股份有限公司城邦分公司 收

請沿虛線對摺，謝謝

每個人都有一本奇幻文學的啟蒙書

奇幻基地官網：http://www.ffoundation.com.tw
奇幻基地粉絲團：http://www.facebook.com/ffoundation

書號：**1HB064**　　　書名：血歌首部曲：黯影之子・下冊

奇幻戰隊好讀有禮集點贈獎活動

活動期間，購買奇幻基地作品，剪下封底折口的點數券，集到一定數量，寄回本公司，即可依點數多寡兌換獎品。

點數兌換獎品說明：

- 5點 **奇幻戰隊好書袋一個**
- 10點 **2012年布蘭登·山德森來台紀念T恤一件**
  有S&M兩種尺寸，偏大，由奇幻基地自行判斷出貨
- 15點 **【蕭青陽獨家設計】典藏限量精繡帆布書袋**
  紅線或銀灰線繡於書袋上，顏色隨機出貨

兌換辦法：

2014年2月～2015年1月奇幻基地出版之作品中，剪下回函卡頁上之點數，集滿規定之點數，貼在右邊集點處，即可寄回兌換贈品。

【活動日期】：即日起至2015年1月31日

【兌換日期】：即日起至2015年3月31日（郵戳為憑）

其他說明：

＊請以正楷寫明收件人真實姓名、地址、電話與email，以便聯繫。若因字跡潦草，導致無法聯繫，視同棄權

＊兌換之贈品數量有限，若贈送完畢，將不另行通知，直接以其他等值商品代之

＊本活動限臺澎金馬地區讀者

【集點處】

1	6	11
2	7	12
3	8	13
4	9	14
5	10	15

（點數與回函卡皆影印無效）

為提供訂購、行銷、客戶管理或其他合於營業登記項目或章程所定業務之目的，英屬蓋曼群島商家庭傳媒(股)公司城邦分公司，於本集團之營運期間及地區內，將以電郵、傳真、電話、簡訊、郵寄或其他公告方式利用您提供之資料（資料類別：C001、C002、C003、C011等）。利用對象除本集團外，亦可能包括相關服務的協力機構。如您有依個資法第三條或其他需服務之處，得致電本公司客服中心電話(02)25007718請求協助。相關資料如為非必要項目，不提供亦不影響您的權益。

個人資料：

姓名：＿＿＿＿＿＿＿＿＿＿＿＿＿＿ 性別：□男 □女

地址：＿＿＿＿＿＿＿＿＿＿＿＿＿＿＿＿＿＿＿＿＿

電話：＿＿＿＿＿＿＿＿＿＿ email：＿＿＿＿＿＿＿＿＿＿

想對奇幻基地說的話：＿＿＿＿＿＿＿＿＿＿＿＿＿＿＿＿

＿＿＿＿＿＿＿＿＿＿＿＿＿＿＿＿＿＿＿＿＿＿＿＿＿＿

請剪下右側點數，貼於背面的集點處，集滿5點以上，即可寄回兌換抽獎